Tudo vai ficar bem

Jojo Moyes

Tudo vai ficar bem

Tradução de
Sofia Soter

intrínseca

TÍTULO ORIGINAL
We All Live Here

COPIDESQUE
Thaís Carvas

REVISÃO
Rachel Rimas
Amanda Werneck

DIAGRAMAÇÃO
Ilustrarte Design e Produção Editorial

DESIGN DE CAPA
Penguin UK | Lee Motley

IMAGENS DE CAPA
iStock | Getty Images | Shutterstock

ADAPTAÇÃO DE CAPA
Henrique Diniz

CIP-BRASIL. CATALOGAÇÃO NA PUBLICAÇÃO
SINDICATO NACIONAL DOS EDITORES DE LIVROS, RJ

M899t

Moyes, Jojo, 1969-
Tudo vai ficar bem / Jojo Moyes ; tradução Sofia Soter. - 1. ed. - Rio de Janeiro : Intrínseca, 2026.

Tradução de: We all live here
ISBN 978-85-510-1631-2

1.Romance inglês. I. Soter, Sofia. II. Título.

25-101324.0 CDD: 823
CDU: 82-31(410.1)

Carla Rosa Martins Gonçalves - Bibliotecária - CRB-7/4782

[2026]

EDITORA INTRÍNSECA LTDA.
Av. das Américas, 500, bloco 12, sala 303
22640-904 – Barra da Tijuca
Rio de Janeiro – RJ
Tel./Fax: (21) 3206-7400
www.intrinseca.com.br

Para Saskia, que já entende mais da natureza
humana do que eu jamais entenderei

I
Lila

Há um porta-retratos na mesa de cabeceira de Lila que ela ainda não teve energia, ou talvez vontade, de jogar fora. Quatro rostos espremidos diante de um enorme aquário em algum ponto turístico estrangeiro — ela já nem se lembra onde —, com um cardume de peixes furta-cor listrados passando ao fundo, imensos e de olhar vazio. Violet empinando o nariz com o dedo e puxando a pálpebra inferior para baixo, parecendo um boneco de cera grotesco; Celie, de blusa listrada, também fazendo careta, embora um pouco mais tímida, com uns treze anos na época; Lila com um sorriso vaidoso, como se esperasse que aquela fosse uma linda foto de família, apesar de todos os indícios do contrário; e Dan, com um sorriso que não chega aos olhos, expressão enigmática, a mão pousada no ombro de Violet.

Essa última foto de família é a primeira coisa que ela vê ao acordar e a última que vê antes de dormir, e, mesmo sabendo que deveria guardá-la em um lugar onde não afetará seu dia, por algum motivo que ainda não compreendeu, Lila simplesmente não consegue fazer isso. Às vezes, quando bate a insônia, ela observa as faixas de luz do luar passarem pelo teto do quarto, olha para a foto e, saudosa, pensa na família que poderia ter tido, em todas as fotos de férias que nunca existirão — fins de semana chuvosos na Cornualha, praias exóticas com todos de branco, uma formatura alegre na frente da fachada de tijolos vermelhos de alguma universidade, talvez o casamento de Celie, os pais orgulhosos ao seu lado... Todas imagens efêmeras e fantasmagóricas de uma vida que simplesmente evaporou diante dela.

E, às vezes, ela pensa em pegar um pedação de Durepoxi e esmagar bem no rosto de Dan.

Lila está tentando desentupir o vaso especialmente teimoso do banheiro do segundo andar quando Anoushka telefona. Quando ela e Dan compraram aquela casa, dois anos e meio atrás — um imóvel grande, "com personalidade" (código de corretor para "ninguém mais quis"), precisando de uma reforminha e em uma área arborizada do norte de Londres —, ela ficou encantada com os banheiros antigos, verde-menta e rosa-framboesa, que considerou charmosos e retrô, assim como o papel de parede floral. Ela e Dan percorreram juntos cada cômodo, criando imagens mentais de como a casa ficaria quando estivesse pronta. Entretanto, quando parou para pensar naquela época, Lila se deu conta de que era ela quem andava pela casa e imaginava como tudo ficaria, enquanto Dan apenas murmurava "uhum" sem muita atenção e dava olhadas furtivas para o celular.

No dia seguinte à entrega das chaves, aquele encanamento charmoso e retrô decidiu revelar sua verdadeira face, com uma série maléfica de entupimentos e vazamentos. No banheiro rosa, o que as meninas usam, um desentupidor e um cabide torto se encontram ao lado da caixa da descarga, prontos para que Lila (porque, aparentemente, é sempre serviço de Lila) ataque o que decidiu se enfiar de forma tão insistente nas profundezas do vaso desta vez.

— Lila! Querida! Como vai?

A voz de Anoushka fica abafada, e Lila a escuta dizer baixinho: *Não, Gracie, não quero cravos. São flores tão vulgares. Não, nada de gérberas. Ela odeia.*

Lila se estica e usa o nariz para apertar o botão de viva-voz do celular. Ela engole a náusea quando um jato de água da privada atinge seu braço, acima da luva de borracha.

— Ótima! Uma maravilha! — responde. — E você?

— Lutando pelos meus autores queridos, como sempre. Tem outro cheque de direitos autorais a caminho. Teria chegado semana passada, mas Gracie está grávida e literalmente não para de vomitar. Sério, já fui obrigada a me livrar de três lixeiras no escritório. Viraram um perigo sanitário.

No térreo, Truant, o cachorro, late desesperadamente. Ele late para tudo: esquilos no jardim, pombos, garis, visitas, o ar.

— Ah, que notícia boa — diz Lila, fechando os olhos ao afundar mais o cabide. — A gravidez, no caso. Não o vômito.

— Não é, não, meu bem. É um pé no saco. Não consigo entender por que essas garotas continuam tendo filhos. Nenhuma assistente fica no cargo por muito tempo. Estou começando a desconfiar que tem alguma coisa no ar-condicionado. E aquelas suas meninas lindas, como vão?

— Ótimas. Estão ótimas — responde Lila.

Elas não estão nada ótimas. Celie caiu no choro durante o café da manhã, ao que parece depois de ver alguma coisa no Instagram, e quando Lila perguntou o que era, a garota disse que a mãe nunca entenderia e saiu irritada para a escola. Já Violet a olhou com uma fúria gélida quando Lila disse que sim, ela tinha que ir para a casa do pai na quinta-feira — porque era noite dele —, aí desceu em silêncio do banco e não falou com a mãe durante todo o trajeto até a escola.

— Que bom. Que bom — comenta Anoushka, com o tom distraído de alguém que não teria registrado uma informação nem se Lila tivesse dito que as filhas foram decapitadas naquela manhã. — Agora, aquele manuscrito…

Lila puxa o cabide de dentro do vaso. O nível de água ainda está logo abaixo do assento. Ela tira as luvas de borracha e se encosta no armário. Escuta Truant latir e se pergunta se terá que levar outra garrafa de vinho para os vizinhos. Já deu sete garrafas para eles nos últimos três meses, tentando impedi-los de odiá-la.

— Quando é que você vai ter alguma coisa para me mandar? Parecia bem segura no mês passado.

Lila bufa.

— E-eu… estou trabalhando no texto.

Faz-se um silêncio.

— Olha, meu bem, não quero soar muito ríspida… — começa Anoushka, soando ríspida. — Você se saiu extraordinariamente bem com *A reforma*. E teve aquele belíssimo aumento nas vendas por causa das coisas terríveis que o Dan fez. Imagino que devêssemos ser gratas a ele por isso, pelo menos. Mas não queremos perder o timing, né? Não queremos atrasar a entrega a ponto de parecer que você está lançando um livro de estreia.

— Eu… entrego para você muito em breve.

— Quando é muito em breve?

Lila olha ao redor do banheiro.

— Daqui a seis semanas?

— Vamos combinar três. Não precisa estar perfeito, querida. Só preciso de uma ideia do que você está fazendo. Ainda é um guia para uma vida de solteira feliz?

— Hum… sim.

— Com muitas dicas de como viver bem e sozinha? Histórias engraçadas de encontros? Algumas boas anedotas escandalosas sobre sexo?

— Ah, sim. Exatamente.

— Mal posso esperar. Já estou ansiosa. Vou me deliciar com suas aventuras! *Ah, Gracie, caramba, a lixeira nova, não*. Tenho que ir. Aguardo seu e-mail! Beijos para todas!

Lila encerra a ligação e encara o vaso, torcendo para que a água desça. Ao se sentar, escuta Bill subir a escada. Ele para no patamar, e ela ouve quando ele se recompõe para subir o próximo degrau. Bill e a mãe dela moravam em uma casa dos anos 1950 a dez minutos a pé dali — com poucos móveis, cheia de luz e linhas limpas —, e ele considera os muitos andares e cacarecos daquela casa capenga um desafio cotidiano.

— Querida?

— Oi!

Lila tenta parecer feliz e animada.

— Odeio trazer más notícias, mas os vizinhos vieram reclamar do cachorro de novo. E algo nojento parece estar vazando do teto da cozinha.

O encanador de emergência estalou a língua, arrancou quatro tábuas do assoalho e pelo visto descobriu o vazamento no cano de esgoto. Ele drenou a cisterna, informou que ela precisaria de um sistema de escoamento novo ali — "Veja bem, imagino que a senhora não queira manter esse banheiro assim. É mais velho que meus avós" —, tomou duas xícaras de chá adoçado e cobrou trezentas e oitenta libras. Ela passou a chamar isso de "taxa do Mercedes". Qualquer prestador de serviço que visse o carro esportivo caro e vintage estacionado na entrada da casa imediatamente acrescentava 25% ao orçamento inicial.

— Então era isso que estava causando o entupimento? — perguntou Lila, digitando a senha do cartão de crédito e tentando não calcular o estrago que isso causaria nas despesas do mês.

— Não. Deve ser outra coisa — respondeu o homem. — Mas obviamente não dá para usar o vaso. E todo o encanamento do banheiro vai precisar ser reinstalado. Talvez queira aproveitar para trocar algumas tábuas do piso também. Estão tão soltas que consigo enfiar o polegar.

Lila fechava a porta após a saída do encanador quando Bill colocou a mão calejada no ombro dela.

— Vai dar tudo certo — disse ele, apertando de leve. Para Bill, aquele era um gesto de apoio emocional. — Posso ajudar, sabe?

— Não precisa — respondeu ela, virando-se sorridente para ele. — Estou bem. Tudo certo.

Ele suspirou baixinho, deu meia-volta e seguiu para o quarto a passos rígidos.

Bill morava com elas havia nove meses — tinha se mudado pouco depois da morte da mãe de Lila. Na época, não era como se ele estivesse chorando no maior desespero, passando fome ou deixando a casa cair aos pedaços. Ele apenas se retraíra discretamente, tornando-se uma versão cada vez menor do respeitável ex-carpinteiro que ela conhecia havia três décadas, até parecer uma mera sombra.

— Sinto saudade dela — dizia o padrasto, quando Lila o visitava para tomar um chá, saracoteando e tentando levar energia para os cômodos inertes demais.

— Eu sei, Bill — respondia ela. — Também sinto.

A verdade era que Lila tampouco estava bem. Ela havia ficado em choque quando Dan anunciara que estava indo embora. Quando finalmente descobriu sobre Marja, percebeu que a partida de Dan fora um sopro, algo que mal a impactava, se comparado com aquilo. Nos primeiros seis meses, porém, Lila quase não dormiu. Sua mente havia se tornado um turbilhão tóxico de recriminações, pavor e fúria, por fim juntando os pontos, tomada por um milhão de discussões que nunca chegaram a acontecer — discussões das quais Dan sempre arranjava um jeito de se livrar com um: "Na frente das crianças não, né, Lila?"

E então, poucos meses depois, tudo isso perdeu importância diante da morte repentina de Francesca. Quando ela sugeriu que Bill fosse morar ali por um tempo, os dois fizeram questão de afirmar que era apenas para ajudar Lila com as meninas, para dar um pouco de apoio prático enquanto ela se adaptava à vida de mãe solo. Bill cuidava da antiga casa, e quase todos os dias ia lá trabalhar na oficina no fundo do quintal, onde consertava cadeiras dos vizinhos e lixava vigas novas para a grade da escada de Lila para impedir as meninas de caírem pelo vão. Nenhum dos dois discutia quando ele se mudaria de volta para sua casa. Além do mais, a presença de Bill não atrapalhava a vida de Lila (que vida?). Na verdade, sua presença gentil dava ao que restava de sua pequena família uma sensação muito necessária de estabilidade e continuidade. Ele era uma âncora para seu barquinho que balançava a esmo e que, na maior parte do tempo, parecia estar furado e sacolejando um pouco, como se de repente tivesse ido parar à deriva em alto-mar.

Lila vai a pé até a escola. É a primeira semana de aulas depois das férias, e Bill se ofereceu para ir, mas ela precisa se movimentar mais (ela é assombrada diariamente pelas pernas infinitas e pela cinturinha de Marja). Além do mais, o fato de que Lila precisa sair de casa para buscar Violet ameniza a culpa que sente por não ter escrito nada.

Os dois sabem por que Bill se ofereceu para ir: Lila odeia buscar Violet na escola à tarde. Deixar a filha lá de manhã é tranquilo: está todo mundo com pressa, ela pode ir rapidinho. Mas a espera de tarde é dolorosa demais: é extremamente constrangedor se reunir ali com as outras mães no portão da escola. Foi um mês inteiro de conversas aos sussurros quando aconteceu — *Está de brincadeira! Nossa, que horror, sinto muito* —, e, quem sabe, pelas costas dela: *Mas não dá para julgar ele, né?* Além disso, claro, o momento em que a coisa toda ocorreu também foi uma grande piada do universo: apenas duas semanas depois da publicação de *A reforma*, junto de uma série de entrevistas de divulgação em que ela falava sobre como consertar um casamento que havia se estagnado em meio às demandas do trabalho e dos filhos.

Dois dias após Dan ir embora, ela chegou toda cabisbaixa ao parquinho e encontrou três das outras mães lendo juntas aquela matéria muitíssimo útil da *Elle*, "Como eu tornei meu casamento à prova de bala". Philippa Graham — aquela bruxa cheia de Botox — fez questão de esconder a revista às pressas ao ver Lila e começou a piscar de forma exagerada, como se quisesse fingir inocência, enquanto suas duas capangas, cujos nomes Lila nunca lembrava, chegaram a tremer tentando conter o riso. *Tomara que os maridos de vocês estejam agorinha mesmo contraindo uma doença venérea resistente a antibióticos com uns garotos de programa bem mais novos que vocês*, pensou, e abriu um sorriso, esperando Violet sair da escola, arrastando a mochila.

Durante semanas, ela sentiu o murmúrio de um fascínio horrorizado segui-la pelo parquinho, os olhares discretos e a fofoca compartilhada aos cochichos. Lila manteve a cabeça erguida, com a pele coçando, o maxilar doendo por conta do sorriso leve e rígido que se forçava a dar e que praticamente se congelara em seu rosto. Francesca tinha assumido a função de levar e buscar as netas quando iam brincar com as amigas, explicando para as meninas e para as mães de cada uma, toda vez que chegava em seu pequeno Citroën, que Lila estava trabalhando e apareceria na próxima vez. Só que agora a mãe dela não estava mais ali.

Sentindo o embrulho familiar no estômago, Lila levanta o colarinho perto das orelhas e se posiciona na extremidade mais distante dos grupos dispersos de mães, babás e um ou outro pai, concentrada no celular e fingindo estar absorta em um E-mail Muito Importante. Esse tem sido o procedimento padrão dela ultimamente. Ou isso, ou trazer Truant, que late histericamente se alguém chega a menos de vinte metros dela.

Amanhã, ela pensa. *Amanhã nada vai me interromper. Vou me sentar à mesa às 9h15, assim que chegar em casa depois de deixar Violet na escola, e não vou levantar até escrever duas mil palavras.* Lila decide ignorar o fato de que já fez essa promessa a si mesma pelo menos três vezes por semana nos últimos seis meses.

— Eu sabia!

Ouve-se um gritinho de prazer vindo de um grupo das mães perto do banco colorido na frente dos balanços. Lila vê Marja entre as outras, curvada, com Philippa apertando o braço dela e sorrindo. Marja está de tênis e um sobretudo caramelo comprido de caxemira, o cabelo loiro preso com elegância displicente com uma piranha enorme de casco de tartaruga.

— Bom, é que você não bebeu na Nina, né? Eu tenho um sexto sentido para essas coisas! — diz Philippa, rindo.

Ela está com a mão na barriga de Marja quando olha para o lado, vê Lila e se vira de volta de forma teatral. Então murmura:

— Ai, nossa. *Desculpa*.

Marja se vira, acompanhando o olhar de Philippa. Ela cora.

Lila entende no fundo da alma o que acabou de acontecer, antes mesmo de o cérebro conseguir registrar. Ela olha a tela do celular sem ver nada, o coração a mil. *Não. Não. Não pode ser. Não depois de tudo que Dan disse. Ele não pode fazer isso com a gente*. Porém, qualquer dúvida se esvai com a vermelhidão que se espalhou pelo rosto de Marja.

Lila se sente enjoada. Tonta. Não consegue pensar no que fazer. É tomada por uma vontade sufocante de se apoiar na árvore a poucos metros dali, mas não quer que as outras mães a vejam fazendo isso. Sente a pressão quente do olhar delas, então encosta o celular na orelha e finge uma conversa.

— Sim! Pois é! Que ótimo saber de você. Legal. Como você está?

Ela continua falando, sem saber o que está saindo de sua boca, e se vira até não ver mais ninguém, com o cérebro zumbindo.

Então toma um susto quando a filha mais nova puxa sua mão.

— Querida!

Ela abaixa o celular e nota a sra. Tugendhat ao lado de Violet.

— Tudo bem? — pergunta, animada, com a voz alta e esganiçada demais.

— Por que você está falando se não tem ninguém no celular? — pergunta Violet, franzindo a testa para a tela.

— É que desligaram — responde Lila, rápido.

Ela se sente prestes a explodir. A pressão que cresce em seu peito parece grande demais para ser contida pelo corpo.

A sra. Tugendhat usa um casaco de tricô enfaticamente felpudo com mangas largas de morcego e um crachá de cartolina amarela na lapela, que diz "Feliz aniversário" em canetinha verde.

— Estava conversando com a Violet sobre a peça de fim de ano. Ela contou que é a narradora?

— Ótimo! Ótimo! — diz Lila, com o rosto repuxado em um sorriso tenso.

— Não gostamos de fazer auto de Natal… agora somos multiculturais. Sei que ainda está longe... quer dizer, não tão longe, são quatro meses, mas você sabe como essas coisas demoram.

— Sei! — responde Lila.

— Você está esquisita — comenta Violet.

— E você é nossa Mãe do Entretenimento oficial, desde que Frances saiu de *Emmerdale*. Não que ela tivesse papel fixo na novela, mesmo. Então Violet pensou que você podia cuidar disso.

— Cuidar do quê?

— Do figurino para os protagonistas.

— Figurino — repete Lila, atordoada.

— É uma adaptação de *Peter Pan*.

Marja está se afastando das outras mães. Ela aperta o casaco na cintura e dá uma olhada rápida e sem graça para Lila, enquanto Hugo, seu filho, puxa sua mão e os dois passam pelo portão.

— Claro! — responde Lila.

Um zumbido alto começou em algum lugar da cabeça dela. Lila mal consegue ouvir qualquer outra coisa. Ela acha que deve ter brotado um monte de lágrimas nos seus olhos, porque tudo está estranhamente embaçado.

— Então você pode? Que maravilha. Violet não sabia se você ia topar.

— Ela não gosta de vir à escola — afirma Violet.

Lila desvia a atenção de volta para a filha.

— Como assim? Que bobeira, Violet! Eu adoro vir aqui! Melhor parte do meu dia!

— Você pagou quatro libras para a Celie me buscar semana passada.

— Não. Não. Eu dei quatro libras para a Celie. Ela precisava de quatro libras. Não foi porque ela veio te buscar.

— Que mentira. Você disse que preferia arrancar seus pés a dentadas, e Celie disse que vinha se você desse dinheiro para ela comprar um daqueles cafés com marshmallow do Costa, e aí você disse "Tá bom" e...

O sorriso da sra. Tugendhat começa a entortar.

— Já deu, Violet. Claro, sra. Tugendhat. Com certeza. Pode contar comigo. Óbvio que cuido disso!

Tem alguma coisa acontecendo com a mão direita de Lila. Ela não para de balançar para dar ênfase. Parece inteiramente desconectada do resto do corpo.

A sra. Tugendhat abre um sorriso ainda mais largo.

— Bom, devemos começar os ensaios depois do feriado de outubro, mas isso lhe dá tempo suficiente para arranjar os figurinos, né?

— Claro! — responde Lila. — Com certeza! Precisamos ir agora. Hoje o dia está corrido. Mas... a gente se fala. Definitivamente. Feliz... aniversário!

Lila aponta para o peito da sra. Tugendhat, dá meia-volta e começa a andar pela rua.

— Por que estamos indo por aqui? — pergunta Violet, apertando o passo para acompanhar a mãe. — Sempre vamos pela rua Frobisher.

Marja foi pela rua Frobisher. Lila acha que vai morrer se tiver que olhar para aquele cabelo loiro e sedoso de novo.

— Só... quis variar — inventa.

— Você está muito esquisita — comenta Violet.

A menina para e tira da mochila o saco de raízes crocantes que Bill deve ter separado para o lanche dela em vez dos salgadinhos. Ele está tentando melhorar a alimentação das garotas. Violet diminui o passo para comer, então Lila é forçada a andar mais devagar também.

— Mãe?

— Diga.

— Sabia que Felix está com minhocas no bumbum? Ele botou o dedo lá dentro no recreio para tirar uma e mostrar. Dava para ver ela se mexendo na unha.

Lila fica imóvel e digere o que a filha acabou de dizer. Normalmente, uma informação dessas a faria gritar. No momento, porém, parece a coisa menos horrível que ouviu hoje. Ela olha para a Violet.

— Você encostou?

— Eca. Não — responde a menina, mastigando. — Eu falei que ia ficar exatamente a quinze quilômetros dele para sempre. E dos outros garotos. São todos nojentos.

Lila passa a mão no rosto devagar e solta um suspiro demorado e trêmulo.

— Não mude nunca, Violet — diz, quando consegue falar. — Você já é muito mais sábia do que eu.

2

Desde que Dan foi embora e a mãe dela morreu, Lila desenvolveu uma série de estratégias para suportar os dias. Quando acorda, geralmente entre cinco e seis da manhã, engole um antidepressivo (Citalopram) com um copo d'água, se veste antes mesmo que tenha tempo de pensar e dá uma volta de uma hora com Truant, caminhando a passos largos até o Heath, onde o caminho da galera passeando com os cachorros se cruza com o do pessoal bebendo café sozinho e dos corredores sérios de fone de ouvido na trilha lamacenta. Durante o trajeto, ela escuta audiolivros ou podcasts bobos e tagarelas, qualquer coisa para não ficar a sós com seus pensamentos.

Depois, volta para casa e acorda as meninas, subornando-as e implorando para que levantem da cama e se arrumem para a escola, e tenta não levar para o pessoal os resmungos e gritos de angústia por causa de meias e celulares perdidos. Desde que Bill foi morar com elas, é ele quem faz o café da manhã, insistindo para as garotas comerem mingau com frutas e uma variedade de sementes, em vez dos biscoitos industrializados e do pão dormido com geleia que Lila costuma oferecer. Bill é rigoroso com a alimentação e vive falando dos benefícios de óleos de peixe e das propriedades purificadoras da lentilha, ignorando as reviradas de olhos das meninas e os olhares desejosos para a caixa de cereal de chocolate. À noite, ele prepara refeições nutritivas com verduras desconhecidas, tentando esconder a decepção quando as garotas reclamam que prefeririam um misto-quente.

Depois que deixa as filhas na escola, ela volta para casa, se senta no cômodo que ridiculamente chama de escritório — um quartinho na parte mais alta da casa ainda repleto de caixas de papelão surradas contendo livros que Lila nunca arrumou — e faz a tarefa administrativa mais urgente do dia. Isso, junto com os cálculos financeiros que acompanham tal demanda, a exaure tanto que frequentemente ela tira um cochilo no sofá-cama ou, às vezes, deita no tapete e escuta um podcast de meditação relaxante, se esforçando para ignorar os latidos de Truant no térreo. Lila tenta não pular refeições para não ter nenhuma baixa de pressão e de humor. Quando acorda de sua soneca da tarde, afasta o sono com uma xícara de chá e aí vai ao mercado comprar o que estiver faltando. Nesse ponto, normalmente é hora de buscar Violet, e Lila volta ao modo *mamãe*, sem tempo para pensamentos intrusivos, envolvida na guerra doméstica constante contra a bagunça, a roupa suja, a lição de casa, os dilemas do dia a dia das meninas, até a hora de dormir. Então, ela toma dois comprimidos de antialérgico (o médico se recusa a receitar seu remédio para dormir predileto, que agora aparentemente é considerado uma "droga feia"), ou, se estiver em uma fase de insônia mais acentuada, fuma meio baseado na janela. Finalmente, quando desconfia que o sono vem se aproximando — devagarinho, como um cavalo arisco —, dá play em um podcast de sono, daqueles com atores de voz suave e monótona que leem histórias chatas, e reza para não acordar nas próximas horas.

Lila não quer pensar no ex-marido e na sua nova parceira, que é linda sem fazer qualquer esforço. Não quer pensar na casa impecável que ele divide com Marja ali perto, em sua seleção minimalista de objetos estilosos e na mesa de centro Noguchi. Não quer pensar na ausência de sua mãe, que de alguma forma tornava essa bagunça toda muito mais suportável.

Alguns dias, Lila sente que está lutando contra tudo: seus pensamentos furiosos e traiçoeiros, seus hormônios oscilantes e nada confiáveis, seu peso, o ex-marido, a casa que parece querer desabar na sua cabeça... o mundo em geral.

Naquela noite, quando as meninas se levantam da mesa de jantar e deixam Bill ali, com seu olhar de reprovação para as tigelas com restos de ensopado de carne de caça e cevada ("É uma refeição excelente, com muita proteína e pouca gordura"), Lila percebe, com um baque interno, que um novo campo de batalha se abriu: *o novo bebê de Dan*. A criança será meia-irmã de suas filhas, uma presença constante na vida de todos. Terá o mesmo direito a tudo que o pai das meninas tem: dinheiro, tempo, amor. Essa criança, mais do que todo o resto, torna a situação muito real: Dan nunca mais vai voltar, por mais que ela soubesse que isso era improvável. Esse filho será uma nova coisa com a qual Lila terá que lidar — talvez todos os dias — pelos próximos dezoito anos. E só de pensar nisso, ela tem vontade de enfiar os dedos bem fundo nos olhos.

Ele telefona às oito e quinze. Sem dúvida, depois que Hugo — o filho bem-comportado de seis anos de Marja — já está na cama há pelo menos uma hora, de banho tomado, quietinho, de pijama limpo e dentes cuidadosamente escovados. Enquanto isso, Violet está pendurada de cabeça para baixo no corrimão, cantando um rap que contém pelo menos onze referências diferentes a genitais, segundo a última contagem de Lila.

— Lila.

Ela sente estômago se revirar ao ouvir a voz dele. Respira fundo antes de falar.

— Estava me perguntando quando você ligaria.

— Marja ficou muito chateada — diz ele, e suspira. — Escuta, nenhum de nós queria que você descobrisse assim.

As palavras lhe escapam antes que ela consiga se conter:

— Marja ficou chateada, foi? Ah. Que estressante para ela.

Faz-se um breve silêncio antes de Dan responder:

— Escuta, ela está de dezoito semanas. Achamos que seria melhor deixar passar as férias de verão, e depois...

— Mas tudo bem se as mães da escola souberem.

— Ela não contou. Aquela mulher... como ela se chama mesmo?... adivinhou. E Marja não podia mentir, então...

— Não. Deus me livre que haja qualquer mentira envolvida nessa história. Então, quando vocês estão pensando em contar para as meninas?

Dan hesita. Ela o imagina passando a mão na cabeça, o gesto típico quando se depara com uma situação que considera difícil.

— Hum... bem. A gente achou... eu achei... que pudesse ser melhor se você contasse.

— Aaah, não — responde Lila, e se levanta da mesa, andando até a pia. — Nada disso, Dan. Esse problema é seu. Se quiser contar para as meninas que elas vão ser substituídas, o problema é seu.

— Como assim, "substituídas"?

— Bom, você já se mudou para bancar o pai do filho de outra pessoa. Como você acha que elas vão lidar com a notícia?

— Você sabe que não é assim.

— Sei? Você era pai delas. Agora, leva o filho de outra para a escola de manhã. Janta com ele toda noite.

— Ainda sou pai delas, cacete. Eu jantaria com elas toda noite, se pudesse.

— Não se precisasse morar com a gente, né?

— Lila, por que você está fazendo isso?

— Eu? Eu não estou fazendo nada. Quem foi embora foi você. Foi você quem começou a transar com uma das nossas vizinhas. E agora é você quem está criando o filho de outra, enquanto vê suas próprias filhas duas vezes por semana — acusa ela. Lila odeia o som da própria voz, as palavras que jorram de sua boca, mas não consegue se conter. — E foi *você* quem decidiu engravidar uma mulher doze anos mais nova, cacete. Um bebê que, se bem me lembro, você insistiu que nunca teria, por mais que eu quisesse, porque mal aguentava as duas que já temos!

É neste momento que algo a faz olhar para trás. Celie está parada perto da geladeira. Ela segura uma caixa de suco de laranja e olha para a mãe.

— Celie?

A menina está pálida. Ela solta a caixa de suco e sai correndo da cozinha.

— Que foi? — pergunta Dan. — O que aconteceu?

— Celie! — grita ela. E então, voltando para o telefone: — Ligo depois.

A porta do quarto de Celie está trancada, música tocando nas alturas lá dentro. Lila tenta abrir a porta duas vezes, e então bate com força, mas recebe apenas um "Vai embora" abafado como resposta. Ela para ali um momento, sem saber o que fazer, e enfim desliza pela porta e se senta, apoiando as costas na madeira, ouvindo o som implacável da batida da música.

Enquanto está ali sentada, começa a receber uma enxurrada de mensagens de Dan. Ela não tem estrutura psicológica para ler agora, mas vê trechos de:

você insiste em tornar tudo mais difícil do que

como eu disse, a gente não quer causar nenhum

e elas vão aprender a amar o novo b

Ela põe o celular no modo Não Perturbe e tenta regular a respiração.

Finalmente, o volume da música diminui.

— Vou ficar sentada aqui até você falar comigo, querida — diz Lila, alto o suficiente para Celie ouvir. Sua voz ecoa no silêncio. — Não vou a lugar nenhum. E você sabe que eu sei ser chata.

Outro silêncio demorado.

— Tenho uma garrafa térmica, um saco de dormir, e barrinha de proteína. Se necessário, aguento até quinta-feira.

Finalmente, ela escuta passos. Escuta Celie destrancar a porta e se afastar novamente. Lila se levanta com esforço e abre a porta devagar. A filha adolescente está deitada na cama, de meias, o cabelo preto e comprido espalhado dramaticamente ao redor da cabeça, os pés encostados na parede.

— Eu odeio ele.

— Você não odeia ele. Ele é seu pai — responde Lila, pensando *Mas eu odeio.*

— Ele é patético. Sabia que ela postou o resultado do teste no Instagram?

— Como assim?

Celie mostra o celular. E ali está: uma foto do teste de plástico branco com a linha azul, *EITA* escrito em fonte cursiva embaixo da imagem.

— Isso porque não iam contar para ninguém — comenta Lila.

Ela devolve o celular, senta na cama e apoia a mão na perna da filha.

— Sinto muito, meu bem. Desculpa por você ter que lidar com isso tudo. — Ela engole em seco. — E me desculpa por… nem sempre conseguir lidar muito bem com essa situação.

Celie seca com força uma lágrima debaixo do olho e esfrega de novo quando vê o rímel borrado no dedo.

— Não é culpa sua.

— Bom, muito menos sua.

A menina a olha de soslaio.

— Quando você ficou sabendo?

Lila balança a cabeça.

— Ouvi uma das mães falando com a Marja hoje na escola. Foi por isso que seu pai ligou. Sinto muito que você tenha escutado a notícia desse jeito.

Celie balança a cabeça.

— Eu já sabia.

— Como assim, você já sabia?

— Ela tem vitaminas pré-natais no banheiro. Faz meses. Quem é que toma isso sem estar grávida?

Lila sente outra pontada dolorosa. Então foi planejado. Ela fecha os olhos por um momento, tensiona a mandíbula, a relaxa de novo, e então diz:

— Bom, talvez você ame o bebê quando nascer. Talvez seja uma novidade maravilhosa, e você descubra que é ótimo ver a família crescendo. Vai ficar tudo bem, Celie. Na verdade, aposto que você vai adorar ter outro irmão ou irmã caçula. Vai ser mais alguém para amar você. Como todos nós amamos.

Faz-se um longo silêncio.

— Nossa, mãe, você é uma péssima atriz.

Lila olha para a filha.

— Jura?

— Não foi *nada* convincente.

As duas ficam ali sentadas sem falar nada. Lila suspira.

— Bom, tá legal, pode ser meio esquisito por um tempo. Para todos nós. Mas sei que seu pai ama você, de verdade. E essas coisas normalmente acabam se resolvendo.

Celie se arrasta até a mãe, estica o braço e aperta a mão dela. Logo se afasta, mas já é suficiente.

— Você está bem, mãe? — pergunta, depois de um tempo.

— Estou ótima — diz Lila, firme. — Tenho vocês duas, não tenho? A família que eu sempre quis.

— E Bill.

— E Bill. O que a gente faria sem ele?

— Mesmo que ele faça a gente comer muita nojeira. Mãe, pode conversar com o Bill sobre as lentilhas? Por causa delas dei um peido alto na aula de geografia, e juro que todo mundo sabia que fui eu.

— Pode deixar.

Lila vai para o próprio quarto e toma um segundo Citalopram antes de descer de novo. O médico insistiu que ela se limitasse à dose recomendada. Só que o ex-marido do médico não estava ocupado engravidando metade do norte de Londres. Então vai ter outro Citalopram, sim.

— Está tudo bem?

Bill está lavando a louça, e música clássica preenche com delicadeza o silêncio da cozinha. Mesmo que Lila dissesse que lavaria a louça mais tarde, ele ficaria nervoso enquanto ela estivesse assistindo televisão, e aí acabaria saindo discretamente da sala e voltaria meia hora depois com um pano de prato molhado e uma expressão de alívio. Bill gosta de ordem. E, nos últimos meses, Lila entendeu que ele precisa se sentir útil, mesmo que ela acredite que um homem de setenta e oito anos deveria descansar mais. Bill se vira para ela, com o pano de prato pendurado no ombro.

— Tudo — responde ela. E então acrescenta, seca: — Dan vai ter um filho. Com a Amante Novinha e Flexível.

Bill fica parado por um tempo, digerindo a informação.

— Sinto muito — diz, com a voz distinta e elegante. Alguns segundos depois, ele acrescenta: — Não sei o que dizer. Sua mãe saberia.

Bill vai até Lila, e ela acha que ele vai abraçá-la, mas, após uma leve hesitação, ele coloca a mão no braço da enteada e o aperta.

— Ele é um bobo, Lila — afirma, com um tom afável.

— Eu sei.

Lila engole em seco.

— E ele vai se arrepender quando tiver que lidar com as noites insones e as fraldas — acrescenta Bill. — Os dentes nascendo. Os escândalos do bebê. E todo aquele caos e aquela bagunça.

Eu amava o caos, pensa ela, triste. *Amava estar no meio disso tudo, dos meus bebês grudentos, da minha casa cheia de brinquedos de plástico e cestos lotados de roupa suja. Eu queria cinco. Um pequeno clã. E uma casa no interior, com muitos cachorros, botas enlameadas e cestas de lenha colhida no bosque.*

— Pois é — responde Lila.

Quando ela levanta a cabeça, Bill a está observando. Ele olha para baixo, para os sapatos engraxados. Os sapatos de Bill estão sempre engraxados. Lila acha que nunca o viu sem a camisa engomada e os sapatos brilhando.

— Na verdade, ela provavelmente teria chamado Dan de filho da mãe — conclui ele, de repente.

Lila arregala os olhos. Pensa por um momento, e então responde:

— Provavelmente.

— De filho da puta, até. Provavelmente.

Bill nunca fala palavrão, e aquela frase soa tão estranha em sua boca que os dois se encaram e soltam uma gargalhada curta de choque. Outra se segue, quase como um soluço. A risada de Lila vira um choro. Ela cobre o rosto com as duas mãos.

— Esse tormento nunca acaba, Bill — diz, aos prantos. — Nossa senhora. Nunca.

Bill aperta o ombro dela.

— Mas vai. Agora acabou. Foram as três coisas.

Ela funga.

— Desde quando você é supersticioso?

— Desde quando eu não cumprimentei uma pega-rabuda solitária, que nem manda a superstição, e, no dia seguinte, sua mãe foi atropelada por um ônibus.

— Sério?

— Bem, eu tenho que culpar alguma coisa.

Ele espera Lila parar de chorar.

— Você vai ficar bem, querida — diz ele, a voz baixa.

— Nós vamos ficar bem — afirma Lila, e afasta o cabelo do rosto. Ela funga e enxuga as lágrimas. — Estou com uma cara razoável?

— Está ótima.

Ela analisa a expressão de Bill e franze a testa.

— Caramba, Bill, você consegue mentir pior do que eu.

3

Eis o que aprendi nos meus quinze anos de casamento: tudo bem se você não se sentir um poço de adoração todos os dias. Todo mundo se irrita com as meias perdidas, o atraso na vistoria do carro, qualquer período de seis semanas sem transar. Como diz a grande Esther Perel, o amor é um processo. É uma ação. Todos os casamentos têm altos e baixos, e ao longo dos anos você ganha uma perspectiva mais ampla e percebe que isso faz parte do fluxo da maré da sua vida amorosa, que é toda única e especial. Um casamento pode despertar diversas emoções no mesmo dia. Você pode acordar com um homem roncando ao seu lado e sentir vontade de sufocá-lo com o travesseiro e, às onze horas da mesma manhã, querer que a faxineira vá embora mais cedo para você agarrá-lo e passarem uma hora deliciosa juntos na cama. Você pode sentir tesão, carinho, raiva e gratidão, tudo dentro de meia hora. O segredo é entender esse processo, o vaivém, e não se deixar levar pelas próprias emoções. Porque, enquanto vocês dois estiverem juntos nessa, como uma dupla, você vai saber, no fundo da sua alma, que é só parte da tarefa gloriosa de ser humana. Dan é minha dupla, estamos nessa juntos, e todos os dias eu agradeço por essa certeza.

Às vezes, Lila se lembra desse trecho do livro, generosamente republicado em um jornal de circulação nacional quatorze dias antes de Dan abandoná-la, e tem vontade de se transformar em uma bolinha dura, como um tatuzinho-de-jardim preso na pia.

Ela tinha tanta certeza do que estava dizendo ao escrever aquilo. Ela se lembra de estar sentada em casa, construindo aquela última frase, sentindo-se inundada de amor pelo marido, pela vida. (Lila com frequência se emocionava ao escrever sobre o Dan fictício: ele era muito menos complicado do que o Dan de verdade.) Ele costumava balançar a cabeça carinhosamente quando ela falava do pai, e a tinha proibido de usar seu mantra clássico: *No fim, todos vão embora.*

Na primeira vez que dissera isso para ele, em pânico diante de sua atenção tão consistente que era quase assustadora, e se recusando a se comprometer nos primeiros meses de relacionamento, Dan pegou a mão de Lila, apertou-a entre as dele e disse:

— Você precisa reescrever essa história. Não é porque seu pai foi um babaca que todos os homens vão ser iguais.

Na época, foi uma revelação. Depois, uma referência.

Lila acha que, durante os primeiros dez anos, eles provavelmente foram felizes, na maior parte do tempo, tirando a correria com o cuidado das filhas, os dois competindo para ver quem estava mais cansado quando as duas eram bebês. Ela se lembra claramente de uma viagem de férias em família enquanto escrevia o livro. Estava sentada na praia, vendo as meninas brincarem com a mãe de Lila na água (Francesca adorava o mar), e pensou, abraçando os joelhos sujos de areia, que era incrivelmente sortuda. Era como estar aninhada no centro de algo bom, forte e sólido: a mãe dela no mar, Bill gritando palavras de incentivo debaixo do chapéu, as filhas lindas rindo, seu marido. Segurança financeira, uma casa nova, o sol e as ondas cintilantes. Parecia que ela tinha muito pela frente.

E aí — reviravolta! — Dan foi embora. E, menos de um ano depois, a mãe também partiu.

Lila está remoendo isso há vinte minutos, usando fones bloqueadores de ruído e olhando pela janela, quando nota um homem parado no jardim em frente à casa, olhando para cima. Ela o observa por um tempo, franzindo a testa, esperando que ele vá embora. Só que ele não vai. Apenas dá dois passos para a direita, apoia a mão no tronco da árvore e fica ali parado, aparentemente pensativo. O sujeito usa uma jaqueta acolchoada, calça jeans meio suja e um gorro. Lila não consegue ver seu rosto. Sente uma vaga pontada de ansiedade: duas semanas atrás, o carro do vizinho foi roubado na frente de casa. Ela torce para que o homem ligue para alguém, siga seu caminho, faça qualquer coisa que indique que não é um ladrão nem alguém planejando algo sinistro. No entanto, ele continua ali parado, olhando para cima, com um ar intrigado. Ela passa mais um momento sentada à mesa, então tira os fones e desce a escada às pressas, quatro, cinco lances, põe a coleira em Truant para ter companhia e abre a porta. O homem olha para ela.

— Este quintal é particular — diz Lila, alto o suficiente para o sujeito escutar.

Ele não diz nada, apenas a encara enquanto Truant inicia uma sequência de latidos urgentes e ensurdecedores. De repente, Lila se lembra de que ainda está de roupão e pijama às onze da manhã. Havia decidido que não tinha o direito de trocar de roupa antes de escrever mil palavras, na tentativa de se forçar a ficar no escritório. O que do nada parece um grande erro.

— O quê? — grita ele de volta.

— Este é um quintal particular! Vá embora!

O homem franze a testa de leve.

— Só estou olhando a árvore.

Que desculpa ridícula.

— Bom, então não olhe.

— Não posso olhar sua árvore?

— Não.

Truant puxa a coleira, rosnando e rangendo os dentes. Lila sente uma onda de amor por essa demonstração de agressividade de seu cachorro.

O homem não parece se incomodar. Ele levanta as sobrancelhas.

— Posso olhar sua árvore se ficar na calçada?

Ele recua dois passos, nitidamente achando graça da situação. Lila se sente ao mesmo tempo furiosa e impotente diante da confiança tranquila desse homem, de sua certeza de que ela não tem controle sobre a situação.

— Só não olhe pra minha árvore! Nem pra minha casa! Vá embora!

— Que simpatia.

— Eu não te devo simpatia. Não é porque sou mulher que preciso ser simpática. Você está parado no meu quintal, e eu não te convidei. Então, não, não preciso ser simpática.

Sua voz sai um tantinho estridente, e os latidos de Truant se tornaram ensurdecedores. Pelo canto do olho, ela vê a cortina da casa ao lado tremular na janela. Sem dúvida, isso entrará para a lista de seus crimes como vizinha. Lila levanta a mão em sinal de desculpas, e a cortina se fecha.

— Belo carro — comenta o sujeito, olhando para o Mercedes.

Lila tinha comprado o carro esportivo porque parecia algo que a mãe faria — impulsivo e otimista. Ela fora a uma concessionária especializada, porque a primeira loja não atendia o telefone. E adquiriu o modelo mais caro que a herança da mãe permitia, de mais alto nível — um Mercedes Benz 380SL 1985 —, porque o vendedor elegante da concessionária claramente não acreditava que ela tinha dinheiro para pagar.

(— É — disse Eleanor, sua amiga mais antiga, em tom de sarcasmo. — Você mostrou para ele.)

— Tem rastreador — grita ela.

— Como é que é?

O homem não a escuta em meio ao barulho.

— O carro tem rastreador! E alarme!

Ele franze a testa.

— Você acha que vou roubar seu carro?

— Não. Eu não acho que você vai roubar meu carro. Porque, se roubasse, a polícia o rastrearia e você iria preso. Estou só avisando que não é uma opção. E, por sinal, não tem dinheiro na casa. Caso estivesse cogitando.

Ele olha para os tênis por um minuto, ainda franzindo a testa, e então a encara novamente.

— Então você veio aqui para me dizer que não posso olhar para sua árvore, nem roubar seu Mercedes, senão vou preso, e que você não tem dinheiro.

Dito assim, soa ridículo, e isso a deixa ainda mais irritada.

— É por aí. Talvez, se você não entrasse sem ser convidado no quintal das pessoas, elas não se sentissem obrigadas a dizer nada disso.

— Na verdade, eu entrei no seu quintal porque tinha hora marcada com o Bill.

— Como é que é?

— Tinha hora marcada com o Bill. Para tratar do jardim. Mas ninguém atendeu a campainha, então acho que ele não está.

Ela murcha.

— Ah.

Nesse momento, Truant, nitidamente enlouquecido por essa transgressão incessante, começa a se contorcer na coleira, sem saber se quer atacar o homem ou fugir. Lila luta com o cachorro, tentando acalmá-lo, mas seu tom de voz claramente causou uma espiral de ansiedade no cachorro, e ele se recusa a relaxar.

— Bill está na casa dele.

Lila tem que gritar duas vezes, porque a primeira é engolida pelo barulho.

— *Na casa dele*. Seguindo a rua. Olha, desculpa. Pode entrar enquanto eu ligo pro Bill. Ele obviamente se esqueceu do compromisso.

O homem, porém, recua mais dois passos.

— Não precisa. Eu mesmo ligo.

E ele segue pela rua, tirando o celular do bolso.

— Não me surpreende que ele tenha fugido. Você anda bem… homicida desde que o Dan foi embora.

— Homicida?

— Na maior parte do tempo, você anda por aí com cara de que facilmente assassinaria alguém.

Lila olha para o garfo que vinha agitando no ar enquanto contava a Eleanor a história do suposto invasor de quintal e abaixa o talher devagar.

— Não ando, não. Não pareço homicida de verdade.

Eleanor não está trabalhando no momento, então usa uma maquiagem caprichada. Quando está trabalhando — ela é maquiadora e cabeleireira de televisão —, diz que não tem saco para cuidar da própria cara. Lila olha para a amiga e se pergunta se Eleanor está envelhecendo muito melhor do que ela. A amiga está... radiante.

— Bom...

— Você está dizendo que pareço doida.

— Não — responde Eleanor, pegando um sushi com o hashi e levando-o à boca. — Como sua amiga mais antiga, só quero dizer que você ultimamente anda... reagindo meio rápido demais. — Ao ver a expressão desanimada de Lila, acrescenta: — Assim, é totalmente compreensível, dado o que você passou e tal. Mas eu reservaria essa raiva pro Dan. Você talvez só precise tomar cuidado com a vibe que você passa para pessoas aleatórias.

— Vibe?

— Bem, talvez seja melhor parar um pouco com *isso*.

Ela semicerra os olhos de repente, faz uma expressão fechada e encara a amiga.

Lila afasta o prato.

— Está me imitando?

— Bom, não perfeitamente. Você também faz um negócio de projetar o queixo. Acho que não consigo imitar.

— Nossa. Valeu.

— Estou dizendo isso com amor, Lils. E tem um montão de gente que merece que você passe essa vibe, sim. Dan está no topo da lista. Mas o coitado do jardineiro que só estava olhando para a árvore enquanto espera seu padrasto idoso? Talvez nem tanto. Tenta isso.

Ela abre um sorriso lento e exagerado.

— Muito engraçada.

— Não é brincadeira. Tenta.

— Eu sei sorrir, El.

— Pode até ser. Mas não tem sorrido ultimamente. Só não quero que você acabe, sabe, que nem aquelas divorciadas de boca fina. É muito difícil passar batom direito quando se tem rugas nos lábios.

Ela faz biquinho e aponta as linhas finas resultantes.

— Como anda o Bill, afinal? — pergunta Eleanor.

Lila suspira e toma um gole d'água.

— Difícil dizer. Podem amputar a perna dele que ele ainda vai insistir que está ótimo.

Ela o imagina andando em silêncio pela casa, escutando rádio nos fones de ouvido. Bill parece precisar de um fluxo constante de música clássica, sua barreira contra o resto do mundo.

— Ele está bem. Acho. Obriga as meninas a comerem muitas leguminosas.

— Elas devem adorar.

— Pois é… Sei lá, ele e minha mãe tinham uma vida meio regrada. Horários, comida saudável, organização e... ordem. Então é meio difícil morar com ele. Não me leve a mal, fico feliz por ele estar lá. Acho que é bom para a gente ter essa... continuidade. Mas queria que ele relaxasse um pouquinho — comenta Lila. Ela vê Eleanor olhar o relógio. — Você tem compromisso? Está muito bonita, por sinal.

— Estou? — pergunta Eleanor, com a tranquilidade de quem sabe que é verdade.

Ela tem uma cabeleira ondulada castanha com uma mecha branca na frente, que consegue ser ao mesmo tempo natural e ridiculamente estilosa. Está usando uma blusa de seda escarlate e meia dúzia de braceletes de prata.

— Vou encontrar Jamie e Nicoletta mais tarde — conta ela.

— Quem?

— O casal de quem eu te falei. Vamos para um hotel em Notting Hill. Estou bem empolgada.

— Ah. O *trisal* — diz Lila, torcendo a cara.

— Preferimos *ménage à trois*. "Trisal" fica parecendo revista de fofoca.

Nesses três anos desde que ficou solteira, Eleanor tem experienciado uma odisseia sexual — toda semana vai toda alegrinha viver suas "aventuras", como ela mesma descreve. É muito divertido, segundo conta para Lila. Não há nenhuma preocupação com relacionamentos, padrões estéticos, um possível futuro a dois, toda essa história. É só curtição e sexo gostoso. De acordo com a amiga, gostaria de ter feito isso anos atrás, em vez de ficar com Eddie.

Agora, toda vez que Lila a vê, é como se Eleanor estivesse se transformando em alguém irreconhecível.

— Não é esquisito? Tipo, vocês têm que combinar tudo antes? Quem vai botar o quê onde? Ou se revezam?

Lila fica constrangida só de pensar. Ela mal se imagina mostrando a canela para alguém atualmente, muito menos pulando toda feliz na cama com dois desconhecidos.

— Não é nem um pouco esquisito. Eu gosto deles, eles gostam de mim. A gente só… curte, bebe um vinho, ri um pouco, se diverte.

— Do jeito que você fala, parece até um clube do livro. Mas com órgãos genitais.

— É quase isso — comenta Eleanor, levando à boca um pedaço de gengibre. — Mas com menos lição de casa. Você deveria experimentar.

— Prefiro morrer — responde Lila. — Além do mais, não me imagino com mais ninguém além do Dan. Eu era feliz com ele.

— Você me disse que chegaram a passar seis meses sem transar.

— Odeio sua memória. Enfim, isso foi só na reta final.

Eleanor levanta as sobrancelhas e obviamente decide deixar para lá.

— Acho que você precisa de um pouco de alegria nessa vida, Lils. Precisa curtir, trepar, dar uma relaxada nesses ombros. Você ainda é bonita. Tá com tudo.

— Não vou a nenhuma suruba com você, Eleanor.

— Então pode entrar nos apps. Só para conhecer alguém. Para experimentar.

Lila faz que não com a cabeça.

— Melhor não. Mas vou tentar parecer menos homicida. Ah, pelo amor de deus, quantas vezes a gente já pediu a conta pro garçom? Tenho que levantar e arrancar da mão dele para resolver?

Bill preparou peixe cozido no vapor para jantar. O cheiro forte a atinge assim que Lila abre a porta, e ela fica parada no hall com os olhos fechados, lembrando-se de que o padrasto está fazendo uma gentileza ao cozinhar para elas. O fato de que a casa vai ficar cheirando a peixaria pelas próximas quarenta e oito horas é só um efeito colateral desagradável.

Tomara que não seja com lentilha, pensa ela, abaixando-se para falar com Truant, que a cumprimenta como se ela fosse a única pessoa segura no universo.

— Oi, meu bem. Fiz peixe com lentilha para o jantar — diz Bill, virando-se para Lila. Está usando o avental de Francesca. — Botei um pouco de gengibre e alho. Sei que as meninas dizem que não gostam, mas faz muito bem para o sistema imunológico.

— Tá ótimo! — responde ela, pensando se há alguma maneira de pedir delivery sem que Bill saiba.

— Como foi seu dia, Lila?

Ele está preparando o molho para uma salada verde, com música clássica da rádio murmurando ao fundo. Seus sapatos brilham como castanhas portuguesas, e ele está de camisa e gravata, mesmo que esteja aposentado há treze anos.

— Ah. Foi bom. Almocei com a Eleanor e depois tive uma reunião com o contador.

Ela não quer falar sobre a reunião com o contador. Enquanto o homem percorria as colunas de receita projetada e impostos programados, um zumbido baixo começou na cabeça dela.

— E o seu? — pergunta. — Jesus amado, o que é isso?

Ela leva um susto ao ver o quadro apoiado na bancada. É uma pintura semiabstrata de uma mulher nua. Uma mulher que tem os mesmos cachos grisalhos e óculos de casco de tartaruga da mãe dela.

— Por favor, não me diga que é...

— Sua mãe, sim. Eu sinto saudade dela. Achei que seria bom deixá-la na sala.

— Mas, Bill, ela está pelada.

— Ah, ela nunca se incomodou. Você sabe que sua mãe era tranquila em relação ao próprio corpo.

— Pois eu garanto a você que as meninas não vão ficar muito tranquilas vendo a avó pelada em cima da televisão.

Bill para e levanta os óculos brevemente, como se isso tivesse acabado de lhe ocorrer.

— Não sei por que você precisa destacar o aspecto da nudez. Na verdade, a questão é o que está no interior.

— Bill, estou vendo tudo no interior dela. Escuta, sei que você sente saudade da mamãe. Por que não pendura o quadro no seu quarto? Assim, é a primeira coisa que vai ver quando acordar e a última antes de dormir.

Ele olha para o retrato.

— Eu só achei que seria bom se ela fizesse parte da família. Ficasse de olho na gente.

— Talvez de calça. Uma parte vestida da família.

Bill suspira e olha para o lado.

— Se é o que você prefere...

De repente, ela se sente culpada e o abraça, quase num pedido de desculpas. Ele se tensiona de leve, como se qualquer contato físico fosse uma espécie de agressão. Lila acredita que sua mãe devia ser a única pessoa com quem Bill já se sentiu completamente relaxado.

— Talvez uma foto bonita. Com certeza cairia bem ter mais fotos da mamãe por aqui — comenta.

— Parece que ela nem existiu — diz ele, baixinho. — Às vezes, olho ao redor e me pergunto se ela existiu mesmo.

Lila olha para ele, para a dor estampada em seu rosto, e sente que seu próprio luto nem se compara ao do padrasto. Ela perdeu a mãe, sim, mas Bill perdeu sua alma gêmea.

— Tenho uma caixa de fotos dela na outra casa — afirma ele, respirando fundo. — Retratos, essas coisas. Se você não quiser mesmo esse.

Lila nota, com uma pontada de algo que não sabe identificar, que Bill não chama mais a outra casa de “minha casa”.

— Vamos fazer o seguinte — diz ela. — Deixamos aqui por enquanto. Considerando o tempo que as meninas passam encarando o celular, provavelmente não vão nem reparar.

4

O telefone toca às dez e quinze, exatamente onze minutos depois de Lila digitar o primeiro parágrafo que conseguiu escrever em meses, e nove minutos depois de se permitir pensar que talvez dê conta desse lance de ser escritora, afinal. Distraída, ela atende, ainda olhando para a tela do computador, então não vê quem está ligando.

— Quem fala é a sra. Brewer?

— É Kennedy.

— Hum... ah, sim. Perdão, não corrigimos no nosso cadastro. Estou ligando da secretaria do colégio. Só queríamos saber se Celie tinha algum compromisso hoje cedo de que não fomos informados.

— Perdão?

— Celie. Ela faltou ao primeiro tempo. Queríamos saber se ela por acaso tinha consulta no dentista hoje.

Por um momento, a mente de Lila apaga. Será que ela esqueceu que a filha tinha consulta marcada no dentista? Ela olha o calendário no celular. Nada.

— Perdão... Como assim, faltou?

— Ela não veio à escola.

— Mas eu a deixei aí hoje de manhã. Quer dizer, não deixei aí, mas a vi entrar no ônibus.

Um breve silêncio. O tipo de silêncio cansado que indica a você, como mãe, que a pessoa do outro lado da linha sabe que você não tem a mínima ideia de onde sua filha pode estar.

— Bom, de acordo com os colegas dela, Celie não chegou. Ela tem ido tanto ao dentista ultimamente que pensamos que talvez ela estivesse passando por um tratamento de que não fomos informados.

— Ao dentista?

Mais silêncio.

— Ela trouxe atestados médicos para faltar às aulas da tarde… hum... três vezes este mês.

— Ela... ela não está fazendo nenhum tratamento. Vou ligar para ela. Vou ligar. Eu… ligo de volta em breve.

Lila sente o pânico crescer no peito. De repente, sua cabeça é inundada por manchetes: *Garota desaparecida é encontrada morta em canal. Pais dizem que não faziam a menor ideia.*

Ela liga para Dan, apertando os botões com força.

— Lila, estou em reuni...

— Você sabe onde a Celie está?

— Como assim?

— Ela matou aula. Acabaram de me avisar.

— Mas ela estava com você.

— Eu sei, Dan. Só queria saber se ela te disse alguma coisa. Se vocês combinaram alguma coisa da qual eu não fiquei sabendo.

— Não, Lila. Eu conto tudo pra você.

Nem tudo, ela quer dizer, mas não é hora para isso.

— Está bem. Vou ligar pra ela.

Ela liga para a filha, que não atende. Depois da quarta ligação, manda uma mensagem:

Celie, cadê você? Por favor, me diga que está bem.

Passam-se quatro longos minutos até que Celie responda. Quatro minutos em que Lila balança a perna ansiosamente debaixo da mesa, quatro minutos em que todos os cenários possíveis percorreram seu corpo, sobrecarregando seu coração e seus nervos.

Só precisava de um tempinho para mim. Tô bem.

Lila sente um nanossegundo de alívio ao olhar para a mensagem. Então, o pânico é abruptamente substituído por uma fúria absoluta. Tempinho para mim? *Tempinho para mim?* Que adolescente precisa de um tempinho para si? Ela respira fundo antes de digitar de novo: Você devia estar na escola. Ligaram perguntando por você.

Você não pode dizer que estou no dentista ou algo assim?

Cadê você? Volte para casa. Já.

Lila vê os três pontinhos piscarem na tela e desaparecerem. Ela encara o celular. JÁ, Celie. Ela vê os pontinhos piscarem outra vez e, então, mais nada.

* * *

Na infância, Lila ameaçou desaparecer apenas uma vez. Tinha oito ou nove anos, e alguma briga aconteceu, mas ela não consegue se lembrar do que se tratava. A mãe nunca tinha sido do tipo que se preocupava com bagunça no quarto ("Tudo é criatividade! Até a bagunça!"), nem era rigorosa com regras, então a memória de Lila dá um branco. Ela lembra, porém, que arrumou uma mochilinha de criança e anunciou em tom pomposo para a mãe que estava indo embora. Francesca, ocupada cuidando do jardim, ajoelhada em uma almofadinha que sua própria mãe tinha bordado, se virou para a filha. Protegendo os olhos com a mão enluvada, forçando a vista sob o sol, falou:

— Vai embora? De vez?

Furiosa, Lila confirmou.

Francesca olhou para a terra, pensativa.

— Está bem — disse. — Você vai precisar de comida.

Ela tirou as luvas, se levantou e levou Lila à cozinha, onde começou a revirar os armários.

— Acho que vai precisar de biscoitos... Talvez uma fruta?

Lila abriu a mochila enquanto a mãe andava pela cozinha.

— Acho que um prato também cai bem. Porque é difícil comer sem prato. Que tal pegar aqueles de papel, do piquenique? São mais leves.

Lila se lembra de ter se sentido um pouco desorientada conforme a situação progredia, de sua fúria se dissipando, do entusiasmo prático da mãe, como se a filha tivesse sugerido uma aventura totalmente compreensível.

— Já sei! — anunciou Francesca, e fechou o zíper da mochila, Lila começando a ficar insegura sobre o que fazer em seguida. — Monster Munch! Não pesa nada, e você adora esse salgadinho. Melhor a mochila não pesar muito.

O salgadinho de cebola Monster Munch era a comida preferida de Lila. Ela assentiu, enquanto Francesca abria e fechava as portas dos armários.

— Ah, poxa. Parece que acabou. Vamos comprar no mercadinho?

Lila nunca consegue recordar o que aconteceu com o resto do plano de fuga. O que ela recorda é que a mãe andou com ela até o mercadinho, o calor irradiando da calçada, e a deixou escolher vários pacotes de Monster Munch. Depois, anunciou que ia querer um também. As duas voltaram andando devagar, comendo os salgadinhos crocantes e conversando sobre o gato malhado de um olho só do oitenta e um, sobre o episódio preferido de *Doctor Who* de Francesca e se deveriam pintar a porta de casa de vermelho. Lila agora se dá conta de que a mãe não só a distraiu, como fez isso de um jeito que deu à filha uma saída fácil. *Como é que minha mãe sempre sabia exatamente o que fazer?*, pondera. E então: *Será que ainda vendem Monster Munch de cebola?*

Ela vê Celie antes que Celie a veja. A menina está no triângulo de pedestres da área comercial, onde embalagens vazias de comida são levadas pela brisa e algumas mesas e cadeiras de plástico dispersas tentam dar um ar de café descolado ao lugar. Celie está sentada na mureta de um canteiro alto, com a cabeça abaixada, olhando o celular. Lila não tem muitos motivos para agradecer a Dan, mas a mensagem dele lembrando que eles tinham habilitado o *Buscar iPhone* no celular de Celie levou a um sincero *Graças a Deus*.

— Celie?

Ela se senta ao lado da filha e toca seu braço.

A garota se sobressalta e enrubesce de leve. Há um momento de vaga confusão, até que Lila vê Celie se lembrar do *Buscar iPhone* e se pergunta quanto tempo levará para a filha deletar o aplicativo.

— O que houve?

A raiva de Lila já passou. Resta apenas uma enorme preocupação.

— Não quero conversar.

Lila olha para a filha, para seu cabelo preto e comprido, tão diferente do dela. Queria que Celie voltasse a sorrir tanto quanto antes — aqueles raios de luz imensos que antes brilhavam em seu rosto. Hoje em dia, a garota é um ser silencioso, vive enfurnada no quarto ou eternamente colada ao celular, em algum canto fora do alcance dos pais, que agora são inadequados e nada confiáveis.

— Ok.

Ela fica a um metro de Celie na mureta e tenta pensar no melhor jeito de lidar com a situação. O que a mãe dela teria feito? Várias horas se passam em seus pensamentos até ela recorrer à única pergunta que lhe ocorre.

— Você está bem?

A voz de Celie emerge de algum lugar perto do peito, engolida por cortinas de cabelo.

— Estou.

— Quer me contar por que anda matando aula?

A menina fica calada. Depois de um instante, dá de ombros. Examina algo no dedo e olha para longe.

— Você sabe que a escola me ligou.

Ela vê a filha suspirar de leve, talvez por saber que, agora, a escola vai monitorá-la atentamente. Lila baixa a voz.

— Não é uma boa hora para matar aula, meu amor. Não tão perto das provas.

Ela praticamente escuta Celie revirar os olhos. As duas ficam ali sentadas, em silêncio. Celie voltou a roer as unhas — Lila vê que as cutículas estão machucadas. A filha olha para ela, abre um pouco a boca. E então o celular de Lila toca.

— Lila, você sabe onde está o polidor de prata?

— O quê?

A voz de Bill soa abafada por um momento, e então ele diz:

— Polidor de prata. Trouxe o jogo de chá de prata da sua mãe, para que a gente possa tomar chá direito, mas está bem escurecido, e não encontrei o polidor debaixo da pia. Nem no quartinho dos fundos.

— Acho que não temos. E estou no meio de...

— Não tem polidor de prata? Mas como você faz para polir prata?

— Acho que não temos nada de prata. Bill, preciso desligar.

Ele solta um suspiro decepcionado.

— Acho que posso comprar naquela loja no centro. Será que vende?

Celie se virou.

— Eu... eu não sei, Bill. Vou dar uma olhada na volta.

Ela desliga e, hesitante, pousa a mão no braço da filha.

— Isso é por causa de mim e do seu pai?

— Nossa, mãe. Nem tudo é por causa de você e do papai.

Tem alguma coisa estranha na voz dela, como se estivesse um pouquinho mais pesada, mais lenta do que o normal. Por um instante, Lila cogita que Celie esteja tentando conter as lágrimas. Até que sente um odor suave, adocicado e acre.

— Celie? Você *fumou maconha*?

A menina fuzila a mãe com um olhar de esguelha, mas isso diz tudo.

— Mas que... Celie, você não pode fumar maconha! Você só tem dezesseis anos!

Ela sente, mais do que escuta, o palavrão que Celie resmunga.

— Que... Onde você arranjou? Tem alguém vendendo na escola?

— Por quê? Quer comprar?

— Como é que é?

— Caramba, mãe, você é tão hipócrita. Eu sei que você fuma maconha de noite. Você está falando como se eu fosse toda errada, mas você faz a mesma coisa.

— Não faço, não.

— Ai, meu Deus. Não adianta mentir. Eu sinto o cheiro pela janela do quarto.

— Eu... Eu... É diferente. Eu só fumo quando não consigo dormir.

— E eu fumo quando não consigo relaxar. Que diferença faz?

— Você tem dezesseis anos! E eu tenho quarenta e dois!

O celular dela toca de novo. Bill.

— Bill, não posso falar...

— Eu sei, meu bem. Vou ser rápido. Se for passar na loja, queria pedir para trazer também um pote de Bar Keepers Friend, pode ser?

— O quê?

— É um produto de limpeza muito útil. Notei que alguns lugares da cozinha estão um pouco... sujos. Sei que você anda muito ocupada, então, se me arranjar um pote, eu posso começar e...

— Ok. Está bem, Bill. Eu compro.

Ela desliga o celular e, por impulso, puxa a bolsa de Celie abruptamente. A garota puxa de volta.

— O que você está *fazendo*?

— Cadê?

— Solta!

— A maconha! Cadê?

Lila puxa a bolsa de Celie de novo, mas a filha puxa de volta, e, por um breve minuto, quase cômico, elas ficam ali sentadas na mureta, brincando de cabo de guerra com a bolsa de lona.

— Ai, meu Deus! Para com isso!

Celie consegue puxar a bolsa de vez e pula da mureta, com o rosto roxo de raiva.

— Você não pode fumar maconha, Celie!

— Nossa, você é muito esquisita! Por que não me deixa em paz?

— Porque eu sou sua mãe!

Lila ainda está na calçada gritando o nome da filha enquanto Celie enfia a bolsa debaixo do braço e segue, meio trotando, para o ponto de ônibus.

— É meu trabalho! — grita Lila, e sua voz é carregada pelo vento junto com as caixas de comida vazias, até desaparecer.

É neste momento que Bill liga de novo.

— Sabe, fiquei pensando em trazer alguns porta-copos da outra casa. Notei umas manchas bem feias nas mesas de madeira, onde as meninas têm apoiado bebida. Você pode trazer um lustra-móveis da loja, por favor? De cera de abelha, nada daqueles produtos químicos industriais. Começo o serviço assim que você chegar com as compras.

5

Lila não sabe bem como isso começou, provavelmente com sua incapacidade de combinar os vários controles remotos e opções televisivas desde que Dan — ou Suporte Técnico, como as meninas o chamavam de brincadeira — foi embora, mas há uns meses ela tem assistido a uma novela em espanhol. Na maioria das noites, se consegue arranjar um tempinho depois de colocar as meninas na cama e antes de ficar cansada demais para manter o olho aberto, ela se aninha no sofá e vê um capítulo legendado de *La Familia Esperanza*, uma narrativa de reviravoltas sem fim que envolve mulheres latinas e absurdamente glamorosas que vivem em guerra intensa entre si e com os homens que amam. Todos usam roupas de cores vibrantes, o clima é sempre quente, e o elenco arremessa ofensas e móveis com o ímpeto alegre de crianças na piscina de bolinhas. A favorita de Lila é Estella Esperanza, uma esposa orgulhosa e baixinha que tem a mesma idade de Lila e que lembra um pouco a Salma Hayek. Ela era um ratinho submisso nos primeiros seis capítulos, mas então descobriu que o marido, Rodrigo, a traía com a secretária adolescente. Após vários episódios de choro desesperado, de ser consolada pelas irmãs e de preces na igreja local, ela se transformou em um anjo vingador, que persegue o marido e a amante e cria maneiras infinitamente elaboradas de destruir a nova vida dos dois.

Essa semana, depois de descobrir que Rodrigo e Isabella planejavam fazer uma viagem romântica para um resort à beira-mar, ela deu um jeito de conseguir emprego como camareira no hotel de luxo e encheu as cápsulas de Nespresso do quarto deles de laxante. No capítulo anterior, ela contratou um gigolô para paquerar Isabella no bar e armou para Rodrigo presenciar a cena. Enquanto isso, Estella faz aulas de tiro em um clube de tiro da região, com a ajuda — é claro — de um professor gato, mas compreensivo. Nitidamente é só uma questão de tempo até ela tirar sua pistolinha estilosa da bolsa de grife e mostrar para o marido o que é bom para a tosse. Por ora, no entanto, Rodrigo não desconfia de nada, porque ainda acredita que a esposa é um ratinho submisso. Às vezes, Lila se imagina no lugar de Estella, atravessando o parquinho a passos decididos — toda de preto, ao mesmo tempo elegante e magoada —, espalhando fotos incriminadoras do ex-marido e gritando palavrões que soam muito melhor em espanhol. Ou então, nos seus piores dias, tirando uma arma da bolsa de grife (ela não tem nenhuma bolsa de grife) e só... bom, dando um sustinho no pessoal.

Ela não fala mais sobre essa fantasia novelesca desde que confessou certa manhã para Eleanor, e a amiga parou o que estava fazendo e perguntou: "Você está bem?" Mas Lila continua assistindo à novela e torcendo para que Estella faça coisas cada vez mais horríveis e absurdas, mesmo que ela própria esteja de cabelo preso de qualquer jeito e moletom coberto de pelo de cachorro.

Celie passa três dias sem falar com Lila. Ela chega da escola quase se esgueirando, entrando em casa de forma tão silenciosa que às vezes Lila só percebe que a filha chegou quando ouve Bill perguntar se a menina quer beber alguma coisa e lembrar que ela deveria tomar mais água. Celie evitou o jantar uma noite, dizendo que estava ocupada com trabalho da escola, e nas outras duas ficou o tempo todo olhando para baixo, como se preferisse estar em qualquer outro lugar. Lila vasculhou o quarto da filha duas vezes, não encontrou nenhum sinal de drogas e se sentiu estranhamente culpada durante todo o processo. Parte dela está com medo de conversar com Celie e acabar abrindo o jogo.

— Você era igualzinha, meu bem — diz Bill, quando a menina rapidamente se levanta da mesa para ir ao banheiro.

— Não era, não.

— Ah, mas era, sim. Você passou uns dois anos em silêncio. Deixou sua mãe completamente lelé. Até que fez dezessete anos e voltou a falar. Logo passa. Só é muito complicado ter dezesseis anos.

Ela não conta a Bill sobre a maconha. Ele mal consegue lidar com o fato de as meninas tomarem refrigerante. Além disso, ele está com a cabeça cheia. Durante o jantar, anunciou que havia decidido arrumar o jardim.

— Pensei em fazermos um memorial no jardim. Pelo menos em um canto. Seria bom ter um lugar onde a gente possa se sentar, se conectar com a natureza e se lembrar da sua avó.

— O gato do vizinho faz cocô no nosso jardim — comenta Violet, que estava discretamente escondendo pedaços de cenoura embaixo do frango cozido. — Tem MUITA natureza naquele canto.

— Bom, eu posso borrifar citronela. Costuma afastar os gatos.

— Mas ainda tem muito cocô no chão. Um montão. Daria para fazer todo um bebê de cocô de tanto cocô que tem no jardim. Um bebezão de cocô enorme.

Bill fica momentaneamente atordoado pela reviravolta na conversa, e Lila se sente grata por isso. Mexer no jardim vai custar dinheiro, e ela chegou a um ponto em que só de pensar nas finanças sente um nó de ansiedade imenso na garganta, do tamanho de uma bola de boliche. Ela vem tendo que gastar centenas de libras com bombeiro hidráulico todo mês por conta de emergências só para o banheiro funcionar. A quantia de que precisa simplesmente para existir chega a números estratosféricos. E ela ainda não chegou nem perto de criar um esboço para o novo livro sobre a alegria aparentemente infinita de ser mãe solo.

— O que você acha do memorial no jardim, Celie? — pergunta Bill, em um tom afável.

A menina voltou e discretamente posicionou os talheres no meio do prato.

— Pode ser.

— Não seria bom ter um lugar gostoso para se sentar e se lembrar da vovó?

— A gente pode fazer um banco de cocô seco — sugere Violet, gargalhando —, para sentar.

— Você é nojenta, Vi.

Celie se levanta e anda até a lixeira com o prato, escondendo-o para que ninguém veja quanta comida sobrou.

— Tenho um belo banco de madeira — continua Bill, sem perder o ânimo. — Fiz três meses depois da morte de Francesca. É um banco ao estilo Lutyens, de carvalho, então está começando a maturar bem. Posso trazê-lo e colocá-lo no canto, perto do lilás.

— Temos lilás no jardim? — pergunta Lila.

— Seria bom dar uma controlada nas beiradas. É um jardim de bom tamanho. Talvez a gente possa instalar uns canteiros elevados na ponta, para uma horta.

— Sem abobrinha — diz Violet, que está sorrateiramente dando pedaços de frango para Truant. — Odeio abobrinha.

— Tive uma ótima conversa com Jensen. Ele mora perto da outra casa. Demos uma volta enquanto você estava na reunião com o contador, Lila. Ele teve várias ideias para dar um jeito nas coisas.

— Jensen?

— Jardineiro paisagista. Você o conheceu na semana passada. Aparentemente, você não gostou de vê-lo olhando para a árvore. Ele achou muito engraçado.

— Eu não sabia quem era.

— Ele é bastante requisitado, mas gostava muito da sua mãe, então disse que vai nos encaixar assim que possível.

— Que gentileza — responde Lila, preocupada com o preço da hora do jardineiro.

— E ele tem uma mentalidade muito ecológica... muitas plantas boas para abelhas, adequadas ao clima, sem pesticidas e usando material reciclado sempre que possível.

— Mas *o que* ele acha de bancos de cocô? — pergunta Violet, aumentando o tom de voz.

Bill opta por ignorar.

— Enfim. Ele vem sexta para conversar. Melhor começar logo, né?

Lila não quer pensar nisso agora. Nas últimas semanas, notou que Bill parece estar tornando a casa dela seu lar permanente, embora não diga isso com todas as letras. Itens desconhecidos começaram a aparecer pela casa, já entulhada com caixas da mudança que ela ainda não teve energia de arrumar e objetos para os quais as meninas não encontram lugar mas também não querem doar, e por isso ficam acumulando poeira pelos cantos. No corredor, há uma bicicleta infantil apoiada na parede. É pequena demais para Violet, mas, quando Lila considerou a possibilidade de doar, as duas meninas reclamaram que era parte da infância delas, e ela sente culpa demais pela família arruinada para contrariá-las.

Nesse cenário já apinhado, ela notou novos itens: uma coleção de partituras para piano, uma mesa de cedro com um mapa da América do Sul entalhado, o aparelho de som antigo de Bill, junto com a coleção de LPs clássicos dos anos 1970. Lila deu uma espiada no quarto de hóspedes semana passada, quando Bill estava na rua, e notou que ele tinha dado um jeito de levar para lá um guarda-roupa de mogno inteiro, cheio. O móvel ocupa o espaço à direita da lareira, com a fachada linda, lustrada e brilhante refletindo a luz na cama de Bill, arrumada com precisão geométrica. Lá dentro, uma fileira de camisas passadinhas pendia com espaçamento exato de dois centímetros e meio entre cada uma. O armário do banheiro dela agora tem uma fila inteira de frascos e embalagens cuidadosamente alinhados contendo os remédios de Bill: anticoagulantes, comprimidos para o colesterol e para o coração e uma variedade sem fim de vitaminas e suplementos.

Lila não sabe o que pensar disso. Ela entende que precisa de Bill em casa. As meninas precisam da presença de um adulto quando ela não está, e com o hábito discreto dele de limpar e cozinhar, as coisas continuam com o mínimo de ordem, algo que ela parece incapaz de manter. No entanto, morar com Bill às vezes é como viver em uma prolongada bronca doméstica implícita, especialmente quando ela chega em casa e a louça do café da manhã não está na pia, onde Lila deixou, e sim lavada e enfileiradinha no escorredor, ou ela encontra o vidro do fogão a lenha reluzindo, sendo que antes estava escuro de fuligem. O costume de Bill de cozinhar, faxinar e insistir em manter a paz e a ordem é um lembrete constante de que, pelo visto, Lila não tem a menor condição de dar conta dessas coisas. Embora racionalmente ela saiba que o padrasto faz tudo isso para ajudar, um lado sombrio dentro de Lila sente que essas atitudes são uma lembrança incômoda de seu fracasso.

E ela deve ser mesmo um fracasso — do contrário, Dan não teria ido embora.

— Enfim — diz Bill, enquanto enche a lava-louças com pratos que já enxaguou —, ele vem amanhã para começar a discutirmos o projeto. Vai ser bom, não acham?

Celie se recusou a ir à casa de Dan esta semana, então, quando ele telefona, Lila está preparada para um monólogo de seu ex-marido a acusando de envenenar as meninas contra ele. Porém, a voz de Dan soa estranhamente hesitante, em um tom quase conciliatório.

— Não posso forçá-la a ir, Dan — começa Lila, mas ele a interrompe.

— Na verdade, não é disso que quero falar. Mesmo que eu prefira que ela venha, óbvio. Celie é minha filha.

— Elas não gostam de não ter quarto próprio. Nessa idade da Celie…

— A casa é bem pequena, Lils.

Não me chame de Lils, ela quer dizer, mas engole.

— Bem, Celie se importa muito com esse tipo de coisa. É só isso.

De repente, ela se pergunta o que vai acontecer quando o bebê nascer. Será que terá algum espaço para as meninas? Despedir-se das filhas duas noites por semana é sempre agridoce: Lila quer que elas mantenham uma relação com o pai, sim, e às vezes é um alívio ter um descanso das mudanças de humor de Celie e das exigências constantes de Violet, sim, mas elas são seus *bebês*, e não há um dia sequer em que Lila se sinta pronta para encarar a manhã sem as filhas.

— Eu sei. E estou tentando dar um jeito de arranjar espaço para todo mundo.

Dan não menciona o bebê, ela já percebeu. A referência é sempre vaga. Lila se pergunta se Dan está com dúvidas em relação a ser pai de novo. Ela é trazida de volta à conversa pela frase seguinte.

— Então, na verdade, é por isso que liguei.

— Por quê?

Dan suspira profundamente, como se aquela mera pergunta lhe causasse dor.

— Provavelmente vamos precisar nos mudar em algum momento. Para um lugar um pouco maior. E a situação não está muito boa na revista. Andam falando de demissões. Eu até confio que não vou perder o emprego, mas meus gastos mensais estão bem pesados.

Agora viramos um "gasto mensal"?, pensa ela.

— O que eu quero dizer é que, quando chegar o bebê, provavelmente não vou poder dar tanto quanto tenho dado.

Lila fica em choque e só depois de um tempo fala:

— Como é que é?

— Já estou dando mais do que sou legalmente obrigado.

— Dan, são suas filhas.

— Eu sei. E sei que você está com dificuldade na escrita, e por isso tenho tentado pagar tudo que posso. Mas conversei com uma advogada, e ela disse que tenho obrigação legal de garantir que todas as crianças recebam tratamento igual…

— *Todas* as crianças?

— Bom, Marja e eu agora estamos juntos, então tenho que incluir o Hugo. O pai dele não é lá muito presente. São quatro filhos para sustentar, o que é muita coisa. E Marja e eu definitivamente precisamos de outro quarto. Este lugar só tem três, como você sabe, e você mora em uma casa de cinco…

— Dan, eu não vou vender a casa.

— Não estou pedindo para você vender a casa.

— Eu paguei pela casa com o dinheiro do livro. É o *lar* das nossas filhas.

— Eu sei. Não estou falando nada da sua casa. Só que não vou poder pagar tanto de pensão.

Ela pisca.

— Quanto menos?

— Provavelmente uns quinhentos por mês.

Lila não sabe o que dizer.

— Vou precisar renovar a hipoteca, e, do jeito que andam os juros, não vai ser bom negócio. Desculpa, Lils. Mas a minha situação financeira é essa. Você sempre ganhou mais, e eu não me incomodei de deixar você e as meninas na casa.

— Na minha casa. Na nossa casa. E eu mal estou ganhando dinheiro.

— Enfim, só queria dar um aviso logo. Vou pesquisar o que tenho que pagar por lei e espero poder dar um pouco mais do que isso.

Lila desliga na cara de Dan. Sente o ar deixar seus pulmões. Ela mal conseguia pagar as despesas de casa com a pensão de Dan. E agora? *Como é que isso é justo?*, ela quer gritar. *Como é justo você poder ir embora e ter uma linda família nova, enquanto nós sofremos?* Lila apoia a cabeça nas mãos.

E então a cara de Bill aparece na porta.

— Perdão por interromper, Lila, meu bem, mas Jensen chegou.

Ela ergue o rosto, confusa.

— O paisagista.

O homem aparece logo atrás de Bill. Seu rosto é mais suave do que ela se lembrava, meio sujo de terra, o cabelo claro.

— Oi... Queria saber se você tem cinco minutos para dar um pulo no jardim, para falarmos do que precisamos fazer. Por sinal, a árvore do quintal da frente está começando a inclinar. Você precisa dar um jeito nisso.

— Eu sei. Preciso dar um jeito em tudo.

Sua voz soa seca, e ela vê Bill levantar as sobrancelhas.

Jensen parece não notar.

— É possível que ela esteja morrendo. De qualquer forma, sugiro chamar um especialista para avaliar. Conheço um cara que não cobra preços *tão* astronômicos.

Lila mal escuta o que Jensen diz sobre seu jardim. A noite está mais amena do que dita a estação, e o sol derrama um brilho dourado pelas frestas nos galhos enquanto o sujeito caminha, desenhando no ar imagens de canteiros e trilhas de cascalho. Ela ainda está zonza com as ramificações do que Dan lhe dissera. Não é apenas a ansiedade financeira, mas a injustiça da situação. Lila quer gritar *Como você ousa fazer isso com a gente?* para sempre na caixa de correio dele.

— E pensei em botar uma fonte aqui. Tem um ferro-velho em Kent que vende umas peças lindas, que ficariam ótimas. Não são tão baratas quanto já foram, porque todo mundo sacou que ferro-velho vale a pena, mas seria um belo ponto focal.

— Podemos botar o banco do lado — sugere Bill.

— O banco de cocô? — pergunta Violet, esperançosa.

De algum modo, a menina encontrou o refrigerante diet que Lila escondera junto com os produtos de limpeza, e está bebendo fazendo barulho.

— Banco de cocô? — indaga Jensen.

— Nem pergunte — diz Bill. — Talvez a gente possa ter duas fontes. Uma de cada lado deste bordo lindo. Aposto que, se tirarmos um pouco dessas trepadeiras, há uma linda forma aí embaixo.

Ai, meu Deus, pensa Lila. E se Dan decidir que não pode mais morar ali perto? O filho de Marja ainda é novo o suficiente para mudar de escola. Se eles quiserem uma casa maior e o dinheiro continuar sendo um problema, talvez ele se mude para um bairro mais afastado. Então Celie e Violet terão que ir de ônibus para a casa do pai. Elas não estarão mais ali do lado, mas em outro bairro. E se ele se mudar para o interior? E se Marja acabar na casa com que Lila sempre sonhou, no meio do nada, com cicuta-dos-prados, lareira a lenha e piso de tijolinho?

— Lila?

Bill está com a mão em seu braço. Ela levanta o rosto, sobressaltada, e ele a observa, nitidamente esperando uma resposta.

— Hum… sim — diz, sem saber exatamente qual foi a pergunta.

Normalmente, a resposta é "sim".

É então que, pelo canto do olho, ela vê Celie andando pela cozinha. Está com sua jaqueta de couro curta e de lápis de olho preto esfumado.

— Na verdade, não.

— Não?

— Celie? — grita Lila do jardim. A filha a olha de relance, mas logo vira o rosto, obviamente na esperança de sair de casa rápido. — Celie! Aonde você vai?

Celie para.

— Sair.

— Sair para onde?

— Você não gosta de fontes? — pergunta Bill. — Sempre adorou a da outra casa.

Lila começa a andar de volta em direção à porta de vidro.

— Celie! Nem ouse ir embora antes de a gente conversar.

Celie levanta o queixo, com uma expressão típica daqueles que vivem sendo contrariados.

— Ai, meu Deus, você virou carcereira, por acaso?

— Só quero saber aonde você vai.

— Por quê?

— Não precisamos da fonte — continua Bill, subindo a voz. — Só achei que uma estátua da sua mãe seria certo exagero.

— Você está fumando maconha de novo?

— Maconha? — pergunta Bill.

Jensen se aproxima alguns passos de Lila.

— Posso voltar depois, se não for uma boa hora.

— Nunca é uma boa hora — diz Lila. — Não existe uma única boa hora para nada no momento. Nem pra minha árvore cair, nem pros meus banheiros entupirem, nem pro meu livro me tornar alvo de piada todos os dias, e muito menos pro meu marido engravidar a amante muito mais jovem em cima da porcaria da mesa de centro Noguchi.

— Ok — responde Jensen.

Celie marcha até a mãe e a fuzila com o olhar.

— Eu vou encher a cara no parque, tá? Vou ficar chapadaça de maconha ainda que você, por hipocrisia, diga que faz mal, mesmo que use com muito prazer. Vou beber todas, fumar um monte de maconha e me agarrar com um bando de homens desconhecidos. Pode ser? Ou vai encher o saco com isso também?

— Parece uma ótima noite! — diz alguém.

Lila se vira e encara o homem que acabou de entrar pelo portão dos fundos. Ele se aproxima com uma mala de rodinha surrada, e seu sorriso largo revela uma fileira de dentes ridiculamente brancos.

Há um breve silêncio. Celie olha para ele, e então para Lila, que não consegue falar, boquiaberta.

— Mãe? — pergunta a garota, se virando para ela, em dúvida.

— *Gene?* — pergunta Lila.

Então Truant sai em disparada pela porta de vidro, como uma bala peluda e grande, e, sem a menor hesitação, crava os dentes na perna do homem.

6
Celie

Celie fica no canto da cozinha enquanto o jardineiro faz um curativo na vítima de Truant, ajoelhado aos pés do idoso como um servo medieval. Ele segura um esparadrapo entre os dentes e borrifa uma quantidade generosa de antisséptico na perna do velho.

— Mordidas de cachorro podem ser cheias de bactéria — diz ele. — Lavei com soro, mas é bom você ficar de olho e ir direto para o pronto-socorro se não parecer estar melhorando.

O velho está relaxado na cadeira da cozinha, parecendo estranhamente alegre. Celie imagina que seja o tipo de homem que gosta de ser o centro das atenções, mesmo que o preço disso seja uma mordida de cachorro.

— Gatos são piores — comenta o visitante, com um forte sotaque estadunidense. — Trabalhei com um cara no Tennessee que foi arranhado por um gato selvagem no set, entre as gravações. O braço inchou inteiro, e ele passou semanas fora da produção. O diretor deu todas as falas dele para um figurante. Por sinal, o cara era o maior babaca. Se eu soubesse, tinha enchido o trailer dele de gatos. Me pouparia muito estresse.

Enquanto o homem tagarela, a mãe de Celie está parada perto da chaleira, com o rosto impassível. A expressão dela, porém, é calorosa se comparada com a de Bill. Celie acha que nunca o viu assim. Ele está de braços cruzados bem firmes, com as pernas afastadas em uma postura poderosa, como um político de segunda categoria. Ele não tira os olhos do estadunidense desde que o velho chegou, como se achasse que a qualquer momento o sujeito fosse se levantar e fugir com o que restou das joias da família.

Meena não para de mandar mensagem perguntando quando ela vai chegar, mas Celie ignora o celular vibrando no bolso da calça jeans. Meena anda num morde e assopra ultimamente, e ela não sabe se dá para confiar.

— Acho que é isso — diz o jardineiro, se pondo de pé. — Mas, como falei, é melhor ir ao pronto-socorro. A mordida foi bem profunda.

Ele é a única pessoa sorrindo ali, fora o velho. Até Violet está estranhamente quieta.

— Esse seu cão de guarda é dos bons, Lila — diz o velho, examinando o curativo.

— Ele nunca mordeu ninguém antes — responde Violet, rápido.

— O cachorro tem um gosto impecável — resmunga Bill, e Violet na mesma hora olha para ele.

Bill nunca diz nada maldoso de ninguém.

— Bom ver você, Bill — comenta o velho.

— Pena que não posso dizer o mesmo, Gene — responde o outro.

Gene parece nem ouvir. Ele se vira para o jardineiro e estende a mão larga e bronzeada. As veias saltam da pele que nem minhocas.

— Agradeço muito, rapaz. Obrigado pelo cuidado.

— Não tem de quê.

Celie olha para a mãe, que segue com a expressão impassível.

— Você é nosso parente? — pergunta Celie, por fim.

— Sou! E você deve ser a Celia. Da última vez que te vi, você era pequenininha…

— Um bebê — interrompe Lila. — Ela era bebê da última vez que você a viu. E o nome é Celie. Sempre foi.

Bill é o único velho que ainda existe na família de Celie. Ela tem outro avô, o pai do pai, mas a vovó e o vovô Brewer moram em Derby, em uma casa pequena e assustadoramente arrumada, que eles quase nunca visitam porque a vovó Brewer não gosta de bagunça e de caos, e a casa deles é pequena demais para hóspedes, ainda mais crianças, que estragam as cortinas de voal e sujam o carpete. Da última vez que foram lá, Violet era pequena e fez xixi na cama de hóspedes, que não tinha protetor de colchão, e os avós disseram que, na próxima visita, a família precisaria ficar em um hotel. Ou seja, a família do pai não tem nada a ver com esse homem grande e vibrante, com uma cabeleira escura, rugas de astro de cinema no canto dos olhos e… É uma camiseta do Nirvana?

— Então você é a pequena Violet! Vem cá, meu bem! — exclama ele, abrindo bem os braços, e Violet, como se no piloto automático, se aproxima para um abraço. — Que bom finalmente conhecer você!

Celie observa o rosto da mãe permanecer completamente imóvel enquanto tudo isso acontece. Bill se ajeita e solta um grunhido, como se precisasse de todas as forças para não interferir.

— Eu… eu vou indo — diz o jardineiro, pegando a jaqueta.

— Não — interrompe Bill. — Fique para um chá, Jensen.

— Não precisa, Bill. Eu vou só…

— Fique — insiste Bill, com firmeza.

Depois de um instante, Jensen olha para trás, procura uma cadeira e se senta, meio sem jeito. Bill se vira e enche a chaleira, as costas emanando desagrado.

— Nossa, como você é linda — diz Gene para Violet. — Igualzinha à sua avó. Ela tinha esses olhões azuis também, quando era jovem.

Ele se vira para Celie e acrescenta:

— E você também! Que moça de encher a vista! Olha só para vocês duas!

— O que você veio fazer aqui, Gene? — pergunta a mãe de Celie, com a voz fria.

— Querida! Estou em curta temporada em um teatro de Londres, então pensei em visitar a família! Nem acredito em como elas cresceram!

— Pois é — retruca a mãe dela. — Dezesseis anos dão nisso.

— Eu teria adorado voltar antes, mas as coisas andavam meio complicadas, com o trabalho e a...

— Barb? — pergunta a mãe.

Ele franze a testa.

— Barb? Ah, não. Eu e Barb não duramos muito. Ela voltou para Ohio, quando foi...? Em 2007?

— Brianna? Não foi a próxima?

— Não. Brianna e eu... Bom, acabou mal.

— Não me diga: ela voltou a exibir os peitos na boate. Jane?

— Com a Jane eu mantenho contato! — responde ele, quase aliviado. — Ela voltou pra cá, como você sabe. Acho que a Costa Oeste não combinava com ela.

— A Costa Oeste — repete a mãe.

— O estilo de vida.

A mãe de Celie balança a cabeça.

— *Peitos na boate!* — exclama Violet, em êxtase, e repete mais duas vezes, olhando para os adultos como se esperasse uma resposta.

— Enfim! Aqui estou! Feliz de ver vocês de novo, e na esperança de conhecer melhor essas duas moças lindas enquanto estiver aqui.

— Enquanto estiver onde? — pergunta Bill, entregando uma caneca para Jensen, que logo aceita, parecendo grato por ter uma distração.

— Aqui — diz Gene. — No Reino Unido.

— Especificamente em que lugar do Reino Unido? — pergunta Bill.

Ele está tão esquisito.

— Bom, em Londres. Me vê um cafezinho, já que está em pé?

— Eu faço — oferece a mãe de Celie no mesmo segundo, dando um descanso para Bill, que parece preferir estar em qualquer outro lugar, mas também parece estranhamente relutante em ir embora.

Então ela acrescenta:

— Você vai precisar me lembrar como prefere o café.

— Ah, puro, por favor, querida. Parei com o leite quando os médicos me mandaram cuidar do coração. Incomodaria muito se eu pedisse umas batatinhas fritas, alguma coisa assim? Não como nada desde que desci do avião.

A mãe de Celie se retesa de leve, então pega a lata de biscoitos no alto do armário e a põe na mesa na frente dele, sem se dar o trabalho de abrir.

— Não temos batata frita.

Eles ficam sentados em silêncio. Jensen, o jardineiro, toma o chá o mais rápido que pode, mesmo que a bebida esteja nitidamente fervendo. Celie o vê tomar um gole, fazer uma careta, e então tomar outro. No andar de cima, Truant continua a latir furiosamente, o som abafado pela porta trancada do quarto da mãe dela. Celie se pergunta por um instante se o estranho dos Estados Unidos vai mandar sacrificarem o cachorro.

— Truant é um bom cachorro — acaba dizendo a jovem. — Não costuma morder. Acho que fez isso porque ninguém nunca entra pelos fundos.

— Ah, ele não fez por mal. Nunca guardo rancor de um cachorro velho — diz o homem, e olha de relance para Bill. — Ou quase nunca.

— Talvez seja melhor mesmo pedir para um profissional examinar — sugere Bill. — Por causa do risco de bactérias.

— Ah, não se preocupe. Aposto que Jensen caprichou — responde Gene, com um tapinha na perna.

— Eu estava falando do cachorro — retruca Bill, e finalmente sai da cozinha.

Celie manda uma mensagem para Meena do banheiro e diz que não vai poder ir. *Emergência familiar.* Não é uma emergência, mas há um clima muito esquisito na casa, e Celie está curiosa.

A mãe dela nunca fala do resto da família. Nas poucas ocasiões em que o assunto surge, ela fecha a cara do mesmo jeito que faz agora quando o ex-marido vem buscá-las. Como se um milhão de pensamentos passassem pela sua cabeça e ela não permitisse que nenhum deles transparecesse.

Não, isso é pior do que o jeito dela com o pai das meninas ultimamente. É mais frio, cansado, como se a mãe estivesse cutucando uma ferida antiga, sem nem notar que começou a sangrar.

Você tem que vir! Spence veio e trouxe o bagulho!

Foi mal, digita Celie, e manda um monte de emojis dando de ombros.

Além do mais, Celie nem sabe se está a fim de fumar no parque hoje. Não sabe se está a fim de ver as garotas. Agora, chega a ficar enjoada quando se aproxima delas, com aqueles olhares silenciosos, os elogios que não parecem elogios, a sensação de que várias conversas estão rolando pelas suas costas. Ninguém mais puxa assunto no grupo no WhatsApp, e Celie tem a horrível sensação de que criaram um novo grupo sem ela. É seu dilema diário: ir sentar com as amigas e o tempo todo sentir que é alvo de uma piada que ninguém explica, ou sentar sozinha e saber que vai ser alvo da piada de qualquer jeito. Celie enfia o celular de volta no bolso.

Quando ela desce, Bill está cozinhando, de costas para todo mundo. Normalmente, ele prepara a comida na velha ilha da cozinha — que tem uma tábua de madeira acoplada, cheia de riscos —, assim pode conversar com elas. Hoje, porém, ele foi para o cantinho perto do escorredor e está de cabeça baixa, de costas para todos, picando os ingredientes com força, sem nem ouvir a música clássica de costume. A mãe de Celie está sentada na poltrona de Bill. (Por que é que os velhos gostam de sentar que nem estátuas de noite? Celie e a mãe geralmente se esparramam no sofá, seja de pés para cima no pufe de couro velho e surrado ou esticadas na horizontal, dividindo um pote de pipoca de micro-ondas.) Jensen parece ter conseguido fugir daquela situação. Gene, por sua vez, está ocupando o sofá, com a perna machucada no pufe, declamando um monólogo sobre a casa, dizendo como é charmosa, como tem personalidade, como ela deve amar o lugar.

— Precisa de muita reforma — comenta a mãe de Celie, quando já não dá para ficar sem dizer mais nada.

Gene levanta o rosto ao ver Celie se aproximar.

— Oi, querida! Que bom que veio ficar com a gente. Sua mãe me convidou para jantar. Jensen achou melhor eu manter a perna elevada mais um tempinho, sabe?

Celie olha para a mãe, cuja expressão sugere que foi Gene quem se convidou.

— O que tem para jantar? — pergunta Celie para Bill.

— Risoto de ervilha com aspargo — responde ele, e a garota solta um breve suspiro de alívio.

Nada de peixe, nem lentilhas. De repente, a noite parece um pouco melhor.

— Com salada de chicória e erva-doce — acrescenta Bill.

Celie se desanima de novo.

— Por que você está cozinhando, Bill? — pergunta Gene.

Bill nem se vira para ele. *Corta corta corta.*

— Eu cozinho todas as noites — responde, seco.

Corta corta corta.

— Você janta aqui todo dia?

— Não, eu moro aqui.

Celie olha para a mãe. Ninguém tinha chegado a dizer isso abertamente antes, mas o rosto de Lila nem treme.

— Estou só... ajudando com as meninas. Lila está muito sobrecarregada.

A expressão animada de Gene parece murchar de leve.

— Bom — diz ele. E então, de novo: — Bom. Aconchegante!

— Vocês se conhecem há muito tempo? — pergunta Celie, olhando de um velho para o outro.

— Até demais — comenta Bill, brusco.

— Eu que o diga — retruca Gene, e o silêncio se instaura de novo.

Truant está deitado no chão no pé da mãe dela, olhando fixamente para Gene, como se esperasse a menor desculpa para atacar de novo. Celie se senta de pernas cruzadas ao lado do cachorro e faz carinho nele, perto da coleira, só por precaução. A mãe não quer que este homem mande sacrificarem o cachorro, independentemente do que ele tenha dito antes. Gene se ajeita na cadeira, e Truant solta um rosnado baixo de advertência.

— Você disse que era ator? — pergunta Celie.

O sorriso de Gene retorna na mesma hora, como um raio de sol direcionado a ela.

— Sou, sim! Já viu *Esquadrão Estelar Zero*?

Celie faz que não com a cabeça e nota uma pontada de decepção no rosto dele.

— Passei anos interpretando o capitão Troy Strang, líder das Forças Estelares Unificadas. Depois procura no YouTube, ou onde quer que vocês, crianças, assistam às coisas hoje em dia. Foi importante, sabia? "Capitão Strang, se apresentando para o serviço intergaláctico" era meu bordão. As pessoas ainda me cumprimentam assim aonde quer que eu vá.

Ele faz uma continência brusca, e Truant solta um leve ganido de protesto.

— *Esquadrão Estelar Zero*? — repete a garota.

— Foi por isso que precisei me mudar para Los Angeles, Celie. Tirei a sorte grande. Isso não acontece com frequência na vida de um ator. Para a maioria, não acontece nunca. Passei oito anos interpretando o capitão. Cheguei a ser indicado ao Emmy. Nós batíamos recordes de audiência.

Violet entrou na sala e se sentou ao lado de Gene. Ele passa o braço ao redor dela.

— Quer ver, Violet?

A menina assente. Ela claramente gosta do homem.

— Você tem celular?

— Mamãe não me deixa ter — diz ela.

— Porque ela tem oito anos — argumenta Celie, na defensiva.

— Você tem, Celia?

— É Celie — corrige Lila, rangendo os dentes.

— Claro.

Celie não quer emprestar o celular. Ela não sabe que mensagens podem aparecer quando o homem estiver com o aparelho. Então faz que não com a cabeça e afunda mais o celular no bolso do moletom.

Após um breve silêncio, a mãe dela suspira.

— Violet, vá buscar o iPad.

Quando finalmente encontram um vídeo da série, depois de Gene forçar muito a vista, porque obviamente não enxerga bem mas não usa óculos, Celie se senta no sofá para assistir, do lado do sujeito. Ela se sente uma traidora, apesar de não entender bem o porquê. A mãe dela, que nitidamente já viu o vídeo antes, se levanta e vai ajudar Bill na cozinha. Celie não consegue escutar o que os dois estão murmurando, mas em certo momento Bill estica a mão e a coloca nas costas de Lila.

Então o som meio metálico da música de abertura começa a tocar no iPad, e Gene exclama, animado:

— Aí! Vinte e quatro milhões de pessoas assistiam toda semana. A música não é ótima? Da-dadadadada-da-DAAA... da-DAAA.

Ele balança o braço direito como um maestro.

E lá está ele, com o rosto mais fino e sem rugas, o cabelo preto e escorrido. Gene usa uma jaqueta de náilon azul com dragonas douradas e uma insígnia de planeta no peito.

— Eu não esperava ver você novamente após o grande desastre de Saturno — diz ele na série, com o sotaque estadunidense, a voz mais baixa e carinhosa.

Uma linda jovem negra de cabelo pintado com spray prateado o encara, seus olhos arregalados.

— Disseram que... você tinha sido morto em batalha, capitão. Por que fariam isso?

— Ela não é uma graça? É Marni Di Michaels. Fomos... muito íntimos, uma época. Ela acabou se casando com um jogador de futebol americano. Conhecem os Chicago Bulls? Ou será que foi dos Braves? Como é que ele se chama mesmo...?

Celie observa a mulher, que olha para o Gene jovem como se quisesse devorá-lo. Ai, caramba, ela provavelmente tinha devorado. A menina olha de relance para o Gene velho, que murmura as falas do roteiro junto com a cena, perdido em seu mundo fictício.

— Os episódios em que o capitão Strang e Vuleva estavam juntos eram os mais assistidos da série. Mataram ela na terceira temporada, e eu avisei ao diretor que era um equívoco. E quer saber? Eu estava certo, porque…

— Jantar — declara Bill, em voz alta, e começa a pôr os pratos na mesa com força, fazendo barulho.

Eles estão no meio da refeição quase silenciosa quando a mãe de Celie finalmente diz:

— Então, por que você não entrou em contato depois que a mamãe morreu?

Faz-se um breve intervalo, e enfim Gene suspira.

— Me desculpe, meu bem. Eu estava trabalhando muito e não consegui arranjar um voo, então...

— Vocês foram casados.

— Não por muito tempo.

— Como é que é? — pergunta Celie, parando o garfo a caminho da boca.

— Mas foram. Por dez anos. Eu sou prova viva disso. Teria sido um sinal de respeito aparecer. Pelo menos uma vez na vida.

As garotas olham para Gene e então se entreolham.

— Você é o *pai* da mamãe? — pergunta Celie.

Ela está prestes a dizer "a gente achou que você tinha morrido", mas se dá conta de que talvez não seja muito gentil. Em vez disso, comenta:

— Mas… por que você não está nas fotos de casamento do papai e da mamãe?

Gene coça a orelha.

— Pois é. Eu estava filmando na época. Foi... complicado. A indústria, sabe como é. É um rolo compressor. Não havia nada que eu pudesse fazer.

O rosto da mãe de Celie parece esculpido em mármore. Nada se mexe. Violet fecha a boca como se houvesse acabado de lembrar que tem uma, e então afirma, devagar:

— Você não tem cara de avô.

— Ah, eu nunca gostei dessa palavra. Pode me chamar de Gene.

— Também nunca gostou muito de "pai", que eu lembre — diz a mãe de Celie, sem desviar o olhar do prato.

Celie está chocada. As únicas coisas que sabe do avô são: que a mãe dela não bebe porque ele bebia; que ele foi embora quando a mãe dela era pequena; que ele não era confiável e a vovó teve que se virar sozinha, mas que não precisamos tocar nesse assunto. Que Bill é o contrário dele, e por isso ele e a vovó eram tão felizes. Celie não sabe por que achou que Gene tinha morrido, mas nunca nem tinha ouvido o nome dele antes.

O sorriso de Gene é conciliador, sua voz, leve.

— Ah, meu bem. São águas passadas. Não posso só curtir um jantar com minhas meninas?

— Não são suas meninas — replica Bill, em um tom que Celie nunca o ouviu usar.

— Também não são suas, parceiro. — A voz de Gene soa um pouco mais dura.

Os dois velhos se encaram, um de cada lado da mesa, e Celie é tomada pela sensação estranhamente empolgante de que eles vão começar uma briga a qualquer momento.

Então Lila estica a mão entre os dois e pega uma tigela na mesa.

— Quem quer mais salada de chicória?

E o momento passa.

Celie nunca esteve em um jantar como esse. Nunca viu aquela veia latejar na mandíbula de Bill, nem ouviu esse tom seco na voz da mãe. É o avô dela! O avô de verdade! Ela não para de olhar discretamente para ele, tentando ver alguma semelhança, mas, com o cabelo escuro artificial, os dentes, o bronzeado, Gene parece não ter nada a ver com elas. Ele não para de falar, com a voz grave e ritmada, contando dos trabalhos que tem feito (só umas pontas, provavelmente nada a que elas tenham assistido por aí), lembrando Lila de pessoas chamadas Hank e Betsy, das quais ela não se recorda, perguntando a Celie e Violet como vão na escola, como são os amigos delas, o que elas "aprontam" por aqui. É ao mesmo tempo fascinante e interminável.

Finalmente, Lila se levanta para tirar a mesa, e Celie, que nunca ajuda se não obrigarem, fica de pé para ajudar. A atmosfera está tão estranha que ela sente a necessidade de fazer alguma coisa. Nem sabe se a mãe repara em sua atitude. Atrás das duas, Violet fica entediada, aí liga a televisão em um canal infantil a que normalmente não tem permissão para assistir.

Então, a mãe termina de lavar a louça, estende o pano de prato na bancada e volta à mesa. Ela para um momento e apoia a mão no tampo, como se indicasse para todos que o jantar acabou e que ela não voltará a se sentar.

— Então, Gene, onde você está hospedado? Podemos chamar um Uber, se não quiser andar com a perna machucada.

O sorriso de Gene vacila.

— Ah, sim, era sobre isso que eu queria falar com você, meu bem. Acabou que o hotel confundiu a data da minha reserva, então eu queria saber se...

— Ah, não — responde Bill. — Ah, não.

— Eita, opa, olha só! — exclama Gene de repente, olhando para o quadro horroroso da velha pelada que Bill pendurou na parede. — Se não é a Francesca!

Pensando depois, Celie percebe que foi nesse momento que as coisas ficaram caóticas de verdade. Bill se levantou de um pulo e balançou as mãos com violência de um lado para outro, na frente do quadro, proibindo Gene de olhar. Proibindo mesmo.

— Está de brincadeira? — perguntou Gene. — É uma pintura!

— Francesca não ia querer que você a visse nua! — exclamou Bill, estranhamente rouco. — Não ouse olhar! Você abriu mão desse direito há muitos anos!

— Mas tudo bem pendurá-la de perseguida exposta no meio da sala para todo mundo ver? Jesus amado, Bill, relaxa esse cu, daqui a pouco não passa mais nada.

Em algum momento, Violet parou de ver televisão e passou a olhar para a parede como se fosse a primeira vez que notasse o quadro.

— É a *vovó*? — perguntou, e parecia não saber se ria ou chorava. — Mas... mas dá para ver a *pepeca* dela!

Aparentemente, foi a gota d'água para Bill. Ele foi até o quadro, arrancou-o com força da parede e saiu com ele da sala. Dava para ouvi-lo carregando a moldura com dificuldade escada acima, grunhindo de leve por causa do esforço. Depois de um momento um pouco mais demorado do que era confortável, ouviram a porta do quarto dele bater.

A mãe de Celie se larga sentada.

— Caramba, Gene.

— Que foi? O que eu fiz? Ele pendura sua mãe peladona na parede e de repente o errado sou *eu*?

— Acho que está na hora de você ir embora — diz ela, e fecha os olhos por um bom tempo.

Gene anda até ela e se abaixa, os dois joelhos estalando tanto que parecem tiros. Ele se agacha até encará-la de perto.

— Querida. Meu bem. Eu realmente preciso de um lugar para dormir hoje. O hotel que deveria me hospedar errou minha reserva, e todos os outros lugares no centro de Londres estão fora do meu orçamento. E vai ser meio difícil andar por aí atrás de hotel agora que minha perna...

— Não tenho quarto sobrando.

— Não preciso de quarto nenhum. Posso dormir aqui no sofá mesmo.

A mãe olha para ele com aquela expressão de quem vai fazer alguma coisa que não quer fazer de jeito nenhum. De repente, Gene parece meio patético.

— Por favor — diz ele, talvez pressentindo um momento de fraqueza. — Estou com muita dor. Seria de grande ajuda. E eu... eu agradeceria muito pela oportunidade de passar mais umas horinhas que sejam com as meninas.

Lila olha para Celie, depois para Violet.

— Ele é nosso avô — comenta a irmã mais nova.

Celie não tem tanta certeza, mas dá de ombros. Poderia ser bem útil desviar a atenção dela por uma noite.

— Tá bom — diz a mãe das duas, jogando as mãos para o alto. — Tá bom. Mas você precisa ir embora cedinho, antes de as meninas acordarem para ir para a escola. Não quero que você e Bill briguem de novo.

— Duas noites? — pergunta ele, esperançoso.

— Não força a barra — responde Lila, e anda até o jardim.

7
Lila

Lila Kennedy tinha sete anos de idade quando Bill McKenzie entrou em sua vida. Ela havia passado a tarde brincando na casa de Jennifer Barratt, e na volta encontrou a mãe sentada no sofá da sala ao lado de um homem desconhecido de cabelo bem curto e suéter de lã, diante de uma bandeja com xícaras de café vazias na mesinha de centro. Assim que entrou no cômodo, os dois se afastaram alguns centímetros, de um jeito que fez Lila parar na porta.

— Oi, querida! — disse a mãe dela, alegre. — Venha cumprimentar o Bill. Ele acabou de instalar a estante mais linda no escritório.

Lila não conseguia imaginar como algo tão sem graça quanto uma estante podia ser descrito como "lindo", mas sua mãe vivia fazendo comentários exagerados sobre tudo, então ela supôs que fosse parte desse hábito. Francesca Kennedy era, como Bill lhe contou um tempo depois, "uma entusiasta da vida". O céu nunca era azul, e sim "o azul mais perfeito de todos, digno de uma ilha grega". O gato do vizinho era "o bichinho ranzinza mais angelical do mundo, adorável". Lila chegava a se encolher quando a mãe comia, especialmente queijo, porque Francesca fechava os olhos, sorria e dizia coisas do tipo: "Ai, meu deus, que *cremoso*! É *orgástico*!", soltando gemidos de prazer.

Após várias semanas de visitas de Bill — em que ele reformou armários, ajustou portas e consertou a pia do banheiro, que nunca parava de pingar —, Francesca anunciou que Bill era "o homem mais gentil e adorável de todos. Sinto que o mundo gira melhor quando ele está aqui", e Lila percebeu que o marceneiro educado e meio rígido provavelmente ficaria ali por um bom tempo.

Ela não se incomodava. Nessa época, Lila já mal se recordava do pai, que voltara para os Estados Unidos para trabalhar quando a filha estava com quatro anos e nunca mais aparecera em casa. Ela se lembrava de alguns telefonemas breves e impossivelmente animados, sempre interrompidos por: "Ah, querida, a produção está me chamando. Vou lá. Te amo!" Ele ressurgia na vida dela em doses curtas, mais ou menos a cada seis meses, trazendo brinquedos extravagantes dos Estados Unidos, marshmallows e bombons Hershey's. Lila se sentava com ele na sala, e a mãe ficava na porta, observando-os com uma expressão estranha, ou "os deixava à vontade" enquanto ia fazer compras. Entretanto, as visitas foram ficando cada vez mais espaçadas, a última marcada por uma discussão sibilada e chorosa no corredor do térreo. Quando Bill apareceu, o pai dela já não a visitava mais, apenas enviava um cartão de aniversário de vez em quando — que chegava com uma semana de atraso — ou um presente inadequado para a idade dela.

Ainda assim, a princípio, Lila não soube muito bem como se sentir quando o nucleozinho que ela e a mãe haviam construído passou a sofrer as intromissões daquele homem — com seus colarinhos engomados e a música clássica (antes, ela e a mãe gostavam de dançar Beatles e Marianne Faithfull na cozinha), seus treinos de ginástica e corridas de manhã, das quais voltava encharcado de suor e silenciosamente eufórico. Ele trazia granola — que parecia a serragem da gaiola do papagaio da escola — e ingredientes estrangeiros, como tahine e curry, e vivia preparando pratos que faziam a mãe dela fazer uma cara constrangedora e anunciar que ele era "um gênio da culinária", "um homem muito esperto". As orelhas de Bill ficavam vermelhas de alegria, e ele olhava para Francesca como se fosse derreter. Dava certa vergonha de assistir.

Até Lila, porém, teve que admitir que a vida melhorou um pouco depois que Bill se mudou para lá. As coisas que davam errado na casa eram consertadas na mesma hora, a mãe dela não chorava mais, e ele era cuidadoso com Lila: pedia a opinião dela e nunca interferia, nem tentava agir como se fosse seu pai. Em seu oitavo aniversário, quando o pai de Lila de novo não mandou nem um cartão (ela disse a si mesma que não se importava), a garota voltou da escola e descobriu que Bill tinha feito para ela uma casa de bonecas completa, com luzes elétricas que funcionavam e janelinhas que abriam. O brinquedo estava no canto do quarto e parecia um portal para outro mundo. Lila ficou em choque. Largou a mochila da escola, ajoelhou-se e começou a arrumar delicadamente os móveis, dobrar as colchas de retalho minúsculas, e observou quais partes se mexiam mesmo, como em uma casa de verdade. (Um armário de banheiro em miniatura, com espelho e um tubinho de pasta de dente de madeira! Uma escadinha para o sótão!) Ela passou dez minutos sem nem mudar de posição, deixando o resto do mundo para lá. E quando finalmente se virou e viu as duas pessoas na porta, esperando que Francesca anunciasse que a casa de bonecas era "incrivelmente espetacular! Um sonho!", Bill estava abraçado a ela, com uma expressão hesitante, e a mãe secava os olhos, meio triste, dizendo:

— Eu sei, eu sei, estou sendo boba. É que eu sempre quis isso para ela.

Era bom, o que a mãe estava dizendo. No entanto, Lila depois entendeu que, até aquele momento, ela não sabia que algo estava faltando.

* * *

No fim das contas, Gene não dorme no sofá. Lila conclui que não conseguiria suportar a ideia de vê-lo roncando no meio da casa enquanto Bill bufava a manhã toda.

Ela abre o velho sofá-cama do escritório no último andar, empurra a mesa com esforço para o canto, para poder abri-lo por inteiro, e encontra o edredom de visitas em uma das caixas que ainda não arrumou. Faz a cama enquanto Gene espera na porta, exclamando com é bom estar ali, como a filha foi gentil em hospedá-lo, que está muito agradecido mesmo. Até o som da voz dele a irrita.

Em meio ao chiado baixo de raiva que vibra em sua cabeça, afogando qualquer voz, Lila chega à conclusão de que quase seria capaz de perdoar a ausência do pai, seu descaso em procurá-la depois do nascimento das filhas, sua completa inadequação como avô. Mas o fato de que Gene não apareceu depois da morte de Francesca se instalou dentro dela como uma bala radioativa, obliterando qualquer generosidade ou gentileza. Francesca, que nunca fizera àquele homem mal nenhum, que criou a filha dos dois para ele poder ir embora e viver aquela maldita vida hedonista que queria em Los Angeles. Francesca, que se virou sozinha com o salário de assistente pedagógica por três anos até os pais morrerem e deixarem dinheiro suficiente para ela comprar uma casa pequena. Lila e as filhas observaram o caixão de Francesca baixar suavemente em direção à terra, uma peônia rosada solitária repousando no topo da estrutura de vime. Lila viu a expressão devastada de Bill do outro lado, tentando se manter de pé sob o peso do luto, e soube, naquele instante, que qualquer sentimento que ainda tivesse pelo pai biológico havia se transformado em gelo.

— Que horas você vai embora amanhã? — pergunta ela, tentando impedir que sua voz revele esse turbilhão de emoções.

Gene se larga no sofá-cama e tira a jaqueta de couro surrado.

— Ah, de manhã.

— As meninas acordam às sete e meia. Talvez acabem acordando você, porque o único banheiro que está funcionando fica neste andar.

— Não tem problema, meu bem. Fica tranquila. Eu não acordo por nada antes das onze.

— É claro — diz ela, seca. Após um momento, acrescenta: — Então você está ensaiando?

— Sim, mas só começa lá para o meio-dia, por aí. Então podem fingir que eu nem estou aqui, eu me viro.

Lila lhe entrega duas toalhas, esticando os braços como se não estivesse disposta a dar um único passo.

— Tem uma escova de dentes nova no armário, se precisar.

Ela olha para Gene enquanto ele pega as toalhas, notando a pele murcha nas bochechas, os pés de galinha ao redor dos olhos, mesmo que a camiseta do Nirvana sugira que ele não quer assumir nada disso.

Gene a encara com uma expressão subitamente mais suave.

— É bom mesmo ver as meninas.

— Pois é — diz ela, cruzando os braços. — Elas são ótimas.

— Mérito todo seu. E sinto muito pelo seu casamento.

Lila engole em seco.

— É — responde, com a voz fria. — Eu também.

Gene a analisa, como se estivesse procurando uma brecha pela qual pudesse atravessar sua armadura. Mas ele não merece a empatia dela.

— Eu agradeço mesmo, Lila — diz ele, vacilante. — Quer dizer, sei que não fui exatamente...

Ela esfrega as mãos.

— Tenho que ir dormir. Acordo cedo.

— Ah. Claro.

Lila sente uma leve pontada de culpa ao ver o rosto do velho, o constrangimento e a leve melancolia que passam por sua expressão. Só quando sai do escritório e fecha a porta é que percebe que ele subiu os quatro andares de escada sem mancar uma vez, apesar do machucado na perna.

8

— Mas você não acha nem um pouco legal ver o cara de novo?

— Não.

Ela abre espaço na trilha para uma moça passar. Truant rosna para o labradoodle da mulher, e Lila abre um sorriso constrangido para ela, que acelera, nervosa. Ela e Eleanor fazem esse passeio duas vezes por semana, Lila quando não está com as filhas, e Eleanor porque acorda sempre antes das cinco da manhã, depois de vinte anos na indústria cinematográfica.

— Ele não mudou nada. Apareceu como se os últimos quinze anos nunca tivessem acontecido. Como se nossa relação desde que virei adulta não tivesse se limitado a meia dúzia de cartões de aniversário, que quase sempre chegaram no dia errado. Honestamente, El, eu olhava para o Gene à mesa do jantar e só via o espaço que havia reservado para ele no enterro da minha mãe. Eu o odeio de verdade.

Lila tinha visto dois episódios de *La Familia Esperanza* antes de dormir. É possível que Estella tenha transado com o instrutor de tiro gostoso, mas Lila não se lembra de nada do que aconteceu.

— O que as meninas acharam?

— Ah, ele foi todo charmoso com elas. O de sempre. Encontrou episódios antigos da série no YouTube, "Capitão Strang, se apresentando para o serviço intergaláctico" — declama, imitando o sotaque de Gene. — Violet amou. Mas, até aí, Violet gosta de qualquer pessoa que ache corruptível. Celie ficou mais desconfiada, mas ele provavelmente está conquistando ela agora mesmo. Gene não suporta não ser amado. É patológico. Se pressente um pingo de resistência, ele insiste e insiste até achar o ponto fraco da pessoa.

— Bom, são apenas alguns dias.

As duas chegaram a uma área vazia do bosque. Lila solta Truant da coleira e o observa trotar sob as folhas que começaram a amarelar, olhando para trás de vez em quando para conferir se ela ainda está ali, sempre vigilante.

— É. E aí vou passar mais uma década sem notícias. Provavelmente até receber um convite para o enterro dele. E acho que nem vou me dar ao trabalho de comparecer a esse também.

— Nossa, me lembre de nunca brigar com você — diz Eleanor.

Ela termina o café e guarda o copo vazio na mochila. Lila também toma o último gole do seu, e Eleanor pega o copo e o guarda na mochila da amiga.

— Nem pensar — responde Lila. — Vou colar em você para sempre. Que nem cocô de raposa. Vou ficar grudada até não dar mais.

— Você fala como se essa fosse uma perspectiva tão agradável...

Lila envolve o pescoço de Eleanor e a puxa para um abraço.

— Preciso de você na minha vida para sempre, El. Acho que eu morreria de verdade se tivesse que encarar essa merda toda sem você para me ajudar a não enlouquecer.

— Não sei se meus superpoderes têm tanto alcance assim.

— A barra está pesada, né? Nossa senhora.

— É a idade. A barra agora está sempre pesada — diz Eleanor, com um sorriso alegre. — E é por isso que você precisa sair e curtir um pouco. Para equilibrar.

— Ai, meu Deus. Por favor, não me mande fazer um *ménage*. Acho que não aguento mais ouvir as suas aventuras sexuais.

— Foi *tão* divertido. Fomos a uma festa fetichista. Não adorei a roupa de borracha, porque era quente demais, e precisei de quantidades industriais de talco só para conseguir me vestir, mas o pessoal era muito simpático. Jantamos comida vietnamita depois. Eles preferiam curry, mas nós estávamos com medo de não conseguirmos tirar direito a roupa de borracha. Biryanis me deixam inchada que nem um balão.

— Tudo que você descreve me parece um delírio muito desagradável. Não quero pensar em curry e em roupas de borracha na mesma frase.

Lila começou a odiar essas conversas. Ela não consegue entender se, com esses papos, sente que a amiga está se afastando ou que a vida está passando e a deixando para trás. Provavelmente as duas coisas.

— Você jura que não se sente nada esquisita mesmo, El? Quer dizer, isso tudo é mesmo sua praia?

— Se é mesmo minha praia? — pergunta Eleanor, parando para refletir. — Não sei. Não sei bem quem eu sou ultimamente. Pensei que tinha o resto da vida planejado: eu e Eddie, uns dois filhos, uma casa bonita de cerquinha branca. Ou pelo menos um ótimo apartamento no centro de Londres. E veja só o que aconteceu. Agora, só tento viver cada dia com o coração e a cabeça abertos, para ver no que vai dar.

— Mesmo que envolva curry e desconhecidos com roupa de borracha com uma festa fetichista.

— Sei que não faz seu estilo, Lils, mas você nunca vai superar se não conseguir olhar para a frente. Sério. Dan fez um monte de coisas horríveis, mas, se você chafurdar nisso para sempre, vai ser uma desgraça. Digo isso com amor.

— Então eu deveria esquecer tudo que ele e meu pai fizeram e ser um doce com eles, independentemente do que jogarem na minha cara.

— Vale pensar nisso.

— Ai, meu Deus. Dou seis meses para você começar um podcast de autoajuda.

Eleanor abre outro sorriso.

— Ah, boa ideia. Como se libertar por meio de orgasmos tântricos.

— Como tratar assadura nas coxas quando não conseguir tirar a roupa de látex.

Eleanor a observa com um olhar penetrante e continua:

— Por que se abrir para novas experiências vai te levar à felicidade.

— Por que se abrir para corretores de seguros safados chamados Sean vai te levar a uma doença inflamatória pélvica.

— Você é um raio de sol, Lils — diz Eleanor, seguindo pela trilha pisando forte.

— É por isso que você me ama — retruca Lila, trotando para alcançá-la.

Às vezes, quando está mais a fim de se castigar, Lila fica matutando que o relacionamento do marido com Marja deve ter começado na época em que ele teoricamente estava sendo mais solícito. Ele havia tirado um período sabático de três meses do trabalho — a revista *Bombou!* oferecia esse benefício a todos os funcionários com mais de dez anos de casa, e o período de Dan coincidiu com o prazo de entrega do livro dela. Então, pelo que Lila via como três preciosos meses, todos os dias úteis da semana, em vez de precisar largar o computador de tarde para ir à escola buscar as filhas rebeldes, ela pôde ficar em casa escrevendo — uma liberdade inusitada — enquanto o marido esperava as meninas junto das outras mães. Às vezes, Dan até levava as garotas ao parque depois da aula. "Para dar mais tempo para você escrever", dizia, e ela ficava quase zonza de amor e gratidão. Até, é claro, ficar evidente que Marja também devia estar no parque nessas ocasiões. E que, durante aqueles três meses, algo além da habitual distração do tédio paterno, da companhia normal do banco do parque — onde se compartilhavam guardanapos de papel e caixas de suco, reclamações infantis e joelhos ralados —, tinha acontecido. Talvez Marja houvesse se esforçado para ficar mais bonita, usado roupa de yoga para exibir a silhueta esguia, passado perfume caro antes de ir buscar Hugo. Talvez Dan também houvesse se esforçado. Na época, Lila não reparava em muita coisa além da contagem de palavras diárias, do pânico para terminar tudo.

Um dia, sentado no banco do parque, ou vendo Violet brincar no balanço, Dan deve ter confidenciado a Marja que se sentia infeliz, ou ignorado, ou que simplesmente não estava mais apaixonado. Talvez os dois tenham conversado sobre sexo, ou a falta dele. Marja teria voltado seus olhos límpidos para ele, colocado a mão no braço de Dan em sinal de compreensão, com aquelas unhas lindas feitas. Talvez ela tivesse uma aura de mulher corajosa, a mãe solo cujo parceiro se mudara de volta para os Países Baixos e não fazia quase nada para ajudá-la. Ela teria sorrido. Chegado mais perto de Dan. Como devia parecer admirável, comparada à esposa ranzinza de moletom em casa, que resmungava porque ele se esquecera de novo de comprar o sabão da lava-louça.

Até que, um dia, um novo limite foi ultrapassado. Lila ainda não sabe exatamente quando isso aconteceu, talvez depois do fim do sabático, durante um almoço "de trabalho" ou em uma das muitas noites em que ele dizia que precisava ficar no serviço até tarde. Ela não sabe quando Dan e Marja começaram a transar, nem quando expressaram seu amor um pelo outro. Sabe apenas o que sobrou: a data em que ele lhe disse, com uma formalidade quase cômica, que o casamento dos dois havia chegado ao fim. E, algum tempo depois, a data de quando ela entendeu o motivo, após vê-los sentados juntos em um carro na rua Garwood, de testas encostadas.

De vez em quando, Lila deseja que alguém reconheça sua força por simplesmente aparecer no portão da escola todo dia, pelo menos sem um lança-chamas e um pequeno exército de mercenários. O fato de continuar de pé não é pouca coisa. Na sua opinião, ela merece uma medalha por conseguir forçar suas pernas a andarem até a escola diariamente, por sorrir e fingir que aquilo não acabou com ela. Olhando de fora, ela acha possível que ninguém nem repare mais.

Embora ainda não tenha tido coragem de voltar ao parquinho. Nem uma vez.

Lila chega à escola às três e dezenove, no último minuto antes de liberarem os alunos. Violet havia implorado para que ela trouxesse um rolinho de canela da padaria escandinava chique, e Lila se sente um pouco culpada por não ter resistido e comprado um para si, que acabou comendo na porta da loja. Desde que Bill passou a morar com as três, ela e as meninas começaram a comer doces com pressa e às escondidas, no carro ou na frente das lojas, como se fossem viciadas atrás de uma dose.

Marja está com as outras mães, carregando um pote de bolinhos para alguma venda de bolos cujo e-mail Lila sem dúvida perdeu. Alguém discute futuras datas para levar os filhos para brincar, e Lila imediatamente vai para o canto oposto e encara o telefone, determinada.

Ela pensou muito no que Eleanor dissera e tentou ver a vida de forma mais positiva. *A cada dia que faço isso*, pensa Lila, *estou mais próxima de uma vida melhor. A cada dia que faço isso, estou um dia mais perto de quando meu psicodrama com Dan e Marja será águas passadas.* Ela repetiu esse mantra para si mesma ao longo das muitas horas em que deveria estar escrevendo. Contudo, de repente, Lila se dá conta de que, quando o bebê chegar, também terá que vê-lo ali todos os dias. Marja empurrará um carrinho com o bebê de Dan na frente dela, dia após dia, com todas aquelas mulheres elogiando a criança. Talvez Dan a acompanhe no primeiro dia, como maridos costumam fazer, todo orgulhoso e protegendo sua parceira incrível, *que foi tão corajosa, tão forte. Honestamente, ela me impressiona.*

— Licença.

Tem um homem parado na frente dela. Ele é alto e magro, com cabelo castanho-claro e bagunçado, óculos e olhos tristes. É sexy de um jeito meio desgrenhado que deixava Lila louca antes de conhecer Dan. Ela pisca. Percebe que ele disse alguma coisa em que ela não prestou atenção.

— Oi?

— Queria saber onde você comprou isso. — Ele está apontando para o saco com o rolinho de canela. — Minha filha ama essas coisas. Acabamos de nos mudar, então eu ainda não conheço os melhores lugares.

— Ah.

Ela olha para o saco. Quando levanta o rosto, adivinha, desconfortável, que deve estar um pouco vermelha. Aquele homem tem um olhar surpreendentemente direto.

— É da Annika.

— Esse é o nome da sua filha?

— Não. Não. Da padaria. Se chama Annika. Acho que não é por causa de nenhuma Annika de verdade. Escolheram porque é um nome sueco. Só para sabermos que é um estabelecimento sueco. E que vende rolinho de canela tipo os de lá. Eu fui naquela que fica bem no fim da rua principal. Tenho quase certeza de que tem outra em Finchley que também se chama Annika... — diz ela, e perde o fio da meda. — Qual é a turma da sua filha?

O homem responde, mas não é a turma de Violet, e tudo ao redor de Lila virou uma espécie de zumbido. Ela percebe, quase imediatamente, que não escutou direito, então só sorri e faz que sim com a cabeça. E repete o gesto, só por via das dúvidas.

— Quando ela começou aqui?

— Semana passada. Está sendo um pouquinho difícil para ela, então queria dar uma animada.

— Ah, sinto muito.

Ele dá de ombros.

— É... hum... A vida dela passou por muitas mudanças nos últimos dezoito meses.

Ele olha para os pés.

Lila não consegue pensar no que dizer. Então, estende o saco do rolinho de canela para ele.

— Toma.

— Quê?

— Para sua filha. Posso comprar outro na volta.

É um desvio de quase um quilômetro.

— Não... não. Não posso aceitar. — O homem sorri e, por um breve momento, é elevado de gostoso desgrenhado para lindo de morrer. — Mas é uma gentileza incrível da sua parte.

— Eu insisto — diz Lila, empurrando o rolinho para ele, forçando-o a pegar. — Por favor. Eu nem deveria dar isso pra Violet, na verdade. Normalmente só comemos peixe com lentilha.

— A gente tem pedido tanta comida pra viagem ultimamente que devo ter virado cliente VIP do aplicativo de delivery.

Por que ele está vivendo de delivery? Será que isso significa que não tem mulher na casa dele? Lila se repreende pelo machismo internalizado. Esse homem parece estressante demais para machismo internalizado. Ela tenta pensar em algo para dizer em relação a aplicativos de delivery, mas Violet está saindo da escola.

— Violet! Ai, meu Deus, não deixa ela ver o rolinho. Ela não vai me perdoar nunca. Melhor eu... Tchau. Prazer em conhecer você, hum...

— Gabriel.

— Gabriel. Eu sou a... — responde ela, e demora a se lembrar do próprio nome. — Lila! Haha! E depois dizem que peixe faz bem pro cérebro. Eu aqui esquecendo meu nome!

Ela solta uma gargalhada estridente e esquisita que nunca tinha ouvido antes, dá meia-volta e vai a passos rápidos até a filha, xingando-se por dentro. *Como posso me comportar como se tivesse quinze anos, se estou tão velha que meu pescoço parece papo de galinha?*

— Trouxe meu rolinho de canela? — pergunta Violet, empurrando a mochila para ela.

Lila sente as mães da escola ao redor de Marja olharem para ela de esguelha. *É, sou eu, falando com o gostosão novo*, declara, em silêncio. *Engulam essa, vagabundas.*

— Pensei em passarmos para comprar no caminho de casa.

— Ai, meu Deus, mãe, como você é chata! — exclama Violet, jogando a cabeça para trás e soltando um uivo de desespero. — Fica a *quilômetros* de casa. E eu tô *exausta*!

Lila sorri para as mães. Marja está de costas para ela. Ultimamente, isso tem sido comum: Marja está quase sempre de costas para ela.

— Vamos fazer o seguinte — propõe Lila. — Passamos no mercadinho e compramos um donut com recheio de geleia.

Provavelmente o simples fato de Lila sentir choques elétricos de prazer durante todo o trajeto até o mercadinho — e na volta para casa — só de se lembrar da conversa com Gabriel já é prova suficiente de quanta atenção masculina ela vem deixando de receber nos últimos dezoito meses. Mas Lila não para de pensar no olhar direto dele. No sorriso quase tímido quando ela ofereceu o rolinho de canela. Ela pensa nisso nos momentos em que o falatório incansável de Violet é momentaneamente interrompido pelo donut, que a menina come com prazer forense, chupando o açúcar dos dedos enquanto caminha. Houve uma energia entre eles, né? Será que ele teria abordado Lila se não sentisse nenhuma atração por ela? Ele poderia ter ido falar com as outras mães. Não precisava sorrir tanto, nem se abrir para ela. Então Lila cai na real e se sente ridícula. Ela é uma mulher de quarenta e dois anos, obcecada feito uma adolescente. Depois de tudo pelo que passou. Ele é apenas um homem que queria um doce. Lila mantém essa postura por vinte passos. Até que se lembra daqueles olhos enrugando atrás dos óculos, do cabelo lindo e volumoso, da ansiedade, inesperada e eufórica para a próxima ida à escola.

O fluxo de alegria e broncas internas é interrompido quando ela chega à porta e se lembra: Gene está ali. Gene, com sua necessidade constante de aprovação e atenção, e que caiu de paraquedas em sua vida sem nem uma desculpa por todo o seu fracasso como pai.

Ela fecha os olhos por um instante na frente da porta, respira fundo, vira a chave na fechadura e entra.

— O encanador está aqui — anuncia Bill, quando ela passa pela cozinha.

Violet ultrapassa os dois e se larga na frente da televisão, pegando o controle remoto sem nem olhar, e todo o resto da conversa ocorre em meio ao som de adolescentes animados gritando nos corredores de uma escola dos Estados Unidos.

— Como assim? Por quê?

Bill está descascando nabos sujos, sem dúvida orgânicos. Lila se pergunta, com uma leve preocupação — não muito generosa, embora inteiramente justificada —, o que ele está preparando para o jantar.

— Aquele homem entupiu o vaso com papel. Por que ele precisou de meio rolo de papel só para suas necessidades da manhã, eu não sei. Mas não consegui desentupir.

A expressão de Bill revela o duplo insulto envolvido em precisar limpar a sujeirada de Gene, tanto literal quanto metaforicamente.

— Jesus amado. Quanto vai custar? — pergunta Lila, e se larga ao lado de Violet, que segue distraída. — Cadê ele?

— Não faço ideia. A caminho de Los Angeles, espero.

Ela levanta a cabeça abruptamente.

— Ele disse que voltaria depois do ensaio — revela Bill, com o mesmo nojo que usaria para contar que Gene tinha ido a um apedrejamento em praça pública. — Imagino que devo incluí-lo nos planos para o jantar de hoje.

— É só mais uma noite — responde Lila.

O silêncio e o leve tremor nas costas de Bill indicam o que ele acha disso.

— Eu agradeceria se você pudesse dar uma palavrinha com ele sobre o... problema do encanamento. Prefiro não precisar chamar outro encanador às pressas amanhã — comenta ele.

Lila diz que vai trabalhar por umas horinhas antes do jantar. Quando entra no escritório, vê o sofá-cama, o edredom amarrotado em cima do colchão fino, e percebe, ressentida, que, com Bill e Gene na casa, não sobra espaço para ela. Então vai para o quarto e, ridiculamente exausta, ignora a cama e se deita no carpete, olhando para o teto e escutando o diálogo murmurado de Bill com o bombeiro no andar de cima. *Eu gostaria de uma vida em que eu estivesse flertando com alguém agora mesmo, em uma mesa na calçada, talvez com uma garrafa gelada de rosé entre nós, em vez de escutar um velho ranzinza negociando com um encanador o preço para desentupir o vaso, sem nenhuma expectativa além de algum prato com nabo.* Ela suspira profundamente. Marja nunca deve deitar no chão sentindo que nunca mais quer ver ninguém. Marja provavelmente está deitada no sofá, enquanto Dan massageia seus pés. Ele sempre foi bom de massagem no pé em grávidas. Ou talvez ela seja uma dessas mulheres cujos hormônios enlouquecem no primeiro trimestre, e agora eles estão na cama...

Lila fecha os olhos e conta até dez. Então pega o celular. Confere os e--mails da escola — o que raramente faz — e vê o anúncio de uma aluna nova no quarto ano, Elena Mallory. Ela pensa por um minuto, e aí digita "Gabriel Mallory" no mecanismo de busca e espera para ver o que aparece.

Arquiteto Gabriel Mallory ganha prêmio por centro de reabilitação "revolucionário". Jurados elogiam seu "design humano e socialmente progressista".

Lila estuda a foto dele com o prêmio. Claro que ele é um arquiteto premiado. Claro. Ela rola no chão para ficar de bruços e pesquisa *Gabriel Mallory Esposa*. Não aparece nada, pelo menos não sobre ele. Há um monte de Gabrieis Mallory — homens com óculos escuros da Oakley e pranchas de surfe, programadores barbudos, menininhos no colo de mães loiras e orgulhosas. Ela pesquisa *Gabriel Mallory Divórcio* e, como não dá em nada, *Gabriel Mallory Esposa Morte Trágica*.

— O que você está fazendo?

Lila toma um susto.

Violet está parada na frente dela, olhando para o celular de Lila.

— Nossa, Violet. Não me dá um susto desses.

— Seus peitos ficam molengas quando você deita assim.

— Obrigada.

Lila se endireita, sentando-se no chão. Olha para os peitos, pensando se eles parecem ser mais molengas do que os das outras pessoas.

— Ah. Bill falou que o jantar está pronto, e Gene voltou, e Bill falou que ele está com cheiro de bêbado. E eu não vou comer a janta porque tem nabo. Posso pedir pizza?

Por alguns anos, quando as meninas eram pequenas, Lila e a mãe iam juntas ao supermercado uma vez por semana. Francesca a acompanhava para dar apoio — era mais alguém para acalmar uma criança aos berros ou pegar itens que mãozinhas gorduchas tinham jogado do carrinho. Às vezes, elas tomavam um café depois, se as compras geladas aguentassem.

O hábito continuou muito depois de as meninas começarem a frequentar a escola, mesmo que não houvesse mais motivo lógico para Lila e Francesca fazerem compras ao mesmo tempo. Francesca era de uma alegria implacável: tratava a ida semanal ao supermercado como uma oportunidade maravilhosa de descobrir coisas novas e exóticas. Lila poderia estar empurrando o carrinho pelo corredor de cereais, se perguntando qual daria menos briga entre as meninas, calculando o equilíbrio entre a quantidade horrenda de açúcar e a probabilidade de suas filhas o comerem, e ouvia a mãe exclamar, a vinte metros de distância:

— Lils! Olha só isso! Como você acha que se pronuncia *'nduja*? Ah, lichias! Não como lichia desde criança! Tenho que levar um montão pro Bill.

Certa vez, num dia em que Lila estava bem rabugenta, depois de uma noite de insônia ou uma briga com Dan, Francesca tinha insistido para ela se animar, ver o lado bom da vida, pensar na abundância de coisas maravilhosas à sua frente e perceber como tinham sorte — até Lila perder a paciência e pedir para a mãe deixá-la em paz. *Eu não sou que nem você, mãe. Não fico alegre o tempo todo.*

Francesca a encarou, confusa, o cabelo grisalho e cacheado balançando na altura dos ombros, e declarou, animada:

— Tudo bem! Pode deixar!

Então, na frente de Lila, ela desatou a correr com o carrinho, e aí pisou com os dois pés na parte de trás, para deslizar nas rodinhas até a ponta oposta do corredor, enquanto outros clientes saíam do caminho às pressas, irritados. Francesca se virou para Lila e levantou o braço em um gesto teatral.

— Estou indo! Vou deixar você em paz!

Lila ficou ali parada, em choque, enquanto a mãe virava no corredor, sem saber se deveria sentir vergonha ou ficar impressionada por Francesca genuinamente não dar a mínima para a opinião de ninguém no supermercado. Ela se voltou para um cereal de chocolate qualquer e, poucos minutos depois, ouviu um gritinho e viu Francesca voando no carrinho até ela.

— Yum Yum! — exclamou, pulando para o chão segundos antes de o carrinho colidir com a parte de caixas de macarrão. — É biologicamente IMPOSSÍVEL ficar de mau humor depois de comer um Yum Yum. Toma.

Lila comeu o doce de massa açucarada e frita enquanto a mãe a observava com a expectativa intensa de uma cientista que sabe que está prestes a comprovar sua teoria.

— Viu? — disse ela, ao ver a filha lamber os dedos, com um sorriso tímido. — Viu? Não é a fonte de alegria mais gloriosa que existe? Eu *sabia* que resistir seria inútil.

Lila olha para os dois homens idosos agora sentados cada um em uma ponta da mesa, ignorando-se propositalmente enquanto comem bolinhos fritos de nabo, e se pergunta como uma mulher capaz de arrancar níveis tão épicos de felicidade de qualquer situação teria ficado com qualquer um deles. Bill comprimiu a boca em uma linha fina de irritação e só fala para oferecer água ou perguntar para Lila se os bolinhos estão bons de sal. Ele não se dirige a Gene, como se, ao ignorá-lo, o outro pudesse simplesmente entrar em combustão e desaparecer.

Gene nitidamente está um pouco bêbado. Seus movimentos têm certo cuidado, e de vez em quando ele meneia a cabeça e levanta as sobrancelhas, como se conversasse em silêncio com alguém que só ele vê. Violet, que foi informada de que não poderia pedir pizza, empurra pedaços de bolinho de nabo pelo prato. Emburrada, vez ou outra olha com raiva para Lila, como se a mãe fosse a responsável por essa traição culinária.

— Então, Gene, como foi o ensaio? — pergunta Lila.

Ela nota que sua voz tem uma espécie de leveza fria ao falar com ele, um tom que se usaria com um vizinho com quem conversamos por obrigação quando o encontramos na plataforma do trem.

— Ah. Bom. Ótimo. O diretor está bem feliz.

— O que vocês estão ensaiando?

Gene pisca, mastigando por um minuto, com ar pensativo.

— Só... um diretor sueco. Acho que você nunca ouviu falar dele.

— Diretor? Ou dramaturgo?

— Quê?

— Você disse que é um diretor sueco.

— Não. Ele é inglês.

Lila olha para a comida por um instante.

— Qual é a peça?

— Ei, tem um pouco de ketchup? Um molhinho cairia bem aqui.

Bill ergue o olhar do prato.

— São bolinhos apimentados. Tem um molho natural de iogurte. Não precisa de ketchup.

Gene pisca para ele, devagar.

— Bom, mas eu gosto de ketchup.

— Não foi feito para comer com tomate. Muito menos tomate processado com um montão de açúcar.

— Talvez eu goste de tomate processado com um montão de açúcar.

Lila olha para os dois. Ninguém se mexe. Então, suspirando, ela se levanta e vai até a despensa. Localiza o ketchup no fundo do armário, no meio das garrafinhas de leite de coco que estão ali há três anos, leva até a mesa e entrega para Gene. Bill a encara como se ela tivesse cometido a maior das traições.

— Se ele quiser ketchup, pode comer ketchup, Bill.

— Ah, claro, não se preocupe comigo. Sou apenas um bobo que passou uma hora combinando ingredientes cuidadosamente para produzir um equilíbrio de sabores delicado. Por que eu deveria me importar se ele quer encher de gosma industrial?

— Me passa um pouco de gosma industrial? — pede Violet, pegando o ketchup depressa e jogando na comida toda.

Bill congela.

Lila se inclina para mais perto dele.

— Está uma delícia, Bill — diz. — Obrigada.

A campainha toca às oito e quinze, no momento em que Lila está tirando a mesa e Bill já está em pé diante da pia, com as costas rígidas em resposta à última hora. Gene se levanta, porque é quem está mais perto da porta, e ela escuta uma conversa murmurada seguida por uma voz exaltada. Lila deixa os pratos de lado e vai ver o que está acontecendo.

— Eu disse que ia procurar *você*. Mais tarde.

Uma mulher está arrastando uma mala pelos degraus da entrada, depois duas caixas de papelão, que larga com ênfase satisfeita no piso de azulejos.

— Bom, eu estava de carro, então achei que, assim, podia garantir que ia acontecer de verdade.

Ela ergue o rosto quando Lila chega à porta.

— Ah, oi, Lila, como você está?

Lila força a vista, tentando identificar de onde reconhece essa mulher.

— *Jane?*

A primeira namorada inglesa de seu pai — ou a primeira de que Lila ficou sabendo — depois da mãe dela: Jane, uma massagista loira, de cabelo comprido e ondulado, que passou mais ou menos quinze anos indo e voltando com Gene, no Reino Unido e nos Estados Unidos; uma mulher que se oferecia para tratar os joelhos ralados de Lila com arnica e cuja casa toda cheirava a patchuli. Ela tratava o comportamento de Gene como se fosse algo inteiramente esperado de um homem com tanto talento, e vivia com um sorriso sereno no rosto. Era a pessoa mais equilibrada que Lila já conhecera. Seu cabelo agora está grisalho, mas ainda tem volume, e as mãos seguem fortes e hábeis. Ela continua não usando maquiagem, e tem braços musculosos e firmes. Nos pés largos, calça sandálias vermelhas e confortáveis, que parecem de criança.

Jane empurra a caixa para Gene e se empertiga, jogando o cabelo comprido para trás e esfregando as mãos, como se estivesse aliviada por se livrar daquele peso.

— Não sei nem dizer quanto tempo isso ficou no meu sótão. Eu dei uma olhada na mala antes de vir e, por incrível que pareça, nada mofou nem foi comido por traças. Acho que foi por causa da lavanda que coloquei aí anos atrás.

— O... o que está acontecendo?

— Gene me ligou e disse que está morando aqui. Então, pensei que seria uma boa ideia convencê-lo a buscar as coisas que deixou na minha casa por... hum, vinte e três anos? Vai ser um milagre se essas roupas ainda couberem, Gene. Pelo menos acho que dá para vender essas camisetas do Grateful Dead na feirinha de Camden, se precisar.

— Perdão? — diz Lila, com dificuldade de entender. — Morando onde?

— Eu não falei que estava morando aqui — responde Gene, que parece ter ficado sóbrio de repente.

— Falou, sim — retruca Jane. — Você me disse que estava morando com sua filha. Disse isso ontem, quando me ligou. Foi a primeira coisa que falou. E talvez eu ainda tenha mais umas caixas lá, é que não consegui trazer hoje.

— Não... não! Espera aí — diz Lila. — Ele só está hospedado aqui. Por mais uma noite.

Jane olha fixamente para Gene. Seus olhos contêm algo que deixa Lila desconfortável.

— Entendi — comenta Jane. — Hospedado.

Gene se vira para Lila com um sorriso radiante e põe a mão no ombro dela.

— Eu ia perguntar se poderia ficar só mais alguns dias, meu bem. Houve um problema com o hotel, e eu...

Ela escuta o *ah, não* vindo da cozinha antes de Gene sequer terminar a pergunta.

— Só durante os ensaios — insiste Gene, ainda sorridente.

Lila olha de um para o outro, sentindo que foi manipulada.

É Jane quem interrompe o silêncio.

— Isso parece o tipo de coisa que vocês precisam resolver sozinhos — comenta, alegre. — E eu tenho um cliente às oito e meia, então preciso ir. Lila, foi um prazer te ver de novo. Sempre me pergunto como anda você. Linda casa. Gene, foi... Bom, boa sorte!

Ela dá um tapinha no braço dele, acena para Lila e vai embora.

Lila e Gene ficam parados no hall.

— Estou enfrentando alguns problemas — começa Gene — no departamento financeiro.

Lila revira os olhos.

— Nada grave — continua ele. — Nada mesmo. É só até eu receber. Mas está meio difícil arranjar hotel, porque eu perdi meu cartão de crédito e não tenho dinheiro para alugar nada agora.

Lila parece ter travado a mandíbula. Ela sente todos os dentes na boca.

— Então, meu bem, se você me deixasse ficar aqui até eu receber, eu ficaria muito agradecido. Não vai ser muito tempo. Para eu curtir um pouco você e as meninas.

Lila não responde, e ele prossegue:

— Eu não daria trabalho. Posso dormir lá em cima, e não atrapalharia em nada. Talvez possa ajudar a cuidar de Celia e...

— Celie. Ela se chama Celie. Como em *A Cor Púrpura*. E Violet.

— Não precisamos de ajuda — diz a voz da cozinha.

Lila nem se mexe.

— Ou fico aqui, ou vou ter que dormir na rua. — Ele dá essa cartada final com a confiança, ou o desespero, de alguém que sabe que jogar um homem de mais de setenta anos na sarjeta exige o tipo de determinação ou frieza que Lila provavelmente não possui.

— Você não pode ficar com a Jane?

— O parceiro dela não gosta de mim.

— Que surpresa — diz a voz da cozinha.

— E não tem outros amigos?

— Prefiro ficar com a minha família.

— Ah, agora é sua família — replica a voz.

— Pode parar com isso, Bill? — diz Gene. — Essa questão é entre mim e a minha filha.

— Você abriu mão do direito de chamá-la de filha há anos.

— Bom, você é que não tem esse direito mesmo.

Lila escuta passos. Bill aparece na porta da cozinha com um pano de prato pendurado no ombro.

— Você não tem o direito de pedir nada à Lila, direito nenhum.

— Ei, parceiro, fecha a matraca. Se minha filha quiser me dar um canto para dormir, você não tem nada com isso. Que eu saiba, você também está só morando aqui de favor.

— Morando de favor? Eu faço parte desta família há trinta e cinco anos. Certamente três vezes mais tempo do que você.

— Você não sabe nada sobre mim!

Gene cutuca o peito de Bill com o dedo comprido e grosso. Chocado, Bill recua um passo.

— Ah, eu sei muita coisa sobre você!

Bill puxa o pano de prato do ombro e joga com força no rosto de Gene, como um chicote. Acerta no queixo com um estalo. Gene fica boquiaberto e leva a mão ao rosto. Truant, claramente pressentindo algum conflito, vem disparado da cozinha e começa a latir com raiva, ameaçando morder o pé dos homens.

— Você bateu na minha cara, parceiro? Ah, não. Vou descer o cacete em você, seu velho.

Os dois homens começam um empurra-empurra, Bill jogando o pano de prato no rosto de Gene, enquanto Lila tenta segurar o cachorro antes que ele morda alguém.

— Descer o cacete em mim? Você está tão bêbado que não aguenta quinze minutos em pé.

— Ah, agora, sim, você vai apanhar!

Eles estão de punhos erguidos, balançando o corpo de um lado para outro. Zonza, Lila se mete entre os dois e os afasta.

— Dá pra vocês baixarem a bola? — grita. — Pelo amor de Deus.

— Foi ele que começou! — diz Gene.

Lila bloqueia um soco, realmente fraco, de Gene, que balança e cambaleia que nem um lutador de boxe no convés de um navio.

— Pois é, e, assim como nos últimos trinta e cinco anos, quem vai terminar sou eu.

— Bill!

Lila o empurra para trás.

— Mãe!

Todos param, em silêncio, e então uma voz repete:

— Mãe?

Violet está na porta da sala, com uma expressão insegura pouco característica. Lila separa os homens uma última vez, olha feio para os dois, a fim de garantir que saibam que ela está falando sério, e se abaixa, puxando a filha para um abraço e forçando um sorriso. Violet olha de um homem para o outro.

— Está tudo bem, amor. Eles estão só brincando de luta.

— Não parece que estão brincando — afirma Violet, com a voz trêmula.

O silêncio demora uma fração de segundo a mais do que o necessário.

Enfim, Gene abre seu sorriso.

— Claro que estamos, querida! Eu e Bill somos amigos de longa data, né, Bill? Sempre brincando.

Bill leva um instante a mais para recobrar a compostura. Ele ajeita a gravata, que tinha afrouxado na confusão.

— Sempre brincando — repete, com um sorriso que não chega aos olhos. — Não precisa se preocupar, Violet. É só uma brincadeirinha entre mim e Gene.

— É. Brincadeira — diz Gene.

— Porque Gene adora quando eu faço isso.

Bill lança o pano de prato de novo. Acerta o nariz de Gene. Lila vê a expressão de Gene ficar vagamente desorientada. Mas aí ele recupera o sorriso.

— Claro. A gente se diverte muito. E Bill adora isso!

Ele estica a mão e puxa a gravata de Bill, balançando até Bill encolher o pescoço e piscar várias vezes.

— Ha-ha-ha — solta Bill.

— Ha-ha-ha — repete Gene.

— Ah, ele é muito engraçadinho — comenta Bill.

— E agora os dois vão parar de uma vez por todas com essa brincadeira. Já nos divertimos muito por hoje — declara Lila. — Vocês não concordam? Acabou a brincadeira?

Gene é o primeiro a falar. Ele abre um sorriso ainda maior e dá um passo na direção da neta.

— Claro. Viu, Violet? Todo mundo aqui é amigo. Que tal a gente ver um episódio de *Esquadrão Estelar Zero*? Você vai adorar o da revolta marciana.

Violet analisa a expressão dos três adultos e parece relaxar um pouco. Em seguida, olha para Lila, como se quisesse confirmar que está tudo bem, e a mãe lhe oferece um sorriso de encorajamento, lembrando, de repente, que Violet, por mais atrevida que seja, ainda é uma criança que está passando por muitas mudanças.

— Claro. Podem ir ver *Esquadrão Estelar Zero* no sofá. Eu ajudo o Bill na cozinha.

Quando passa, ela murmura para Gene:

— Mais uma noite.

Ela tenta não notar o horror e a perplexidade no rosto dele.

— Você devia mandar esse sujeito embora imediatamente — resmunga Bill, quando ela dá o iPad para Violet e Gene.

Lila escuta a música da série chiando no aparelho, Gene cantarolando junto.

— Mais uma noite — diz Lila, e tenta não se sentir desanimada quando Bill dobra o pano de prato devagar no escorredor e sobe para o quarto com passos firmes.

9

Apesar de serem supostamente diferentes, há uma estranha uniformidade em todas as recepções de editoras e agências: o piso de madeira clara, a prateleira dos best-sellers e outros livros que não venderam tão bem, reorganizada todos os dias para bajular e tranquilizar os autores que fizerem visita no dia. Um sofá colorido. E, no caso de Anoushka Mellors, agente literária e cinematográfica, um carrossel interminável de recepcionistas idênticas: moças fofas de vinte e poucos anos, com cabelo bonito e sorriso fácil, cujos nomes Lila nunca consegue lembrar. Ela se senta no sofá turquesa, vê *A reforma* na prateleira de best-sellers e recusa o café que lhe foi oferecido. Lila acordou às cinco, e já havia tomado três cafés antes de sair de casa. Se tomar mais um, pode passar do limite de "ligeiramente agitada" para "completamente neurótica".

— Ela vai demorar só mais um minutinho — informa a recepcionista fofa, pela terceira vez. — É que precisou atender a ligação de um editor muito importante.

— Sem problemas — responde Lila.

Bill ficou furioso na manhã depois da briga. Como era típico dele, demonstrou isso com silêncios irritadiços e um mingau tão denso que as meninas experimentaram virar a colher de cabeça para baixo por minutos a fio para ver se cairia. Não caiu. Quando Bill saiu da cozinha, Violet bombardeou Lila com perguntas sobre a brincadeira de luta que havia presenciado, perguntando se era mesmo brincadeira alguém acertar seu nariz com força com um pano de prato (sim), se Gene e Bill gostavam um do outro (claro), e o que a vovó diria se estivesse ali (essa, ela não soube responder).

Então, Lila passou pela porta do escritório a caminho do banheiro para escovar os dentes e parou de repente. Gene e a mala não estavam mais ali.

Ela parou na porta, olhando para o quarto vazio, a cama — obviamente desarrumada —, e pensou como seria possível se sentir, ao mesmo tempo, tão aliviada e tão dividida, de um jeito confuso. O pai dela havia desaparecido de novo. Até então, nenhuma novidade. Gene sempre sumia antes das conversas complicadas, antes de ser obrigado a assumir a responsabilidade por qualquer situação difícil. Lila ponderou se ele tinha arranjado abrigo com alguém do elenco ou com alguma divorciada exausta para quem ele ainda tem certa aura de estrelato. Sentiu uma melancolia repentina, quase sufocante. E então as meninas começaram a gritar por uma escova de cabelo específica, e o desaparecimento de Gene escapou de sua mente. Ainda assim, Lila tropeçou naquelas caixas de papelão dele que estavam no corredor, o que, de alguma forma, parecia combinar com o momento.

Gabriel Mallory não aparece na saída da escola há dois dias.

— Espero não estar sendo inconveniente, mas queria dizer que amei seu livro.

Lila levanta a cabeça. A moça está debruçada no balcão, com a boca perfeitamente delineada formando um sorriso tímido.

— Espero que não seja falta de profissionalismo dizer isso.

— Que nada. Obrigada — responde Lila. — É muita gentileza sua.

— Eu e meu namorado estávamos passando por um momento difícil... ativamos muito os gatilhos um do outro. Ele tem um estilo de apego ansioso, e eu, evitativo, e eu li muito do que você falou a respeito de como conversa com seu marido. Isso me ajudou de verdade.

Lila sente um nó na garganta.

— Muito bom ouvir isso — diz, e olha para o celular.

— Tomara que a gente seja que nem vocês depois de vinte anos juntos. — A moça sorri com um ar conspiratório. — Aquela coisa de contar até quinze antes de reagir. Agora faço isso sempre. Fez uma diferença *enorme*. E aquele lance de aceitação radical, de não tentar mudar seu parceiro. Vocês dois são tão *sábios*.

Lila abre a boca e fecha de novo.

A moça a observa com expectativa.

Faz-se um breve silêncio.

— Na verdade, nós não estamos mais juntos — revela Lila, finalmente.

O sorriso da recepcionista murcha.

— Como assim? De verdade? Tipo, vocês se separaram?

— Não. Quer dizer, sim.

— Mas por quê?

Lila sorri.

— Ele... ele foi ficar com outra pessoa.

A mulher arregala os olhos.

— Está de brincadeira.

— Não. Ela está grávida dele.

A moça a encara horrorizada, como se estivesse esperando Lila começar a rir e dizer que era só uma piada.

— Ah — diz, enfim. — Ah.

— Desculpa — responde Lila.

Ela não sabe exatamente pelo que está se desculpando, mas sente que, de algum modo, decepcionou aquela mulher.

— Tudo bem. — O lábio inferior da moça começa a tremer. — Só é triste. Ai, meu Deus... vocês não têm filhas?

Lila engole em seco.

— Está tudo bem. De verdade. Elas estão bem. Estamos todos bem.

Como a moça não parece convencida, Lila acrescenta:

— Na verdade, estou escrevendo um livro novo. Sobre como é divertido estar solteira. Minha reunião com Anoushka hoje é sobre isso, inclusive.

A moça olha para um papel na mesa.

— Eu odiava estar solteira. Ficava muito triste.

O telefone toca. A recepcionista se empertiga e põe o fone de volta.

— Agência Literária Anoushka Mellors — cumprimenta, em um tom melódico. — Um segundo, vou transferir para o departamento de direitos internacionais.

— Querida, como vai? Você está *fantástica*.

Lila não está fantástica. Depois de cinco horas de sono, ela parece a mulher que enche a cara de cerveja na porta da estação de metrô de Camden Town e usa sacos plásticos nos pés. No entanto, sorri e balança a cabeça como se aquele elogio pudesse ser verdade.

— Como vão suas meninas lindas?

— Bem — responde Lila, no automático. — Meus dois pais estão hospedados com a gente. Então está sendo divertido.

— Seus *dois* pais?

Anoushka pisca, brevemente distraída da tela. Ela usa uma blusa turquesa e brincos combinando — é o tipo de mulher que considera a forma de se vestir uma declaração.

— Meu padrasto, Bill, que você conhece. E meu pai biológico, Gene, que você não conhece.

— Ai, nossa! Que moderno! Dois vovôs! Aposto que as meninas estão *amando*.

Lila sorri, sem graça, lembrando-se dos dois velhos se empurrando e brigando com o pano de prato no corredor estreito.

— Tem sido... interessante. Enfim, meu pai "de verdade" voltou para casa agora. Então estamos só nós e Bill de novo.

Bill, cujo humor imediatamente ficou mais solar, que voltou a assobiar de manhã, que focou no tal projeto de jardim com novo vigor.

— Que ótimo. Bem. Vamos lá! Tenho ótimas notícias.

— Tem?

— O pessoal da Regent House está desesperado para ler seu novo manuscrito. Parece que o tema "menopausa sexy" está super em alta no momento.

— Menopausa? — pergunta Lila, olhando para o outro lado da mesa. — Mas eu... não estou na menopausa.

— De cavalo dado, não se olha os dentes, querida. Quando o livro for publicado, você provavelmente estará. E eles estão *doidinhos* por histórias de lobas gostosas curtindo agora que se livraram dos parceiros chatos. Falei que o seu livro estava transbordando de aventuras românticas e, depois do sucesso de *A reforma*, estão considerando comprar ainda em pré-desenvolvimento.

Lila se ajeita na cadeira colorida.

— Mesmo sem terem visto nada?

— Você é best-seller do *Sunday Times*, querida. Eles sabem que você escreve bem. E vai entregar o que estão querendo. Agora, é claro que vão querer ver os primeiros três capítulos. Até onde você chegou?

Lila faz uma expressão pensativa, como se tivesse avançado tanto que não lembrasse direito.

— Hum... não cheguei a três capítulos prontos, ainda.

— Bom, então sugiro que acabe esse terceiro capítulo assim que puder. É um tema em alta, e queremos aproveitar o momento. Então, se puder me mandar alguma coisa até o fim de semana, seria perfeito. Podemos fechar o contrato ainda em outubro.

— De quanto estamos falando? — pergunta Lila.

— Ah, seis dígitos, sem dúvida — diz Anoushka.

— Seis dígitos?

Anoushka sorri, calorosa.

— Como eu falei, é o que estão procurando. Podemos até conseguir um contrato nos Estados Unidos. Na verdade, se puder incluir um pouquinho sobre como equilibra os flertes com o cuidado de pais idosos, seria a cereja do bolo. Tantas mulheres têm que cuidar da família inteira ultimamente... e você será um exemplo ilustre de alguém que consegue dar conta de tudo. — Ela levanta a mão e declara: — *Andadores, escola e amantes: Como me tornei uma quarentona sexy*. Já estou visualizando. Se dermos sorte, vai dar para publicar partes no *Mail*. Eles pagam maravilhosamente bem.

— Eu ainda tenho quarenta e poucos...

— Talvez você precise usar um daqueles vestidos azul-cobalto horríveis que sempre botam nas mulheres, e umas sandálias de salto anabela horrorosas, mas vai valer a pena.

— Certo — diz Lila, pensando na última conta do encanador. — Seis dígitos.

— Homens que nem o safadinho do seu Dan vão gritar por terem perdido as esposas. Você estará prestando um serviço público. Maravilha! Fica para sexta, então? — pergunta Anoushka. Ela se debruça na mesa, se aproximando mais. — Agora, seja sincera: minha sala está cheirando a vômito? Gracie botou o café para fora hoje de novo. Desta vez, nem chegou à lixeira. Juro que, nesse ritmo, vou acabar precisando mudar de escritório.

Seis dígitos. Seis dígitos tirariam Lila da pindaíba. Tornariam a redução da pensão de Dan menos catastrófica, pagariam pela reforma dos banheiros, permitiriam que ela tivesse uma reserva financeira, mesmo que o pagamento viesse em parcelas. Seis dígitos significariam que Lila ainda está com tudo. Ela pensa nesses dígitos o caminho todo até em casa, e está tão perdida no devaneio do que pretende fazer com esse dinheiro imaginário que quase tromba com Jensen no corredor entre o jardim da frente e o dos fundos. O jardineiro está empurrando um carrinho de mão cheio de galhos podados, que balançam suavemente sobre as laterais de metal, como os tentáculos de um polvo. Ele para ao vê-la, protegendo os olhos do sol. Tem o cabelo loiro e bagunçado de um garoto, e uma camada fina de terra sob as unhas.

— Bill foi para a casa dele. Disse que eu podia começar o serviço mesmo assim. Espero que não tenha problema.

— Problema nenhum — responde ela, tentando soar mais simpática do que realmente se sente.

Lila ainda não sabe o que pensar a respeito desse jardim memorial. Nem a respeito do fato de Bill agora estar tomando decisões sobre a casa dela.

— Ah, e temos um pequeno problema no seu galpão.

— Quê?

Ele começa a fazer aquela cara, a cara que um prestador de serviço faz quando está prestes a causar um rombo na sua conta bancária. Será necessário demolir o galpão, e ele vai recomendar um mais caro. O piso de concreto está rachado, é perigoso, vão precisar trocar. Tem uma família enorme de ratos morando lá dentro, e chamar um bom dedetizador é essencial, mas ele cobra um valor exorbitante. Lila toma uma decisão imediata. Não quer lidar com nada disso agora, não quando a possibilidade de salvação financeira acaba de lhe ser apresentada. Agora, não.

— Não quero saber — declara.

Jensen se empertiga.

— Não quer saber?

— Não — responde ela, seca. Lila teve dois dias calmos e uma boa reunião. Ela, mais do que ninguém, sabe que é preciso proteger as pequenas vitórias quando acontecem. — Mas obrigada.

Jensen a acompanha com o olhar enquanto ela entra em casa.

Ah, o prazer incomparável de uma casa silenciosa... Lila para no hall por um momento, absorvendo a tranquilidade absoluta no ar, interrompida apenas pelo suave abanar de rabo de Truant, que vem todo alegre cumprimentá-la. Ela se agacha e coça as orelhas do cachorro, sentindo uma felicidade repentina e inesperada. Não tem ninguém em casa, e Lila tem quatro horas para escrever os capítulos que darão início à próxima fase de sua vida. Tudo é possível.

Quinze minutos depois, ela está sentada à mesa, refletindo sobre o primeiro capítulo. Será que ela deve escrever sobre *A reforma*? Será que deve admitir tudo que aconteceu em sua vida depois do lançamento do livro? Lila sabe muito bem que a vida amorosa desastrosa das mulheres faz sucesso com os leitores. Ninguém quer ler sobre uma mulher que tem tudo — isso só faz as pessoas se sentirem como se não tivessem se esforçado o suficiente. Elas querem ler sobre todas as dificuldades, a dor de cotovelo e a catástrofe romântica, querem observar a derrota de longe enquanto passam reto a caminho de destinos mais felizes. Sucesso é irritante. Uma vida de desastres e humilhações é algo... com que é fácil de se identificar.

Dois anos atrás, escrevi um livro sobre meu relacionamento, que eu acreditava ser um casamento feliz. Duas semanas depois de o livro ser publicado, meu marido me largou.

Lila encara as palavras, os dedos ainda sobre o teclado. Se fizer isso, pensa, Dan vai ficar furioso. Vai odiá-la por expor a vida pessoal dos dois. Talvez as meninas também fiquem bravas. É pessoal demais, íntimo demais. Não dá para escrever sobre o casamento sem fazer referência às filhas. Mas o que ela tem a perder? Lila se lembra de uma citação que leu certa vez na internet: *Se não queria que eu escrevesse merda sobre você, deveria ter me tratado melhor.* Ela respira fundo.

Não existe nada mais humilhante do que convidar o mundo inteiro para dentro do seu casamento, para ensinar as lições que aprendeu sobre como manter a felicidade, e descobrir que tudo que expôs é mentira.

De repente, as palavras começam a fluir, brotando em sua mente e escorrendo pelos dedos em um fluxo incessante, incontrolável, vivo. Lila experimenta e descarta metáforas, faz referências ácidas e bem-humoradas à própria arrogância. Desaparece em um mundo ocupado apenas pela tela e pelo teclado, perdida no tempo. Era *isso* que precisava escrever: a catarse. Palavras sempre foram seu jeito de processar o mundo, e agora Lila entende que precisava delas para processar o que está vivendo. Ela escreve mil, duas mil, três mil palavras. Faz apenas uma pausa rápida para preparar uma xícara de chá, que acaba esquecida, esfriando na mesa enquanto Lila mergulha nos próprios pensamentos. Quando se levanta novamente, escreveu 3.758 palavras e completou o primeiro capítulo.

Ela olha a contagem de palavras e é dominada por um sentimento novo, quase triunfante.

— Eu consigo fazer isso — diz em voz alta. — Caramba, eu consigo.

Lila se sente um pouco culpada por ter sido grossa com Jensen, então prepara um chá para ele e vai até o jardim. O jardineiro está nos fundos, em cima de uma escada, podando com cuidado um arbusto de lilás. Usa uma camiseta desbotada e bermuda camuflada, e sua pele bronzeada — porém com a marca da camiseta — tem aquele tom profundo de quem passa a maior parte da vida ao ar livre. Lila vai até os fundos do jardim, acompanhada por Truant, e espera perto da escada até que Jensen note sua presença.

Ele para o que está fazendo e desce os degraus, aceitando o chá com gratidão.

— Está ficando ótimo — comenta ela, entusiasmada, embora sinceramente não faça a menor ideia se o arbusto está ficando ótimo mesmo.

Ele olha para a planta.

— É. Não vou exagerar na poda, mesmo que essa planta seja da pesada. Daria para cortar mais de um metro, e ano que vem teria voltado ao mesmo tamanho.

Lila faz que sim com a cabeça, como se as palavras dele fizessem sentido para ela.

— Desculpa pela forma como falei com você mais cedo. É que... é raro eu ter a casa só pra mim ultimamente, então eu precisava entrar e... Tenho prazo...

Ele balança a cabeça, dispensando a preocupação dela, e bebe o chá. Lila sente um momento de paz, o tipo de paz que não se lembra de já ter sentido.

É como sentir um perfume da infância, uma lembrança de outra versão de Lila, muito, muito antiga, que ela quase havia esquecido.

— Eu li seu livro.

Ela leva um momento para registrar o que Jensen disse.

— Você leu meu livro?

— Não tudo. Eu leio meio devagar. Mas li boa parte. Dei uma boa olhada.

— Melhor não ler tudo, mesmo. No fim, era basicamente ficção.

Ela sorri. Hoje, consegue sorrir. Com o novo livro a caminho, *A reforma* já está ficando para trás.

— É. Bill me contou. Sinto muito. Ah, olha lá. Um esquilo.

Lila espera que Jensen faça mais perguntas, mas ele olha para o esquilo e parece esquecer o assunto. É então que ela vê a aliança dele. Lila se pergunta se passará o resto da vida conferindo quais homens usam aliança e quais não usam. Ainda sente saudade da sua — era a única joia que nunca havia perdido.

— Há quanto tempo você é jardineiro?

— Faz uns quatro anos.

— Você sempre quis trabalhar nesse ramo?

— Não. Eu queria ser modelo, mas David Gandy armou para mim. Não gostou da concorrência.

— Já ouvi falarem isso sobre ele — diz Lila. — Que ele é muito inseguro.

— Um horror. Sabe, esse corpão parrudo deixa ele tremendo de medo.

Lila cai na gargalhada.

— Que foi, não acha…?

Jensen olha para a própria barriga. Não é volumosa, mas ele a estufa um pouco, curtindo a piada.

Lila inclina a cabeça.

— Também queria me desculpar por ter gritado pra você não olhar a minha árvore. É que aconteceu uma onda de roubos pela região e…

— E eu tenho a maior pinta de ladrão. Entendi. Mas você está segura. Tem o Bill.

Ela olha de esguelha para ele.

Jensen toma um último gole de chá.

— Estou falando sério — diz ele. — Ele tem aquela cara de professor bravo. Ninguém vai querer se meter com o cara.

— Ele consegue ser bem severo.

— Bill me deu um belo sermão antes de eu começar o trabalho aqui. Disse que você estava passando por muita coisa e que todo mundo devia deixar você em paz.

— Ele disse isso?

— Ele ama você — declara Jensen, com naturalidade.

De repente, Lila percebe quão raro é ouvir um homem falar de amor assim, de forma clara e direta. Passado o início do relacionamento, Dan quase nunca dizia que a amava. Quando ela perguntava, ele a olhava com uma expressão meio confusa, com um toque de irritação, como quem dizia: *Por que você está me perguntando isso?* Às vezes, Lila acha que sempre sentiu que era um pouco demais para ele, carente demais, irritada demais, triste demais, dramática demais.

Ela sente uma onda repentina de amor por Bill, pelo afeto discreto dele.

— Tenho sorte de ter o Bill na minha vida — confessa ela, porque não consegue pensar em mais nada para dizer.

Jensen devolve a xícara vazia.

— É mesmo. Mas eu ainda vou roubar seu carro.

Lila ri. Ela se vira para retornar à casa, mas ele a chama:

— Ei, aquilo que eu queria falar... sobre o galpão...

E então ela sente: a tensão repentina, a sensação de que nunca tem o direito de desfrutar de algumas horas de alegria, descomplicadas. A resposta sai de sua boca antes que ela pense:

— Não.

— Não?

Ela para um momento e se vira.

— Não quero falar do galpão. Não quero fazer nada com o galpão. Pode esperar.

A resposta sai um pouco mais ríspida do que ela gostaria, mas é uma reação visceral. Lila não quer saber de nenhum problema. Quer um dia tranquilo. Será que é pedir demais?

— Olha, sei que esse é seu trabalho. É seu projeto. E talvez você ache que deveria investir em um monte de coisas para deixar tudo melhor, ou mais funcional, ou mais bonito, mas agora não dá. Tá bom? Eu nem sei se dou conta disso aqui. Não tenho energia para isso, e muito menos dinheiro.

— Eu não... — começa ele, mas ela o interrompe.

— Esse maldito galpão está de pé há, sei lá, uns vinte anos. Qualquer que seja o problema, dá para... esperar.

Dessa vez, o calor na expressão dele se esvai. Jensen olha para ela por um momento, analisando-a em silêncio, e então comprime os lábios, levanta as sobrancelhas, assente e volta ao carrinho, esfregando as mãos.

— Tenho que buscar a Violet — declara Lila, meio sem jeito.

Ela se odeia por se sentir assim. A casa é dela. Ela tem o direito de traçar limites para o que está disposta a fazer.

— Obrigado pelo chá — diz Jensen, acenando, e não olha para trás.

Claro que é pura coincidência Lila ir buscar Violet totalmente maquiada, de cabelo escovado e solto, sem qualquer sinal de um elástico velho. E talvez ela tenha continuado com a roupa que usou para ir ao escritório de Anoushka, sem trocar pela calça jeans ou o moletom de sempre (o uniforme dos escritores, como Dan costumava dizer). E possivelmente também não seja coincidência que, quando ela entra e se vira para a esquerda, na direção dos brinquedos, onde Gabriel Mallory está parado sozinho, em vez de ir direto para a porta da escola, onde as outras mães se reúnem, ele arqueie as sobrancelhas de leve e diga:

— Você está muito elegante.

— Estou, é? — pergunta Lila, soando surpresa.

Ela já esqueceu a conversa constrangedora no jardim. Gabriel Mallory está de camisa azul-clara e tênis caros, de uma marca ecológica sobre a qual ela leu em uma revista. Ele usa óculos de aro fino, do tipo que, Lila desconfia, tornam alguém ainda mais bonito, e com mais cara de arquiteto.

— Ah, sim — acrescenta ela, casualmente. — Tive uma reunião no centro hoje cedo. Fiquei com preguiça de trocar de roupa depois.

— Você deveria ter reuniões todos os dias. Combina com você. Está luminosa — afirma ele, e então estende um saco de papel. — Ah, é. Para você.

Lila olha para baixo. É um saco da Annika. Pelo peso, parecem dois rolinhos de canela.

— Bom — diz ele, com um sorriso torto —, para você e sua filha. Desculpa, esqueci o nome dela.

— Violet — responde Lila, tentando não corar.

— Foi muita gentileza sua. Deu um ânimo para Lennie.

— Lennie?

— Bom, o nome é Elena. Mas, no momento, o tratamento deve ser como menino, então faz questão que chamem de Lennie.

— Vou me lembrar disso.

Lila mexe no saquinho, tentando não olhar para Gabriel. Alguma coisa nesse homem é fisicamente avassaladora, como se o corpo inteiro dela quisesse se jogar nele, esmagar a boca naquela camisa macia. É uma sensação muito perturbadora.

— Como Lennie está? — pergunta Lila, tentando disfarçar essa turbulência.

Gabriel inclina a cabeça de leve, olha para a porta da escola.

— Está… ok. Sente saudade da mãe.

Lila abre a boca para perguntar, mas Gabriel olha de soslaio para ela, constrangido, e explica:

— Ela... ela não está mais entre nós.

— Ah, ela fa…

Ele confirma com um gesto, e Lila perde o fôlego por um momento.

— Ai, minha nossa. Meus pêsames.

— Tudo bem — responde Gabriel, e solta uma risada sem graça. — Quer dizer, na verdade, não está tudo bem. Tem sido péssimo. Mas… é a vida.

— Se serve de consolo, a nova namorada do meu quase ex-marido está bem ali. Esperando um filho dele.

Gabriel levanta as sobrancelhas.

— Saquei. — Há um breve silêncio. — Então acho que nós dois estamos na pior.

— Pois é.

— Bom, você claramente está encarando a situação toda poderosa.

Lila se prepara para responder, corada, mas a porta da escola se abre nesse instante e as crianças começam a sair, abrindo caminho aos empurrões em um pequeno alvoroço de mochilas coloridas e desenhos já amassados, imediatamente grudando nos respectivos pais, como pinguins voltando pelas geleiras.

— Viva os rolinhos de canela — diz Gabriel Mallory, e se despede com um aceno, andando rumo à multidão.

— Rolinhos! — exclama Lila, em resposta, e sua voz sai esquisita, esganiçada.

Ela repete "rolinhos" em voz baixa, às vezes furiosa, às vezes desesperada, durante todo o caminho de volta para casa.

Qualquer que seja a marcenaria terapêutica que Bill andou fazendo nos últimos dias, parece ter consolidado seu bom humor: ele sorri com facilidade quando Lila e Violet chegam em casa e menciona apenas três vezes que teria sido uma gentileza se Gene houvesse tirado o lençol da cama, ou até a arrumado, antes de ir embora. Lila — que limpou, culpada, o rastro de rolinho de canela da boca ao entrar em casa — sorri de volta. Aquele está sendo um dia bem bom, pensa ela, sentindo uma onda de prazer inesperada. Celie está com um humor razoável — ao menos se digna a falar no mínimo duas vezes durante o jantar —, eles comem frango assado com salada em vez de peixe com lentilha, e Violet, ainda satisfeita com os rolinhos de canela clandestinos, consegue fazer apenas uma referência escatológica durante a refeição inteira. Nem mesmo a ligação de Dan no meio do jantar, pedindo para trocar os dias com as meninas porque a mãe de Marja está vindo da Holanda, atrapalha o bom humor de Lila. As meninas comem sem reclamar, Bill comenta sobre um velho amigo de uma perna só de sua época de licenciatura, que entrou em contato pelo Facebook, e Lila passa a maior parte do tempo perdida nos braços imaginários de um homem de sorriso torto e pãezinhos doces.

Ela está tão imersa nessa fantasia que demora um pouco para notar que Truant voltou a latir. A porta dos fundos está aberta, e o cachorro começou o latido agitado e repetitivo que reserva para carteiros e entregadores inofensivos. Ele anda meio agitado nos últimos dias, parece que está em alerta máximo, sempre avisando que o céu está prestes a desabar.

— Você precisa adestrar esse cachorro, Lila — murmura Bill.

— Eu sei — resmunga ela. — Vou fazer isso nas mesmas horas livres que tenho para pedicure, depilação e meditação.

Sem conseguir mais ignorar o som, Lila se levanta da mesa e segue para o jardim, que ainda parece uma zona de guerra, com terra revirada e lajes de arenito, vestígios do trabalho de Jensen. Truant está de frente para a porta do galpão, de pelos eriçados e dentes arreganhados. *Ai, meu Deus*, pensa Lila. *São* ratos. Jensen tentou avisar, e ela o dispensou. E agora vai pagar para ver. Lila pega o taco de beisebol azul de Violet na grama, para o caso de os ratos serem do tipo que pula no pescoço. Ela não sabe se realmente existem ratos que pulam no pescoço, mas parece algo que um rato faria.

Os latidos de Truant se tornaram ainda mais urgentes, e Lila tenta acalmá-lo, com medo de abrir a porta e seu cachorro se meter em um horrível massacre animal. Puxa a coleira dele e, como isso não funciona, chega mais perto da porta. Dá para ouvir Bill da cozinha:

— O que houve? Lila? Por que ele está latindo?

Ela acena de volta, tentando indicar que está tudo certo, que não há motivo para preocupação. Então, empurra a porta com a ponta do pé e escuta um barulho lá dentro. Com o coração disparado, escancara a porta de vez e... lá está Gene, caído sobre as almofadas do sofá do jardim, que se encontram espalhadas no chão. Ele pisca devagar ao registrar a presença de Lila.

— Gene?

O velho está usando um moletom, jaqueta de couro e cueca surrada. Ao se levantar, o movimento desloca a pilha de almofadas e faz com que uma lata de tinta vazia caia da prateleira e vá parar diretamente no seu ombro.

— Ai. Oi... oi, meu bem — diz ele, com um sorriso forçado, colocando a lata com cuidado no chão.

— Que raios você está fazendo aqui?

Gene a encara, com um ar de que está refletindo profundamente sobre aquela pergunta. Então, parece esquecer. Tem um saco de salgadinhos vazio em cima de sua barriga. Ele pisca, encarando a embalagem, como se tivesse acabado de notá-la ali, e tenta virar os farelos na boca, mas erra a mira.

— Sabe — diz ele, desabando devagar nas almofadas outra vez —, a maconha que vendem neste país é forte demais. Deveriam proibir.

Se os vizinhos já estavam incomodados com os latidos de Truant, o que dizer da visão de um senhor de setenta e cinco anos de cueca sendo arrastado pelo quintal enquanto canta "Go Tell It on the Mountain" a plenos pulmões? As cortinas da residência número quarenta e sete tremulam com tanta força que parece que a casa inteira está tendo convulsões. Lila finalmente convence Gene a subir até o escritório, onde arruma novamente o sofá-cama que havia desfeito e fechado menos de duas horas antes. Com a promessa de mais salgadinhos, ela o convence a tirar um cochilo.

— Não é ótimo estarmos juntos de novo? — comenta ele, agarrando as mãos dela com seus dedos cheios de veias saltadas. — O time todo, junto outra vez.

Lila assegura que sim, que é ótimo estarem todos juntos novamente, que formavam um time e tanto, e que agora é hora de ele cochilar, tudo bem?

Bill leva outra garrafa de vinho para se desculpar com os vizinhos pela comoção e passa um bom tempo por lá. Enquanto esperam seu retorno, ela e Celie assistem a Violet fazer uma imitação desconcertantemente boa do pai de Lila cambaleando pela sala e repetindo os mesmos versos da música.

Quando Lila enfim consegue acalmar Bill e garantir que, não, não fazia a menor ideia, e, sim, vai expulsar Gene de vez assim que ele estiver mais sóbrio, ela sobe para o quarto.

O problema do galpão era o Gene?

A resposta de Jensen é imediata.

Sim. Ele estava dormindo que nem um bebê. Eu tentei avisar.

Após uma pausa curta, ele volta a digitar. Lila vê os três pontinhos piscarem.

Acho que ele está lá há uns dias.

Ela encara a mensagem, então fecha os olhos e se deita no chão.

10

Penelope Stockbridge usa presilhas de cabelo com borboletinhas de acrílico verde e turquesa. É o tipo de acessório que se veria em meninas pequenas, mas Penelope Stockbridge não parece seguir os códigos tradicionais de vestimenta para maiores de sessenta anos. E, toda vez que traz uma travessa de macarrão de forno — esta já é a décima terceira do ano —, sempre há algum detalhe levemente inusitado em seu estilo que Lila acha estranhamente interessante. Duas semanas atrás, foram as galochas floridas; outro dia, um cachecol felpudo rosa e roxo que ia até os joelhos; e, vez ou outra — para a alegria de Violet —, Penelope surge com uma bolsinha no formato do rosto de um gato.

— É para o Bill — diz ela, em sua voz suave e precisa, como sempre. — Fico preocupada, com medo de que ele não esteja se alimentando direito. Sabe, sem a *Francesca*.

Ela sempre sussurra o nome de Francesca, como se o mero som pudesse causar angústia.

— É muita gentileza sua, Penelope — diz Lila, aceitando a travessa branca coberta por uma camada lisa de papel-alumínio, ainda quente. — Tenho certeza de que ele vai adorar. Quer que eu vá chamá-lo?

— Ah, não. Não quero incomodar — responde ela, e fica parada na porta, aguardando, com um sorriso dolorosamente esperançoso.

Lila chama Bill, que estava pendurando um novo quadro acima da televisão, onde antes ficava *Francesca Nua*. Ele vem pelo corredor ainda segurando o martelo na mão grande, e Penelope chega a tremer um pouco quando vê essa aparente demonstração de masculinidade desmedida.

— Penelope — cumprimenta ele, educado. — É um prazer ver você.

Penelope inclina a cabeça para o lado, fazendo as borboletas refletirem à luz. Lila sente um leve perfume, floral e adocicado.

— Eu só… Não foi nada. Só pensei em trazer uma coisinha. Para o caso de você estar com fome.

— É uma tremenda gentileza — diz ele. — Fico muito lisonjeado. Mas, de verdade, a Lila cuida muito bem de mim aqui. Não quero dar nenhum trabalho para você.

Ele sorri para Lila, como se ela fizesse qualquer tarefa doméstica para cuidar dele.

— Não é trabalho. Trabalho nenhum. Vejo que você anda ocupado — comenta Penelope, apontando para o martelo. — Está fazendo algo interessante?

— Ah, nada de mais.

Lila segue parada entre eles, pensando se deveria sair dali. Bill, porém, ainda tem dificuldade em manter uma conversa casual, especialmente com vizinhos que trazem presentes, então ela sente que deve ficar.

— E como vão os alunos? — pergunta ele, quando o silêncio se estende.

Penelope Stockbridge é a professora de piano do bairro. Lila já chegou a matricular Celie, mas o protesto diário se tornou insuportável, e ela desistiu depois de seis aulas.

— Ah, a maioria vive inventando desculpas para não ter ensaiado. Às vezes, acho até graça das histórias. Semana passada, uma aluna me disse que não tinha tempo porque o peixinho dela precisava de tratamentos diários para a pele. Imagina só!

— Tratamentos para a pele de um peixinho — diz Bill. — Que criativo.

Penelope olha de Bill para Lila, e então para os próprios pés, na postura de quem está sempre preocupada em abusar da hospitalidade alheia. Ela tem um rosto estreito e sério, com olhos grandes e expressivos. Pelo que contou a Lila, já foi casada. O marido, porém, faleceu antes que tivessem filhos. Morreu de leucemia. Ela ainda se lembrava da devastação dos primeiros meses de viuvez como se fossem ontem. A mulher abre um sorriso breve, fugaz.

— Enfim. Não quero incomodar. Eu só... sabe. Espero que ajude. Me diga, por favor, se preferir que eu não faça mais desses.

— De forma alguma — responde Bill, com gentileza. — É muita bondade sua. E é muito agradável ser tratado com tamanha generosidade.

Isso causa um rubor nas orelhas de Penelope Stockbridge.

— Eu devolvo a travessa quando acabarmos de comer — declara Lila. — Obrigada.

— Não tem pressa — responde a outra, acenando com a mão delicada. — Pode devolver na próxima vez, se quiser.

Na próxima vez. Lila pensa na expressão esperançosa de Penelope a cada entrega na porta, na adoração hesitante implícita nessas travessas de macarrão de forno — de que Bill nem gosta —, e sente um aperto no peito. Será que ela ficará assim daqui a vinte anos? Tão desesperada por contato, por afeto, que se contentará com deixar presentes culinários na porta de vizinhos que mal conhece?

— Então tchau — diz Penelope.

Ela passa o dedo em uma das presilhas, talvez para ver se não saiu do lugar. Lila de repente se pergunta se essas excentricidades não são apenas estilo, mas pequenas tentativas de chamar atenção, e o aperto no seu peito aumenta.

— Foi um prazer — responde Bill, educado, e, assim que Penelope vai embora, ele se vira e leva a travessa para a cozinha, resignado.

Bill se sentirá obrigado a servir o macarrão de forno no jantar. As meninas vão adorar. Graças ao presente de Penelope, elas escaparam por mais um dia de comer peixe e lentilhas.

Lila está esperando Gene quando ele sai do banheiro às onze e meia da manhã. Está sentada em seu escritório, na beira do sofá-cama, cujos lençóis amarrotados e farelos de salgadinho revelam uma noite de sono inquieta de quem bebeu e fumou maconha, e ele se assusta ao vê-la. O homem amarrou na cintura uma toalha pequena demais para seu tronco largo, e Lila nota seu corpo tatuado, um pouco flácido, e a maneira como ele de repente encolhe a barriga, como se não suportasse ser visto assim nem pela própria filha.

— Então — diz ela.

Ele solta um suspiro vago, como se estivesse se preparando para ouvir um sermão, passa por ela e entra no cômodo. Lila o vê olhar ao redor, em busca de roupas limpas, e aponta em silêncio para a camiseta do Grateful Dead que ela lavou, passou e pendurou atrás da porta.

— Lavei tudo que tinha na sua mala — afirma ela. — Tinha dado traça. E estava *cheia* de farelo.

— Obrigado — murmura Gene, virando-se de costas para se vestir.

Ao terminar, ele se senta do outro lado da cama e diz:

— Escuta. Eu… eu sei que foi meio besta da minha parte me esconder lá, mas, como eu falei, tive uns problemas com o hotel e não consigo achar meu cartão de crédito, então me pareceu uma boa solução temporária. É só até a produção me pagar, e você sabe como essas coisas são. As peças sempre demoram uma vida para…

— Qual é a peça? — pergunta ela.

— Quê?

— A peça. Que você está fazendo. Eu quero assistir.

Gene hesita por um momento, mas isso já diz tudo que Lila quer saber. Ela apoia as mãos nos joelhos e solta um suspiro profundo.

— Não tem peça nenhuma, tem, Gene?

— Claro... claro que tem…

— Não, por favor. Você não disse uma única verdade desde que chegou. Acho que, no mínimo, me deve uma explicação sobre o que está fazendo aqui.

Gene engole em seco. Quando olha para a filha, tenta sorrir. Sua expressão murcha um pouco ao ver a expressão de Lila.

— Não é que *não tem peça*, é só que...

— Gene.

— Tá bom. Tá bom — diz ele, levantando as mãos como se para acalmá-la. — As coisas ficaram meio complicadas para mim. Nadira me expulsou de casa, e eu estava devendo uma grana para uns caras, que começaram a perder a paciência. Achei que seria melhor trabalhar por essas bandas por um tempo, sabe, aproveitar a dupla nacionalidade, até a poeira baixar, então precisei...

— Quanto?

— Quê?

— Quanto você deve? E para quem?

— Não é nada de mais.

— Quanto?

— Uns cinquenta mil — diz ele, e a encara. — Mas em dólares, não em libras. Então nem é tanto assim.

— *Cinquenta mil dólares?*

— É um pessoal meio barra-pesada. São da Flórida. De uma viagem doida que fiz em maio, para um cassino. Acho que colocaram alguma coisa na minha bebida. E o trabalho também deu uma diminuída. Não tem aparecido muita coisa. Eu tinha um papel em uma produção de baixo orçamento, mas o diretor era meio escroto, então a gente brigou e ele me demitiu. E por causa daquele acidente de carro, tive que pagar as despesas médicas do sujeito, mesmo achando que ele não tinha nada, e eu havia esquecido de renovar o seguro, então, mesmo que tenha sido só uma batidinha boba, o cara ameaçou me processar. E aí a Nadira precisava de dinheiro para o filho estudar e...

— Nadira. Dessa eu nunca ouvi falar. Deixa eu adivinhar: menos de trinta?

— Não!

— Trinta e cinco.

Gene balança a cabeça.

— Tá, ela tinha trinta e quatro. Mas era uma alma antiga! A gente se dava muito bem!

Lila afunda a cabeça nas mãos.

— O que você quer, Gene?

— Só um lugar para dormir por uma semana. Duas, no máximo.

— Vou repetir a pergunta.

— Tá. Um mês. Me dá um mês. Aí eu consigo fazer uns testes, lembrar o pessoal daqui do meu valor, e então posso arranjar outro lugar para morar e...

Lila deixa a cabeça apoiada nas mãos por um bom tempo, até Gene se calar. Ele acrescenta:

— Posso ajudar com as meninas. Não vou atrapalhar. Só preciso dar um tempo.

Lila sente o olhar dele. Levanta a cabeça, cansada.

— Você acha mesmo que vai arranjar trabalho por aqui?

— Sei que vou. Tenho reunião com um agente na sexta-feira. Ele disse que tem muitas oportunidades para alguém como eu. E com meu histórico no *Esquadrão Estelar Zero*...

Cada célula do corpo de Lila insiste para dizer não. Bill vai ficar furioso. Ela sabe que não vai ser apenas por um mês. Além disso, nem tem certeza de que Gene está sendo sincero quanto às oportunidades de trabalho. Mas ele é um homem de setenta e cinco anos desesperado a ponto de dormir no quintal. E é o pai dela. Cacete.

Ela respira fundo, lentamente. E então solta o ar.

— Você pode ficar por enquanto — declara. — E a gente vê no que dá.

— Jura? Meu bem, você é perfeita. Você nem vai reparar que eu estou aqui...

Lila levanta a mão e o interrompe.

— Nada de bebida nesta casa, nem maconha. Se eu desconfiar que você está bebendo ou fumando, vou te colocar na rua na mesma hora, e não vou dar a mínima para onde você vai, porque tenho duas filhas vulneráveis.

É então que ela lembra que, naquela manhã mesmo, a caminho da escola, teve que impedir Violet de cantar uma música que falava "um tapinha não dói", ou algo do tipo. Mas abafa o pensamento.

— Você vai se comportar como um santo perto delas — continua. — E tem que ser legal com o Bill, que ainda está de luto.

— Ei, ele não é o único que...

— Legal de verdade. Bill e minha mãe foram casados e felizes juntos por muito tempo, e ele é um homem bom. E você tem que arrumar o sofá todo dia para eu poder usar o escritório, e ajudar nas tarefas de casa quando não estiver procurando trabalho. Essas são as minhas regras.

— Combinado — diz ele, radiante, e dá um abraço de urso na filha antes que Lila consiga se esquivar. Ela aceita o gesto com rigidez. — Lila, você é uma joia.

Eu sou uma idiota, pensa ela, e desce com um aperto no peito para dar a notícia a Bill.

11

Ao longo de quinze anos, aprendi que o casamento é uma série interminável de concessões em constante mudança. Seu parceiro nem sempre vai se comportar do jeito que você quer, e, provavelmente, você também não se comporta da maneira como ele gostaria. O segredo é olhar o panorama geral e se perguntar: como avançamos assim? É pensar no "nós". Enquanto vocês se enxergarem como unidade, terão o mesmo objetivo: ficar juntos e felizes. Isso é o mais importante, basicamente. Então, será que de fato faz tanta diferença assim se você queria estar vendo Sintonia de Amor *bem enquanto ele está assistindo ao jogo de rúgbi? Será que realmente importa que ele coloque a louça na máquina de um jeito que irrita você? Vai mudar muito sua vida se o pai ou a mãe dele for passar uma semana na sua casa, e você tiver que morder a língua e acomodar alguém que não quer ter por perto? É fácil enxergar essas coisas como uma bola de neve: "Se eu ceder agora, vou ter que ceder em tudo?" Caso esteja em um relacionamento de respeito mútuo, a resposta é não. Descobri que a chave para uma relação bem-sucedida é me perguntar, em momentos como esses: eu quero estar certa? Ou eu quero ser feliz?*

— Puta que pariu, você só pode estar de sacanagem — diz ela.

— Eu quero continuar morando perto das meninas. Quero que elas possam vir a pé para cá depois da escola, como fazem agora. E o único jeito de nos mudarmos para uma casa maior aqui perto é com uma hipoteca maior. Como eu falei, a advogada disse que atualmente estou pagando mais de pensão do que a lei me obriga.

— Que generosidade, Dan.

— Então sinto muito, mas tenho que fazer isso. Espero que você consiga escrever e publicar um livro novo em breve, para aliviar a situação do seu lado. Mas, enquanto isso, também tenho que considerar que Marja vai precisar tirar licença do trabalho quando o bebê nascer.

— Ótimo. Então basicamente é melhor torcermos para que eu arranje mais trabalho, porque a Marja é que não quer trabalhar.

— Ela está grávida, Lila. Não está fazendo corpo mole. Fala sério, você lembra como foi difícil quando as meninas nasceram.

— Eu trabalhei, Dan! Continuei escrevendo, caso você tenha esquecido. Continuei trabalhando mesmo dormindo apenas duas horas por noite, com o sutiã cheio de folha de repolho. Eu segui com a carreira freelancer para poder fazer as duas coisas. E agora, porque sua namorada não quer trabalhar, vou ter que lidar com uma redução catastrófica de renda. É mais do que você falou antes, e olha que já era ruim.

— Estou pagando o que posso.

— Não temos como viver se você reduzir a pensão tanto assim!

— Bom, então vocês vão ter que se mudar para uma casa menor.

Ele diz isso. Com todas as letras. O silêncio se instaura enquanto os dois absorvem que, sim, ele tocou nesse assunto.

Quando Lila fala, é num tom gelado:

— Certo. Então, só para eu entender: você quer que eu e suas filhas vendamos a casa onde elas cresceram e compremos uma casa menor, só para você comprar uma casa maior para sua nova família.

— Ah, fala sério! Não foi isso que eu...

Mas Lila já havia desligado.

Lila escreve mais três mil palavras naquela tarde.

Elas saem com uma facilidade impressionante.

É justo dizer que as primeiras duas semanas da estadia de Gene ali não são um sucesso absoluto.

Ele dorme até tarde e acorda parecendo um urso que acabou de sair do período de hibernação, trombando nos móveis e deixando um rastro de toalhas molhadas e manchas de café pelo caminho. Parece incapaz de cuidar de si para além da higiene básica, e até isso varia. Ele vive de café e cigarro, biscoito e batatinha. Lila já lhe explicou três vezes como usar a máquina de lavar, e, toda vez, ele diz "Entendi, meu bem", mas acaba fervendo as camisetas até ficarem em tamanho infantil, ou dá um jeito de pular totalmente a centrifugação. Garante diariamente que está procurando trabalho, mas se distrai com facilidade, um velho bobo da corte em uma busca constante de plateia: vai ao quintal para atrapalhar Jensen com histórias de Hollywood, espera ansiosamente a volta das meninas, para poder ver *Esquadrão Estelar Zero* com Violet aconchegada nele. No início da noite, ele fica inquieto e vai para o jardim fumar cigarros que Lila torce para serem só de tabaco, ou some para ir até o Crown & Duck, o pub na esquina da avenida, onde bebe algumas cervejas para apaziguar o espírito. Depois, volta para o jantar, em geral atrasado, porém agora todo tagarela e de bom humor, com uma energia que faz a mandíbula de Bill, já tensa, parecer prestes a virar pó.

Lila se irrita com as saídas de Gene, se irrita por ele aparentemente ter dinheiro para cerveja, mas não oferecer um tostão para ajudar nas despesas. Contudo, o alívio de tê-lo fora de casa por algumas horas é maior, então ela não diz nada, além de explicar, mais uma vez, que latas são lixo reciclável, ou pedir para ele dobrar o sofá-cama para ela trabalhar. Lila reza para que ele se resolva logo.

Porque, mesmo com o sofá-cama dobrado, algo na presença dele no escritório — o cheiro da loção pós-barba, a pilha desordenada de roupas — a deixa profundamente incomodada. É como ser visitada por um fantasma do passado. Lila tem preferido trabalhar no quarto de uma das filhas quando elas estão na escola.

— Como Bill está lidando com essa situação? — pergunta Eleanor.

Chove forte, e elas estão abrigadas sob as árvores, enquanto Truant olha para o bosque, ressentido.

— Hum, mal.

Lila pensa na boca de Bill, constantemente contraída em uma linha de desaprovação, em como ele sai de qualquer cômodo assim que Gene entra. Como ele com frequência se dirige a Lila como se ela fosse a intermediária, mesmo que seja nítido que Gene está ouvindo. "Você acha que ele vai jantar com a gente hoje? Se o cronograma do bar permitir?"

— Bill foi casado com a sua mãe por mais de trinta anos. Por que ele está tão bravo com Gene?

— Nenhum dos dois consegue superar. É exaustivo. Gene odeia Bill porque acho que sempre imaginou que poderia voltar com a minha mãe um dia, como faz com todas as namoradas. E Bill atrapalhou seus planos. Bill odeia Gene por ter causado tanta dor à minha mãe. Eu acredito que ele teve mesmo que juntar os cacos, e minha mãe deve ter contado como Gene foi horrível várias e várias vezes ao longo dos anos. Ela viu quem ele era de verdade. Então acho que Bill enxerga Gene por esse prisma.

Lila tira o capuz e sacode o excesso de água.

— Caramba — diz Eleanor. — Vão ser longas semanas.

— Violet gosta do Gene. Então é... bom.

— Ele provavelmente deve estar ensinando a garota a bolar um baseado. Ei, e aquele arquiteto gostoso? Alguma novidade?

As novidades no departamento arquiteto gostoso são ínfimas e frustrantes. Gabriel Mallory costuma mandar a babá buscar a criança, uma moça jovem, que parece de algum lugar da região mediterrânea e pelo visto conhece Lennie bem, porque a dupla no mesmo instante se dá as mãos e vai embora conversando. Às vezes, vem também uma mulher que Lila supõe ser a mãe de Gabriel, enérgica, de cabelo grisalho, roupa formal e postura competente e direta de uma enfermeira. Nas poucas vezes que ele foi pessoalmente, cumprimentou Lila, mas chegou muito em cima da hora da saída para engatarem num papo interessante. Lila começou a se sentir meio boba por ter imaginado alguma fagulha de interesse.

De todo modo, a saída da escola tem ficado cada vez mais difícil, conforme a barriga de Marja vai crescendo. Há apenas um tema de conversa entre as mães quando se sabe que alguém está grávida, e, de seu lugar no lado oposto do parquinho, Lila tem que aguentar os toques diários na barriga, as conversas sobre ultrassons, a entrega de roupinhas de bebê antigas dos filhos dos outros. Sempre que ela repara em uma dessas coisas, algo nela morre e congela. Nos últimos dias, ela pediu que Bill assumisse a tarefa de buscar Violet na escola em seu lugar. Enquanto isso, se esconde em qualquer parte da casa mais livre de velhos irritados ou adolescentes emocionalmente instáveis e escreve e escreve, moldando aos poucos os três capítulos que resolverão pelo menos uma das muitas bagunças que agora compõem sua vida.

A mensagem chega às nove e quarenta e cinco da noite, quando Lila está na banheira, usando fones com cancelamento de ruído e tentando se esquecer do jantar, durante o qual Bill e Gene brigaram porque Bill levou as caixas de Gene — que estavam no hall — para o galpão. Segundo Gene, as caixas continham figurinos e outras raridades de *Esquadrão Estelar Zero* e não podem ser largadas em um barracão úmido e infestado de insetos, caramba. Segundo Bill, as mãos de Gene deviam ser de papel, porque não havia outro motivo para que o homem não pudesse ir ao jardim, pegar as malditas caixas e levá-las para o quarto sozinho.

Segundo Lila, a situação toda era muito exaustiva, e ela não entendia como, de repente, havia adquirido mais dois filhos, além das crianças que já tinha em casa. Segundo Celie, ela *não era uma criança, cacete*, e o fato de sempre a tratarem como se fosse era parte do motivo que a fazia odiar ficar nessa casa infernal. Segundo Violet, o sorvete tinha acabado, mas havia um pote vazio e uma colher no quarto de Gene. E talvez esse tenha sido o primeiro momento em que o afeto dela em relação ao novo avô tenha esfriado um pouco.

Oi! Espero que não se importe de eu ter pegado o seu número no grupo da escola no WhatsApp. É que não tenho visto você por lá, e queria saber se está tudo bem. Gabriel

Lila encara a mensagem, então se endireita na banheira e lê outra vez. Ela pensa por um momento, e então digita:

Tudo bem, obrigada. O caos de sempre. Só muito trabalho.

É uma loucura esse lance de criar filhos sozinhos, né? Bom conhecer outra soldada na trincheira.

Haha! Eu vivo sob artilharia aqui. Tomara que você esteja melhor.

Melhor agora que falei com você.

A resposta dele causa um arrepio de prazer no couro cabeludo de Lila.

Bom, digo o mesmo.

A resposta vem:

Força. Quem sabe a gente não se vê amanhã.

Lila vai responder com dois beijinhos, mas apaga. Pelo resto da noite, fica pensando se deveria ter enviado essa mensagem.

12
Celie

Celie observa a parte de trás da cabeça de Meena há quarenta e dois minutos. Permanentemente inclinada para a esquerda, apenas uma fresta de seu longo cabelo castanho visível através das duas fileiras entre elas. Ao que parece, Meena está olhando para o celular de China. A cada poucos minutos, as duas garotas dão risadinhas conspiratórias e se entreolham, ou caem na gargalhada. Cada risada faz o estômago de Celie se contrair, e ela é tomada pela certeza de que estão rindo de alguma piada interna, ou que, pior, ela é a piada. Às vezes, Ella e Suraya se levantam para ver do que elas estão rindo e gargalham também, até que o sr. Hinchcliffe — sem a menor paciência depois da excursão escolar — grita para voltarem a seus lugares enquanto o ônibus está em movimento. É a viagem mais longa da vida de Celie.

O afastamento foi aumentando nas últimas semanas, mas, desde que ela ficou em casa em vez de ir ao parque fumar maconha na noite em que o avô chegou, o clima entre as garotas esfriou de vez. Não há sinal de vida no que antes era seu grupo do WhatsApp. A última mensagem é do dia 3 de março, um **Onde a gente vai se encontrar, afinal?** insistente de Celie, que nunca foi respondido.

As garotas formaram um grupo impenetrável que não reconhece sua presença, nem admite que algo esteja errado. Elas abrem sorrisos vagos para Celie, a cumprimentam, mas mantêm o olhar frio e distante. Celie não tem ideia do que fez ou por que estão agindo assim. Ela usa as roupas certas, escuta as músicas certas. Dois meses atrás, tentou mandar mensagem em particular para Meena para perguntar se tinha rolado alguma coisa, se todo mundo ainda estava falando com ela. A resposta foi um simples **Tudo de boa**. Agora ela nem ousa fazer isso, com receio de que esse gesto também se torne motivo de gargalhadas maldosas. Celie simplesmente deixou de existir para o grupo de quem é amiga há quase cinco anos.

Ela mexe no celular, fingindo olhar alguma coisa, mas sem ver nada. Às vezes, seus olhos enchem d'água, mas ela tem medo de que alguém no ônibus perceba, então pisca depressa ou as seca discretamente com a manga da blusa. Ela é a única pessoa sentada sozinha no ônibus. Caminhou sozinha por todo o zoológico, alguns metros atrás de Meena, Ella, Suraya e as outras, com o casaco fechado até o queixo, sem querer ser vista abandonada, mas ciente de que seus colegas de classe se dariam conta de seu vergonhoso isolamento. Ela acorda enjoada e vai dormir sentindo o mesmo mal-estar, sabendo que foi excluída e sem entender o porquê. Algumas vezes, simplesmente matou aula — é mais fácil só não ir —, mas desde que a mãe a pegou fumando, os professores andam mais vigilantes, então ela não tem escolha a não ser frequentar todas as aulas e se sentar sozinha no fundo da sala, com medo de perguntar alguma coisa e acabar parecendo uma nerd e com medo de não dizer nada e parecer envergonhada demais até para falar.

— Ela é mesmo, né?

Outra gargalhada dois bancos à frente. Celie olha o celular, rolando o Instagram à toa, tentando se concentrar nas palavras. Ela almoçou sozinha no zoológico e passou metade do tempo no banheiro para disfarçar o fato de que não tinha com quem sentar, até que a srta. Baker foi procurá-la para saber se estava tudo bem.

Tá tudo certo, professora. Sem problemas.

O que ela poderia dizer, afinal? As outras meninas não estão falando comigo? Ou até estão, mas é diferente? Como a escola poderia resolver isso? Eles já ouviram as broncas sobre bullying on-line, os alertas quanto à crueldade e a eficiência de atos do tipo. Mas não é isso que está acontecendo com ela, né? Às vezes, Celie queria que alguma das meninas simplesmente batesse nela, para que a garota ao menos entendesse o que de fato estava acontecendo, tivesse alguma coisa contra a qual resistir.

Ela se lembra de Charlotte Gooding, uma menina fofa, legal, que andava com elas até o sexto ano — até que um dia alguém notou que Charlotte fazia um barulho esquisito quando comia, uma espécie de *mmm-mmm* que ela própria não parecia escutar. Percebido o barulho, ele virou a única coisa que todo mundo reparava em Charlotte. Sempre que a menina almoçava com o grupo, Celie se lembrava dos olhares silenciosos entre elas, das risadas contidas com esforço. Aquele barulho minúsculo fazia com que as pessoas percebessem outras coisas horríveis em Charlotte: seu hábito de amarrar o cadarço duas vezes, seus olhos às vezes com remela (*ela não lava o rosto?*), a cor ridícula com que pintava as unhas no dia em que não precisavam ir de uniforme. No clima de estufa da escola, os crimes de Charlotte contra a humanidade foram relatados, um a um, até não haver mais espaço para ela na mesa de almoço. Ela acabou sobrando, deixada à margem do grupo, e ninguém que talvez gostasse de Charlotte falava nada com ela, com medo de acabar tendo o mesmo destino. A garota aos poucos virou um fantasma e por fim trocou de colégio. Celie se lembra disso e encolhe os dedos de vergonha e medo. Porque agora é a vez dela. Deve ter acontecido alguma coisa pequena, que ninguém vai explicar. Seu corpo todo emana ansiedade: cada movimento é constrangedor; cada olhada no espelho, uma tentativa desesperada de descobrir o que fez com que ela se tornasse um alvo. Celie só se sente minimamente normal quando fuma maconha, o que a relaxa e a ajuda a esquecer o que está acontecendo. Só que sua mãe anda inventando desculpas constantes para entrar em seu quarto, e Celie desconfia que ela procure drogas escondidas na sua ausência, então nem isso é mais uma opção.

Não adianta contar para a mãe o que está acontecendo. Lila apenas diria para ela fazer novas amigas — *Essas meninas não são suas amigas de verdade se tratam você mal, meu amor* — ou ficaria chateada e ligaria para as outras mães, mandando-as fazer as filhas serem legais com Celie, o que ia ajudar *muito*. Ou, pior, Lila ia culpar a si mesma e ficaria ainda mais triste por causa do pai, do divórcio e do novo bebê, e faria a situação girar em torno dela.

Não adianta contar para ninguém. Isso só a faria parecer idiota. Afinal, Celie não tem nenhuma prova de nada. É como lutar contra a névoa. Há apenas uma ausência, sussurros vagos, uma sensação constante de que alguma coisa está profundamente errada. É esse o muro contra o qual ela bate sem parar. Celie não é esse tipo de garota. Então, como isso pode estar acontecendo com ela?

Ela repara que está olhando para o celular há tempo demais. De repente, fica enjoada. Confere a hora. Ainda faltam vinte e cinco minutos de viagem para o ônibus chegar à escola. Ela levanta o rosto, mas todo mundo está no celular, ou conversando. Uma onda de náusea a invade, e Celie é tomada pela certeza úmida de que vai vomitar. Não costuma mexer no celular enquanto está no carro: sempre fica enjoada. Ela sente um calafrio, suor brotando na pele. Fecha os olhos com força, desejando com todas as forças que a sensação passe. *Aqui, não, por favor. Agora, não, por favor.* O ônibus sacoleja em um quebra-molas, e ela sente algo ácido e nojento subir pela garganta. *Ai, meu Deus, vai acontecer*. Ela abre os olhos marejados e leva um momento para focar no que está à sua frente. Diante dela, há um saco de papel estampado. Ela olha para o saco, depois para cima. É Martin O'Malley quem está lhe oferecendo ajuda, o garoto pálido e ruivo que sofria bullying no quarto ano. Ela encontra o olhar dele, que contém uma espécie de compaixão resignada, a compreensão de que ele sabe exatamente como ela está se sentindo, e que Celie só tem que aceitar e seguir em frente. Outra onda vem, desta vez incontrolável. Tudo está fora de controle.

Ela pega o saco de papel e vomita.

* * *

Celie está deitada na cama quando o avô chega. Ele não bate na porta. Ele nunca bate antes de entrar em lugar nenhum. Só entoa o nome dela — AINDA a chama de Celia — como se fosse um aviso de que está chegando e então entra, com aquele sorrisão bobo no rosto. A mãe provavelmente o mandou ver como ela está.

— Oi, meu bem! Como estão as coisas?

— Bem.

Ela não está bem. Ela quer morrer. Martin ficou de costas para o grupo, tentando protegê-la da vista de todos, mas não dá para disfarçar cheiro de vômito, e, em questão de minutos, mesmo que ele tivesse fechado o saco e entregado para ela um pacote de lencinhos umedecidos, um murmúrio se espalhou pelo ônibus — cochichos de *Alguém vomitou? Ai, meu Deus, está sentindo esse cheiro? AI, MEU DEUS*. Kevin Fisher começou a fazer barulho de vômito bem alto, gritou para o sr. Hinchcliffe que o fedor ia fazê-lo vomitar também, e as meninas começaram a gritar e ofegar. E, mesmo que ninguém tenha dito nada para Celie, ela sabe que a história de que vomitou e deixou o ônibus fedendo vai ter se espalhado pela escola toda no dia seguinte. Ela esperou todo mundo descer do ônibus para sair também, encolhida, com os olhos marejados, desejando simplesmente desaparecer. Martin escondeu o saco de vômito por dentro da jaqueta e o jogou discretamente na lixeira da rua. Ela agradeceu, mas, sabe, era o *Martin*. Ele é tão lerdão que parte de Celie teme que o simples fato de ele ter ficado perto dela tenha acabado ainda mais com o que restava de sua reputação.

— Eu só queria saber se você estava a fim de dar uma volta com seu amigo Gene.

Ele nunca se chama de avô. Parece acreditar que usar uma dessas camisetas desbotadas de banda vai esconder o fato de que ele é basicamente uma múmia de tão velho.

— Me mostrar o bairro, talvez — continua. — Para mim, essas ruas são todas iguais. Todas essas casas marrons...

— Não, valeu.

Ele não vai embora. Apenas se senta na beira da cama, sem ser convidado, e dá uma olhada no quarto dela, nos cartazes e fotos. Celie ainda tem o quadro de cortiça com fotos com as meninas ao lado da cama, mesmo que olhar para isso lhe dê vontade de chorar. Só que tirar as fotos dali seria admitir que não tem mais amigas.

— Bonito o quarto — comenta ele, e se vira para ela, como se aquela observação exigisse resposta.

Celie dá de ombros.

— Quando eu tinha a sua idade... — continua Gene.

Por que todo velho começa a maioria das frases com *quando eu tinha a sua idade*?

— ... dinossauros comeram seu quarto?

Ele pisca e depois solta uma gargalhada.

— Por aí. Acho que sou mesmo um dinossauro para vocês. Eu ia dizer que, quando tinha a sua idade, meu quarto era cheio de fotos dos meus atores favoritos. Marlon Brando, Jimmy Dean, Steve McQueen, os rebeldes todos. Acho legal ter fotos das suas amigas, em vez disso.

— Elas não são minhas amigas.

A frase sai antes que Celie consiga se conter.

Ele olha para ela e depois para as fotos.

— Parecem bem amigáveis.

— Bom, mas não são. Não mais.

— Vocês brigaram?

— Ai, meu Deus, por que você precisa fazer tantas perguntas? Você só está aqui em casa porque não tem pra onde ir. Não precisa fingir que se importa. É óbvio que você não está nem aí pra gente mesmo.

Celie se choca com a brutalidade das próprias palavras. Gene, contudo, não parece nada abalado. Quando ela levanta os olhos, o homem ainda está olhando para as fotos.

— É... acho que não fui muito presente nesse departamento. Mas nunca é tarde demais, né?

— Talvez você devesse conversar com a mamãe sobre isso.

— Bom, estou conversando com você.

— Talvez eu não queira falar com você.

— Esquentadinha, hein?

Celie o encara com uma expressão irritada, mas ele parece achar graça.

— Tudo bem, garota — diz Gene. — Eu também não ia querer um velho me interrogando na sua idade. Ei, quer ir tomar uma Coca? O velho do Bill parece só ter chá e água, e eu preciso de açúcar!

Celie quase ri por Gene chamar Bill de "velho", como se ele próprio fosse um adolescente.

— Vamos, menina. Estou precisando de uma companhia mais animada. Esta casa velha é quieta e sombria demais, não dá para passar o tempo todo aqui dentro — insiste ele, e ajeita a gola da camisa. — Além disso, preciso encher a pança de batata frita antes de ter que comer outra porcaria de salada.

Talvez seja porque a ideia de passar mais uma noite no quarto com o retrato de sua vida anterior pese demais no momento. Talvez seja porque ele é a única pessoa que não tentou oferecer uma solução qualquer. Ou talvez seja porque, na verdade, ela queira mesmo uma Coca. De qualquer forma, Celie desce da cama — sem sorrir, para isso ela não está pronta — e segue o velho escada abaixo.

Para Celie, as lembranças daquela noite são um borrão de imagens: a viagem de metrô até o Soho, Gene (ela ainda não consegue chamá-lo de vô) puxando papo com todo mundo do vagão como se fossem seus amigos, a mulher idosa que olhou para ele e perguntou:

— Licença, você é aquele sujeito do *Esquadrão Estelar Zero?*

E o modo como Gene imediatamente pareceu crescer dez centímetros, respondendo, com uma saudação brega:

— Capitão Strang, se apresentando para o serviço intergaláctico, sim, senhora!

A mulher ficou toda vermelha, apertou o braço dele e pediu para a filha tirar uma foto dos dois. Ela nem ligou que o vagão inteiro estivesse olhando.

E ainda tinha o Soho, onde ela estivera anos antes, quando criança, um labirinto de ruas sujas e lotadas de bêbados, que entupiam de tal forma as calçadas em volta dos pubs que Celie teve que andar no meio da rua, Gene a puxando para mostrar um café, um pub, e falando sem parar de como era antigamente, com quem ele andava, citando nomes de atores de que ela nunca tinha ouvido falar. Aí ele parou na frente da sex shop gay, com todas aquelas coisas de couro e tachinhas, franziu a testa, inclinou a cabeça para o lado e disse:

— É de pensar que, do jeito que está esfriando, dariam um jeito de botar um suéter no meio desses apetrechos todos, né?

Em seguida, Gene a desafiou a entrar com ele.

— *Ai, meu Deus! Por quê?* — questionou ela, vermelha de vergonha e rindo, enquanto ele espiava pela porta de vidro fumê.

Gene deu de ombros.

— Por que não? Você deve estar curiosa, né? Ou qual é o sentido de estar aqui?

Então ela o puxou pelo braço e entrou, tentando não rir do vendedor entediado e musculoso com bigode de Freddie Mercury atrás do balcão, que obviamente percebeu na hora que os dois não eram clientes de verdade. O cara os observou com os olhos semicerrados e, com um suspiro profundo, murmurou:

— Precisam de ajuda?

— Não sei, meu amigo. Você tem alguma coisa um pouco mais adequada para um homem maduro? — respondeu Gene, com seu sotaque estadunidense mais arrastado.

— No que você estava pensando? — retrucou o homem de bigode.

Gene olhou para Celie e disse:

— Não sei. Vou perguntar para a minha neta. O que você acha que cairia bem em mim, meu bem?

Celie achou mesmo que ia se mijar, porque ele manteve a expressão completamente séria e levou o dedo aos lábios como se estivesse mesmo pensando a respeito do assunto.

— Eu... eu não sei. Acho melhor perguntar pra mamãe. Ela leva mais jeito pra essas coisas.

Então os dois saíram para a luz do entardecer de outono, e Celie não conseguia parar de rir, enquanto Gene sorria para ela como se aquilo fosse a coisa mais divertida do mundo. Eles comeram pastel de nata com um café insuportavelmente forte — que deixou o coração dela a mil — em uma cafeteria minúscula, depois andaram por Chinatown, até pararem na frente de um estúdio de tatuagem. Segundo Gene, tinha sido ali que ele havia feito sua terceira tatuagem, que ele insistiu em mostrar, por baixo da camiseta. A coisa era para ser uma homenagem à avó dela, a quem ele chamava de *Francie*, mas o tatuador entendeu errado e escreveu *Fancy*, a palavra em tinta azul-escura agora toda borrada na pele clara do braço dele, escondida debaixo da manga da camiseta.

— Acho que eu estava bêbado — resmungou Gene, franzindo a testa. — Ah, bom, é a vida, né?

Eles tinham comido macarrão em um restaurante vietnamita com uma janelinha de atendimento embutida na parede, e Gene mostrou todos os teatros onde já havia trabalhado, revelando quais famosos eram escrotos e por quem ele tinha se apaixonado.

— Nunca namore um ator, meu bem. Nós nos apaixonamos fácil demais — disse ele, ainda com um pedaço de macarrão no canto da boca.

Então pegaram o metrô de volta, onde duas pessoas o reconheceram e Gene posou para fotos de novo, como se fosse uma celebridade. Na porta de casa, ele levou o dedo à boca, um pedido para que ela não contasse nada sobre as aventuras dos dois, mas Celie reparou que já eram oito e quinze e que os dois tinham perdido o jantar, e a mãe dela estava surtando e gritando:

— Onde é que vocês se meteram? Celie, por que você não atendeu o celular? Eu estava quase ligando para a polícia!

E aí Celie percebeu que não tinha nem pensado em olhar o celular. Nem uma vez. E Gene levantou as mãos e mandou todo mundo relaxar, o que é a pior coisa que se pode dizer quando as pessoas estão nervosas. E Truant estava rosnando, e tinha uma tigela de lentilha fria na mesa, e Celie de repente ficou muito, muito feliz por ter comido macarrão. Foi nesse momento que a mãe viu a tatuagem subindo pela parte interna do braço de Celie.

— Por favor, não me diga... — começou ela, e parou. Foi como se toda a cor se esvaísse do seu rosto. — Ah, não.

— Não acredito. De todas as irresponsabilidades possíveis... — intrometeu-se Bill.

— A culpa é minha — disse Gene, com a voz leve e calma.

Os olhos arregalados de Violet, fixos no braço da irmã, estavam do tamanho de um pires.

— Mas ela não tem nem dezoito anos! — gritou a mãe, puxando os cabelos. — O que você tinha na cabeça de levar minha filha pra fazer uma tatuagem?

— Doeu?

Violet está do lado dela, passando o dedo pelo desenho.

— Vem comigo que eu te conto — diz Celie.

Então as duas saem correndo de meias, largando Gene com todos os gritos e a confusão lá embaixo. Já trancadas no quarto de Celie, ela conta para a irmã mais nova o que ela e Gene combinaram de não falar lá embaixo: não é uma tatuagem de verdade. É tinta lavável, um presente do tatuador, que se lembrava de quando Gene tinha ido até lá, trinta anos antes. Os dois decidiram que ia ser mais engraçado não dizer nada. Violet dá gritinhos de alegria e duas cambalhotas na cama de Celie.

— Eu quero uma também! — grita, batendo os pés na parede. — Eu quero uma!

É ali, enquanto os sons lá de baixo se transformam em resmungos e recriminações, e Gene obviamente começa a contar a verdade, e a irmã mais nova vai para o próprio quarto (provavelmente para fazer vários desenhos de caneta na própria pele), que Celie percebe: foi a primeira vez em semanas que ela riu de verdade.

13
Lila

De: AnoushkaMellors@amagency.co.uk
Para: LilaKennedy@LilaKennedy.com

E aí, querida, como vão as coisas? A Regent House me ligou de novo hoje, desesperada por três capítulos e uma sinopse.
Beijos,
Anoushka

De: LilaKennedy@LilaKennedy.com
Para: AnoushkaMellors@amagency.co.uk

Tudo ótimo! Quase pronto para enviar.
Lila

Lila terminou os três capítulos. São os capítulos mais honestos e corajosos que já escreveu. Na sua opinião, também os melhores. Ela derramou a própria alma ali — o choque, a dor, a raiva, a vergonha e a vulnerabilidade que carrega em si desde a publicação de *A reforma*, desafiando-se a ser cada vez mais sincera a cada parágrafo, a descascar as camadas, a expor tudo, mesmo que isso leve a uma humilhação pública. É brutal, e talvez (pensa Lila, nos momentos mais satisfeitos) até um pouco comovente. É a verdade nua e crua sobre o que é ser abandonada, sobre ver o homem que você ama construir uma nova vida sem você, mas na sua frente. As filhas são disfarçadas, como antes (Lila as chama apenas de Filha A e Filha B), mas ela foi completamente honesta sobre si e sobre Dan. Já que o nome dele apareceu em várias colunas de fofoca junto com a história dos dois (ela adoraria que as colunas literárias fossem tão interessantes quanto), Lila não vê nenhum sentido em tentar esconder a identidade do ex-marido. E ela descreveu Marja apenas como a Amante. Por que não? É o que ela é. Foi escolha dela.

Além do mais, o que Lila deve àqueles dois? Esta é sua chance de retomar a narrativa, de falar por todas as mulheres que foram abandonadas, que estão tentando manter a família unida em meio a uma série de decisões catastróficas e escolhas que definitivamente *não* foram elas que tomaram.

Lila leu e releu as palavras, editando, refinando, imprimindo e tentando ler como se fosse outra pessoa, atenta a qualquer tentativa de se martirizar demais ou a um tom amargurado que faça que com que os leitores percam o interesse. *Outras mulheres vão entender*, pensa ela, quando finalmente anexa os três capítulos no e-mail e, com um calafrio de ansiedade, aperta "enviar". *Outras mulheres vão entender e se identificar. Estou fazendo isso por elas.* Lila repete isso tantas vezes que quase acredita.

E para acrescentar uma dose de euforia a essa expectativa, Gabriel Mallory mandou várias mensagens na última semana. Às vezes, são apenas perguntas cotidianas sobre a escola; já outras são mais pessoais. Sempre que o celular apita com o nome dele, Lila sente uma onda de adrenalina.

Muito bom ver você hoje, ainda mais tão incantevole.

De acordo com o Google, significa "encantadora".

Lila tinha levado duas horas para se arrumar para buscar a filha na escola naquele dia.

Ei, Lennie quer saber se Violet gostaria de vir brincar aqui um dia desses. Aparentemente, essa duplinha dinâmica cavou umas minhocas no recreio. Parece o início de uma boa amizade.

(Violet ficou bem relutante quando Lila repassou o convite. "Quê? Mas por quê? Lennie é um ano menor do que eu!" e "Mãe, mas nem era uma minhoca viva!".) Lila subornou a filha com dez libras para aceitar o convite. Provavelmente vai ter que pagar mais dez para garantir que Violet não vá simplesmente para outra sala ver televisão se, e quando, o encontro acontecer.

E, a melhor de todas:

Sinto muito por você ter tido um dia difícil. Seu ex obviamente é um idiota, se eu não estiver passando dos limites.

Dan tinha aparecido de surpresa na porta da escola, acompanhando Marja, com a mão de forma possessiva na lombar dela, a expressão carinhosa e preocupada. Pelo que Lila havia escutado da conversa que estava rolando no parquinho, estavam voltando de uma consulta médica. Era um dia atipicamente quente de outono, e Marja usava um vestido preto de malha que realçava os seios fartos e a barriga redonda. Ela é uma dessas mulheres que parecem ter um leve bronzeado dourado inexplicável o ano inteiro, e o vestido caía do ombro, revelando a pele lisa e esculpida. Dan cumprimentou Lila sem jeito quando ela passou às pressas, de cabeça baixa, em direção a onde Gabriel estava.

— É ele, né? — perguntou Gabriel, observando, e Lila foi tomada por tanta raiva, tristeza e humilhação ao vê-los que nem conseguiu responder.

Ela e Gabriel ficaram ali parados juntos, em silêncio, durante os sete minutos intermináveis que antecederam a saída das crianças. E, ao ir embora, Gabriel tocou o cotovelo dela em um gesto solidário.

Mais tarde, Lila respondeu à mensagem dele:

Não está. E obrigada. Bjs

De repente, se sentiu muito melhor.

Às vezes, Lila pensa em convidá-lo para sair. Para um encontro de verdade. Eleanor diz que ele parece interessado. Então, por que não?

— Fala sério, Lila! Se tem uma vantagem em chegar na nossa idade, é poder falar o que a gente pensa. Você gosta dele, ele obviamente gosta de você, então é só perguntar. Qual é a pior coisa que pode acontecer? Vai nessa, você já é grandinha.

Ele poderia dizer não. Poderia ficar envergonhado e chocado, como se estivesse apenas sendo gentil esse tempo todo, e explicar que, muito obrigado, estava lisonjeado, mas uma mãe solo de quarenta e tantos anos com duas filhas emburradas não estava em seus planos. Lila poderia tornar a saída da escola ainda mais insuportavelmente constrangedora do que já é. No momento, ao menos pode se agarrar à expectativa dessa parte minúscula do seu dia, sonhar no banho com o cabelo castanho bagunçado dele, com a expressão sofrida em seus olhos que ela tem certeza de que poderia mudar, com aquelas mãos compridas e sensíveis de artista. Pode fechar os olhos e imaginar um milhão de cenários em que ela e Gabriel Mallory acabam juntos, ele a conduzindo suavemente pelo parquinho, com o braço repousado de leve em seu ombro enquanto Philippa, Marja e todas aquelas mães malvadas os observam, e talvez Gabriel até esteja falando baixinho em italiano no ouvido dela. Não, pensa Lila, é melhor manter essa possibilidadezinha encantadora para si do que testá-la e perdê-la de vez. Então não diz nada.

* * *

— Estava pensando em trazer meu velho Steinway — diz Bill, que está ajudando a tirar o lixo.

— Quê? — retruca Lila, jogando o saco preto e fedido na lixeira da rua.

A imagem de Marja em estado fecundo, com a mão de Dan em sua lombar, ainda a assombra. Bill traz a caixa de recicláveis, cujos itens lavou e secou antes de jogar no cesto correto.

— O piano? — questiona ela.

— Sinto falta de tocar. É muito... reconfortante.

Lila para e seca o rosto com a manga da blusa. Quer muito dizer "você não pode tocar lá na sua casa?", mas Bill pede tão pouco e dá tanto, e tolera a presença de Gene com, se não gentileza, pelo menos uma espécie de estoicismo resignado.

— Mas onde vai ficar?

É evidente que Bill já estava refletindo sobre essa questão há um tempo.

— Pensei em tirar aquele banco no corredor e colocar lá. Assim, não atrapalharia você na sala. Dá para fechar a porta quando eu estiver tocando.

Lila sente um aperto no peito. Dois anos atrás, ela chorou quando Dan tirou de casa sua parca coleção de roupas, livros e eletrônicos. Mesmo que ele mal tivesse levado móveis, o espaço onde antes havia uma foto, ou as áreas vazias das estantes — até a ausência da bicicleta de fibra de carbono de quatro mil libras na garagem, que ela sempre detestara —, faziam Lila sentir que estava tudo irremediavelmente vazio. Agora, ao contrário, a casa parece estar lotada de gente, de tralhas alheias. Não há um canto que não esteja apinhado de coisas. Além do mais, a chegada do piano indica que Bill veio para ficar, constata ela com uma ponta de desconforto que a faz se sentir uma pessoa horrível. Ninguém transporta um objeto desse tamanho se não estiver planejando se mudar em definitivo. Lila vai morar com um idoso levemente deprimido pelo resto da vida dele.

— Pode ser, Bill — responde ela, e espera que o sorriso esteja chegando aos olhos.

Nos dias seguintes, o bom humor de Lila é perturbado outras diversas vezes, como bolhas de sabão estourando nos espinhos de um azevinho. O piano chega em dois carrinhos, guiados por Bill, Jensen e dois amigos poloneses que fumam cigarro de palha e balançam a cabeça com um ar grave ao verem os degraus da entrada. Depois de quarenta minutos de suor e palavrões, o instrumento é posicionado no corredor, e, após os carrinhos serem retirados, aterrissa com um acorde dissonante e uma certeza desoladora.

Na mesma tarde, Jensen acerta uma camada de concreto na tentativa de construir os novos canteiros da horta e, a partir das quatro e meia, o ar é tomado pelo som de sua britadeira enquanto ele tenta quebrar o cimento. Isso leva a dois telefonemas furiosos dos vizinhos e à ágil entrega das últimas garrafas de vinho emergenciais de Lila.

Celie chega da escola de péssimo humor e passa pela casa sem falar com ninguém — com a expressão tempestuosa escondida por uma cortina de cabelo —, antes de bater a porta do quarto e se recusar a sair. Bill senta para assistir ao noticiário das seis na sala de estar, como de costume, mas Violet e Gene se instalaram lá para fugir do barulho do jardim e não param de colocar vídeos de *Esquadrão Estelar Zero* no YouTube, enquanto Gene faz mil comentários sobre a produção: como foi fazer o papel, as estripulias da equipe, o diretor convidado que, é claro, era um escroto. Às seis e vinte, Bill, aparentemente cansado de competir com o iPad, se retira para o corredor, onde começa uma interpretação emocionante de "Strangers in the Night", cujas notas reverberam pela casa por causa do piso frio e da falta de superfícies macias. Isso leva Gene a aumentar o volume do iPad.

É no meio dessa confusão de piano, ficção científica antiga e britadeira que Anoushka telefona. Lila para no meio da cozinha, com a mão cobrindo a outra orelha, tentando decifrar o que ela diz:

— ... adoraram, mas disseram que não é bem o que combinamos...

— Quê? — pergunta Lila, enquanto Truant, enlouquecido pelo barulho, decide incrementar o caos com um latido repetitivo e maníaco.

— ... sexo! ... querem mais aventuras...

— Quê? Desculpa, Anoushka, está difícil de escutar.

— ... pegação... exemplo...

— Pegação?

— Você... outro capítulo... só para terem uma ideia...

— Caramba, meu amigo — vem a voz retumbante de Gene, quando o piano de Bill chega a seu ápice. — Estamos tentando ver televisão!

— E *eu* estou tentando tocar piano!

— Ah, é isso que está acontecendo? Achei que fosse o Truant matando um gato.

— Alguém nesta casa pode, pelo amor de Deus, calar a porcaria da boca por um minuto só para eu atender uma ligação de trabalho? — berra Lila.

— Eu nem estou fazendo nada! — responde Celie, indignada, do segundo andar.

— Eu sei, querida. Desculpa, Anoushka, pode repetir?

Há um breve silêncio, e então Jensen — que está de abafadores — volta ao serviço. Lila observa o corpo inteiro dele vibrando com a britadeira, a mandíbula retesada de esforço.

— Querem ver um capítulo de sexo e pegação. No momento, é só fossa, sem diversão. Eles só querem um exemplo das safadezas que você tem vivido. Já começou a escrever essa parte?

— Claro!

— Então pode me entregar quando?

Lila encara Jensen pela janela.

— Fim da semana que vem? — sugere, sem ter ideia de por que pensou nisso.

— Maravilha. Eles amaram o trecho que você entregou, aliás, mas só querem garantir que o tom do livro não fique muito monótono. Querem algo atrevido e mais pra cima! Tipo um silicone literário!

— Silicone literário — repete Lila.

— Perfeito! *Que emoção*. Mal posso esperar para ler! Bye-bye, querida!

O silêncio dura sete segundos, e então o barulho retorna. O iPad roda o episódio, a trilha eletrônica e distorcida de *Esquadrão Estelar Zero* preenche a sala, seguida pelo piano determinado de Bill no corredor, que agora usa os pedais para dar ênfase. Lá de cima, Celie decide participar e dá play numa música especialmente triste da Phoebe Bridgers. Lila escuta parte da letra — "Não tenho medo de desaparecer" e "O outdoor disse que o fim está próximo" — antes de Truant começar a latir. Sua cabeça está latejando.

Jensen para com a britadeira. Lila abre a porta da cozinha e sai.

Ela manda uma mensagem para Gabriel ali mesmo, de pé no quintal. Escreve rápido, sem pensar duas vezes:

Quer sair para tomar alguma coisa um dia desses?

Eu sou uma mulher madura, capaz de pedir o que quero, ela diz a si mesma antes de apertar o botão de enviar, uma descarga de adrenalina percorrendo o corpo. *É só um drinque, não tem nada de mais.* Ela solta um soluço curto de expectativa e aguarda, com os olhos grudados na tela. Olha para o céu, e então para o celular mais uma vez, em busca dos pontinhos indicando que ele leu a mensagem, mas nada aparece. Fica ali parada um minuto, dois, três, agora incapaz de desviar o foco do celular. Finalmente, com uma sensação incômoda afundando na barriga, Lila enfia o aparelho no bolso e vai para o outro lado do quintal, para se sentar no banco.

* * *

— Bill contou que seu ex vai mesmo ter um filho. Achei que você estivesse brincando quando falou.

Jensen estava guardando as ferramentas. Ele se senta na outra ponta do banco e toma um gole da garrafa d'água, secando a testa com o braço.

— Não. Não era piada. Pelo visto, a humilhação ainda não era suficiente.

Ela abre um sorriso despreocupado. *Por que eu mandei aquela mensagem? Por quê? O que deu em mim?*

Lila se pergunta se poderia usar as experiências de Eleanor sem falar para ela. A amiga vai ler o livro um dia, mas talvez Lila consiga dar uma disfarçada na coisa toda. Levará pelo menos um ano até Eleanor ler algo do livro. Ela tira o celular do bolso e o coloca no banco, virado para baixo, sentindo uma ligeira náusea.

— Você está bem?

Ela o encara. Ninguém nunca lhe pergunta isso. Ninguém nunca quer saber se ela está bem. Nem Bill, nem Gene, nem as filhas, nem Eleanor. Todo mundo diz o que Lila deveria fazer, ou que vai dar tudo certo, ou que ela precisa ser menos amarga, menos desanimada, menos irritada, mas ninguém faz essa pergunta tão simples.

— Não — responde Lila. — Na maior parte do tempo, não estou.

— Sabe, quando eu tive um colapso… — começa Jensen.

Ela leva um minuto para registrar o que escutou.

— Sim. Faz cinco anos.

— Ai, nossa — diz ela, levando a mão à boca. — Sinto muito.

— Eu, não. Quer dizer, não foi lá muito divertido. Mas me mostrou como minha vida tinha saído dos eixos. Agora que passou, tento considerar que foi útil — conta ele, e olha para as botas de trabalho surradas. — Enfim. Então, quando eu tive um colapso, um cara com quem eu trabalhava me mandou uma mensagem com uma citação do Rilke: "Siga em frente. Nenhum sentimento é definitivo." Algo assim. Sempre penso nisso quando a barra está meio pesada. Nenhum sentimento é definitivo. Momentos ruins não duram para sempre. Mesmo que pareça que sim.

Ela abre um sorriso irônico.

— E como parece.

Lila sente o olhar de Jensen.

— Dia complicado? — pergunta ele.

— Pois é. E o mais irritante é que eu não esperava que fosse.

— Esses são os piores.

Eles ficam um tempo em silêncio. *O jardim está parecendo um campo de batalha*, pensa ela. O que antes era um espaço verde vagamente agradável, com plantas que cresceram demais e grama por cortar, agora está um desastre, com fossos, concreto e pilhas de terra.

— Você parece estar precisando de uma bebida.

Lila volta a atenção para ele.

— É... Esse não é bem um dos meus vícios.

Jensen levanta a sobrancelha.

— Ah, não, não estou no AA nem nada — explica Lila. — É só que... meu pai bebia. Bebe. E minha mãe odiava isso. E ele meio que arruinou a própria vida. — Da casa, dá para ouvir o piano de Bill. — Ainda está arruinando, parece. Então acho que nunca vi muita graça em beber.

— Você nunca ficou bêbada?

— Algumas vezes. Mas eu não... eu não gosto de sentir... sabe, que perdi o controle.

E se eu começasse a beber me sentindo como estou agora, reflete Lila, em silêncio, *não pararia nunca.*

— Justo. Mas deve ser difícil nunca tirar férias da própria cabeça.

— Eu fumo. Para dormir. Às vezes — diz ela, por medo de soar muito puritana. — Mas agora não posso mais, porque peguei minha filha fumando também. Aparentemente, preciso dar o exemplo.

— Que ideia aterrorizante. — Ele ri.

Lila pergunta se Jensen tem filhos, e ele diz que não.

— Sua esposa não quis? Na verdade, deixa pra lá. Fui superinvasiva. É o tipo de coisa que não se diz. Perdão.

— Minha esposa?

Lila olha para o dedo dele. A aliança sumiu.

— Eu... eu achei que você usasse aliança.

Jensen vira a mão, como se procurasse alguma pista.

— Ah! Não. É a aliança velha do meu pai. Fica meio larga na mão direita, então, quando estou no jardim, ponho na esquerda para não perder.

— Ah.

A descoberta de que Jensen está solteiro, e de que ela reparou na aliança, parece silenciá-los por um momento. Sentada no banco que Bill fez para a mãe dela, Lila passa a mão com delicadeza pelo braço do móvel, sentindo a madeira cuidadosamente lixada, as horas de trabalho e o amor dedicado à peça. Não consegue pensar em ninguém que faria um banco para ela, e balança a cabeça, tentando ignorar aquela constatação.

— Melhor eu entrar — diz, se esforçando para soar mais alegre do que se sente. — Preciso voltar ao trabalho.

— Vou parar com a britadeira por hoje. Já estou quase acabando, inclusive.

Enquanto Lila atravessa o jardim cheio de entulho, Jensen grita:

— Sabe, vai ser uma coisa boa!

Lila se vira para ele, protegendo os olhos do sol.

— O jardim. Vai ser uma coisa boa.

Lila não diz nada, mas ele sorri e acrescenta:

— Às vezes, coisas boas simplesmente... acontecem.

Chamei o Gabriel para sair. E ele não respondeu.

A resposta de Eleanor chega em segundos:

Quanto tempo faz que você mandou a mensagem?

Duas horas.

Não é nada. Ele pode estar em reunião.

Não para quem gosta de alguém. Quando gostamos de alguém, respondemos na hora.

Lila, você não namora com alguém novo há quase vinte anos. O mundo não funciona mais assim.

Além disso, preciso escrever sobre várias experiências sexuais para o meu livro novo. Posso pegar suas experiências emprestadas e fingir que fui eu que fiz tudo?

Com uma condição.

Qual?

Que VOCÊ transe antes.

Tô tentando! Literalmente acabei de falar que chamei o Arquiteto Gostoso para beber alguma coisa. E aí, posso?

Boa sorte! Depois me conta como foi! Bjs

Eleanor às vezes sabe ser muito chata.

El, eu tenho que escrever esse capítulo logo. Não vai dar para começar um relacionamento novo a tempo, né?

Em que século você está??? Quem falou de relacionamento?

Anoushka mandou um e-mail depois da reunião, incluindo trechos da resposta da Regent House.

Amamos este projeto e somos apaixonados pela escrita da Lila, mas sentimos que o clima está um pouco pesado nos primeiros capítulos. Tem muita mágoa e traição, e é um pouco mais sério do que estávamos esperando. Adoraríamos que o livro começasse com uma das aventuras mais ousadas, por exemplo, para o leitor saber que vai ser uma história de redenção, de uma fênix sexy ressurgindo das cinzas, antes de entrarmos no que a levou a esse ponto. Além disso, a gente quer muito ver o lado divertido da vida depois do divórcio — e temos certeza de que muitas leitoras também vão querer! Mal podemos esperar para ler o resto. Quanto mais atrevido, melhor!

Lila desvia o olhar da tela do computador e volta ao celular. Já se passaram duas horas e quarenta e seis minutos desde que ela mandou a mensagem para Gabriel, e ele não respondeu. Talvez ele esteja agora mesmo tentando descobrir uma forma gentil de recusar a proposta. Tirando o papanicolau de rotina, ela não tem contato íntimo com ninguém há quase três anos. De repente, é invadida pela sensação de que este projeto de livro vai dar completamente errado, que ela prometeu algo que não tem a menor chance de entregar. Lila vai ter que contar a verdade para Anoushka. Onde é que ela estava com a cabeça?

Não. Ela pensa no que Eleanor disse.

Tem outra saída.

14

Por mais que ter um piano no hall seja um pouco irritante, Lila tem que admitir que duas pessoas fazendo um dueto de "Someone to Watch Over Me" tem certo charme. Ela está parada à mesa há uns vinte minutos, apenas escutando o som das teclas e da risada levemente ofegante de Penelope Stockbridge, que se desculpa toda vez que ri, como se demonstrar tanta emoção fosse motivo de vergonha. Lila não consegue ouvir o que Bill responde, mas seu tom é alegre e reconfortante. Ela nunca considerou a possibilidade de Bill se relacionar com outra pessoa depois de sua mãe, mas, se fosse com Penelope Stockbridge, reflete, ela acha que não se importaria.

— Ai, errei a mão esquerda. Perdão.

— Não tem problema. Vamos retomar do décimo segundo compasso.

Todos os sons ecoam pela escada central da casa. Dá para ouvir conversas do último andar, porque as palavras flutuam para cima, então, quando a porta da entrada se abre, mesmo que Gene não berre *Oi, cheguei!*, ela sabe que é ele. O sujeito parece fazer o dobro de barulho de qualquer ser humano normal, com passos mais pesados, batendo a porta com mais ênfase. É como se estivesse determinado a deixar sua marca em qualquer lugar. Lila sempre sente um aperto quando ele chega. *Ei! O piano! Que tal se eu cantar junto? Eu conheci a Ella Fitzgerald, sabia? Em um barzinho lá em Los Feliz...*

Gene insiste que está indo para audições, mas Lila desconfia que ele só fica no pub, já que nunca o escuta ensaiando. Quando ela pergunta como andam os testes, ele diz que o agente tem certeza de que uma oportunidade logo vai pintar e invariavelmente muda de assunto.

Alguma coisa na presença de Gene na casa sempre a impossibilita de trabalhar. É como se a simples existência dele a deixasse o tempo todo em estado de alerta, à espera de alguma explosão, ou do som de algo quebrando, ou até mesmo dos protestos incessantes de Truant. Ela encara a tela por quinze minutos e enfim se levanta, com um suspiro resignado.

Está no segundo andar, descendo para fazer mais chá, quando a música para abruptamente. Ela escuta a voz de Bill.

— Essas meias são minhas?

Então a voz de Gene, inocente e surpresa:

— Hã... Sei lá. São?

— Você está usando as minhas meias!

— Ah. Devem ter se misturado com as minhas no cesto de roupa.

— Você sabe que não são suas. Você usa aquelas meias vagabundas horrorosas, brancas e esportivas, e estão todas furadas. Essas são minhas meias cem por cento lã da Falke.

— Tá bom, parceiro, não é pra tanto.

Lila chega ao corredor, parando no degrau da escada. Penelope está sentada numa cadeira ao lado de Bill, com a mão na partitura — devia estar virando a folha. Gene está de pé, usando jaqueta de couro e calça jeans, com os ombros erguidos e as pernas um pouco afastadas, uma postura que só parece adotar para enfrentar Bill, que se levanta, empurrando o banco do piano, fazendo as rodinhas rangerem.

— Agora passou dos limites. Você não pode simplesmente pegar as meias de outro homem!

Gene o ignora e volta sua atenção para Penelope. Ele faz uma reverência teatral e estende a mão enorme. Sem saber o que fazer, Penelope lhe oferece sua mãozinha delicada.

— Gene Kennedy, já que o velho do Bill aqui pelo visto é mal-educado demais para nos apresentar. É um prazer.

Como qualquer mulher diante da força do charme de Gene, Penelope pisca várias vezes e sorri de volta, ligeiramente alvoroçada. Gene demora um pouco para soltar sua mão, e um rubor rosado se espalha devagar pelo pescoço dela.

— Penelope Stockbridge — diz ela.

— Eu sou o pai da Lila.

Essa informação obviamente a deixa um pouco desconcertada, e ela solta um "Ah!" baixinho de surpresa. A informação com certeza surpreende Bill também, que se senta com força no banco do piano e diz, irritado:

— Dá licença? Estamos no meio de uma aula de piano.

— Foi você quem interrompeu, colega. Só estou sendo educado. Ei, Penelope, você vê televisão? Talvez tenha me visto no...

— Pare de roubar minhas meias! E se tiver mais alguma escondida naquele cafofo que chama de quarto, agradeço se trouxer de volta.

— São só meias, Bill. Nossa. Nunca vi alguém se estressar tanto por causa de um par de meias. Olha, eu troco por uma das minhas camisetas do Grateful Dead, se isso está te incomodando tanto assim. Você não acha que uma camiseta deixaria esse aí com um ar mais relaxado, Penelope? É mesmo um prazer conhecer você, por sinal. Muito bonito o seu vestido. Espero que você venha aqui mais vezes.

Penelope fica ainda mais vermelha, passando os dedos pelo pescoço em um gesto inconsciente. Bill permanece imóvel no banco do piano, com uma veia fina pulsando na têmpora. Gene, claramente decidindo que ganhou esta batalha, espera um instante, sorridente, e segue para a cozinha.

— Ah, oi, Lila! Teve um bom dia, meu bem?

Lila já percebeu que toda interação entre seus dois pais tem se transformado numa espécie de batalha, com um vencedor e um perdedor. Gene é quem sai vitorioso na maioria das vezes, pois é um mestre da manipulação que distorce qualquer conversa a seu favor, munido de um charme natural e uma percepção visceral das fraquezas alheias. Ela nem sabe se ele se dá conta do que faz. Bill, que já tem dificuldade de se comunicar em situações comuns, com frequência acaba gaguejando de fúria, mesmo que no geral esteja com a razão. No entanto, a empatia de Lila é limitada, porque morar com eles é como viver com duas crianças pequenas teimosíssimas. E, toda vez que ela os confronta, ambos negam o problema.

Eu não fiz nada. Se Bill estiver incomodado, não tem nada a ver comigo.

Lila, eu deixo esse homem (Bill raramente o chama de Gene) *fazer o que ele bem entende. Estou só tentando cuidar da minha vida.*

Os dois se comportam minimamente melhor na presença das meninas. É como se houvesse uma competição tácita pela afeição delas e, portanto, eles se controlassem para não entrar em conflito explícito. Gene conquistou Violet com os episódios noturnos de *Esquadrão Estelar Zero* e fez algum progresso com Celie desde aquele passeio pelo Soho. No entanto, Celie já tem idade para entender o que Bill representa para elas e foi vacinada com dezesseis anos de amor de Bill e da avó, então vez ou outra está sentada com ele no que resta do jardim, ou brincando com o cachorro perto de Bill (ela não fala muito) enquanto ele pica legumes para o jantar.

Uma consequência inesperada da presença dos dois hóspedes é que Celie tende a descer para jantar quase toda noite, em vez de dizer que não está com fome e ficar no quarto. Parece que a implicância constante dos dois serve de distração para ela, afastando-a dos próprios pensamentos. Ou talvez apenas desvie a atenção de Celie: em vez de perguntar incessantemente para a filha o que está acontecendo, ou tentar convencê-la a comer alguma coisa, Lila quase sempre está envolvida em discussões diplomáticas sobre se batata frita conta como legume ou se o busto de Virginia Woolf de Bill tem cara de quem levou um apertão na bunda atrás do supermercado.

— Você toca mesmo maravilhosamente bem — murmura Penelope para Bill, recostando-se na cadeira e olhando para ele. — Seu dedilhado é excelente.

Isso parece restaurar o humor de Bill.

— É gentileza sua — diz ele, com um sorriso doce e inesperado. — Devo dizer que estou gostando muito da disciplina de ensaiar todos os dias.

— Queria que todos os meus alunos fossem como você — responde ela, corando de novo.

Lila os observa até notarem sua presença, e aí resmunga alguma coisa sobre o chá e some na cozinha. *Todo mundo*, pensa ela, *absolutamente todo mundo está tocando a vida, menos eu*.

Alguma coisa tem que mudar.

15

Ele tinha o cabelo escuro, um leve sotaque espanhol, e, quando entrei no bar e o vi sentado à mesa, fiquei tão nervosa que quase dei meia-volta e fui embora. Mas então ouvi a voz da minha melhor amiga na cabeça. "Vamos lá, Lila", disse a mim mesma. "Você precisa voltar à ativa. Trate esse encontro como um teste."

Fácil dizer, mas quando se tem quarenta e dois anos e se passou a maior parte da vida adulta em um relacionamento monogâmico (pelo menos da minha parte), é difícil colocar isso em prática. Passei duas horas me arrumando, raspando as pernas que estavam dignas de um bicho-papão, fazendo escova no cabelo e passando maquiagem com todo o cuidado. Troquei de roupa sete vezes, com medo de parecer recatada demais, atrevida demais, que me esforcei demais, ou me esforcei de menos. Fazia décadas desde a última vez que eu tinha ido a um encontro assim. Mas o maior desafio não era a parte externa, mas questões internas: o medo de ser julgada por um homem desconhecido e, no fim, ele me achar insuficiente, quando minha confiança já tinha sofrido tanto; a ansiedade de que o encontro fosse um desastre e de que a conversa acabasse morrendo. Em resumo, eu estava apavorada com a ideia de que ele tentasse me seduzir e igualmente apavorada com a possibilidade de que não tentasse.

As conversas que tive com Juan no aplicativo de relacionamento tinham sido divertidas. Ele era advogado. Tinha passado por um divórcio amigável seis anos antes. Havia tido dois relacionamentos nesse período, um sério e outro, não. Descrevia-se como alguém em busca de "diversão e companhia" e brincava que era sua primeira vez em um aplicativo desses, então tinha escrito a coisa mais genérica possível porque não sabia de verdade o que colocar na descrição.

— Lila — disse ele, se levantando para me cumprimentar.

Seu sorriso era tão caloroso e seu sotaque, tão delicioso, que alguma coisa em mim cedeu. "Vai dar tudo certo", disse a mim mesma.

Conversamos por duas horas. Eu não sou de beber, mas tomei uma taça de vinho para me acalmar. E depois outra, porque estava me divertindo de verdade. E talvez fosse porque eu não tinha comido nada, ou pelo charme e o papo bom dele, mas, quando Juan sugeriu que continuássemos a noite em sua casa, pensei: "Por que não?" Ele parecia uma boa pessoa — tinha me mostrado fotos dos filhos, do cachorro, dos pais, me dado seu cartão de visitas. Parecia até que já nos conhecíamos. Quando saímos do bar, e ele me conduziu com gentileza até o táxi, com a mão nas minhas costas, algo aconteceu. Eu sentia a eletricidade, o calor do corpo dele junto ao meu. Percebi que queria estar mais perto daquele homem.

Assim que entramos no táxi, tudo mudou. Ele começou a me beijar — primeiro com carinho, e então o fervor foi crescendo. Eu normalmente ficaria tímida por estar num táxi, mas estávamos na mesma sintonia. Deixei de lado minha ansiedade, esqueci tudo ao meu redor, tudo exceto a pele dele, suas mãos, sua boca. Os beijos de Juan foram ficando mais profundos, intensos. Eu sentia meu corpo pressionado contra o banco, estremecendo com raios

Lila para, as mãos sobre o teclado. Ela encara o cursor piscando.
— Ah, pelo amor de Deus — resmunga.
E apaga tudo.

Nada em Michael sugeria como a noite ia acabar. Por fora, ele parecia convencional. Trabalhava com TI. Era mais novo que eu, discreto e relaxado. Alto, com ombros largos de quem vai com frequência à academia, e tinha um jeito discreto. Nós nos encontramos para jantar em um restaurante italiano perto da minha casa, e eu me dei conta de que só eu estava falando, o que normalmente me desanimaria. Mas algo no jeito como ele me olhava — com uma intensidade absoluta — me deixava curiosa. Não só curiosa, como um pouco excitada. Então, ao sairmos do restaurante, ele se curvou e cochichou no meu ouvido:

— O que você acha de BDSM?

— Meu Deus — diz Lila em voz alta. — Agora estou me dando nojo. DELETAR.

Conheci o Richard em uma boate. Eu tinha passado a maior parte da noite dançando, deixando minhas preocupações desaparecerem com a batida, e curti na pista até o suor colar o vestido no meu corpo e o cabelo ficar pingando. Ele me agarrou pelo pulso enquanto eu saía do banheiro, e algo naquele olhar intenso

Jean-Claude era um poeta de Paris

Vince era pedreiro, tinha o corpo todo coberto de tatuagens e o tronco musculoso

Lila está tentando inventar aventuras sexuais há três dias, e nenhuma delas parece outra coisa senão o pornô mais cafona e tosco de todos. Às vezes, acha que é porque as demandas da vida cotidiana a impedem de levar os pensamentos a um lugar verdadeiramente sensual. Às vezes, culpa Gabriel Mallory, que não respondeu a um simples convite para beber alguma coisa, e a quem ela evitou essa semana, pedindo para Bill buscar Violet na escola.

Às vezes, acha que é porque faz tanto tempo que não tem intimidade sexual com alguém que nem consegue imaginar mais o que isso envolve.

Lila apoia a cabeça no teclado e fica parada ali.

Vince era pedreiro, tinha o corpo todo coberto de tatuagens e o tronco musculoso sdffffffffffhjjjkjkjkjkkkkkkkkkkkkkkkkkkkklllllllllllsdfffff ffffffhjhjkhkhjkhkjhjk

— Então, aqui está a lista dos figurinos de que precisamos.

Lila enfim encarou a saída da escola, e é claro que Gabriel Mallory não está ali, mas a sra. Tugendhat, sim. Ela usa um macacão marrom estampado e entrega uma folha de papel para Lila. Parece uma apresentadora de programa infantil levemente malvada.

— O ideal seria termos os figurinos antes do início do semestre, mas entendo que nem sempre é possível, considerando a quantidade de peças. Se não der conta de tudo, pode se ater aos oito principais.

Lila olha para a lista, completamente perdida em relação ao que a sra. Tugendhat está falando. *Peter Pan e os meninos perdidos*, diz o papel. De repente, ela se lembra do pedido de figurino de seis semanas atrás.

— Oito? — ecoa.

— Tem tempo de sobra, na verdade. Costumamos orientar que o figurino seja feito em casa, mas... — A sra. Tugendhat abaixa a voz, dando uma olhada para trás. — Se procurar no eBay, dá para achar versões usadas e tão boas quanto. Muitos pais se livram dos figurinos velhos de peças de escola. Mas você não ouviu isso de mim!

Ela dá uma batidinha no nariz, com um sorriso conspiratório, depois vai embora perturbar outra pessoa da lista.

Lila está tão concentrada olhando para o papel na saída — *túnica verde e leggings para Peter, bigode grosso, jaqueta de pirata e gancho para Capitão Gancho* — que tromba com tudo em uma das mães.

Só que não é uma mãe.

— Oi! — diz Gabriel Mallory, enquanto ela pisca, surpresa. — Como você está? Quanto tempo.

— Tudo bem — responde ela, rápido, tentando levar Violet para longe dele.

— O que é isso aí?

Lila não quer falar com ele, mas é difícil demais se mover quando Violet parece se cravar no chão, subitamente envolvida em uma conversa com Lennie. E ela não pode virar para a esquerda, porque assim daria de cara com o grupo de mães, e dá para ver o cabelo loiro e sedoso de Marja pelo canto do olho.

— Ah — diz ela, sem olhar para Gabriel —, é só um negócio da peça da escola.

— Ah, a peça. É, Lennie vai participar, não lembro em que papel. Acho que vai interpretar um dos meninos perdidos. Pelo menos está dando uma animada.

— Legal — responde Lila, ainda sem encará-lo.

Ela sente a pele inteira pinicar. É difícil estar perto de Gabriel, humilhante demais. Lila não consegue desviar o olhar dos tênis veganos dele.

— Melhor a gente ir logo, estamos... atrasadas.

— Para quê? — pergunta Violet, essa traidorazinha.

— Hum... você vai sair com o vovô — responde Lila, rápido.

— Com o vovô Gene?

— Uhum.

— Para onde?

O paletó de Gabriel é de linho, está amassado e parece caro. Lila está perto demais, perto demais dele.

Sente a presença de Marja nos arredores, o perfume frutado que às vezes usa, com cheiro fresco de melão. Lila é basicamente o recheio indesejado no pior sanduíche do mundo.

— Ele não falou, meu bem — murmura.

— Ele vai me levar para fazer uma tatuagem?

— Ei...

Lila sente um toque no braço e levanta a cabeça. Gabriel está sorrindo para ela. Sua expressão é gentil, o olhar, atento.

— Estou te devendo uma mensagem — afirma ele.

— Ah, relaxa — responde Lila, com um sorriso que não chega a ser um sorriso. — Sem pressa. Tenho que ir. Até!

Ela praticamente empurra Violet, ignorando seus protestos e pedidos insistentes para saber aonde o vovô Gene vai levá-la. *Você sabe que ele não gosta que eu chame ele de vovô. Ele disse que é pra chamar ele de Gene. Eu falei que é nome de menina e ele nem deu bola.*

Lila queima por dentro, mal registrando o monólogo de Violet por todo o caminho de volta para casa. O rosto gentil e tranquilo dele. A forma como a olhou, talvez até achando um pouco de graça, como se não tivesse feito absolutamente nada de errado ao não respondê-la. O fato de que todas as mensagens e as conversas no parquinho claramente não significaram nada para ele.

Quando ela chega em casa, Bill está no jardim conversando com Jensen e gesticulando para a casa de um jeito irritado, o que sugere que Gene fez mais alguma coisa para ofendê-lo. Lila entrega para Violet dois biscoitos de chocolate de seu estoque secreto na gaveta de ferramentas e sobe correndo para o quarto.

Ela tem quatro novos e-mails. Um do dentista, lembrando que Violet tem uma consulta de retorno semana que vem, outro do encanador, lembrando que ela ainda está devendo o último desentupimento, um da companhia de gás, com a conta do mês, e o último, de Anoushka.

Querida, posso prometer para eles que o capítulo novo chega quando?

Lila olha para trás, para o sofá-cama que Gene — apesar das promessas — não arrumou. Pela janela aberta, escuta Bill comentar, em um tom alto e insistente:

— Tem fumaça de cigarro entrando na cozinha.

E então a resposta gritada de Gene, de que ele está "no meio do jardim, caramba".

Lila não vai aguentar mais um jantar que seja com esses dois velhos.

Ela olha para o celular. Pensa por um minuto. E digita:

Lembra que você falou que eu parecia estar precisando de uma bebida?

16

O pub fica em Hampstead, em uma daquelas ruazinhas de pedestres que saem da avenida principal, onde livrarias antigas competem por espaço com delicatéssens que vendem saladas exóticas de berinjela por quinze libras o pote. Para entrar, Lila tem que desviar de um homem imenso com cara de poucos amigos que passeia com dois lulus-da-pomerânia, mas, lá dentro, o pub é de uma decadência reconfortante, com paredes escuras e gastas e mesas bambas de madeira. É bem o tipo de lugar que ela costumava frequentar antes de ter filhas e que desde então mal visita. Jensen já está lá, relativamente arrumado, de calça jeans escura e camisa azul, e, por um momento, Lila se sente envergonhada por não ter se maquiado, nem mesmo penteado o cabelo. Mas do que adianta? Ela só precisa sair, aproveitar a companhia de alguém. Só precisa estar longe de casa. E o jardineiro era de fato o único homem que poderia estar disponível.

Violet tinha feito uma expressão ultrajada quando Lila disse que ia sair. *Mas para onde?* E então: *Por que não posso ir junto?*

Lila desconversou, anunciando com tranquilidade que todos ficariam ótimos sem ela, e saiu pela porta antes que qualquer um tivesse a chance de protestar. Determinada, caminhou os vinte minutos necessários para chegar ao topo da ladeira sem olhar para o celular, pois a vibração intermitente indicava uma enxurrada de perguntas e protestos. Mas ela é uma mulher adulta e pode fazer o que quiser. De vez em quando.

Jensen a vê e faz sinal para uma mesa onde deixou a jaqueta de lona surrada na cadeira. Ela se senta, observando os outros clientes, alguns no meio de conversas animadas, já incentivadas por muita bebida, e outros encarando o copo em silêncio. Ela inspira o ar com cheiro de cevada, tentando acalmar o coração.

— E aí, o que você quer?

Jensen aparece na mesa e põe a própria bebida em um porta-copos quadrado.

— Ah. Coca Diet. Por favor.

Lila se sente grata por ele não questionar sua escolha. Quando ela e Dan começaram a namorar, ele dizia que o fato de ela não beber era louvável.

Dan até chegou a passar um tempo sem álcool, especialmente quando as meninas eram pequenas. Tinha medo de que alguma coisa acontecesse com elas e que ele precisasse levá-las de carro ao hospital. Quando elas eram menores, ele era um pai surpreendentemente protetor. Porém, nos últimos anos de casamento, Dan tinha voltado a beber — embora apenas bebidas "limpas", como vodca com água tônica light, pois passava cada vez mais do tempo livre de lycra pedalando na bicicleta de fibra de carbono. E, daí em diante, parecia ver o fato de ela não beber como uma espécie de crítica velada, ou talvez um sintoma de seu desânimo. Ele lhe oferecia uma bebida na frente dos amigos, mesmo sabendo que ela ia recusar, e revirava os olhos quando ela respondia, como se para mostrar o sofrimento que era estar com Lila. Vez ou outra, ela se pergunta se ele bebe com Marja, se, antes de a mulher engravidar, eles começavam a noite com uma garrafa de vinho caro e...

Jensen lhe entrega a Coca e sorri.

— Fiquei meio surpreso quando você...

— Isso não é um encontro — diz ela, às pressas.

Ele pisca.

— Ok.

— Quer dizer, desculpa, não que você não seja um homem muito legal. Mas achei melhor explicar logo de cara. Eu só... eu só precisava sair de casa.

Ele reflete por um momento.

— E eu fui a única pessoa em quem você conseguiu pensar?

— Não. Eu tenho amigos. Muitos amigos.

Jensen parece confuso.

— Quer dizer, normalmente eu encontraria minha amiga Eleanor. Mas ela está indo para uma suruba em Richmond. Ou Rickmansworth. Algum lugar com R. Na verdade, talvez isso seja amanhã — diz ela, e toma um gole do refrigerante. — Enfim, eu tenho outros amigos. Mas, sendo bem honesta, está tudo tão esquisito desde que o Dan foi embora que acho todo mundo cansativo. Todo mundo que conhece a gente, no caso. Eu meio que me retraí. É como se eu tivesse que explicar tudo, falar sobre o que aconteceu, e ainda estou me acostumando com a ideia de que ele engravidou a Amante Novinha Flexível, então não gosto nem de pensar em ter que explicar isso também. Estou cansada daqueles olhares de pena horrorosos. Ou talvez seja só o alívio que as pessoas sentem por tudo isso não estar acontecendo com elas. E você já sabe. Eu só queria sair para tomar um negócio e relaxar, sem ter que... explicar.

Ela encara a Coca Diet.

— Desculpa — acrescenta. — Acabei de reparar que não faço ideia do que vim fazer aqui.

Jensen parece pensar sobre o que ela disse.

— Você tem saído para muitos não encontros? — pergunta. — Porque pode ser bom repensar esse discurso de abertura.

— A parte da suruba foi demais?

— Não. Essa parte foi ótima. Gostaria até de mais detalhes, mas vamos ver no que dá a Coca Diet.

Ele parece muito tranquilo. Lila solta um suspiro profundo.

— Desculpa. Eu não saio para um encontro, ou um não encontro, desde 2004.

— Quando é o próximo?

— Provavelmente em 2044.

— Posso te contar do meu último encontro, se isso ajudar.

— Melhor não. Não se tiver rolado um clima delicioso, um jantar maravilhoso e um sexo incrível.

— Envolveu uma pizza cara demais e a mulher caindo no choro e contando tudo sobre o ex-namorado. Por quem ela definitivamente, definitivamente, definitivamente não está mais apaixonada.

Lila faz uma careta.

— Ai.

— Primeira e última tentativa nos aplicativos de relacionamento. Eu devia ter percebido que a gente não combinava quando ela listou "maquiagem" como maior interesse. Não sei se sirvo para esse lance de namoro. Pelo menos não esses modernos. Eu meio que desisti dessa vida.

Lila cai na gargalhada.

— Ai, nossa. É tudo tão... horrível. Eleanor me fez baixar um desses aplicativos ano passado, mas era tipo visitar a seção de produtos perto do vencimento no supermercado. Todo mundo da minha idade parecia ter passado muito do ponto, ou estar tão acabado que ninguém ia topar se não fosse por puro desespero.

Jensen solta uma risada tão alta que as pessoas ao redor se viram para olhar.

— Quantos anos você tem, afinal? — pergunta ele.

— Quarenta e dois. E você?

— Trinta e nove.

— Ah, você está tranquilo — diz ela, recostando-se na cadeira. — Ainda vai sair com muitas mulheres de trinta e poucos. Está no auge.

Assim como Dan.

— Homem, bonito, jovem, logo vai arranjar alguém, mesmo sem procurar — continua ela. — Uma mulher novinha e linda.

Ele a observa com curiosidade.

— Por que você faz isso?

— O quê?

— Eu sou literalmente três anos mais novo que você. Talvez nem isso. E você está falando comigo como se eu fosse seu sobrinho.

— Sei lá — responde ela, brincando com o descanso de copo. — Talvez eu só me sinta... velha.

— Não, não é isso... Você precisa de distância.

— Oi?

— Você precisa afastar a pessoa antes de ela se aproximar. Ou fingir que não tem nenhuma possibilidade de rolar nada entre vocês, como com a gente, assim não se sente vulnerável. Ainda mais se eu não der em cima de você.

Ela se irrita.

— O que você quer dizer com isso?

— Sem julgamentos. Só estou entendendo a dinâmica. Acho que são os anos de terapia.

Lila faz uma careta.

— Não me analise.

— Não estou analisando. Só observando.

— Pode observar à vontade. Não quer dizer que está certo.

— Não mesmo. — Ele toma outro gole. — Mas estou, sim.

Jensen sorri.

— Nossa. Você é bem chato.

— Minha irmã concorda. Mas foi o que você fez quando me conheceu, esqueceu?

Ela cruza os braços.

— Não foi, não. Só não fui *excessivamente simpática* na ocasião porque achei que você fosse roubar meu carro.

— Você saiu correndo de pijama e basicamente me mandou catar coquinho porque eu estava olhando sua árvore. Que está péssima, por sinal. Você precisa mandar arrancar.

Lila fecha os olhos.

— Podemos não falar disso? Só quero uma hora sem ter que resolver nada que me custe dinheiro. A não ser que você esteja prestes a dizer que o Gene também está morando na árvore.

O clima muda um pouco. Lila não sabe dizer se está amigável ou tenso, mas definitivamente não é relaxante. É possível que ele sinta o mesmo, porque para um momento, se inclina para a frente e coloca a cerveja na mesa.

— Você está muito bonita, por sinal. Digo isso de um jeito nada romântico, amigável, sem segundas intenções e apropriado para a sua idade.

Lila ainda não está tão amargurada a ponto de não reconhecer uma oferta de paz.

— Muita gentileza sua. Mas você mente mal. Eu não lavo o cabelo há dois dias e nem passei maquiagem.

— Bom, como eu falei, maquiagem não está entre os meus interesses. Ei, sério. Desculpa por analisar você. Não sou muito bom de papo furado, não sei se você reparou. Mas posso tentar, se quiser — afirma, e se empertiga na cadeira. — Que bonita essa... decoração?

Lila segue o olhar dele.

— Na verdade, eu gosto desses pubs velhos — comenta ela. — Onde tudo é manchado de nicotina e cheira a bebida velha e azeda. Gosto quando dá para ver a história do lugar.

Ele assente.

— Não sei se você viu os dois banheiros velhos lá de casa, mas eu gosto muito deles, mesmo que todo mundo me diga que tenho que derrubar tudo e modernizar — continua Lila. — Eles saíram de moda, mas têm personalidade. Não gosto dessa história de precisar superar e avançar o tempo todo.

Ele ainda a está observando.

— Ah, nossa, você não vai analisar isso também, né?

Jensen balança a cabeça.

— Não. Mas espero que você reconheça todo o esforço que estou fazendo para resistir a isso. Também não gosto de coisas novas. Quando reformei a cozinha do meu apartamento, eu e minha irmã passamos uma hora chutando os armários só para não ter cara de novo.

— Sério?

— As portas eram de madeira, mas pintadas com um verniz laminado imaculado horrível. Eu precisava que ficassem um pouquinho arranhadas e gastas para eu me sentir em casa.

— Pois é! Dan ficava louco com as marcas e a bagunça lá de casa. Eu comprava cadeiras antigas e surradas dos bazares, ou quadros esquisitos com rostos que eu achava interessante, e ele não suportava isso. Agora ele mora em um paraíso minimalista, com aproximadamente dois móveis perfeitos em cada cômodo.

— Ele se daria bem com minha ex-noiva. Ela precisava que tudo combinasse. Teve uma época em que tínhamos dois sofás creme, uma mesinha de mármore creme, e cortinas creme também. Eu sentia que precisava tomar banho antes de me atrever a entrar na sala.

— Você foi noivo?

Lila não queria parecer tão surpresa. Ele só não parece alguém que noivaria, muito menos com alguém que compra sofás cor de creme.

— Por pouco tempo. Ela não lidou muito bem com todo o lance do surto. Aí eu saí do mercado financeiro, e ela sacou que eu não ia mais ganhar dinheiro, então... fim de jogo. — Jensen toma outro gole de cerveja e acrescenta: — Ah, e ela transou com meu colega de trabalho.

— Ai. Jesus amado. Sinto muito.

— Eu, não. A gente não combinava em nada. Mas só fui perceber isso quando a barra pesou.

— Eu costumava achar que combinava muito com o Dan.

Nenhum dos dois diz nada por alguns segundos. Lila olha para a Coca Diet.

— Você pode amar alguém e mesmo assim não ser compatível com essa pessoa — diz ele.

— Ou talvez até sejam compatíveis, mas simplesmente... não se amem mais?

Ele pensa por um momento.

— Também pode acontecer. Esse assunto está chegando perigosamente perto de papo de terapia. Quer outra Coca?

Eles conversam por mais quarenta minutos antes de o celular tocar. Ela gosta de escutar, percebe que quase nunca tem a chance de ouvir outra pessoa falar da própria vida. Por incrível que pareça é relaxante escutar as complicações e os erros dos outros. Jensen conta que trabalhava no mercado de câmbio, fala de liquidez, volatilidade, cobertura, e que finalmente ficou noivo quando acordou e a namorada tinha escrito "Ou vai ou racha" de batom no para-brisa do carro dele.

— Pensando bem, talvez não tenha sido a forma mais saudável de começar um casamento.

Então veio o surto, e uma breve internação numa clínica. Ele conta tudo com o tom calmo e irônico de alguém descrevendo coisas que aconteceram com outra pessoa. Lila cogita provocá-lo um pouco — está meio fascinada pela namorada mandona do batom —, e é aí que o celular toca. É Violet.

— Mãe, você precisa voltar.

Ela olha para Jensen, cobrindo a orelha com a mão, e revira os olhos. É claro que não a deixariam passar duas horas quieta. Claro que não.

— Violet, estou no pub com um amigo. Eu posso ter…

O tom da menina é urgente:

— Não. Você precisa voltar. Bill botou uma foto dele com a vovó no dia do casamento na mesa da sala, e aí Gene botou uma foto dele com a vovó no dia do casamento *deles* do lado, e quando Bill viu, começou a gritar, e Gene falou que achava que a vovó estava mais feliz na outra foto, e aí Bill correu atrás dele no jardim com um negócio na mão, e Gene tropeçou no concreto e agora está caído no chão dizendo que não consegue levantar, e Bill não quer sair do quarto.

Lila deixa o olhar vagar ao longe. Pode ter contado até dez, ou até dez mil, não se lembra. Ela respira fundo.

— Tudo bem, querida. Já, já chego em casa.

Foi como se tivessem deixado que Lila espiasse rapidinho uma janela para outra vida e então alguém batesse essa janela com tudo na cara dela. Possivelmente mandando ela se ferrar.

Jensen a observa, com a boca contraída numa expressão compreensiva.

— Acho que deu para entender — diz ele. — Vamos. Eu te dou uma carona.

17

O jovem médico na triagem reconhece Gene na hora.

— Eu conheço você! — exclama, erguendo o olhar dos formulários no pequeno cubículo cercado por uma cortina.

Ele está com um sanduíche na mão e dá uma mordida grande ao se sentar. Lila tenta não encarar a gota de maionese que fica no queixo dele.

O rosto de Gene se ilumina, como sempre, e ele imediatamente se empertiga para ficar um pouco mais alto na maca metálica do hospital, onde presta continência.

— Capitão Strang, se apresentando para o serviço...

— Não... — interrompe o médico, mastigando mais um pedaço de sanduíche. — Mordida de cachorro, não foi? Umas semanas atrás? Como vai?

Por causa da idade, Gene é atendido relativamente rápido: em menos de três horas, o que, comenta Jensen, é um tempo recorde na emergência. Parece não se tratar de uma fratura, embora Gene tenha precisado de ajuda para entrar, apoiado em Jensen, fazendo caretas de dor e soltando gemidos. Mas é uma torção feia, e precisa de repouso e gelo por, no mínimo, uma semana. Quando Gene é liberado, com o que, para sua decepção, considera analgésicos fracos, ele se dirige à equipe médica com uma gratidão um pouco exagerada de quem adora ser o centro das atenções. Nos vinte minutos de carro até em casa, ele fala sem parar da gentileza dos funcionários e de como é maravilhoso não precisar de plano de saúde para qualquer coisa.

Lila não fala uma palavra durante todo esse tempo — deixa a conversa nas mãos de Jensen e Gene e vai trocando mensagens com as filhas. Certifica-se de que fizeram a lição, garante às duas que está tudo bem e, finalmente, mais tarde, pede para irem para a cama. Mesmo quando não está no celular, ela permanece em silêncio, o cérebro vibrando com uma fúria quieta que abafa a conversa casual ao seu redor.

Bill está limpando a cozinha. Ele tem feito faxinas incansavelmente desde que Gene chegou, com a determinação obstinada de um cachorro marcando território. Quando Lila abre a porta, ele a olha com uma expressão que é um misto de vergonha e de ressentimento por Gene de algum modo ter voltado para casa. Os dois velhos se encaram, e então Bill se vira abruptamente.

— Ele sobreviveu, então — diz, fingindo surpresa.

— Você quase quebrou minha perna, seu babaca.

— Eu não fiz nada. Você não teria tropeçado se não tivesse passado a tarde no bar.

— Eu não teria tropeçado se você não tivesse me perseguido com uma faca.

— Era uma espátula de metal! Se você fizesse qualquer coisa nessa casa além de causar caos e roubar meias dos outros, saberia!

— Calem a *boca*!

Lila larga a bolsa no chão com um estrondo. Um silêncio repentino toma a sala. Ela olha para Bill, e depois para Gene, que está sendo acomodado na cadeira por Jensen.

— Quando é que isso vai parar?

Os três homens a encaram.

— Isso é uma *loucura*. É tudo uma *loucura*. Vocês dois têm quase oitenta anos. Minha mãe está morta e enterrada. Vocês não se veem há décadas. *Quando é que vai parar?*

— *Eu* não tenho quase oitenta — resmunga Gene.

Lila começa a gritar, sem conseguir se conter.

— Eu cansei! Sério, cansei! Não aguento mais morar com vocês, enquanto se comportam como duas crianças por causa de algo que aconteceu, o quê, há trinta e cinco anos? Minha vida está em crise, minhas filhas estão passando por um momento difícil, e eu não suporto mais um dia sequer servindo de mediadora entre dois velhos ridículos que se recusam a deixar o passado para trás.

Ela respira fundo.

— Então vamos fazer o seguinte. Se quiserem morar aqui, na minha casa, vão dar um jeito de conviver em paz. E se não conseguirem, os dois vão embora, porque não é justo que logo eu, a filha de vocês, seja obrigada a decidir quem vai e quem fica. Entenderam?

— Mas, Lila... — começa Bill.

— Não. Não me interessa. Vocês são adultos, mesmo que pareçam ter se esquecido disso. Se resolvam, ou arranjem outro lugar para morar. Ah, e podem se mostrar úteis e cuidar das meninas enquanto negociam, porque eu vou sair para tomar uma bebida. Ou, melhor, para *terminar* a bebida que foi interrompida de forma tão grosseira. Jensen?

Perplexo, o homem checa o relógio e levanta as sobrancelhas.

— Hum... ok.

Antes que alguém diga qualquer coisa, Lila pega a bolsa, sai de casa e vai até a picape de Jensen.

— Podíamos tentar voltar pro pub, mas acho que já fechou — comenta Jensen, que dirige com uma das mãos no volante e a outra na marcha. — Ótimo discurso, aliás. Acho que nunca vi o Bill *intimidado* antes.

Lila mal o escuta. Seus ouvidos ainda estão zumbindo por conta dos gritos, o cérebro ainda vibrando com a imagem dos dois velhos calados à sua frente. Mas, acima de tudo, ela está pensando. Confere seu reflexo no espelho do passageiro e revira a bolsa em busca de um rímel velho. Encontra um petisco de cachorro, uma caneta de um hotel onde se hospedou em 2017 e um absorvente que escapou do pacote e está levemente sujo de farelo. Em vez de passar maquiagem, ela limpa os olhos, na esperança de não estar horrível demais.

— Você tem bebida? — pergunta ela a Jensen.

— Se eu tenho bebida?

— No seu apartamento.

— Devo ter umas cervejas. Mas você não be...

— Hoje, eu bebo — diz ela. — Para no mercado mais próximo.

Faz tanto tempo que Lila não bebe que ela não tem ideia do que comprar. Nem sabe se tem algo nessa loja de conveniência 24 horas que seja muito melhor que querosene. Ela olha para as prateleiras atrás do balcão, enquanto o caixa a observa com a expressão desconfiada de alguém que aprendeu há muito tempo que até mulheres de quarenta e dois anos com aparência de boazinha podem pular na caixa registradora, começar a cantar o hino nacional ou mijar na frente do freezer. Ela abre um sorriso apaziguador, como quem diz que não vai fazer nada disso, mas ele não retribui. Lila nunca gostou de vinho tinto, e cerveja pode dar gases, então ela por fim aponta para uma garrafa de vodca e pega água tônica, que entrega ao homem.

— O que você quer? — pergunta a Jensen, que está atrás dela.

Ele pede cerveja sem álcool.

— Vou te levar de volta depois — diz ele, como se ela tivesse esquecido.

Está chovendo forte quando eles pegam a rua Westling, e, ao passarem pela casinha de Bill e Francesca, Lila desvia o olhar. O local ainda mexe com ela. Consegue imaginar a mãe acenando da varanda, lembra que ela sempre limpava as mãos na calça jeans quando vinha à porta receber a filha, como se estivesse eternamente no meio de uma tarefa. Lila não entendia o conforto que sentia ao entrar naquela casa toda semana... até perder a mãe. É então que ela nota que Jensen está tateando a jaqueta. Quando ele para um pouco mais à frente, apalpou todos os bolsos pelo menos duas vezes, e parece preocupado. Ele desliga o carro e enfia as mãos nos bolsos enquanto o para-brisa, com o limpador desligado, aos poucos se cobre de chuva. Então ele abre o porta-luvas, procura algo e solta um palavrão baixinho. Lila o encara.

— As chaves do apartamento — explica ele. — Não estão no meu bolso. Eu estava meio apressado quando você ligou, e tenho quase certeza… de que esqueci na mesinha.

— Você não tem uma cópia?

— Tenho... em casa.

Jensen olha para o prédio pelo vidro, como se pudesse entrar com a força do pensamento.

— Minha irmã tem uma cópia também, mas ela trabalha à noite, então só vou poder pegar de manhã. Me desculpa.

A sensação que atinge Lila é inesperadamente desoladora. Todos os seus planos foram arruinados. De novo. Ela sabe que é um jeito infantil de olhar para o mundo, mas, no momento, é o que sente, uma fúria de fazer pirraça e chorar.

Jensen se recosta no banco, pensando, e então se empertiga de repente, remexendo no porta-luvas de novo. Ele tira dali uma chave em um pequeno chaveiro de couro.

— Podemos ir para a casa do Bill? — sugere, e Lila olha para a pequena chave de latão. — É a cópia da chave dele. Bill me deu depois de… Acho que ele gosta de saber que alguém pode entrar, se for preciso.

Lila olha para a rua, de onde vê um pouco da casa, escondida atrás da sebe bem podada. Silenciosa e vazia, as janelas como órbitas vidradas de um rosto inexpressivo.

— Não... não dá. Lá, não. Quer dizer... é onde minha mãe morava. Desde que ela morreu, eu sinto sempre que… Só não dá. Desculpa.

Ele assente, sem insistir, olha para cima enquanto a chuva martela o carro e o motor esfria. Os dois se perdem em pensamentos por um instante. Lila sente a garrafa de vodca no colo, muito mais pesada do que deveria. Ela se pergunta se deveria só abrir a tampa e tomar um gole, ou se isso a faria se sentir pior. Uma mulher de mais de quarenta anos bebendo direto da garrafa em uma picape.

— Pode só... me levar para casa?

— A oficina do Bill — diz ele, de repente. — A chave da oficina fica na cozinha. O espaço é só dele, né? Não da sua mãe? Ainda seria esquisito?

De repente, Lila ganha vida outra vez.

* * *

Jensen leva alguns minutos para entrar e destrancar o portão lateral do quintal. Lila salta do carro, bate a porta e corre até a oficina, cobrindo a cabeça com a jaqueta, as garrafas embaixo do braço, os pés batendo nas poças. Jensen aperta o interruptor, sacudindo a água da chuva dos ombros, e a lâmpada fluorescente comprida no teto pisca até se acender por completo, iluminando as prateleiras de ferramentas, a bancada, as braçadeiras e as serras. Folhas de lixas variadas estão empilhadas em uma prateleira na parede, o piso coberto de serragem e pó. Um papel quadriculado com algumas medidas e o rascunho a lápis de uma mesa estão na beira do tampo, junto de uma trena e uma plaina com punho de madeira polida. Apesar da ordem que Bill impõe à casa, sua oficina é uma bagunça reconfortante de tralha e criatividade. Tem um banquinho na frente de sua bancada marcada pelo tempo, e um banco largo de jardim, recém-terminado, encostado ao lado da porta, provavelmente outro projeto para um vizinho. Desde que fechou o negócio, Bill passou a fazer peças por encomenda. Lila sempre desconfiou que ele faria isso mesmo sem receber: para Bill, a marcenaria é meditativa, relaxante, e ela não se lembra de um único dia em que ele não estivesse envolvido em fabricar alguma coisa. Até no dia do enterro de Francesca, ele esculpiu um passarinho, que pôs no caixão dela.

Jensen aponta para o banco largo e puxa o banquinho para se sentar ali perto.

— Peguei uma caneca da cozinha — diz ele. — Não sabia onde ficavam os copos.

— Chique — responde Lila, servindo um pouco de vodca e completando com água tônica.

A luz fluorescente zune baixinho acima deles, fazendo com que pareçam pálidos e com olheiras.

— Eu estou tão horrível quanto você? — pergunta ela, olhando para a luz.

— Muito pior. Eu estou sempre pronto para as câmeras.

Lila olha ao redor.

— Olha só.

Há dois lampiões a querosene verde-escuros no canto. É claro. Bill está sempre preparado para qualquer situação: blecautes, falta de comida, terremotos e bombas atômicas. Ela acende os lampiões, apaga a luz do teto, e, de repente, a pequena oficina se torna aconchegante e estranhamente íntima. *Certo*, pensa Lila. E toma três grandes goles de vodca com água tônica, ignorando a expressão de surpresa no rosto de Jensen. *Certo*, pensa ela. *Você vai ver só, Eleanor.*

* * *

O gosto e a potência do álcool são tão disfarçados pela tônica que ela precisa tomar uma segunda caneca para perceber que está fazendo algum efeito. Na verdade, até que é gostoso se sentir assim, tão relaxada, ter as arestas do dia deliciosamente suavizadas. Jensen está no banquinho, bebendo a cerveja sem álcool, a chuva tamborila no telhado, e ela está em um casulo com cheiro de madeira, longe do estresse, do conflito e do drama. *Por que eu não bebo mais vezes?* Ela toma outro gole. Não tem tanta certeza de que vai mesmo fazer o que está planejando, mas está muito agradável ficar ali, naquele espaço, ao lado de um homem com quem se sente confortável, enquanto ele fala de um jardim que restaurou em Winchester.

— Então — diz ela, levantando o copo —, me conta algo interessante sobre a sua vida.

— Algo interessante? Meu jardim te deixou tão entediada assim?

— O surto. Me conta como aconteceu.

Ele parece um pouco aturdido, então Lila acrescenta:

— Só se quiser, óbvio. Não estou... xeretando.

— Está, um pouco.

— Estou puxando papo.

— Jura? "Me conta a coisa mais traumática que já aconteceu na sua vida?"

— Outra coisa, então. Me conta da... mulher do batom. A ex-noiva.

Enquanto Jensen fala, Lila observa o movimento dos ombros dele sob a camiseta, as mãos largas. Como seria senti-las na pele? Como seria transar com alguém que não fosse Dan? Quando começaram a namorar, ela e Dan passavam dias inteiros na cama, o edredom coberto de cadernos do jornal de domingo, o lençol cheio de farelos de torrada com Marmite. Transaram tanto no primeiro mês que ela teve uma cistite e passou dois dias encolhida, tomando suco de cranberry. Então Lila pensa nos últimos seis meses deles juntos, na solidão de se deitar na cama com alguém que mal parecia enxergá-la, nos pensamentos acelerados, nas brigas silenciosas em sua cabeça, nas costas frias da desgraça voltadas para ela, noite após noite.

— Estou te entediando?

Jensen a observa. Ele tem um rosto bonito. Talvez ela só não houvesse reparado direito antes.

— Não — responde Lila. — Não. Eu estava só... pensando.

— Enfim, era muita bebida, muita droga, muitas noites em que eu terminava tentando desesperadamente lembrar o nome de alguém. Aí eu entrei no relacionamento com a Irina e era tudo muito volátil, tipo, eu nunca sabia com o que ela ia explodir. Mas parte de mim pensava "Melhor assim do que com mulheres que eu nem sei como se chamam", então segui nessa. Só que era estresse noite e dia… ela era do tipo que gostava de brigar até de madrugada, sabe? Aí você acaba se acostumando com o drama.

O cabelo dele é bonito, pensa Lila. Dava vontade de passar os dedos naquele cabelo.

Jensen suspira.

— Depois que ficamos noivos, o trabalho ficou mais frenético, e meu corpo começou a falhar. Aí descobri que ela estava transando com meu colega de trabalho, e meu cérebro só… parecia uma centrífuga, girando, e girando, e girando. Eu não conseguia dormir, comecei a ter ataques de pânico, parecia que estava sempre em alerta. Mas achei que dava para aguentar. Até não dar mais.

— O que aconteceu? — pergunta Lila, voltando a prestar atenção.

— Alguém me encontrou catatônico no banheiro do escritório. Eu não conseguia me levantar. Não conseguia falar. Fui para casa e só chorava. Fiquei na cama por três semanas. Eu nem me lembro direito desses dias, para ser sincero.

Jensen olha para ela e de novo para longe, como se essa parte o deixasse constrangido.

— Meus pais não entendiam, mas minha irmã interveio. Depois da clínica, ela me levou para a terapia, passou dois meses morando no meu apartamento e virou tipo um cão de guarda contra qualquer um que tentasse me chamar pra sair. E uma das coisas que apareceram na terapia foi que eu odiava meu trabalho. Odiava mesmo. Sempre que pensava em voltar, eu passava mal de novo. Então… — Ele se endireita. — Então eu estudei e comecei a fazer isso.

Jensen espera Lila dizer alguma coisa, mas ela não sabe o que falar. De repente, é invadida pela sensação de que quer muito que ele chegue mais perto.

— No final das contas, passar o dia no jardim me faz bem. É óbvio que não ganho muito dinheiro, mas…

— Você quer se sentar aqui no banco? — interrompe ela, abrindo espaço.

Ele a observa por um momento.

— Quer que eu me sente do seu lado?

— Você não quer?

Jensen ainda está analisando o rosto dela, como se fosse um quebra-cabeça que ele não sabe montar. Ele não diz nada, mas se levanta, em silêncio, e se senta no banco, mantendo alguns centímetros de distância entre os dois

— um espaço de justificativa plausível. Lila serve mais bebida para si e toma um gole demorado.

— Acho que a gente precisa de música — anuncia ela.

Ela se levanta e pega o rádio de Bill na mesa. Sente-se um pouco zonza, mas espera que ele não repare. Liga o aparelho, que sintoniza direto na Radio 3, enchendo o ambiente com uma música clássica suave, cordas em acorde menor. O lugar de repente parece tomado por um ar resoluto.

— Isso é…

— Agradável? — pergunta ela, esperançosa.

— "Agradável" é uma palavra péssima. Bolo de supermercado é agradável. Sua avó é agradável.

— Eu não sou um bolo. Nem uma avó.

— Com certeza não. Só não sei o que…

É então que ela avança e o beija. Não é como se estivesse tomada pelo tesão, é que não sabe mais o que dizer e tem medo do que pode sair de sua boca. Além disso, Lila não beija ninguém há três anos, e quer muito, muito ver se ainda consegue.

E ela consegue, sim. Os lábios de Jensen são mais carnudos, mais macios do que os de Dan. Assim que toca a boca dele, Lila percebe que ela e Dan não se beijavam direito fazia anos. Não assim. De algum modo, beijos de qualidade são a primeira coisa a sumir de um relacionamento fracassado, a primeira vítima de ressentimentos antigos e da falta de afeto. Jensen cheira a sabonete e um xampu que ela reconhece, mas não lembra o nome, e tem um leve gosto de cerveja, e o fato de ter uma língua envolvida é um pouco chocante, depois revelador, e depois é simplesmente… delicioso. Lila tinha esquecido, esquecido mesmo, como isso era gostoso. Ela é engolida pela situação, sua capacidade de pensar se esvaindo em pedacinhos, mesmo que uma voz fraca em sua cabeça grite, como uma criança de doze anos: *Estou beijando alguém! Estou beijando alguém de novo!* Jensen se afasta após um bom tempo e pisca, olhando nos olhos dela.

— Ok. Isso... foi inesperado.

— Mas… agradável?

— Não.

Ela sente um arrepio de vergonha, então ele acrescenta, rápido:

— Agradável é uma palavra muitíssimo inadequada para descrever isso tudo.

Lila sente uma onda de alívio.

— Eu não beijo ninguém há três anos.

— Estou aqui para te informar que você não perdeu o jeito.

Um sorriso ilumina o rosto dela, bobo e irrefreável.

— Jura?

Ele franze a testa, pensando.

— Na verdade, acho que ainda não tenho certeza absoluta. Preciso testar de novo, para confirmar.

Dessa vez, ele a puxa com delicadeza e a beija. É um beijo cheio de convicção, atravessado por um desejo genuíno. Lila tinha esquecido a delícia absoluta de ser desejada, e isso suaviza qualquer ruga de desconforto que lhe restasse, até ela sentir o corpo derreter, fluido. Os dois se beijam, as mãos dele sobre ela, no cabelo, no rosto, os dedos dos dois se entrelaçando, e descendo até a coxa. Ela se entrega, células antes adormecidas em seu corpo ganhando vida, o peso dele, agradavelmente sólido, segurando-a enquanto ela se deita devagar no banco. *Eu posso fazer isso*, pensa, enquanto Jensen beija seu pescoço, causando um calafrio prazeroso, e ela o puxa com as mãos. Há um breve momento de ansiedade quando Lila se lembra da calcinha que vestiu de manhã — ela tem quase certeza de que não foi nada mais exótico do que uma calcinha de algodão dessas compradas em pacote econômico no mercado —, mas então conclui que Jensen não é o tipo de homem que se preocuparia com a ausência de lingerie cara. Ele desabotoa delicadamente a camisa dela com uma das mãos, sem parar de beijá-la, e, quando toca seu seio, Lila arqueia para se entregar ao toque, transportada pelo próprio corpo, pelo corpo dele...

Jensen se apoia abruptamente nos cotovelos.

— Eu preciso perguntar. Quão bêbada você está?

Ela abre os olhos.

— Quê? Não tanto assim.

— É que eu só preciso entender o que está acontecendo. Porque começamos com você deixando bem explícito que não era um encontro e...

Lila leva a mão à nuca de Jensen e o puxa até seus rostos estarem quase encostados. Quer sentir o gosto daquela boca de novo.

— A gente precisa falar disso agora? — diz ela suavemente.

— Hã... precisa?

— Não é muito sexy.

— Acordar amanhã com a sensação de que me aproveitei de alguém também não é nada sexy. Eu gosto de você, Lila. Sei que passou por poucas e boas e só... não quero ser... mais um peso.

— Você não vai ser peso nenhum.

Jensen não parece aceitar aquilo, então ela estica a mão direita e revira a bolsa em busca do celular. Ela abre o gravador e diz, no microfone, sem tirar os olhos dele:

— Aqui é a Lila Kennedy, deixando registrado que é uma mulher adulta, de mente sã e corpo levemente menos são, e que não está sendo vítima de nenhum avanço inapropriado de Jensen… — Ela para. — Não sei seu sobrenome.

— Que desgraça — responde ele. — Que tipo de mulher você é?

— Uma mulher que está tentando tranquilizar você e ter uma ótima transa.

— Bom, agora você colocou muita pressão.

— Tá, uma transa medíocre. Uma transa qualquer. Olha, por que dificultar tanto?

— Phillips. É Phillips.

Jensen a beija de novo e ri ao mesmo tempo, o que é estranho, mas agradável, então ele para de rir e ela relaxa, e aí sente algo muito, muito diferente de relaxamento. Quando Jensen para de beijar sua boca e desce por sua barriga, Lila larga o celular e para de pensar de vez.

18
Celie

A coisa mais bizarra do mundo aconteceu hoje cedo, antes da escola. Fez Celie rir, e depois a deixou triste, porque era o tipo de coisa que, antes de tudo ficar confuso entre seu grupo de amigas, a faria ligar na mesma hora para Meena para contar. E as duas teriam rido até não aguentarem mais.

Celie estava no banheiro, tentando disfarçar uma espinha muito irritante no queixo que se recusava a sumir. Honestamente, parecia até um sinal de trânsito. Dava até para sentir pulsar. Ela sabia que todo mundo ia notar e que provavelmente isso acabaria sendo o motivo pelo qual falariam mal dela naquele dia — diriam que estava brotando uma segunda cabeça, ou que ela estava com a peste. Celie tinha acabado de passar mais uma camada de corretivo e de selar com pó, e pretendia pentear o cabelo, mas Violet tinha roubado a escova boa, a que desembaraça sem dar vontade de gritar e morrer. Estava a caminho do quarto da irmã para ameaçá-la de morte quando ouviu a porta de casa se fechar. Tinha algo estranho no silêncio que seguiu o som — e Truant nem latiu —, então ela desceu alguns degraus para ver o que estava acontecendo, e ali estava a mãe dela, parada na porta, olhando para alguma coisa que Celie não conseguia ver. Seu cabelo estava todo embolado e sujo — parecia farinha ou serragem, algo assim —, ela estava pálida e vestia as mesmas roupas da noite anterior, quando saiu às pressas de casa, mas as peças estavam meio amarrotadas, como se Lila tivesse dormido com elas.

Celie ficou um minuto só olhando, porque achava que a mãe estava escovando os dentes no outro banheiro, ou limpando cocô de cachorro no jardim. Não a tinha visto até então, mas isso não significava nada logo cedo, pois Lila poderia estar fora da casa. No entanto, parada ali, Celie se deu conta de que a mãe devia ter passado a noite fora.

Então desceu mais dois degraus e espiou por cima do corrimão, para onde a mãe estava olhando, com a expressão meio atônita, como se não acreditasse no que via. E ali estava Bill, de gravata e sapatos engraxados, como sempre, mesmo às sete e quinze da manhã, segurando uma colher de pau ainda suja de mingau na mão. Ao lado dele, estava Gene, com uma camiseta da Joni Mitchell e uma samba-canção muito esfarrapada, segurando um maço de cigarro. Os dois olhavam para Lila e, justo quando a mãe abriu a boca para falar, eles se entreolharam, se viraram para ela outra vez, e disseram, exatamente ao mesmo tempo, com o maior tom de reprovação:

— *Onde é que você estava, mocinha?*

19
Lila

— Que hilário. Quantos anos você tem?

Lila e Eleanor estão no vestiário da academia. Acabaram de fazer uma aula de funcional — desde que completou quarenta anos, Eleanor faz questão de se manter em forma —, e Lila suou em áreas que nem sabia que suavam. Teve a sensação de que tinha suor saindo até das pálpebras, e sua camiseta está parecendo dois olhos de panda de tão molhada.

— Dezesseis, aparentemente.

Ela ainda está com dificuldade de respirar.

— E eles te deram uma bronca mesmo?

Lila seca o rosto com a toalha.

— Gene me deu um sermão enorme, falando que não era esperto simplesmente sumir assim, que as ruas estavam cheias de homens péssimos, que eu não fazia ideia disso porque não era muito de sair, e que parecia até que eu não via as notícias para saber o que acontece com mulheres que andavam sozinhas de madrugada.

— Mas eles sabiam com quem você estava.

— Mas o Bill ficou insistindo que não sabiam onde eu estava, porque acharam que o Jensen tinha me deixado em casa, já que eu não estava romanticamente envolvida com ele, só que eu não atendia o celular. Então, quando falei que estava, sim, com o Jensen, o Bill falou, com um tom pomposo, que valorizava muito sua relação com o Jensen e esperava que eu não fosse estragar as coisas. E aí ele fungou, do jeito *todo crítico* dele, e comentou que talvez não fosse a melhor ideia me envolver com alguém com quem eu tinha uma relação profissional.

Eleanor dá uma gargalhada.

— Isso que é bronca.

— E *depois* o Bill ainda disse que talvez não fosse o melhor exemplo para as meninas.

Lila tinha encarado ele, com o rosto ardendo.

— Eu tenho quarenta e dois anos — dissera ela, um pouco mais empertigada. — Faz vinte anos que não saio com uma pessoa nova. Ando ocupada demais juntando meus caquinhos enquanto o pai das meninas estava por aí engravidando uma mulher muito mais nova. Passo a maior parte do tempo tentando garantir casa, comida e roupa lavada para elas. E para vocês também, inclusive. Então podem parar de me julgar, e isso vale para vocês dois.

Ou, pelo menos, era o que Lila queria ter dito. Na verdade, o que aconteceu foi que ela aparentemente voltou a ter dezesseis anos, ficou sem palavras, e enfim resmungou:

— Bom, obrigada por opinar.

Depois, com a cara vermelha, passou pelos dois homens e subiu a escada para tomar um banho.

— Então, a pergunta mais importante: como foi? — questiona Eleanor, que tira a roupa de academia com a displicência casual de alguém aparentemente habituada a ficar nua na frente de desconhecidos.

Ela vai rebolando até os armários, como se estivesse numa passarela.

Lila olha para a toalha.

— Foi... divertido. Quer dizer, nada dessas experiências fogosas de *Cinquenta tons de cinza*, tipo as que você apronta. Mas a gente riu muito. E o sexo foi meio que... um detalhe?

Ela não saberia explicar para a amiga o que tinha acontecido. Que, no fim das contas, Jensen nem quis transar "da forma mais clássica", mas fez com ela aquilo que Dan não fazia havia quinze anos (ele dizia que não gostava, que se sentia claustrofóbico). No começo, Lila tinha se sentido profundamente constrangida, exposta, e então entrou meio que em pânico, mais aí Jensen se mostrou tão bom nisso que o constrangimento desapareceu, pelo menos até ela gozar, fazendo bastante barulho. Foi bem vergonhoso, mas Lila não pareceu capaz de fazer nada diferente na hora. Depois, ela se preparou para se sentir constrangida mais uma vez, mas ele a fez rir e pareceu tão à vontade com o corpo dela, com os sons dela, com os pelos, e disse que não poderia ir "até o fim" naquela primeira noite porque (a) nenhum dos dois tinha camisinha e (b) precisava manter algum mistério para Lila não achar que ele era fácil, o que a fez rir de novo.

Já eram quase três da manhã quando eles pararam de conversar, tarde demais para Lila voltar para casa sem acordar todo mundo. Os dois acabaram dormindo nos almofadões de jardim, e Jensen a cobriu com sua jaqueta. Ele pegou no sono quase imediatamente, o braço pesado em cima da cintura dela, soltando apenas um ronco ou outro. Lila mal pregou os olhos, o corpo inteiro vibrando com a estranheza de ter um homem quase nu ao seu lado. Durante todo o dia seguinte, ela se pegava lembrando da cabeça aloirada dele entre suas pernas, e um arrepio elétrico percorria seu corpo.

Eleanor coloca a cabeça para fora da cabine do chuveiro.

— E você se sentiu bem? Depois desse tempo todo com Dan?

A questão era esta: Lila se sentiu bem, sim. Era estranho se sentir tão bem em relação a transar com alguém por quem não estava apaixonada. Depois, ocorreu a ela que, nos últimos anos de relacionamento, Dan tratava sexo como tratava a bicicleta de fibra de carbono. Resolvidas as preliminares, ele encolhia os ombros, todo concentrado, e só metia até terminar.

— Na verdade, foi bem... agradável.

— Agradável?

— Alegre. Foi um sexo alegre. Não sei bem como descrever. Quer dizer, ele não é meu tipo, fisicamente falando, e não está interessado em um relacionamento, e é um jardineiro falido meio irritante. Mas, para voltar à ativa, até que foi perfeito.

Quando Jensen a deixou em casa, disse que iria visitar os pais em Yorkshire por um tempo.

— Que conveniente — zombou Lila, e ele revirou os olhos e falou que precisava mesmo ir, e que, se ela não acreditasse, poderia perguntar para Bill, porque já tinha comentado sobre isso com ele.

Pediu desculpas por deixar aquela bagunça no jardim, mas, sabe como é... pais. Lila sabia bem como era. Ele mandou mensagem no dia seguinte, dizendo que a noite tinha sido ótima e que adoraria vê-la outra vez, "pelo menos quando eu não estiver no meio de uma trincheira no seu jardim". Mas ela estava preocupada com o que Bill dissera sobre misturar prazer e negócios, por isso não soube o que responder. E agora já haviam se passado três dias, então sua demora por não saber o que dizer acabou se transformando em algo mais incômodo e pesado.

— Bom — comenta Eleanor, com um sorriso que ocupa metade do rosto. — Eu diria que foi uma boa primeira experiência.

— Então quer dizer que posso usar suas aventuras sexuais disfarçadas no meu livro?

Eleanor está lavando o cabelo, com os dedos afundados em espuma na cabeça. Ela para por um instante e faz uma careta.

— Na verdade, Lils, você se importaria de não usar? Pensei melhor e acho meio estranho. Mesmo fingindo que foi você, acho que as pessoas com quem eu tenho saído podem reconhecer alguma coisa ou ficar esquisitas comigo, e aí não vou mais poder sair com elas. Acho meio... chato?

Lila olha para a amiga com o tipo de decepção que acontece quando se é impedida de fazer alguma coisa por motivos completamente razoáveis e compreensíveis.

— Tá — diz, tentando não demonstrar ressentimento.

— Desculpa — responde Eleanor.

— Tudo bem. Eu me viro.

— Agora você tem suas próprias histórias para escrever, né?

— É.

Lila pega a bolsa no armário e verifica o celular para checar se recebeu alguma mensagem das meninas. De repente, olha chocada para a tela.

Ei, então, me avisa quando quiser tomar aquela bebida. Desculpa por demorar tanto para responder, as coisas só desandaram, sabe? Você estava raggiante ontem na saída da escola, por sinal. Bjs.

Algo estranho aconteceu desde a noite do não encontro com Jensen. Não chega a ser uma Entente Cordiale, exatamente, mas os dois pais de Lila não estão mais brigando ativamente. Quando ela chega em casa, depois de buscar Violet na escola, Bill se esforça para ser simpático e alegre, pergunta sobre o dia de Lila e de Violet, às vezes faz pratos menos complicados, e mostra para Lila pequenas mudanças que fez na casa — um quadro de cortiça que pendurou, para as meninas saberem o que levar à escola todo dia, ou a fechadura do banheiro do primeiro andar, que trocou para que mais ninguém entrasse por engano (por "ninguém", leia-se Gene). A quantidade de portas batidas de forma irritadiça e músicas passivo-agressivas no piano também diminuiu de forma expressiva.

Gene, por sua vez, tem acordado em um horário quase normal (nove e meia), fecha e arruma o sofá-cama, passa a maior parte do dia fora e faz questão de cumprimentar Bill de maneira exagerada quando volta. *Oi, Bill! Como foi seu dia?*

Muitíssimo tranquilo, obrigado, Gene. E o seu?, responde Bill.

Lila não sabe se essa troca de gentilezas acontece quando ela não está por perto. Certa noite, porém, os dois homens lavaram a louça juntos após o jantar, e Bill nem comentou quando Gene guardou os pratos no armário errado. E no jantar da noite seguinte, chegaram a conversar brevemente sobre um vazamento no banheiro, e o assunto não envolveu mais ninguém à mesa. Embora haja um tom ligeiramente forçado no papo furado dos dois, pelo menos Lila não passa o dia sentindo que é uma especialista em desarmar bombas apenas à espera da próxima explosão.

Melhor assim. Porque ela passou três dias enfurnada no que antes era seu escritório, revisando o primeiro capítulo (agora atrasado) que ela prometeu — garantiu, totalmente — que mandaria para Anoushka até sexta.

Dois anos atrás, eu era uma mulher casada, com duas filhas, que quase não bebia, e que não tinha sequer olhado para outro homem. Eu pretendia passar a vida casada, considerava minha família o meu mundo, e provavelmente julgava um pouco quem fosse diferente de mim. Então, como acabei no chão de uma oficina no fim do meu primeiro encontro com um homem mais novo, com meu cabelo sujo de serragem, altinha de vodca e experimentando o melhor sexo da minha vida?

Ela o chamou de J no capítulo e não revelou sua profissão, achando que, assim, ele poderia ser basicamente qualquer um. Também evitou toda a situação de levar o pai idoso ao hospital antes, definindo o momento apenas como "um dia ruim no trabalho". No entanto, descreveu os demais acontecimentos quase palavra por palavra: a conversa sobre a vida no pub, as chaves perdidas, a determinação de "voltar à ativa", o instante em que percebeu que nem sabia o sobrenome dele, o terror, a emoção e a empolgação de tirar a roupa na frente de outro ser humano de novo. Ela gosta do processo de escrever: possibilita que reviva a noite toda em detalhes, que se lembre de coisas que tinha esquecido (o momento em que a pulseira do relógio dele enganchou no cabelo dela; e, depois de tudo, quando ele correu para o jardim, na chuva, para mijar), e que observe de longe — a história de uma mulher tomando novamente as rédeas de sua vida e sua sexualidade. Lila ajustou algumas partes, intensificando a emoção, transformando-o de loiro em moreno e dando um arremate conclusivo: *"Bom", disse minha melhor amiga. "Eu diria que foi uma primeira experiência perfeita."* Mas não precisou mudar nada do que sentiu na hora, o relaxamento inesperado, as risadas, a serragem, o cheiro do lampião de parafina e o ritmo incessante da chuva no telhado, o fato de que — agora percebe — não se preocupou em momento algum com a própria aparência, nem com o que ele pensava dela.

Ele era um cara ótimo, que não fazia nem de longe o meu tipo, e me ensinou que, enquanto nos meus vinte e poucos anos o sexo sempre envolvia um monte de burocracias sexuais — o que meu então namorado tinha feito ou dito antes, se o relacionamento era sério mesmo, o quanto eu tinha bebido ou se estava me sentindo muito insegura —, depois dos quarenta a história era outra: eu estava inteiramente presente no meu corpo, sem medo de pedir o que queria, confortável com a ideia de que ter uma noite gostosa com alguém não significava que eu precisaria passar a vida toda com essa pessoa. Muito pelo contrário: eu podia iniciar uma relação sexual sabendo que não queria passar a vida toda com quem quer que fosse. Foi meu primeiro momento de libertação, e valeu cada hora naqueles almofadões empelotados, e a serragem no cabelo...

Toma essa, Dan, pensa Lila. Ela imprime para corrigir erros de ortografia e gramática — é sempre mais fácil revisar no papel —, e então, quando está satisfeita, anexa o capítulo em um e-mail, digita o endereço de Anoushka e aperta "enviar". Depois fecha o notebook, sentindo-se estranhamente satisfeita. Ela é uma mulher adulta e independente, escrevendo sobre aventuras sexuais. Está tocando a vida, cuidando da família e recuperando a independência financeira. Não teve que inventar nada. Nem mesmo o fato de que Truant fez xixi na escada (porque ninguém passeia com ele, fora Lila) vai azedar seu humor.

Topo! Quando você pode?

Estou lotado de trabalho esta semana, mas que tal quinta à noite? Lennie vai ficar com minha mãe.

Quinta está ótimo.

Ela e Gabriel voltaram a conversar. Trocam mensagens quase toda noite, pequenos comentários sobre a saída da escola, ou as crianças.

Como vai a mulher mais linda do parquinho?

Ele comenta especificamente sobre a aparência dela, dizendo que seu cabelo estava bonito do jeito X, ou que ela ficou um espetáculo com uma calça jeans específica, com frequência usando palavras em italiano que Lila precisava pesquisar. Gabriel presta atenção em detalhes que Dan nunca teria notado. É gentil, respeitoso e entende muito bem o drama que ela vive dia após dia por ter que lidar com a presença de Marja.

Sei que não é da minha conta, mas não consigo entender como Dan escolheu aquela garota. Ela não tem nada de mais, muito menos comparada com você.

Lila gosta do "aquela garota", como se Marja fosse irrelevante. As mensagens são imprevisíveis e vêm em horários inusitados, às vezes duas ou três de uma vez, e depois nada de resposta. Ela imagina o estresse da rotina dele como pai solo, a dificuldade de conciliar o trabalho como arquiteto renomado com as necessidades emocionais de Lennie.

Tarde da noite, enquanto está no banho, ela arrisca:

Às vezes é meio solitário, né?

A resposta chega vinte minutos depois. A água da banheira começou a esfriar.

É, sim. Sei que você entende. Bjs

Ele parece enxergá-la de um jeito que ninguém mais enxerga. É como ter um aliado secreto, alguém que só vê o que ela tem de melhor. Pessoalmente, trocam apenas algumas palavras — claro, ninguém quer ser alvo da atenção forense das outras mães —, mas os olhares de Gabriel são significativos, e toda vez que Lila recebe uma mensagem dele, sente uma pontada de empolgação. Lê e relê várias vezes, deliciando-se com o calor daquele contato digital.

Vi uma mulher parecida com você hoje no trabalho. Queria que fosse você mesmo — podíamos ter saído para tomar um café.

Era eu, sim. Vivo escondida no seu escritório, em um milhão de disfarces. É meu jeitinho.

Você é muito engraçada. É uma das suas muitas qualidades. Enfim, ela não era tão linda quanto você. Bjs

Agora a troca de mensagens acontece quase todo dia, e definitivamente tem um tom de flerte. Lila fica meio risonha a caminho da escola, o encontro iminente é como um aquecedor de bolso invisível que ela carrega sempre, uma fonte secreta de calor e conforto. Quando Philippa lança um daqueles olhares de pena em sua direção — que consegue combinar *Sentimos tanto dó de você* e *Mas é totalmente compreensível o Dan ter escolhido trocar você pela Marja* —, Lila retribui com um sorriso distante e anda tranquila até a área que passou a chamar de "o canto de Gabriel", mesmo nos dias em que ele não está lá. O que, infelizmente, é a maior parte deles. Seu humor está tão bom que, quando um motorista buzina para que ela apresse o passo na faixa de pedestres, em vez de xingar, Lila faz três polichinelos na frente dele, quando, sinceramente, teria direito de fazer uns dez.

— Então, aonde vocês vão? — pergunta Eleanor, que passou para tomar um café e mostrar a nova tatuagem.

Ao que parece, é uma fênix renascendo das cinzas do quadril.

Lila quer perguntar se é uma referência a osteoporose, mas desconfia que não seja o caso.

— Hum... ainda não sei.

— Mas ele confirmou?

Esse era o problema. Gabriel estivera irritantemente quieto nas últimas trinta e seis horas. Da última vez que falaram sobre o encontro, ele mencionou alguma coisa do trabalho, mas disse que tinha certeza de que conseguiria ir, e agora Lila não quer ficar correndo atrás dele e fazendo perguntas. Ela desconfia de que as pessoas com quem ele convive são descoladas demais para precisarem confirmar detalhes de encontros.

— Bom, acho que sim. Ele sugeriu quinta.

— E quando foi isso?

— Hum... no domingo?

Eleanor a encara.

— Não me olha assim. Ele tem mandado mensagens, e foi ele quem sugeriu o encontro.

— Depois de você ter convidado ele para beber alguma coisa, né?

— Bom, sim, mas já faz muito tempo. Gabriel podia só ter ignorado isso. Mas foi ele quem disse pra gente sair.

Eleanor faz aquela cara de quem não quer dizer o que realmente gostaria de dizer.

— Tenho certeza de que ele vai entrar em contato antes de amanhã — diz Lila, firme.

O som distante e fragmentado do piano, que vinha servindo de trilha sonora para a conversa, parou, e Lila escuta o barulho da porta da frente se abrindo e fechando, seguido pelas despedidas abafadas de Penelope Stockbridge. Alguns segundos depois, Bill entra na cozinha. Cumprimenta Eleanor, todo simpático, e, ao ver a tatuagem no quadril dela, comenta que, nossa, é bem... impressionante. Então, quando sua oferta de mais chá é gentilmente recusada, prepara um Earl Grey para si e se senta à mesa da cozinha. O jornal está à sua frente, mas ele parece pensativo.

— Está tudo bem, Bill? — pergunta Lila, depois de trocar olhares com Eleanor.

— Tudo! — exclama ele. — Tudo certo, obrigado.

— Ele está emburrado porque gosta da moça do piano e não sabe o que fazer — diz Gene, entrando pela porta que dá para o jardim e bebendo uma lata de Coca.

O dia está anormalmente quente, e ele usa uma camiseta desbotada do Bob Marley. Lila nem sabia que ele estava em casa.

— Isso não é verdade — responde Bill.

— É, sim. Ele gosta dela, mas sente culpa por causa da sua mãe.

— Eu gosto da Penelope como amiga.

— Bom, mas não deveria. Ela está caidinha por você, parceiro. Absorve tudo que você diz. Fica olhando você tocar o piano como se quisesse que você estivesse tocando nela.

— Ah, pelo amor de Deus, Gene. Nem todo mundo tem a cabeça suja que nem a sua.

Gene sorri, satisfeito.

— Ela vem muito aqui mesmo — observa Lila.

Penelope aparece duas ou três vezes por semana. Sempre para ajudar Bill a praticar, afirma. Ele é um aluno muito dedicado. Para ela, é muito gratificante. Esta semana, Penelope também trouxe uma travessa de macarrão de forno, uma bandeja de pãezinhos e algumas flores que estavam se alastrando pelo jardim dela. Se não trouxesse, elas acabariam indo para o lixo. Não era nada de mais. Lila acha tudo isso encantador. Penelope é uma presença tão cuidadosa, quer tanto agradar, que é difícil se ressentir dela.

— Eu acho legal, Bill — diz Lila. — Não acho que a mamãe se incomodaria se você visse Penelope como... mais do que uma amiga.

Bill olha para o jornal com a testa franzida, o mais próximo que chega de expressar uma angústia existencial profunda.

— Ela é uma pessoa muito simpática — comenta ele. — Sinto que sofreu muito nesta vida. E gosto da companhia dela. Mas, honestamente, eu não saberia nem o que... Não sei.

— Amigão! Não complique as coisas! Você está pensando demais — afirma Gene, coçando a axila. — Só convida a moça pra jantar um dia desses. Ela vai aceitar na hora.

A expressão de Bill sugere que ele está considerando se Gene estaria envolvido no jantar.

— Se você decidisse convidá-la pra jantar, poderíamos todos te dar um espaço, né, Gene? — sugere Lila. — Dar um pouco de privacidade pro Bill?

— Ah, claro! Não queremos empatar o clima.

Gene dá um cutucão vigoroso em Bill, que reage com educação.

— Não sei... — responde Bill, de novo.

— Camarada. Fala sério. Quem sabe quanto tempo de vida nós ainda temos? Você tem que viver enquanto pode. Ei... o que a Francie faria? Ela sabia viver bem, né? Aproveitava cada momento até o talo.

Todos ficam em silêncio, pensando na mãe de Lila.

— Com certeza — concorda Bill, soltando um suspiro trêmulo.

— Não é traição. Ela aprovaria. Todo mundo tem que tocar a vida! Não quer dizer que a gente pensa menos nela.

Lila questiona esse discurso, considerando que Gene não se deu nem ao trabalho de realmente lamentar a morte da mãe dela, mas, como ele está sendo fofo com Bill, decide deixar para lá.

— Verdade — diz Bill, depois de pensar melhor. — Talvez eu a convide para jantar.

— Isso aí! Seu amigo aqui dá no pé quando você pedir.

Lila se pergunta se toda essa generosidade de Gene é tão altruísta assim. Se Bill se envolver com outra mulher, é bem provável que no futuro não queira mais o quarto dele na casa de Lila. Mas Eleanor sem dúvida diria que esse pensamento é muito cínico, até para os padrões de Lila, então ela faz que sim, concordando, e deixa mais essa para lá também.

— Por sinal, meu bem — diz Gene —, consertamos seu toalete.

— Como assim?

— O banheiro — responde Bill. — O verde. Que vivia entupido. Demos uma olhada no muro externo hoje cedo e descobrimos que quem instalou o encanamento não tinha posicionado bem o ângulo da tubulação do esgoto do banheiro. Por isso vivia entupindo.

— Estava basicamente na horizontal — explica Gene.

— Exato. Então eu e Gene fomos na loja de materiais de construção, compramos canos novos e conectamos na saída de esgoto em um ângulo diferente. Aposto que agora o problema está resolvido. Acho que fizemos um bom trabalho.

— Vocês consertaram o banheiro?

Lila não consegue visualizar os dois juntos na loja de materiais de construção. Muito menos dá conta de processar a ideia de terem a habilidade prática para resolver o problema.

— Consertamos, sim. A descarga agora está um sonho.

Ela não consegue nem falar. Olha para eles, para suas expressões doces e orgulhosas, e de repente é inundada por um sentimento desconhecido. Talvez seja até o velho e simples afeto.

— Desce até depois de um curry daqueles — acrescenta Gene.

— Ah — diz Lila.

Eles ficam ali se deliciando com o momento. Até que ela balança a cabeça.

— Peraí, então aquele encanador maldito me cobra trezentos paus de tanto em tanto para quê? Para enfiar um arame na privada? Vou matar aquele desgraçado.

20
Celie

Truant nunca sobe na cama — é uma das "manias" dele, assim como nunca pedir carinho na barriga, só aceitar petiscos de Celie e da mãe dela e agir como se toda pessoa que aparecesse na porta estivesse ali para assassiná-los durante a noite. Mas, neste momento, ele está olhando para ela do edredom, e Celie nunca o amou tanto. Ele entende. Ele é literalmente a única criatura no mundo que entende. Assim que ela entrou no quarto e finalmente soltou as lágrimas que se acumularam durante todo o trajeto de ônibus, ele enfiou o focinho pela porta entreaberta, parou ali por um minuto e então pulou com agilidade e se acomodou ao lado de Celie. Não chega a encostar nela de fato, o corpo encolhido de um jeito que sugere que ele com certeza não está lá para apoiá-la. Mas ela sabe que está, sim. Porque Truant nunca sobe na cama, e Celie nunca se sentiu tão triste.

Vai ser um festão. Os pais de China viajaram, ela e Meena mandaram os convites pelo Snapchat, e Celie é literalmente a única aluna do ano todo que não foi chamada. As garotas que eram suas melhores amigas do mundo durante toda a escola organizaram uma festa e não a convidaram. Até Martin O'Malley vai. Martin O'Malley e aquela esquisita da Katya, que só entrou no colégio há dois anos e que todo mundo diz que fede a queijo. Inclusive, Celie só ficou sabendo da festa porque Martin O'Malley puxou assunto com ela na fila do almoço e perguntou se ela ia. Por um momento, achou que fosse desmaiar — foi como levar um chute na barriga —, mas então se recuperou e disse que não sabia, talvez, que ainda não tinha decidido. Mas ela tem certeza de que mente mal, porque o garoto foi embora com aquele olhar horrível de pena.

Celie faz carinho na cabeça preta e macia de Truant. Ele parece meio desconfiado, com aquele olhar de esguelha para ela, mas não se mexe. Celie apoia a cabeça no travesseiro ao lado dele e chora lágrimas quentes, em silêncio.

Não sabe quando Gene apareceu, mas a presença dele fica evidente quando Truant solta um longo rosnado de alerta. Ela levanta a cabeça e o vê parado ali, os dedos velhos e enrugados na maçaneta, a cabeça inclinada.

— Ei, *chica*, o que houve?

Celie se vira de costas para ele. Não está a fim de conversar agora.

— Nada.

— Está com dor de cabeça? Tenho remédio no...

— Não.

Uma pausa.

— Está brava com sua mãe?

— Não, não estou brava com a mamãe.

Ela olha para a parede, torcendo para Gene desaparecer. Mas a voz dele vem de novo, dessa vez, mais perto:

— Ficou menstruada?

Ela se levanta na cama.

— Pelo amor de Deus, vai *embora*!

Ele faz uma careta.

— É que... eu não consigo simplesmente sair e deixar uma moça chorando. Não parece certo.

Gene fica parado na porta, enquanto ela esfrega os olhos com raiva, desejando com toda a força que ele suma dali. Gene, porém, avança mais um passo. Truant rosna mais alto.

— Tem certeza de que não está menstruada?

— Por favor, vai embora.

Gene sai do quarto, e ela solta um suspiro trêmulo de alívio. No entanto, ele volta em questão de minutos e abre a porta sem nem bater. Celie está prestes a gritar, quando o velho joga algo em sua direção, que cai na cama. Truant dá um pulo e se esconde atrás da cortina, de onde solta breves latidos de alerta, intercalados com rosnados.

Ela pega o que Gene jogou, tentando ignorar o barulho. A embalagem diz *Reese's Peanut Butter Cups*.

— O que é isso?

— Experimenta.

Gene nitidamente não vai sair dali até que ela obedeça. Celie abre a embalagem e dá uma mordida. Sente o gosto de manteiga de amendoim e chocolate doce demais. Não é ruim, mas ela não está com tanta fome. Dá outra mordida e deixa derreter na língua. Ela vai comer e agradecer, falar que ele é ótimo (afinal, isso é tudo que Gene quer ouvir em qualquer situação), e aí o velho vai embora.

Não é isso que acontece, no entanto. Em vez de ir embora, ele se senta na cama ao lado dela, sem ser convidado, abre uma segunda embalagem e joga um disco de chocolate inteiro na boca, soltando um "humm" de prazer.

Em seguida, fala, de boca cheia:

— Eu tenho um estoque, por via das dúvidas. Essas comidas lights que o Bill faz são boas para a saúde, acho, mas um homem precisa de um pouco de açúcar nessa vida, sabe como é?

Celie assente e começa a comer o segundo chocolate. Os dois mastigam em silêncio, enquanto os protestos de Truant diminuem até virarem resmungos esporádicos, apenas para indicar a Gene que ele segue ali, atrás da cortina.

— Eu chorei um pouco hoje cedo — comenta Gene, quando acaba de comer.

Celie se vira para ele.

— Não consegui um papel. O que é uma loucura, porque eu sabia que seria ótimo nesse. Era uma daquelas séries médicas. Teria me tirado de um buraco, me ajudado a voltar à ativa nessas bandas. Me chamaram para um segundo teste, e aí, depois de me fazerem esperar por três dias, escolheram o outro cara, acredita? E o sujeito nem é bom ator!

Ele põe outro chocolate na boca e mastiga.

— E eu *sei* que ele usa peruca — acrescenta.

Gene solta um suspiro demorado. Então, cutuca Celie.

— Vamos lá. Me ajuda a levar seu cachorro tonto para passear, para ele gostar de mim e parar de me morder.

Celie se afunda de novo no travesseiro.

— Não quero sair.

— Aaah, por favor, Celie. Me dá uma mãozinha. Preciso conquistar esse vira-lata. E você sabe que as mulheres daqui ficam loucas por mim. Só consigo me livrar delas se tiver uma princesa do meu lado.

— Princesa? Que coisa brega.

— Mocinha.

— Pior ainda.

— Jura? Tá. O que acha de "espetáculo de acompanhante"?

Celie revira os olhos.

— Estou falando de mim, não de você — afirma Gene. — Vamos lá, termina esse chocolate e vamos sair.

O parque fica movimentado nesse horário, as trilhas cobertas por um tapete de folhas alaranjadas, casais andando de braços entrelaçados e bebendo café, além de crianças que acabaram de sair da escola e vão pulando galhos caídos que o vento de outono carregou. Celie não quer conversar, mas Gene não para de falar, então ela simplesmente o deixa continuar seu monólogo a respeito do teste que deu errado, da saudade do clima de Los Angeles, de uma mulher que parece uma moça que ele namorou e que cortou a ponta de todas as meias dele embora ele só tenha reparado uma semana depois de ela ir embora. Celie se pergunta se isso significa que ele usou o mesmo par de meias a semana toda ou se só andou descalço por Los Angeles, mas não quer questioná-lo. Só consegue pensar em como vai ser a escola na segunda, quando o entusiasmo com a festa crescer e todo mundo descobrir, aos poucos, que ela foi a única a não ser convidada. *Não ser popular é quase uma doença*, pensa. As pessoas talvez nem saibam o motivo para esse seu status, mas, ao verem alguém sendo isolado, ficam com medo de que a coisa os "contagie" e se afastam. Ela já almoçou sozinha quatro vezes na última semana.

— Estou querendo mudar de escola — comenta Celie, sem conseguir ficar calada. — Tem um colégio aqui perto onde eu posso estudar.

— Legal. Parece um bom plano. Mas por que quer mudar de escola?

Gene está segurando a guia e Truant está se arrastando atrás deles, mantendo-se o mais distante possível do homem sem chegar a se soltar da guia.

Celie dá de ombros.

— Posso me sair melhor no vestibular.

Gene a encara por um momento, então puxa um maço de cigarros do bolso e põe um na boca. Ele acende e traga, soprando um fio fino de fumaça no ar.

— Você não gosta da sua escola?

— É normal.

— Ninguém muda de escola na sua idade a não ser que odeie o lugar.

Ela chuta uma pedra. Quando fala, sua voz sai engasgada, como se tivesse um pedregulho gigante preso na garganta.

— Eu gostava.

Gene não diz nada. Só continua andando, mas ela sente seu olhar. De repente, Celie volta a chorar. Por causa de Meena, da festa e do embrulho de ansiedade no estômago o tempo todo.

— Ei — diz ele. — Ei.

Gene a abraça, e Celie não se importa se alguém vai ver. Ela está sobrecarregada.

— Vamos lá. Conta pro seu amigo Gene. O que houve?

— Você não vai contar para a mamãe?

— Eu tenho cara de dedo-duro?

Então ela conta. Celie diz que sente como se tivesse uma doença contagiosa, porque ninguém fala com ela além dos mais rejeitados, e que Meena era sua melhor amiga e conhece todos os seus segredos — inclusive que Celie fazia xixi na cama até os oito anos, e que dormiu na cama da mãe por um tempão após o pai ir embora, porque parecia que tudo estava desmoronando e de repente passou a sentir medo do escuro, e que ela ficou com aquele garoto do último ano no parque em novembro porque estava chapada. Agora, parece que Meena carrega uma caixa com toda a vida de Celie, deixando todo mundo espiar e rir da cara da antiga amiga. Ela conta também como vive enjoada e não pode falar com a mãe, porque Lila está sempre estressada, triste e distraída. E que seu pai só pensa em Marja e no bebê. E ela não sabe como vai sobreviver mais dois anos se continuar onde está, porque todo dia parece que está entrando numa zona de guerra.

Quando Celie para de falar, Gene está ao seu lado, com o bração velho ao redor de seu ombro, o rosto dela contra a camiseta do avô, que cheira um pouco a cerveja e cigarro, mas não de um jeito ruim. Ele a envolve em um abraço apertado, dá um beijo na cabeça da garota e deixa o rosto encostado ali por um minuto.

— Ah, minha menina — diz. — Que barra pesada.

— Não sei como resolver as coisas. Porque não sei o que eu fiz.

Celie seca os olhos, envergonhada, e Gene a conduz até um banco e a senta ali até ela parar de chorar. Leva uns dez minutos. Celie não consegue mais encará-lo, só fica sentada, com os ombros encolhidos, os cotovelos apoiados nos joelhos, soluçando de leve.

— Sabe, eu não entendo de muita coisa. Mas entendo de atuação.

Deus do céu, pensa ela. *Lá vem mais uma história do Gene Ator*. Ele continua:

— Não sei o que você fez. Nem se você fez alguma coisa. Mas sei que essas meninas, essas meninas malvadas, vão passar o tempo todo analisando você. Garotas são muito boas nisso. Já os meninos, sabe... A gente só dá uns socos, se resolve, deixa pra lá. Mas as meninas são complexas. E agora você está andando por aí assim…

Gene se levanta e fica na frente dela, encurva os ombros e abaixa o queixo. Parece triste, derrotado.

— Eu não ando assim.

— Ah, anda, sim. Linguagem corporal é minha especialidade, querida. É o que eu faço. E o que você está projetando é: derrota.

Celie olha para ele, horrorizada. Então se empertiga um pouco.

Virado para ela, com uma seriedade rara no rosto, Gene continua a falar:

— Não estou dizendo que sua postura vai mudar tudo, mas vai mudar *alguma* coisa. Porque essas meninas sabem que você se importa com o que elas estão fazendo. Sabem que você está magoada, e isso faz com que se sintam poderosas. Faz elas esquecerem o que está acontecendo na própria vida. Porque… sinceramente? Cada uma delas deve estar passando por poucas e boas.

— Como você sabe?

— Porque só pessoas machucadas machucam as outras.

Ela o encara.

— Celie, meu bem, olhe ao redor. Pessoas felizes e satisfeitas estão ocupadas vivendo, se divertindo. Elas não perdem tempo sendo malvadas com as outras. A energia delas vai para outras coisas. Nem passa pela cabeça delas machucar alguém, ou tentar diminuir alguém. Na verdade, é mais provável que tentem apoiar os outros. Então sabe o que você vai fazer?

Celie balança a cabeça.

— Você vai sentir pena delas. Dessas meninas malvadas, tristes, bobas, que só conseguem se divertir fazendo os outros se sentirem mal. Pois é. — Ele levanta a mão, impedindo os protestos da neta. — Mas você também não vai fazer nada para elas se sentirem melhor.

Ela franze a testa.

— Você vai mudar o jeito como se apresenta. Então, em vez disso — Gene anda com uma postura encurvada, expressão triste, olhando para os lados como se pedisse desculpas por existir —, você vai aparecer na escola segunda-feira com uma cara de quem está pouco se fodendo.

Celie pisca, chocada.

Gene se corrige.

— Desculpa... você vai fazer cara de quem está pouco se lixando para o que essas meninas fazem ou pensam. Vai chegar lá, ocupar seu espaço, levantar essa cabeça e mudar a energia ao seu redor. Assim, ó.

Ele estufa um pouco o peito e caminha a passos determinados pela grama na frente da neta, com um sorrisinho no rosto, como se tudo fosse meio engraçado.

— Não consigo fazer isso.

Ela afasta mechas de cabelo do rosto.

— É claro que consegue. Basta ensaiar. Vai, tenta.

Celie se encolhe, olhando para as pessoas que passeiam com os cachorros por ali. Isso é muito constrangedor.

Mas Gene continua parado em frente a ela.

— Vai. Só tenta. Não vou a lugar nenhum até você fazer isso. Levanta.

Ela suspira. Gene não vai mesmo a lugar nenhum. Celie se levanta do banco, relutante.

— Endireita a postura. Anda. Você ainda está toda encolhida.

Ela endireita mais a postura, levanta o queixo.

— Isso aí! Mais um pouco! Ótimo. Agora anda até aquela árvore.

Celie começa a andar, alarga o passo, mantém o peito estufado. Sente-se um pouco constrangida, mas não quer que Gene grite com ela em público, então tenta ao máximo manter a postura. Chega a ser meio chocante sentir a diferença em relação a como ela andava antes.

— Respira! Vai! O segredo está na respiração. Respira fundo, lá de dentro! Você é forte! Poderosa! Está em uma bolha que elas não têm como perfurar. Agora passa por mim, cheia de atitude!

Gene não vai desistir mesmo. Celie se vira, levanta o queixo e caminha de volta até ele.

O velho está animado, gesticulando.

— Eu sou uma daquelas garotas, tá? Olha só, estou aqui, toda malvada e emburrada. — Gene finge jogar o cabelo para trás e faz biquinho. — Você sabe o que estou aprontando, mas não está nem aí. Eu sou inferior a você, Celie. Sou de dar dó! Se você fingir, garota, seu corpo vai começar a sentir! E aí você vai sentir também! Vai!

Gene está gritando, fazendo caras e bocas, e Celie sente vergonha, mas também vontade de rir. Ela diminui o ritmo ao passar por ele, levanta a cabeça e abre um sorriso leve de desdém.

— Isso aí! É assim mesmo! Essa Celie atrevida! Vai lá, Celie atrevida!

Ela ri. Gene é tão sem-noção.

— Vai, de novo! Agora quero pior ainda. Mão na cintura! Você nem se dá ao trabalho de me notar! Eu mal mereço sua atenção! Sou sujeira debaixo dos seus pés!

Celie se vira, anda na direção contrária e dá tudo de si. Um olhar rápido e astuto, de cima a baixo e para cima de volta, com um sorriso mínimo de desprezo. Em silêncio, ela diz que ele não é nada. Queixo erguido, ombros firmes, e então se vira outra vez.

— Ah, *mandou bem*! Vai nessa, garota. Agora, sim! Ai, meu Deus. Mais desse olhar! Estou morrendo. Estou encolhendo. Encolhendo. Olha só, não sou mais ninguém!

Gene desaba, ajoelhando-se, e se joga no chão.

— Eu morri! — diz ele, estatelado na grama. — Morri! Você me matou!

Celie para, rindo, sentindo-se mais leve de repente. Por incrível que pareça, funciona. Ela não sabe se vai dar conta de fazer isso na segunda-feira, mas funcionar, funciona. Ou, pelo menos, é alguma coisa, um pedacinho de armadura para levar para a guerra. Imagina-se passando por Meena e China, e o choque delas ao verem que Celie não está nem aí para o que dizem. Ela visualiza a bolha que a protege. Vai passar pelo dia assim, deixando os olhares hostis baterem em sua armadura. Os cochichos não vão atravessar seu escudo invisível. Então, ela relaxa a postura, sorri e espera Gene se levantar. Ele rola para o lado e se senta na grama, encarando as próprias pernas.

Celie continua aguardando. Por fim, o homem levanta a cabeça, olha para ela e ergue a mão velha e enrugada, bufando de leve.

— É, você vai ter que me dar uma ajudinha, meu bem. Os joelhos deste velho já não são mais os mesmos.

21
Lila

Lila é a primeira a ceder. Manda mensagem para ele na quinta-feira de manhã, depois de deliberar por uma hora. É a lembrança da reação exasperada de Eleanor, perguntando "Bom, por que você não pergunta logo?", que finalmente a impele a digitar no tecladinho do celular:

Oi, hoje ainda tá de pé?

A resposta dele demora algumas horas para chegar — Gabriel provavelmente estava ocupado em reuniões —, até que, logo depois do meio-dia, o celular de Lila apita.

Claro. Bebemos alguma coisa cedo? Topa vir aqui perto do meu trabalho? Não posso voltar tarde por causa de Lennie.

Ela fica um pouco decepcionada com a sugestão de beberem alguma coisa cedo, pois indica que o encontro terminará relativamente rápido, mas todo mundo na faixa etária de Lila tem uma vida atribulada, e ela sabe disso melhor do que ninguém. Além disso, está decidida a não deixar esse encontro se tornar algo grande demais.

Ela trabalha até as duas, se é que dá para chamar de "trabalho" ficar navegando distraidamente pela internet, e, sim, vai fazer uma escova, mas só porque há séculos queria experimentar o salão novo que abriu ali por perto. E, aproveitando que já estará lá, seria bobeira não fazer as unhas, ir à manicure sempre faz a gente se sentir melhor com a vida, segundo uma matéria que Lila leu em uma revista. Ela veste a lingerie de qualidade, porque é importante para as mulheres se sentirem bem, mesmo que ninguém vá ver. E, se demora muito para se vestir, é porque o clima anda muito inconstante e ela não sabe o tipo de ambiente em que vão se encontrar (pesquisar o bar no Google não ajuda, porque tem chance de sentarem na área externa). Então o fato de ela levar quase o dia todo se arrumando é só coincidência. Assim como o fato de chegar vinte minutos adiantada e precisar fazer hora numa esquina em Clerkenwell, a dois quarteirões do bar, para não parecer ansiosa demais. Hoje em dia, nunca se sabe como vai ser o transporte público.

Gabriel chega dez minutos atrasado e entra no bar despejando desculpas. A reunião demorou, mil perdões, tomara que ela não tenha esperado muito. O bar — um pub que foi reformado, madeira e superfícies brancas dominando o espaço, com mesas de mármore e cadeiras antigas descombinadas — se enche rapidamente de profissionais do mundo corporativo, pessoas disputando mesas e largando bolsas e paletós, o detrito do dia de trabalho. Lila se levanta para aceitar um beijo na bochecha e sente o rosto corar com o contato.

— Não! Não, tudo bem. Acabei de chegar.

Lila pediu uma água sem gás, e ele pede uma cerveja depois de confirmar que ela não quer mais nada. Gabriel veste uma camisa azul-marinho macia e calça jeans clara estonada, e ela desconfia que seu guarda-roupa seja cheio dessas peças: discretas, mas que quem entende do assunto sabe que custam uma fortuna. Lila está usando um suéter preto com decote em V e calça jeans também preta, uma roupa tão neutra que combinaria com qualquer lugar. Ele sorri ao voltar para a mesa trazendo a cerveja, e, por um momento aterrorizante, Lila se pergunta se conseguirá falar, se os dois terão assunto.

— Você escapou da escola hoje, foi? — pergunta ele, com os olhos semicerrados num sorriso.

— Meu padrasto busca a Violet metade da semana.

Os dedos de Gabriel são finos, levemente bronzeados, e ele tem um calo no dedo do meio, provavelmente de tanto desenhar seus projetos.

— E assim eu tenho uma folga da Amante Novinha e Flexível — continua, mas cora ao se dar conta de que não deveria chamar Marja assim. — É o apelido que meu padrasto deu pra ela — acrescenta às pressas, olhando para Gabriel, que está sorrindo.

Ele é lindo de morrer quando sorri.

— Haha. Boa. Legal ter alguém para ajudar em casa. Eu vivo me sentindo no limite do possível. Lennie parece ter tantos compromissos e atividades extracurriculares. Metade foi obra da mãe antes de partir, e não tive coragem de dizer que não poderia continuar.

Lila quer muito perguntar sobre a esposa dele, mas sente que talvez seja cedo demais, então diz:

— O que Lennie gosta de fazer?

— Balé, dança moderna... mas, cá entre nós, parece um elefantinho atrapalhado dançando pela sala. Zero habilidade natural, coitada da criança. Faz aula de bordado aos sábados e equitação aos domingos. Só paramos com as aulas de mandarim. Era o que parecia mais exagerado. Quer dizer, Lennie mal tem sete anos.

Os dois jogam conversa fora — falam das crianças, da rotina e da impossibilidade de equilibrar vida pessoal e trabalho, e Lila tenta se concentrar no que ele diz, mas a presença física de Gabriel parece deixar seu sistema nervoso em polvorosa. Quando Lila ergue o rosto, ele a está observando, com uma expressão doce.

— É bom saber que você vai estar no portão da escola. Sempre me sinto melhor.

— Jura?

Ela não consegue disfarçar o prazer surpreso na voz.

— Sim. Esse último ano foi... pesado. Eu me sinto na obrigação de ir sempre que dá, só para Lennie saber que estou presente, mas acho aquele clima das mães da escola bem bizarro. Não sei nem o que falar com metade delas. E um homem sozinho no parquinho chama muita... atenção, sei lá? Dá curiosidade?

Tesão, pensa Lila. É tesão que dá. Ela cobre a boca com os dedos para se impedir de dizer isso em voz alta.

— Eu entendo — diz, cautelosa.

— Claro que entende. Você também passou por isso.

— Eu não suporto aquelas mulheres — solta Lila. — É como ser julgada todo dia pelas piores pessoas do mundo. Quer dizer, antes eu achava que era só porque eu trabalhava. E muitas delas não trabalham. A carreira delas é ser mãe. E tudo bem! Cada um com suas escolhas. Mas sempre havia certa crítica implícita porque eu não conseguia assar bolos para a feira, ou acertar o uniforme do dia, ou arranjar uma fantasia de Harry Potter para o Dia Mundial do Livro. E agora que o Dan se envolveu com a Marja, bom, recebo outro tipo de atenção.

Ai, meu Deus, como os olhos dele são lindos. Verde-azulados, realçados pela cor da camisa. Gabriel tem um jeito de focar nela com muita intensidade, como se tudo que Lila dissesse tivesse um valor imensurável.

— Deve ter sido muito difícil — comenta ele.

Ela só consegue assentir.

— Você sabe que ele vai se arrepender um dia, né? — continua Gabriel. — Você deve saber.

Ela acha difícil de acreditar que Dan vai se arrepender de encontrar a mulher dos sonhos, com pele lisa num tom marrom-clarinho, um sotaque diferente e uma assinatura de revista de design de interiores. Mas Lila assente, como se estivesse ao mesmo tempo surpresa e resignada com esse triste destino.

— Mas você está bem? — pergunta ele. — Não sei se é uma coisa invasiva demais de perguntar, mas você diria que superou o Dan?

Essa pergunta parece uma armadilha. Do tipo que transformam a pessoa na mulher que foi no encontro com Jensen, a mulher que chorou falando do ex. Então Lila abre um sorrisão e responde com vontade:

— Ah, sim. Com o tempo percebi que nós não éramos certos um para o outro. — Ela mexe no brinco e acrescenta: — Eu tô bem. Quer dizer, foi horrível na época, mas, no fim das contas, acho que é melhor assim.

— E está saindo com alguém?

Essa, sim, é uma armadilha.

— No momento, não — responde, depois de considerar por um instante, como se houvesse uma fila de pretendentes que decidiu ignorar por ora. — Tenho tentado me concentrar nas meninas.

Ele assente, compreensivo.

— E você? — pergunta ela.

Ele olha para baixo.

— Estou na mesma que você, Lennie é meu foco principal. O que eu queria mesmo era me afogar no trabalho e não pensar em mais nada, mas Lennie é uma criança ótima e precisa da minha ajuda para superar esse momento. Pelo menos superar o que for possível — continua, ainda olhando para baixo. — Acho que vou descobrir daqui a dez anos, quando Lennie estiver na terapia.

— Tenho certeza de que está tudo bem — garante Lila. — Dá pra ver que você é um ótimo pai.

Gabriel levanta a sobrancelha e balança a cabeça. Seu cabelo cai no rosto por um momento, e ele afasta.

— Não sei se Lennie concordaria. Aposto que diria que tem lição de casa demais, banho demais, aula de violino demais, e televisão e McDonald's de menos.

— Nossa, que pai cruel.

Lila sorri, para ele saber que é brincadeira.

— Um horror. Mas Lennie só dorme no armário embaixo da escada quando se comporta muito mal.

Lila não tem cem por cento de certeza, mas acha que o joelho dele está encostado no dela embaixo da mesa. De início, pensou que fosse o pé da mesa, mas a perna emana calor e, quando Gabriel ri, balança de leve. Quando ela determina que, sim, é definitivamente um joelho e não o pé da mesa, fica quase paralisada com o que o gesto sugere. Mal escuta o que ele diz. O joelho dela se tornou radioativo, irradiando calor para o resto do corpo. É quase insuportável.

— Lila?

— Oi?

Ela volta a atenção para a mesa.

— Quer beber mais alguma coisa? Um drinque, dessa vez?

Um breve dilema. Ela não quer parecer chata — assombrada pela lembrança de Dan, que reviraria os olhos nesse momento —, mas, ao mesmo tempo, sente que precisa estar com todos os sentidos aguçados. Precisa ser a melhor versão de si mesma possível. No entanto, se ele está sugerindo um drinque, quer dizer que...

— Hum... vodca com água tônica? Que se dane, pode ser dupla — diz, sorrindo, como se fosse bem o jeitinho dela. — E você, vai tomar o quê?

Ele se levanta e põe a mão no bolso.

— Não vou mais beber. Tenho que pegar Lennie de carro na casa da minha mãe mais tarde.

Depois, ela acha que nunca se sentiu tão consciente do próprio corpo na vida: o sorriso, os ângulos pelos quais ele a vê, o modo como as mãos dela se movem sobre a mesa. Ela tenta beber devagar — o drinque está muito forte — e ser uma companhia leve, divertida. Faz algumas perguntas sérias — por quanto tempo ele foi casado (doze anos), como se conheceram (por um amigo em comum), se ele sempre quis ser arquiteto —, mas Gabriel só parece à vontade respondendo a última pergunta. Ele responde todos os questionamentos sobre a esposa do modo mais direto possível, e desvia o olhar ao falar. Lila acha que perdê-la deve ter sido bem traumático, e não só para Lennie. Ele parece muito mais confortável fazendo perguntas para ela, querendo saber das meninas, como é criar uma adolescente ("Meu Deus do céu", comenta, irônico. "Vou ter que trancar Lennie naquele armário por uns seis anos, né?").

— Você sente saudade dela? — pergunta Lila, sem conseguir se conter.

— De quem? Ah... da minha esposa.

— É.

De repente, ela sente como se tivesse ultrapassado um limite. No entanto, Gabriel sustenta seu olhar por tempo suficiente para Lila corar um pouco, e abaixa a cabeça para pensar.

— Sinto, sim. Mas... — Gabriel faz uma careta. — Tínhamos acabado de nos separar quando ela morreu. Então é complicado.

Lila não sabe o que dizer.

— Ela era uma mulher maravilhosa. Tudo era muito intenso, muito cheio de energia. Mas podia ser meio cansativo.

— Conheço alguém que teve uma relação assim — comenta Lila, pensando em Jensen do nada. — Ele disse que meio que se acostumou com o drama.

— A gente se acostuma mesmo. Mas essas pessoas também deixam um vazio enorme. Ela era muito vibrante. E uma mulher fantástica.

— Sinto muito.

— Não sinta. Meu gosto para mulheres mudou desde então. Dou valor pra gente mais calma.

Ele encara Lila ao dizer isso.

O joelho de Gabriel ainda está encostado no dela, o que lhe dá coragem.

— Posso perguntar por que vocês se separaram?

Ele parece desconfortável por um momento.

— Ela... era surpreendentemente insegura. Acho que via coisas que não existiam, se é que você me entende. No fim, eu só... não tinha mais o que dizer para apaziguar a situação.

— Ah, que difícil.

Lila quer falar que Dan era ciumento, mas, na realidade, houve semanas inteiras em que ela nem tinha certeza se ele sabia que ela ainda estava na casa.

— Por sinal, ninguém na escola sabe muito sobre essa história — comenta ele. — Eu agradeceria se você...

Ela balança a cabeça para tranquilizá-lo, como quem diz que é boa em guardar segredos, e na mesma hora o celular de Gabriel toca. Ele checa o número e sua expressão murcha. Então lança um olhar rápido para Lila.

— Licença. Tenho que atender.

Ele se levanta e atende.

— Oi. Não, ela não está comigo. Estou na rua.

Gabriel se vira e começa a abrir caminho entre as mesas ocupadas, olhando para trás por um momento para dar a Lila o sinal universal de *só um minutinho*.

Sentada, ela o vê seguir para a calçada, onde discute ao telefone, agitado. Ele não parece feliz, andando de um lado para o outro. Em certo momento, chega a respirar fundo, como se tentasse se controlar. Enfim, desliga, para um momento, então se vira e retorna para o bar. Quando volta à mesa, Lila está olhando para o próprio telefone, como se estivesse lendo e-mails, distraída, e ergue o rosto com uma expressão serena.

— Tudo bem?

— Peço mil desculpas. Vou ter que ir embora — diz ele, e Lila se esforça para não deixar a decepção transparecer.

Ele não senta. Nem dá mais explicações.

Leva um instante para ela reagir, e então Lila se levanta, pegando a bolsa.

— Ah! Tudo bem! Melhor eu voltar pra casa também.

Gabriel a acompanha até a estação de metrô, de repente disperso e quieto. As ruas estão abarrotadas de gente voltando do trabalho, o trânsito pesado e lento, e ela percebe que o encontro chegou ao fim. Uma estação de metrô lotada às quinze para as oito da noite, em vez de uns amassos no sofá de madrugada. Ele não vai ver a lingerie especial, e ela podia ter se poupado de lavá-la à mão.

Lila sente o peso da decepção. Para ao lado da entrada do metrô, aproximando-se da parede para dar passagem à enxurrada constante de pessoas, e então se despede.

— Bom, foi legal — diz, porque não consegue pensar em mais nada para falar. Nem sabe se ele a está escutando.

Gabriel olha para ela, de repente atento, como se tivesse acabado de notá-la.

— Lila, foi um prazer. Um prazer imenso. Você nem sabe como é especial. Eu... eu teria tido um dia muito diferente sem você. Adorei que conseguimos passar esse tempo juntos. Você é a única pessoa com quem sinto que posso conversar de verdade. Você parece… realmente entender o que estou enfrentando.

Ele pega a mão de Lila e leva a palma até os lábios e a beija, os olhos fixos nos dela. A intimidade e a sexualidade explícita do gesto a deixam completamente desconcertada. Ela está prestes a falar algo, quando, com um aceno de cabeça, ele dá meia-volta e sai pela rua. Lila é carregada para dentro da estação pelo fluxo de gente, o corpo inteiro tremendo como as vibrações de um sino gigantesco.

— Querida, eles *amaram*. Estão preparando a oferta, e eu ligo assim que receber. Mas, nossa, eu também amei. Que empolgante. Que libertador! Que inspiração você é!

Lila está saindo do metrô quando Anoushka liga. Está tão mergulhada nas lembranças das últimas horas que leva um momento para entender do que a agente está falando.

— Ah! — exclama, e para na calçada. — Gostaram mesmo?

— Foi a medida certa de sensualidade e atrevimento. Passei o capítulo *todo* sentindo que estava dentro da sua cabeça. E que galã! Por favor, me diga que vai encontrar de novo esse J misterioso.

Lila não quer pensar em Jensen. Quer pensar em Gabriel, nos pulsos expostos pela manga da camisa, na mecha de cabelo que cai na frente dos óculos. Quer pensar na pressão quente e macia dos lábios dele em sua mão. Ainda sente a marca daquele beijo na pele.

— Ah. Não. Acho que não. Eu... eu comecei a sair com outra pessoa.

A voz de Anoushka soa esganiçada:

— Outro homem! Já? Ai, Lila, sua vida é mesmo um sonho. Ele é tão bom quanto o outro?

— Melhor ainda — garante Lila, ouvindo o sorriso na própria voz. — É basicamente tudo que eu quero em um homem.

— Você deve estar emanando feromônios! É a fantasia de toda mulher de meia-idade!

Anoushka sempre fala com exclamações, mas hoje está ainda mais enfática.

— Você tem que me contar seus segredos! — continua. — Rupert anda um tédio insuportável este ano. Parece que só quer saber de ficar sentado no sofá vendo programa de reforma na televisão. Preciso me agarrar em uma oficina imunda com um gostoso desconhecido! Você tem que incluir um manual de instruções no manuscrito!

— Então — Lila volta a focar no que está sendo dito —, quanto você acha que vão oferecer?

— Eu falei que, se quiserem arrematar sem leilão, tem que ser um bom número de seis dígitos. Elas nem pestanejaram. Então vamos ver. Mas estou bem confiante. Muito mesmo!

Anoushka desliga, e Lila volta para casa em um estado de torpor. Leva dois quarteirões para perceber que essa sensação estranha que a inunda é esperança.

Naquela noite, depois de as meninas irem dormir (ou de Violet ir dormir; ela nem imagina até que horas Celie fica acordada no quarto), Lila assiste a um episódio de *La Familia Esperanza*. Estella Esperanza está sendo seduzida por um homem mais jovem, o lindo médico que tratou seu ferimento a bala dois capítulos antes. Ele faz declarações ardentes de amor e parece entender o conflito profundo que ela vive. Estella, porém, não o leva a sério, pois ainda está presa à lembrança do marido, obcecada em separá-lo da amante mais nova. Comendo biscoitos em vez de jantar, Lila perde o fôlego quando o médico beija a mão de Estella. É inundada outra vez pelo toque dos lábios de Gabriel em sua palma, a estranha e erótica convicção contida naquele gesto. Estella puxa a mão de volta, furiosa e vulnerável, e dispara em um espanhol rápido traduzido na legenda como: *Você é muito atrevido! Não me toque!*

Lila olha para a tela, e então para o celular. Ela envia:

Adorei te ver hoje. Vamos repetir a dose em breve. Bjs

Fica corada só de digitar. Espera uns minutos, mas ele não responde. Não aparecem pontinhos pulsando para sugerir que uma mensagem está sendo toda elaborada naquele instante, nada disso. Sua mensagem desaparece no ciberespaço, paira pelo éter. *Não pense demais*, Lila diz a si mesma, enquanto sente seu nível de euforia pós-encontro começar a cair. Gabriel é um homem ocupado. E claramente estava tendo uma noite difícil. Por um instante, ela se pergunta se deveria ser mais dramática. Se isso faria os homens reagirem a ela, se sua ausência deixaria um vazio inesquecível na vida deles.

E, então, o telefone vibra.

Eu também, Bellissima. Nos vemos muito em breve. Bjs

22

Gene conseguiu dois papéis. O primeiro é em um comercial de pasta de dentes simples: um dia de filmagem, no qual ele só precisa exibir sua impressionante arcada dentária. Pelo que entendeu, os outros atores ingleses mais velhos que fizeram o teste tinham dentes que mais pareciam cercas amareladas. O segundo papel é de um homem de negócios idoso vindo de Nova York em uma série de época bem financiada, e até agora ele já passou uma semana "no personagem", pigarreando com delicadeza à mesa de jantar e discursando sobre os terríveis charlatões de Wall Street. Suas duas falas exigiram ensaios incessantes e, de qualquer lugar da casa, é possível ouvir as palavras cuidadosamente projetadas: "Mas, sr. Arbuthnot, ser proprietário de uma transportadora de carga é ter segurança garantida para a vida inteira. O senhor diria que a bolsa de valores realmente oferece esse mesmo nível de segurança?" Gene pronuncia a fala de todas as formas possíveis, com a ênfase alternando entre *garantida*, *vida inteira* e *bolsa de valores*. Violet aprendeu o texto palavra por palavra e começou a repeti-lo baixinho enquanto vê televisão ou escova os dentes. Truant se traumatizou com uma interpretação gritada e bastante enfática da segunda frase e agora rosna com vontade sempre que Gene começa a falar. Será um dia de filmagem em uma mansão em Oxfordshire, e é raro ver Gene tão alegre.

— Eles pagam bem, querida — diz para Lila. — Vou poder te pagar aluguel! E nunca se sabe, se eu causar uma boa impressão nessa série, pode virar um papel recorrente.

Lila deveria ficar feliz por ele. Contudo, enquanto aceita os abraços e sorri para a última performance de diferença infinitesimal para a anterior, às vezes pondera se chegará a sentir por Gene o que se deve sentir por um pai. Lila não consegue simplesmente vê-lo como ele é hoje, porque sempre enxerga sua sombra ao mesmo tempo: o espaço vazio no pequeno grupo enlutado ao redor do túmulo da mãe, o braço paterno ausente em seus ombros quando ela mais precisava.

Gene tem levado Truant para passear à tarde, "para você se concentrar no trabalho". Bill comenta, um pouco surpreso, que é um gesto gentil, mas Lila só consegue pensar que é a cara de Gene: ele não suporta que alguém não o ame, e se esse alguém for um cachorro, simplesmente forçará o animal a se render ao seu charme.

Eleanor diz que ela deveria dar uma trégua para o sujeito, afinal, pelo menos ele está se esforçando, e não dá para passar a vida guardando rancor (pelo visto, nessa idade, é péssimo para os sulcos nasolabiais). Mas, na sua mente, Lila ainda se pega alfinetando: *Quando é o próximo teste, Gene? Teve notícias daquele outro papel?* Tudo sustentado pela pergunta que ela realmente quer fazer: *Quando você vai embora de novo?*

Ela para diante da pia, vendo Gene recitar as falas para Jensen no jardim, agora que o jardineiro voltou ao trabalho. O velho está usando um paletó de tweed de Bill (que pediu emprestado) e um plastrão, e Jensen, parado na frente dele, com as mãos apoiadas em um ancinho de metal, o vê andar de um lado para outro, declamando o texto de um modo que talvez até poderia ser sofisticado, se ele não estivesse usando uma samba-canção desbotada com a estampa da bandeira dos Estados Unidos por baixo do paletó.

— Mas, sr. Arbuthnot, ser proprietário de uma transportadora de carga é ter segurança garantida para a vida inteira...

Jensen levanta as sobrancelhas e mexe a cabeça de modo encorajador. Parece ter uma paciência infinita para esses velhos e suas manias. Afinal, ele não precisa morar com os dois.

Lila olha para a louça e para o celular, conferindo se perdeu alguma mensagem. Gabriel não sugeriu outro encontro. Quando Eleanor perguntou se houve algum retorno, Lila apenas respondeu "Ah, sim, ele mandou mensagem", com o tipo de sorriso secreto que sugere conteúdo que não pode ser compartilhado em público. A amiga tinha dado pouca bola para a história do beijo na palma da mão, mas, como o gosto das duas claramente anda muito diferente na área sexual, Lila decidiu não se preocupar com essa questão.

Enquanto isso, Bill está preparando o jantar para Penelope Stockbridge. Já mudou de ideia quanto ao cardápio três vezes, mas por fim se decidiu por robalo com salada de funcho e limão, seguido de parfait de limão-siciliano de sobremesa. Isso exigiu três idas diferentes ao supermercado, pois Bill, normalmente bastante organizadinho, parece tão desestabilizado com a ideia de um jantar romântico que esqueceu ingredientes essenciais, perdeu assadeiras e duvidou duas vezes de suas escolhas gastronômicas.

— Meu rei, você pode até pedir hambúrguer que ela não vai ligar. Ela só quer é um pedação do Bill, se é que você me entende — comenta Gene, lacônico, passando o dedo no parfait e pulando quando Bill bate nele com um pano de prato.

— Não sei se jantar na cozinha é informal demais. O que acha? Sugere certa falta de sofisticação?

— Pode servir logo de bandeja na cama — diz Gene, com uma piscadela safada, e nesse momento Lila pede que ele leve Truant para passear.

Gene está saindo, depois de ser lembrado duas vezes de vestir uma calça, quando Jensen aparece na porta dos fundos.

— Oi.

— Oi! — exclama Lila.

Ela está de luvas de borracha ensaboadas e precisa levantar os braços para afastar o cabelo do rosto.

— Só... queria te cumprimentar direito. Você não é... muito conversadeira por mensagem.

Lila disfarça uma careta. Ele mandou mais duas mensagens nos dez dias de viagem, e, de tão absorta pensando em Gabriel, ela não respondeu à segunda e só mandou um simples e alegre "Tomara que esteja aproveitando aí com seus pais" depois da terceira.

— Pois é — diz ela, sem jeito. — Desculpa. Não sou muito de mensagem.

Jensen não parece se incomodar. Fica ali na soleira da porta que leva ao jardim, com as botas enlameadas e o cabelo loiro despenteado, parecendo uma criança que acabou de acordar do cochilo.

— Tranquilo. Só queria saber... se você tem interesse em sair de novo algum dia.

Ao vê-la hesitar, ele acrescenta, às pressas:

— Não precisa ser nada de mais. Só gostei do nosso papo. Podemos tomar outra Coca Diet.

— Claro! — exclama Lila, exageradamente alegre. — Mas eu... hum... essa semana não posso. Estou lotada de trabalho. E esses dois, você sabe como é...

Jensen observa o rosto dela e então desvia o olhar, voltando-se para o jardim.

— Bill está bem nervoso com esse encontro, né?

— Está mesmo.

Eleanor com certeza diria para Lila sair com os dois, manter as opções em aberto. Só que o que ela sente por Gabriel a consome tanto que parece errado enrolar Jensen assim.

— Então, o que vocês vão fazer na hora do jantar? Ouvi dizer que todos foram banidos da casa.

— Ah, vamos só comer uma pizza.

Pelo jeito como ele se demora ali, parece estar com esperança de ser convidado, e um breve e pesado silêncio se instaura. Por fim, ele olha para os pés.

— Bom. Melhor ir logo. — Jensen levanta o rosto, como se uma ideia lhe ocorresse. — Ei, e não esquece aquela árvore. Não quero encher sua cabeça de problemas, mas você precisa resolver isso. Acho que está um pouco mais torta do que quando viajei.

— Claro — diz ela, esperando-o ir embora.

Lila queria que a situação não fosse tão constrangedora. Ela sorri, e a sensação é horrível. Não é um sorriso genuíno.

Há outra pausa demorada e, depois de mais um instante, Jensen enfim acena com a cabeça e volta para o jardim.

Às vezes, Lila sente tanta saudade da mãe que acha que poderia virar uma dessas pessoas que ficam sentadas nos túmulos conversando com os mortos. Se não estivesse tão chuvoso lá fora, e se ela tivesse paciência de dirigir até Golders Green, seria exatamente o tipo de dia em que ela se sentaria entre flores de plástico desbotadas e urnas de mármore e falaria com Francesca. *Como dizer para uma pessoa legal que não estou interessada sem magoá-la? Como saber se o homem por quem estou interessada está interessado em mim também? Como é que se lida com* tanta *coisa, o tempo todo?* Francesca tinha um jeito intenso e direto de olhar para as pessoas por trás dos óculos de armação de tartaruga, como se realmente absorvesse os problemas delas e levasse em conta os sentimentos de cada uma, mesmo que talvez não fossem lá os sentimentos mais adequados. E suas respostas eram sempre sábias, cheias de compaixão, sem excesso de recomendações: *Ah, querida, que difícil. Sei que você vai sair dessa, mas, se quiser um conselho, minha sugestão...* ou *O que seu instinto está dizendo, Lila? Você é uma pessoa muito inteligente. Provavelmente já sabe a resposta.*

Dava para falar sobre qualquer assunto com ela. Quando Lila era adolescente, Francesca era o tipo de mãe que nunca julgava — conversava com a filha como se ela fosse adulta, tratando até os menores problemas com a maior importância. Costumava levar a garota para passear de carro, assim não precisava ficar olhando para a filha enquanto conversavam (muito tempo depois, ela contou que tinha lido que era bom conversar com adolescentes sem olhar nos olhos deles, "sabe, que nem com cachorros"). E, embora nunca falasse mal de Gene na frente da menina, sempre descreveu os próprios sentimentos com muita honestidade, admitindo sua raiva, a tristeza ou a sensação de abandono de um modo que, de algum jeito, conseguia achar um equilíbrio entre ser sincera e correr o risco de sufocar Lila com emoções adultas que ela ainda não sabia processar.

Houve uma época — quando Lila tinha quinze, dezesseis anos — em que até as amigas dela pediam conselhos para Francesca. Sentavam-se na cozinha, e a mãe preparava chá ou distribuía bolinhos caseiros enquanto dizia o que faria no lugar das meninas, ressaltando que todas estavam se saindo maravilhosamente bem e que daria tudo certo. Durante um período, Lila ficou um pouco irritada com o fato de as amigas quererem passar tanto tempo com a mãe dela. No entanto, durante os anos mais difíceis do seu casamento, ela podia conversar com Francesca sobre Dan sem temer que, como no caso de certas sogras, os defeitos do marido fossem registrados para serem usados contra ele no futuro, quando Lila inevitavelmente se sentisse mais generosa. Francesca sempre iniciava as respostas com *Bom, você sabe que eu adoro o Dan e sempre vou adorar* e seguia com declarações cuidadosas, como *mas acho que neste caso ele perdeu um pouco a razão. Tenho certeza de que não foi de propósito. Por que não pergunta, com carinho, como ele se sentiria se estivesse no seu lugar?*. Mas ela também não hesitava em de vez em quando soltar um *Eles podem ir se foder, então*. Pensando em retrospecto, Francesca devia ser o melhor ser humano que Lila conhecera. Não era apenas uma aliada, mas alguém cujos conselhos pareciam sempre fundamentados no que era certo ou apropriado, de modo que Lila sentia que tinha uma ponte direta para o bom senso. Até que, graças a um ônibus da linha 38 e um dia atipicamente chuvoso, não teve mais.

Certos dias, parece impossível, apenas impossível, que Francesca não esteja mais aqui.

Mas agora, Bill tem um encontro com outra pessoa, e Lila precisa resolver os próprios problemas. Ela tira as luvas de borracha e sobe para se arrumar.

Existem pizzas e pizzas, segundo Gene. Algumas até que são boas, mas, para saber o que é pizza *de verdade*, as meninas precisam provar as do Antonio Gatti no centro de Los Angeles.

— O cara vem de uma longa linhagem de pizzaiolos sicilianos. O pai dele fazia pizzas, o avô fazia pizzas... Tem um montão de fotos em preto e branco dos homens da família na parede do restaurante. O lugar é simples, você não dá nada quando passa pela calçada. Não é desses restaurantes chiques. Mas ele faz alguma coisa que deixa a massa que nem uma pluma, sabem? E a muçarela... Jesus amado...

Gene está falando da superioridade da pizza nos Estados Unidos há quase vinte minutos, e Lila observa as meninas, maravilhada com a paciência delas.

Celulares e outros aparelhos eletrônicos são proibidos na hora do jantar — uma regra que se aplica também aos restaurantes —, mas, no momento, ele está falando há tanto tempo que ela quase quer oferecer o próprio celular para as filhas como válvula de escape.

Gene dobra uma fatia e enfia na boca.

— Mas vou te contar, estou gostando desse salame apimentado. Ardido, né? O que você pediu, Violet?

— Presunto — responde Violet, com a boca cheia.

— Que tipo de presunto?

— Presunto.

Lila observa Celie devorar uma pizza vegetariana, quieta e dedicada, parando vez ou outra para afastar o cabelo do rosto. É bom vê-la com apetite.

— Como foi hoje, meu bem? — pergunta Gene para ela.

Celie olha de relance para Lila, e então de volta para Gene.

— Como foi o quê? — pergunta Lila.

— Foi bom — diz Celie, cortando um pedaço de pizza com garfo e faca.

— Mas você arrasou? Você... *destruiu*?

Ela se permite um sorrisinho.

— Destruí — afirma, e Gene explode na mesa.

— Eu sabia! Sabia que você ia conseguir! Bate aqui!

Ele estende a mão por cima da mesa, e, para a surpresa de Lila, Celie bate a mão na dele com um estalo ressonante.

— Agora ninguém te segura. Você tem que escutar seu amigão Gene. Está tudo bem aqui. — Ele dá uma batidinha na cabeça, sujando a têmpora de molho de tomate.

— Conseguiu o quê? — pergunta Lila, com dificuldade de entender. — Espera aí, o que… o que você destruiu?

Celie olha para o prato.

— Nada — responde, na dela.

Lila está prestes a insistir quando o celular toca.

— Por que você pode usar o celular… — começa Violet, mas Lila levanta a mão.

— Anoushka?

— Está sentada?

— Estou?

— Cento e setenta mil.

Lila pisca, em choque, demorando um momento para registrar o que ouviu.

— Você está falando sério?

— Juro. Acho que consigo subir para cento e oitenta e cinco, mas...

— Não! Não! É fantástico! Ai, meu Deus do céu, Anoushka, que notícia maravilhosa!

— O direito internacional é nosso, então ainda podemos vender mais com as traduções. Eles me mandaram um plano de marketing muito interessante, e disseram que vai ser um dos principais lançamentos do ano que vem. Então acho que é uma boa notícia, mesmo, querida.

Anoushka detalha o acordo, relatando a negociação e indicando onde ainda tem "margem de manobra", mas Lila mal escuta. Sente-se quase fraca de tanto alívio. Diz "sim" quando parece apropriado, mas seu cérebro basicamente virou uma máquina de zumbido. Os problemas financeiros acabaram. A casa vai continuar sendo dela. Quando finalmente desliga, todos à mesa a estão a encarando, na maior expectativa.

— Recebi uma boa oferta pro meu novo livro — conta, sorridente. — Escrevi quatro capítulos, minha agente mandou para a editora, e me ofereceram um bom contrato.

— Quem diria! Duas boas notícias! — Gene se estica para abraçá-la. Ela aceita, um pouco tensa. — Devíamos pedir champanhe!

— Não tem champanhe aqui — responde Lila, notando que Gene já tomou duas cervejas.

— É um livro de ficção? — pergunta Violet, alinhando as bordas da pizza no canto do prato.

Lila pega os talheres de novo.

— Hum, não. É... de não ficção.

— Como assim?

— Fala mais... da vida real.

— Que tipo de coisa da vida real? — pergunta Celie.

— Hum... fala de... hum...

Lila titubeia. Ela não esperava que as meninas fossem demonstrar um pingo de interesse pelo assunto. Mal tomaram consciência do último livro que ela publicou, felizmente.

— Fala meio que de como é a vida na minha idade — conclui.

— Mas o que especificamente? — insiste Violet, empurrando o prato para o meio da mesa.

— Bom... fala sobre como mulheres da minha idade precisam equilibrar muitas responsabilidades e sentimentos e ir em busca da felicidade de maneiras diferentes de quando eram mais novas.

— É sobre a gente? — indaga Celie.

Seus olhos arregalados e claros estão fixos no rosto de Lila. É um olhar inflexível.

— Não. Não menciono o nome de vocês.

— Então sobre o que está escrevendo? — pergunta Violet. — Você sempre diz que eu e Celie somos sua vida toda.

Lila parece ter desenvolvido uma gagueira. Ela bebe um gole d'água.

— É... é mais coisa de adulto. Só, sabe, todas as questões que eu... que eu enfrento no dia a dia.

— Eu estou no livro, querida? — pergunta Gene, alegre.

Evidentemente, ele não consegue conceber a ideia de não ser incluído em algo da forma mais positiva possível.

— Hum... talvez? Ainda não cheguei lá.

— Você precisa deixar claro que eu já fiz muita coisa. Quer dizer, se esse livro fizer sucesso, pode abrir muitas portas para mim. Dá para conferir minha página no IMDb se precisar de mais detalhes. Você pode incluir *Esquadrão Estelar Zero*, por favor? É bom que todos se lembram da série.

— Então, sobre o que você já escreveu? — insiste Celie, ainda a encarando. — Você disse que já terminou quatro capítulos.

— Vamos pedir a conta? — sugere Lila, olhando o relógio. — Bill e Penelope já devem ter terminado de jantar.

— Você disse que podíamos tomar sorvete — protesta Violet, cruzando os braços.

— Querida, ainda são oito e meia. Dá uma chance para o sujeito. — Gene põe a mão no braço dela. — Você conhece o Bill... Ele vai demorar para aquecer! Deixa o homem pelo menos tomar um pouco de vinho com ela.

Lila sorri, sem jeito.

— Como vocês acham que ele está, hein? — pergunta, animada, tentando mudar de assunto. — Será que Penelope vestiu algo extraordinário?

— Sapatos de borboleta! — palpita Violet, entusiasmada. — E um chapéu de zebra!

Lila solta um suspiro e pede o cardápio de sobremesa. Quando se vira para a mesa, Celie ainda a observa.

Eles voltam a pé para casa, em ritmo lento, Gene um pouco afastado, aproveitando a caminhada para fumar um cigarro. Normalmente, Lila ficaria um pouco irritada com o tanto que as meninas estão implicando uma com a outra atrás dela, mas, hoje, nem presta muita atenção na conversa seca e nas ofensas resmungadas. Ela nunca considerou a possibilidade de Celie se interessar pelo conteúdo do livro. E se a filha ler? Será que Lila precisa conversar com ela para prepará-la?

Tenta imaginar como Francesca lidaria com a situação. Sua mãe era relaxada a nível escandinavo quando o assunto era sexo e nudez. Andava pela casa pelada enquanto procurava o que vestir, e, como fazia isso desde que a filha era pequena, Lila não estranhava. Quando a garota chegou à adolescência e reclamou do barulho emanando do quarto da mãe certa noite, Francesca pareceu confusa.

— Mas, meu bem, sexo é ótimo! Você não pode se inibir só porque alguém pode te ouvir. É apenas o som da felicidade, afinal.

Lila não tinha lá muita certeza de que Celie ficaria tão tranquila em ler sobre o som da felicidade da própria mãe. Para começo de conversa, Lila nunca foi de andar pelada pela casa. Tudo bem quando Celie era pequena (embora provavelmente pudesse ter se poupado de ouvir a filha mais velha comentando que a mãe tinha uma "barriga molenga engraçada"), mas Dan nunca ficara tão confortável com nudez à toa, e aos poucos Lila absorvera esse vago desconforto. Os dois acordavam, tomavam banho e só desciam vestidos. Transavam apenas quando tinham certeza de que as filhas estavam dormindo, e em geral conferiam duas vezes, só por via das dúvidas. Será que Celie vai puxar a Francesca e ser tranquila em relação a conversas sobre sexo, confortável com a ideia de a mãe ter uma vida sexual? Ou vai ficar horrorizada?

Ao se aproximarem da porta da frente, Lila é arrancada de seus devaneios pelo som da gargalhada de Penelope. A melodia de um disco de piano de jazz chega até seus ouvidos. Ela olha o relógio: nove e quarenta.

— Mandou bem — murmura Gene, e sorri para a filha.

Eles entram em casa.

Penelope Stockbridge e Bill estão olhando um velho álbum de fotografias, as cabeças quase encostando. A luz está baixa, e duas velas queimam suavemente no meio da mesa, os restos da refeição empurrados para o canto. A louça suja se encontra empilhada na bancada, para ser lavada mais tarde, o que é incomum para Bill. O ar está tomado pelo cheiro de comida boa e vinho. Penelope levanta o rosto bruscamente quando Lila entra na cozinha, como se estivesse perdida em seu mundinho particular.

Ela olha para o relógio fino de pulso, e de volta para Lila, o pescoço ruborizando. Está com um vestido estilo anos 1940 de seda vermelha-escura, e um pente ornamentado de marfim prende o cabelo em um coque castanho-escuro elaborado.

— Oi — diz Lila.

Penelope parece imediatamente constrangida.

— Ah, já é tarde assim? Nossa. Eu nem notei.

A voz de Gene ecoa atrás deles.

— Ei, pessoal, não precisam parar a farra por mim! Vou fumar no jardim mesmo.

Lila deixa a bolsa na mesinha e dirige a Penelope o que espera ser um sorriso apaziguador.

— Vou botar as meninas para dormir. Por favor, não se levante.

— Não preciso que me botem na cama — protesta Celie. — Tenho dezesseis anos.

— Precisa, sim — diz Violet, olhando para a irmã. — Senão, vai segurar vela.

Ela diz *vela* com um deleite exultante.

Penelope cora.

— Ah, eu não quero mesmo abusar da paciência de vocês...

Ela olha de relance para Bill, na dúvida.

— Estávamos vendo fotos minhas da época do Exército — afirma Bill.

Sua voz está alegre, e ele parece tranquilo e relaxado, um pouco como costumava ser anos atrás. Lila sente uma pontada estranha no peito, sem saber se o sentimento fugaz é por causa da mãe, que deveria estar sentada àquela mesa, ou porque ela, Lila, não está tendo noites como essa, sendo adorada por alguém que só quer ficar com ela.

— Bill era muito bem-apessoado de uniforme, não era? Ainda é — acrescenta Penelope, e cora outra vez.

Truant, furioso por ter sido deixado para trás, pulou em Lila e agora dá voltas entre as pernas dela, com um olhar ligeiramente maníaco e a língua para fora, fazendo tanta confusão que ela precisa se apoiar na bancada para não cair. Nesse movimento, ela acaba esbarrando em uma caixa de entrega, que cai no chão, junto com um livro de receitas aberto. O ruído e o caos repentino da cozinha parecem perturbar Penelope. Ou talvez seja apenas a atmosfera que mudou, como uma bolha frágil e tênue sendo estourada. Ela se levanta e alisa a saia.

— É melhor eu ir. Já está tarde, e vocês têm mais o que fazer.

— Ah, não. Não precisa — diz Bill, mas Penelope já está pegando o casaco, que segura na frente do corpo com dedos finos e pálidos. — Então me deixe acompanhar você até em casa.

— Que nada! Fica a quatro casas daqui.

— Eu insisto — afirma Bill, ajudando a mulher a vestir o casaco.

Penelope está radiante. Ela sorri para todos.

— Foi um imenso prazer. Bill, a comida estava uma delícia. Você é um cozinheiro maravilhoso. Muito obrigada. Eu tive uma ótima noite.

— O sentimento é totalmente mútuo — responde ele. — Você é uma companhia maravilhosa.

Com uma última leva de agradecimentos ofegantes de Penelope, os dois saem pela porta.

— Eles vão se beijar? — pergunta Violet, fascinada, quando a porta se fecha.

— Ai, meu Deus — diz Celie. — Eca.

Ela sobe a escada, arrastando-se até seu quarto, claramente exausta de precisar passar tanto tempo livre com a família.

— Bill usa dentadura? Ele vai ter que tirar? — pergunta Violet, grudando o nariz na janela para ver eles passarem. — Eles vão se beijar de língua?

— Não, Bill não usa dentadura, e não sei se ele vai beijar a Penelope. É a intimidade deles — diz Lila, puxando a filha da janela e empurrando-a pelo corredor. — Agora suba e escove os dentes. E nem pense em contar para o Bill que você tomou dois copos de refrigerante, porque ele nunca me perdoaria.

Gene volta do jardim no exato momento em que Bill entra em casa, apenas dois minutos depois de acompanhar Penelope até a dela. Truant vem correndo atrás de Gene, com ar de expectativa. Lila desconfia que o pai anda dando salgadinhos de queijo para o cachorro de novo.

— Parceiro! O que você está fazendo aqui?

Bill fecha a porta.

— Como assim, o que estou fazendo aqui?

— Você disse que ia acompanhar a mulher até em casa!

— E foi exatamente o que eu fiz.

Gene joga as mãos para o alto, horrorizado.

— Não, não, não, não, não! Você não pode simplesmente acompanhar a dama até a porta e ir embora. É a melhor parte da noite! É o que ela estava esperando! O que você fez?

Bill parece um pouco desconfortável. Ele olha para Lila, depois para Gene.

— Eu… eu a acompanhei até a porta de casa, disse que tive uma ótima noite e a esperei entrar em segurança.

Gene dá um tapa na própria testa.

— Bill! Volta lá! Com sorte, ela ainda nem se sentou.

— Você acha mesmo que decepcionei a Penelope? — pergunta Bill, cabisbaixo. — Eu não quis ultrapassar nenhum limite.

— Bill, aquela senhora gosta de você. Gosta de verdade. Trouxe cento e sessenta e nove travessas de macarrão de forno. Usa presilhinhas brilhantes no cabelo, esperando que você perceba. Escuta você tocar a mesma porcaria de música no piano todo dia. O rosto dela se ilumina a cada palavra sua. Volta lá, bate na porta, diz que esqueceu alguma coisa, dá um abraço nela e tasca um beijo decente. Sério. Não decepciona seu amigo aqui.

— Você acha mesmo…

— Fecha essa matraca, cara! Vai lá!

Bill parece inseguro por um momento, mas Gene o empurra para a porta, que abre de uma vez.

— Só volta daqui a pelo menos vinte minutos! — grita, forçando Bill para fora de casa.

Com uma expressão um pouco angustiada, Bill desaparece de vista.

— E se a Penelope não quiser ser beijada? — pergunta Lila, enquanto Gene fecha a porta de novo.

Ele abre um sorriso largo para a filha, os dentes artificialmente brancos reluzindo.

— Lila, posso ser um fracasso em muitos aspectos, mas sou especialista em mulher. Você vai ver só: daqui a vinte minutos, Bill vai voltar aqui com uma cara meio atordoada, parecendo cinco centímetros mais alto e muito, muito satisfeito. Dá até para cronometrar.

Por mais irritante que seja, no fim Gene está coberto de razão.

23

Dan telefona quando ela está quase no fim do quinto capítulo. Sua escrita tem fluído surpreendentemente bem desde que ela recebeu a oferta. Lila voltou ao que o Instagram chama de sua "jornada de cura". Em busca de inspiração, tem pesquisado na internet a experiência de outras mulheres recém-divorciadas, e seu vocabulário literário está carregado de palavras e expressões como "limites", "sinais vermelhos" e "consciência emocional". Com sorte, até o fim deste capítulo, que é mais sentimental, terá outras aventuras íntimas para descrever. Ou, como dizem no Instagram, abraçará plenamente sua feminilidade e tomará as rédeas da própria sexualidade.

Gabriel voltou a mandar mensagens, geralmente à noite. O tom é afetuoso, com muitos elogios, mas um pouco vago no que diz respeito a planos concretos. Por enquanto, Lila aceita que ele só apareça no mundo virtual. Ele a chama de "Bella", como se fosse um apelido. Da primeira vez, ela mandou interrogações de volta, achando que ele tinha mandado mensagem para a pessoa errada. Acontece que Gabriel morou na Itália quando tinha vinte e poucos anos. É claro. "Oi, Bella", "Boa noite, Bellissima". Lila desenvolveu o hábito de se olhar discretamente em espelhos, tentando ver o que aquele homem enxerga nela.

Dan, por outro lado, sempre a cumprimenta como se estivesse dando ordens.

— Lila.

— Estou escrevendo — diz ela, fria, relembrando a pesquisa que fez sobre limites. — Agradeço se pudermos conversar mais tarde.

— É coisa rápida. Queria saber se podemos trocar de fim de semana. Meus pais querem muito ver as meninas e não podem no meu fim de semana. Posso ficar com elas esta semana agora?

— Por que não podem no seu fim de semana? Foi marcado com muita antecedência.

O calendário deles é motivo de conflitos eternos, um documento digital compartilhado que dá arrepios em Lila sempre que precisa consultá-lo.

Ela escuta sons ao fundo. Dan parece distraído, como se estivesse fazendo quinze coisas ao mesmo tempo e aquela ligação fosse a menos importante.

Isso a irritava quando estavam casados, essa incapacidade dele de fazê-la se sentir o foco de sua atenção.

— Meu pai tem um jogo de golfe e minha mãe quer ir ao salão.

— Então você quer que eu mude todos os meus compromissos porque sua mãe talvez vá ao salão?

Lila não tem compromisso nenhum, mas esse não é o ponto.

— Marja só está livre neste fim de semana. Semana que vem, Hugo tem uma viagem planejada com o ex dela, que está vindo da Holanda.

— Ah. Então o motivo é a Marja. Entendi.

Dan vai levar a família toda para visitar os pais no norte. Uma adorável viagem de família. Que ideia mais aconchegante. Lila sente sua calma começar a se esvair.

— Não é só a Marja, Lils.

— Não me chame de Lils.

— Por quê? Por que você está agindo assim?

— Porque "Lils" indica um grau de intimidade que não temos mais.

Ele suspira. Dan lida com ela como se estivesse no limite da paciência, lidando com uma louca irracional.

— Ok. Lila. Por favor, posso ficar com as meninas neste fim de semana? Elas podem ficar com você semana que vem, e na outra também.

Ela para um momento, considerando o quão prestativa quer ser.

— Por mim, tudo bem. Mas você vai ter que perguntar para a Celie. Ela tem a própria programação.

— Bom, o que ela quiser fazer pode ser feito quando ela estiver comigo, né?

— Não disse que não pode, só que talvez seja uma boa ideia perguntar. Ela já é praticamente adulta.

— Certo. Vou perguntar.

Faz-se uma breve pausa, e Lila se prepara para desligar.

— Ah, e queria saber se posso passar aí esta semana para pegar algumas coisas de bebê que estão na garagem.

— Quê?

— O berço, aquela cadeirinha de carro. Acho que tem mais umas coisas naquelas caixas. Logo, logo vou precisar.

Lila fica paralisada diante da casualidade do pedido.

— Mas… não são seus.

— São tão meus quanto seus.

— Dan, são coisas da nossa família. Das nossas filhas. Você não pode simplesmente vir aqui e levar para sua família nova. Isso é… é... Não.

— Lila, que ridículo. Pra que você precisa dessas coisas?

Ela abre a boca para falar, mas a crueldade do comentário a deixou sem ar.

— Não — repete, enfim. — Você não pode levar essas coisas.

— Lila, isso é loucura. Estou prestes a ter um filho. Não tenho dinheiro. Você nunca mais vai usar essas coisas. Ou, se for — diz ele, com uma generosidade exagerada —, provavelmente não será no próximo ano. Então eu gostaria de passar aí e buscar *nossas* coisas de bebê.

— Não tem mais nada — responde ela, rápido.

— Como assim?

— Eu joguei fora. Quando estava arrumando a casa.

— Não acredito.

— Tanto faz se você não acredita.

— Lila, você está sendo irracional e egoísta. Essas coisas não são só suas pra descartar assim.

— Nós fizemos um acordo, Dan. Você levou tudo que queria quando foi embora. Você literalmente me disse isso, que estava levando tudo de que precisava, como se eu e as meninas fôssemos a parte indesejada da equação. Você não pode passar aqui quando quiser e pegar o que der na telha.

— Não estou indo "pegar o que der na telha". Estou pedindo a cadeirinha e o berço que eu ajudei a pagar, coisas que você não usa, para cuidar do meu bebê.

Lila trava a mandíbula.

— Desculpa — retruca ela —, já joguei fora faz um tempão.

Há um longo silêncio carregado. Um silêncio que indica que ele sabe que ela está mentindo, e que ela sabe que ele sabe.

Finalmente, Dan diz:

— Você é impossível pra caralho.

E desliga.

Lila está colocando a cadeirinha e o berço no Mercedes quando Jensen chega. Revirou a garagem, que ainda contém uma pilha de caixas de quando ela e Dan se mudaram — ela já nem lembra o que tem na maioria —, e carrega uma caixa lotada de brinquedos de plástico de bebê. Ela larga as coisas no banco de trás quando o vê parado perto do portão. Lila precisou abrir o teto do conversível para caber tudo, e agora o arco de plástico de patos, uma girafa de borracha enorme e a grade de madeira do berço despontam dali, como num carro de palhaço.

— Limpando a garagem? — pergunta ele.

— Tipo isso.

Jensen observa enquanto ela adiciona aos itens uma banheira de bebê de plástico.

— Te peguei num momento ruim. Volto depois.

— Não, não, tudo bem. O que houve?

Ela sabe que está emanando mau humor. A ligação de Dan a deixou péssima. Odeia o fato de que, mesmo depois de tanto tempo separados, aquele homem ainda consiga desestabilizá-la desse jeito, tocando em um ponto sensível e a deixando à beira das lágrimas de raiva e impotência. Mas ele não vai usar as preciosas coisas de bebê dela. Só de pensar em ver Marja chegando ao parquinho com a cadeirinha de Lila — a cadeirinha que deveria servir para seu terceiro filho —, sua cabeça fica a ponto de explodir.

— Tem certeza de que está tudo bem?

Ela solta um suspiro demorado e espana a poeira da calça jeans.

— Tudo. Desculpa.

— Vim só trazer uma nota para o Bill.

— Nota do quê?

— Da parcela do jardim.

Ela franze a testa.

— Bill está pagando pelo serviço?

Jensen parece um pouco desconfortável, como se tivesse revelado algo que não deveria.

— Hã... está?

— Não — diz ela. — Deixa que eu pago. A casa é minha.

— Mas ele…

— Pode me dar a nota.

Jensen entrega a fatura, relutante. Lila desdobra o papel, vê o valor e faz uma careta involuntária antes de se lembrar de que está tudo bem. Ela receberá a primeira parcela do dinheiro do livro daqui a algumas semanas.

— Eu pago assim que resolver isso aqui — diz ela, forçando um sorriso.

Jensen enfia as mãos nos bolsos, aflito, o que a faz se sentir culpada, mas, agora, ela tem que ir ao lixão. Parte de Lila teme que Dan já esteja a caminho, convicto de que ela mentiu, e Lila quer poder abrir a porta da garagem e revelar que não é "impossível pra caralho", porque as coisas realmente foram jogadas fora. *Toma, Dan!*

Eles ficam parados ali, em um momento constrangedor. Então Jensen recua um passo e se despede com um aceno. Ela vê a picape dele estacionada do outro lado da rua e sente um frio na barriga, lembrando-se dos dois juntos ali no escuro, do peso da garrafa de vodca no colo.

— Era só isso mesmo. A gente... se vê segunda.

Jensen se vira e volta para o carro.

Lila entra no Mercedes, confere que está com a bolsa e o celular e gira a chave na ignição. Um clique. E mais nada.

Ela mexe na marcha para confirmar a posição, destrava o volante e tenta de novo. O motor se recusa a ligar.

— Mas que bosta.

Lila tenta calcular há quanto tempo não liga o carro, se teria deixado os faróis acesos, gastando a bateria. O veículo claramente não vai funcionar. Ela tenta uma última vez, mesmo já sabendo o que a espera. Então esmurra o volante e abaixa a cabeça devagar. Por que ela foi comprar um carro antigo, ridículo e instável em vez de um carro prático, moderno e sensato que custaria um décimo do preço? Quando viu o Mercedes, ela escutou a voz da mãe na cabeça: *Lila! Meu bem! Você deve fazer aquilo que te deixa feliz! Sempre use suas coisas prediletas, as melhores, no dia a dia!*

— Bateria arriou?

Lila não sabe há quantos minutos está ali, de olhos fechados, mas, ao abri-los, encontra Jensen parado perto do veículo.

Ela assente, estranhamente envergonhada. Ele deve ter visto a cena toda.

— Quer que eu vá em casa buscar os cabos para fazer uma chupeta?

Lila calcula mentalmente o tempo que lhe resta e faz uma careta para ele.

— Acho que não vai dar tempo — diz, com um suspiro. — Jensen, posso te pedir um favor imenso?

Ele espera.

— Você me leva até o lixão?

— Eu fiz alguma coisa que te ofendeu?

Os dois estão descarregando a picape no lixão, depois de finalmente chegarem ao fim de uma fila comprida e insuportável com carros repletos de tralhas de porões e lixos de jardins, e agora se movem rapidamente entre PLÁSTICO e RECICLÁVEL. Os itens que ela pegou parecem se dividir em múltiplas categorias, e Lila sente a impaciência dos carros atrás deles enquanto revira as caixas, tentando decidir o que vai onde.

Ela arremessa a girafa de borracha em NÃO RECICLÁVEL, sentindo uma leve pontada de desconforto quando a carinha inocente e alegre do brinquedo desaparece. *Desculpa*, pensa, em silêncio.

— Achei que a gente tinha se dado bem. Tivemos uns bons papos, mas, desde que voltei, você anda... me evitando.

Ele faz uma pausa enquanto retira as peças do berço da caçamba da caminhonete.

— Você vai jogar isso fora mesmo? — pergunta. — Não é melhor botar na área de itens indesejados? Alguém pode aproveitar.

— Ah. Pode ser.

Jensen leva as peças do berço até outra seção e depois volta.

— Quer dizer, eu não estava esperando um relacionamento sério depois do que... aconteceu, mas seria bom sentir que pelo menos somos amigos...

— Claro que somos amigos.

A expressão dele é tão genuína, e sua mágoa tão palpável, que Lila murcha. Ela para ali, com a cadeirinha de bebê na mão. O objeto é tão familiar... lembra mil trajetos curtos de carro, o peso enroscado de um camarãozinho que era sua bebê adormecida em seu braço dolorido.

— Desculpa. Você foi... Aquela noite foi ótima. E eu não estava te evitando de propósito. As coisas só... ficaram meio complicadas, e eu não posso... Não dá...

Jensen aponta para a cadeirinha:

— Isso definitivamente deveria ir para itens indesejados.

Ela faz uma careta.

— Está muito sujo. Não imagino que alguém queira botar um bebê aqui.

Dá para ver as manchas de comida no forro acolchoado, e também no cinto de vinil azul. Pelo menos, ela espera que sejam só de comida.

— Deve dar para lavar a capa, não?

Jensen está prestes a pegar a cadeirinha quando um homem de colete refletivo se aproxima.

— Não aceitamos cadeirinhas de carro — declara o sujeito. — Podem ter estado em um acidente.

— Mas essa não esteve — afirma Lila.

— É o que você diz — retruca o homem, e vai embora.

Lila o encara por um momento, então suspira e joga a cadeirinha em NÃO RECICLÁVEL. Ela praticamente consegue *sentir* a irritação dos outros motoristas.

— Ei — Jensen levanta a mão —, tudo bem. Eu não tinha expectativas. Sei que você está lidando com muita coisa no momento. Só... Acho que só queria ter certeza de que está tudo bem entre a gente.

— Tá tudo certo — responde ela, e joga uma caixa de brinquedos de plástico quebrados na lixeira, fazendo um barulho.

Lila não sabe exatamente o que a faz se sentir pior.

* * *

Jensen repete a pergunta quando para na frente da casa dela, vinte minutos depois.

— Então estamos mesmo de boa? Quer dizer, vou ser bem sincero... Como você não respondeu às mensagens, fiquei meio preocupado de ter passado do limite naquela noite. Eu... Bom, na verdade, fiquei muito preocupado, de verdade.

Lila nega com a cabeça, firme.

— Você não passou de limite nenhum. Eu juro. Lembra? Fiz até um áudio para eximir você de qualquer responsabilidade.

— Mas você estava meio bêbada.

— Bêbada de um jeito bom. Não de um jeito paralisado, incapaz de dizer não.

Jensen inclina a cabeça, pensativo.

— Tem certeza absoluta? Não foi esquisito?

Lila consegue sorrir para ele. Não quer que fique ansioso.

— Jensen. Está tudo bem, mesmo. Não foi nada esquisito. Eu só... estou lidando com muita coisa. E a gente meio que combinou que não seria nada sério.

A breve expressão de surpresa que passa pelo rosto do homem a faz questionar se ele achava o contrário.

— Ok. — Ele se recompõe. — Não. Claro.

Os dois ficam em silêncio. Enfim, ela abre a porta.

— Se você quisesse que fosse mais sério, eu consideraria com prazer — afirma ele.

— Vou pensar nisso.

— Não garanto que eu refletiria imediatamente sobre o assunto. Até porque sou um homem muito ocupado. Mas com certeza colocaria na minha longuíssima lista de itens a avaliar. Talvez até com mais prioridade do que dois terços da lista.

— Obrigada — responde ela. — Fico muitíssimo lisonjeada.

Então fica tudo bem entre eles. Simples assim. Lila agradece de novo pela carona e desce da caminhonete.

— Eu carrego a bateria do seu carro na segunda, quando vier — diz ele pela janela, levantando a mão em um aceno.

E então vai embora.

* * *

Oi, Bella. Tomara que seu dia esteja bom. Bj

Não está ruim, obrigada! O caos de sempre. E o seu? Bj

Médio. Lennie está meio difícil essa semana. Com saudade da mãe, e não consegue decorar as falas da peça da escola, então temos que ensaiar juntos à noite. Mas no geral estamos bem. Bj

Que bom. Vamos tomar alguma outra coisa um dia desses? Bj

Eu adoraria, Bellissima. Senti sua falta na saída da escola. Bj

Ela não consegue distinguir se Gabriel Mallory é caótico, um pouco distante ou se está debilitado pelo luto. O homem é charmoso e atencioso, mas muito difícil de se comprometer com datas concretas, o que a deixa frustrada. Quando finalmente combinaram um encontro, ele cancelou de última hora por causa de uma reunião. Por outro lado, ele liga para ela várias vezes por semana, e os dois quase sempre conversam por uma meia hora deliciosa, ou até que Lennie o chame e ele precise desligar. As conversas são ótimas, cheias de histórias do trabalho dele, dos clientes, do que ele anda vendo na televisão, e, às vezes, do que está sentindo. Gabriel sempre faz questão de perguntar como ela está, o que está acontecendo na vida dela. Tem um humor irônico, a voz suave e íntima, e diz que ninguém nunca o fez rir tanto quanto Lila. É o completo oposto de Dan: quando Gabriel está falando com ela, faz com que Lila se sinta a pessoa mais importante do mundo. Ela desabafa com ele quando está triste, quando se sente frustrada com as meninas ou furiosa com seu ex-marido, e Gabriel sempre sabe a coisa certa a dizer para fazê-la se sentir melhor (normalmente algo como "Dan é um idiota, vai se arrepender do que fez, foi um livramento ele ir embora, você está ótima"). Lila desliga radiante, os elogios reverberando nos ouvidos.

Às vezes, ela pensa na falecida esposa dele, em como deve ser horrível perder um parceiro. Depois de tanta dor, não daria vontade de mergulhar de cabeça em outra relação, né? É natural ficar cauteloso, um pouco ressabiado. Lila tenta acolher esse estado emocional e não exige explicações. As coisas são como são, decide. E tenta não olhar o celular vinte e nove vezes por hora.

Certa tarde, na semana anterior, ele ligou para ela, aflito, e disse que a mãe estava do outro lado de Londres e a babá não podia buscar Lennie. Será que ela poderia ajudá-lo? Lila buscou Lennie com um prazer silencioso, notando os olhares que o grupo de mães da escola lançou para ela assim que perceberam a criança extra sob seus cuidados, ainda mais a criança sendo filha de quem era. Tem quase certeza de que Lennie nunca esteve na casa de nenhuma *delas*. Quando chegaram em casa, depois de deixar as crianças na frente da televisão, Lila subiu correndo para retocar a maquiagem e verificou se tinha comida suficiente para convidar Gabriel para jantar. Ela deu duas voltas pela sala e pela cozinha, tentando deixar o ambiente mais estiloso, um pouco menos parecido com a combinação louca de dois velhos extremamente diferentes e duas garotas. Trancou Truant no quarto, para Gabriel não se assustar com um cachorro latindo de forma ensandecida. Perfumou todos os cômodos com spray aromatizador, na esperança de a casa ficar mais agradável e acolhedora. No entanto, ele apareceu na porta às seis e quinze e falou, distraído, que tinha que correr para entrar em uma reunião no Zoom e, depois de agradecimentos efusivos — *Você salvou minha vida. Muito, muito obrigado* —, deu um beijo na bochecha dela e saiu correndo com Lennie pela calçada sem nem acenar, deixando Lila parada na entrada de casa.

Gene está ansioso com a filmagem no dia seguinte, e sua ansiedade se manifesta em uma necessidade quase maníaca de repetir suas falas, conversar, contar piadas ou simplesmente estar diante de uma plateia. Até Truant foi dormir, exausto de tanta atenção. Então Lila leva Gene para buscar Violet. A motivação não é de todo altruísta: desde a última conversa com Dan, ela anda um pouco nervosa com a possibilidade de ele aparecer, ou de Marja ter relatado o ocorrido às outras mães. O parquinho da escola já pode parecer uma arena de gladiadores mesmo na melhor das circunstâncias, e entrar com reforço ajuda. Além do mais, Gene adora uma plateia em potencial: Lila sente o velho se empertigar um pouco assim que avista o grupo de mulheres, já olhando para ver quem o reconheceu.

— Então é aqui que você vem todo dia, é?

— Isso.

Lila encontra o olhar de Marja ao passar, e as duas viram a cara.

Parte dela sabe que pode ter sido um pouco infantil e mesquinho jogar fora as coisas de bebê, mas outra parte ainda grita em silêncio que é absurdo e injusto ter que dar para a amante do marido usar com o novo filho os objetos que Lila comprou para sua preciosa família. É isso que ela repete para si mesma nos momentos em que a situação lhe causa desconforto.

Ao se aproximarem do canto onde Gabriel costuma ficar, ela percebe que Gene já foi notado. Lila foi poupada dessa experiência na maior parte da vida, afinal, cresceu num continente diferente do pai, mas, desde que ele foi morar em sua casa, ela tomou consciência do frisson que a presença dele provoca em certa faixa etária — um olhar demorado, seguido por uma expressão de dúvida ou um sorriso, um murmúrio tipo: *É aquele cara do...* Sobrancelhas franzidas, lampejos de reconhecimento... Gene, que vive disso, adora. Ele parece achar que um dia em que não é reconhecido é um dia desperdiçado.

Leva cerca de três minutos para uma das mães se aproximar, uma mulher de cabelo castanho cujo nome Lila nunca lembra. Ela está sempre acompanhada de um carrinho de bebê com uma criança quietinha sugando uma mamadeira, quase escondida pelo capuz do casaco acolchoado.

— Oi, Lila — cumprimenta a mulher, olhando diretamente para Gene e ignorando a presença dela. — Hã... Desculpa incomodar, mas preciso perguntar: você é aquele ator que fez... — Ela encara Gene com um sorriso meio esperançoso. — Quer dizer, você é igualzinho ao...

Gene dá um passo à frente.

— *Esquadrão Estelar Zero*. Sim, senhora. Capitão Strang, se apresentando para o serviço intergaláctico.

Ele presta continência, então estende a mão para ela apertar.

O rosto dela se ilumina.

— Ai, meu Deus! É você mesmo! Eu amava o seu programa quando era pequena. Minha mãe era apaixonada por você!

Gene sorri.

— Quem diria! Por favor, mande um abraço para ela.

— Ah, pode me dar um autógrafo? Ela ficaria muito feliz.

A mulher começa a revirar a bolsa pendurada no carrinho e finalmente acha um envelope.

— Sério — continua —, a gente tinha até um calendário seu na cozinha. Ela dizia que tinha um Capitão Strang diferente para cada mês!

Gene, apesar dos hábitos caóticos, nunca sai de casa sem uma caneta para autógrafos. Ele rabisca um recado, confirma a grafia do nome da mulher e faz perguntas educadas sobre ela, sua saúde, sua vida. Enquanto posam para uma selfie juntos — "Ai, minha nossa, ela não vai nem acreditar. Capitão Troy Strang no nosso parquinho!" —, outras mães criam coragem para se aproximar, com celulares ou pedaços de papel. Lila nota, com certa irritação, que Marja está no grupo. Ela caminha com a postura de uma mulher em estado avançado de gravidez, o quadril balançando um pouco com o movimento, uma mão inconscientemente apoiada na lombar.

— É o Troy Strang! Capitão Troy! — diz a mulher anterior, e de repente Gene está no meio de um turbilhão.

Lila é empurrada para o canto devagar, vendo o pai dar autógrafos e posar para fotos, todo falante e carismático, abrindo quilômetros de sorriso.

— Não — responde ele a alguém. — Por enquanto, não temos planos de retomar a série. Mas estamos tentando!

E:

— Sim, Lila é minha filha. Você não sabia? Bom, é que eu passava muito tempo longe, filmando... Estamos adorando passar esse tempo juntos.

Lila precisa de muito esforço para não revirar os olhos.

— E você, quem é? — pergunta ele, preparando a caneta enquanto Philippa Graham revira a bolsa.

— Ah, não estou achando papel. Autografa pra Marja primeiro — diz Philippa, com a cabeça abaixada.

Marja avança um passo, cautelosa, estendendo um caderninho.

— Marja? — diz Gene, de repente imóvel, e vira-se para Lila, procurando-a em meio às mulheres. — A Marja?

Faz-se um silêncio repentino. Algumas mães trocam olhares.

Não tem jeito. Lila confirma.

Gene olha para Marja de cima a baixo.

— Então você que é a Marja. Hum. Imagino que vocês devem ter se resolvido, já que se encontram aqui todo dia.

O sorriso de Gene desapareceu, e ele observa Marja como se a analisasse. Lila e Marja se entreolham, envergonhadas.

— Hum. Não exatamente — diz Lila, depois de um momento.

— Como assim, não exatamente?

Algumas mães se afastam, constrangidas.

— Nós... nós não nos falamos. Desde que Dan...

Lila se sente ruborizar, sem saber por que isso a deixa tão desconfortável. Ela fixa o olhar no portão da escola, torcendo para que as crianças sejam liberadas. Querendo que aquilo acabe logo.

Gene franze a testa.

— Vocês duas vêm aqui todos os dias e não trocam uma palavra?

— Gene, não precisamos...

— Desde que ele abandonou você?

Então ele se vira para Marja e continua:

— Peraí, quer dizer que você nunca nem pediu desculpas?

— Como assim? — pergunta Marja, em um tom hesitante.

— Por destruir uma família? Por transar com o marido da minha filha? Você literalmente aparece aqui todo dia e não diz uma palavra pra minha filha? Jesus! Vocês, ingleses, não têm jeito.

— Na verdade — intervém Philippa, dando um passo à frente —, ela é holandesa. E não deve desculpas a ninguém. Essas coisas acontecem. É a vida.

Gene se vira e olha para ela, incrédulo.

— E quem é você na fila do pão?

Philippa levanta o queixo, corada.

— Philippa Graham.

— E o que você tem a ver com isso, Philippa Graham? Ou está aqui só porque gosta do drama?

Philippa arregala os olhos.

— Que acusação horrível. Estou só... cuidando da minha amiga. — Ela olha para a barriga de Marja. — E do filho dela que está por nascer.

— Aaah — responde Gene, suavizando a expressão. — Que gentil. Está cuidando da criança que ainda vai nascer. Certo. Preocupada com as crianças.

Com essa confirmação de sua benevolência, a serenidade de Philippa é restaurada. Ela assente, recatada. Gene sorri. Lila solta um suspiro. Ele começa a escrever no papel que Philippa ofereceu.

— Então, Philippa Graham — diz ele, ainda olhando para o papel, enquanto escreve —, você tem cuidado das crianças *vivas* envolvidas nessa situação, além do bebê que ainda não nasceu? Das filhas de Dan e Lila? As que tiveram a vida virada de cabeça para baixo? Que ainda estão lidando com o que aconteceu com a família delas? O que você tem feito para cuidar dessas crianças, hein?

Philippa fica de queixo caído.

— Entendi. Imaginei — conclui ele, e empurra o papel para ela. — Que tal dar o fora daqui, moça, e deixar a gente resolver isso com privacidade, já que nitidamente estamos lidando com um problema *de família*?

Faz-se um breve silêncio. Philippa olha para Lila e depois para Marja. Todas as outras mães já se afastaram, reunindo-se em grupinhos aos cochichos pelo parquinho, fingindo não estar prestando atenção no que está acontecendo.

— Tudo bem, Marja? — pergunta Philippa, com a voz carregada, tocando o cotovelo da amiga.

— Tudo — responde Marja, em voz baixa.

Philippa espera mais um momento antes de sair, como se para mostrar que não se deixará intimidar por aquele homem, seja ele um capitão de batalha intergaláctico ou não. Eles esperam até Philippa se afastar uns cinco metros, olhando sem parar por cima do ombro. Então, Gene se coloca entre as duas mulheres.

— Então vocês não se falam. Nunca se falaram. Como está sendo pra vocês, hein?

— Gene — diz Lila. — Por favor, não faça isso. Não preciso que você se envol...

— Desculpa, Lila.

O sotaque pesado de Marja corta as palavras dela. Lila se vira e a encara. Marja tensiona a boca em uma linha fina, claramente desconfortável.

— Desculpa. De verdade.

Pela primeira vez, Lila nota como Marja está cansada, pálida. Lila quer responder alguma coisa, mas nada sai. Ela só fita a mulher, que de repente não se parece em nada com a inimiga radiante e calculista que por tanto tempo existiu em seus pensamentos. Marja olha para o chão.

— E peço mil perdões pelas suas filhas.

Lila não consegue falar. Elas se encaram, e Lila pensa: *Meu Deus do céu, ela parece arrependida de verdade.*

Então Gene bate palmas.

— Pronto, não foi tão difícil, né? Ah, olha só! Lá vem minha menina! Violet, querida! Vi! Olha quem veio te buscar! Seu velho amigo Gene!

Nesse momento, Lila precisa se afastar do parquinho. É demais: os olhares das outras mães, o desconforto estranho que sente por Gene ter forçado Marja a se desculpar, a horrenda exposição nisso tudo. Ela toma vaga consciência das outras mães passando por ela a caminho da calçada, dos pedaços de conversa sobre *Esquadrão Estelar Zero*, e não identifica o que sente. Tristeza? Raiva? Dor? Alívio?

Seus pensamentos são interrompidos por Violet, que puxa sua manga e diz:

— Mãe! Você ainda não fez os figurinos! A sra. Tugendhat precisa falar com você.

— Ah, Violet, agora não, meu amor.

— Agora, sim! Ela disse que você tinha que trazer essa semana!

Lila olha para o outro lado do parquinho. Gene está conversando com a sra. Tugendhat. Mesmo de longe, dá para ver que a professora era fã de *Esquadrão Estelar Zero*. A mão rechonchuda está apoiada no peito, e ela ostenta a expressão animada que algumas pessoas têm quando conversam com uma celebridade de verdade. Gene sorri, de ombros relaxados, a jaqueta de couro surrada se destacando entre os casacos acolchoados e as jaquetas coloridas.

— Mãe — a voz de Violet é urgente —, o ensaio geral é daqui a duas semanas. A gente tem que saber se as roupas vão servir.

— Eu sei, amor. Eu sei. Prometo que vou resolver.

Violet segue puxando sua manga, mas, quando ela ergue o rosto, Gene está posando para uma foto com a sra. Tugendhat, tirada por uma das mães. Depois, com um beijo cortês em sua mão, ele se despede. A professora volta para dentro da escola, corada de alegria, pelo visto nem aí para o figurino. Gene vai até Lila e Violet, acenando com a cabeça para algumas mães que restaram, que sorriem e coram quando ele passa.

— Você está bem, querida?

Ao sair do parquinho, ele pega um cigarro do maço e acende.

— Sim — responde Lila.

Na verdade, ela só quer ir para casa e se deitar.

— Simpática, essa moça! Vai trazer para mim umas lembranças da série que tem no sótão. Parece que o marido tem um frasco de espuma de banho original de *Esquadrão Estelar Zero*! Sabia que lançaram frascos no formato de quatro de nós, lá em 1980? Éramos eu, Vuleva, Vardoth, o Destruidor, e Tenente McKinnon. O meu esgotou em uma semana, se não me engano.

— Que ótimo — diz Lila.

— Sabe, eu devia dar uma fuçada nesses sites de leilão. Tenho um monte dessas coisas guardadas por aí. Acho que Jane deve ter mais uma caixa em casa. Aposto que daria uma fortuna se eu vendesse.

Eles andam metade do caminho de casa sem dizer nada.

Então Gene a cutuca.

— Ei, quer saber o que escrevi no papel daquela tal de Philippa?

Lila dá de ombros, distraída.

— Seu autógrafo?

— Escrevi: *Cara Philippa, já explodi demônios espaciais radioativos mais simpáticos que você. Assinado, seu amigão Gene.*

Ele ainda está rindo baixinho quando chegam à rua de casa.

24

Gene contou para Bill a história de seu confronto com Philippa Graham duas vezes durante o jantar, e, embora Lila soubesse que Bill provavelmente queria reprovar a atitude (ele não conseguia imaginar nada pior do que se envolver nos dramas emocionais dos outros), não conseguiu conter o riso.

— Bom, ela parece completamente deplorável — comentou Bill. — Parabéns.

— Foi bom, né? Queria ter visto a cara da mulher quando ela leu o que escrevi.

Os dois senhores caíram na gargalhada outra vez.

Bill tem rido muito mais nos últimos tempos. Ele assobia enquanto prepara o café, e, às vezes, Lila consegue ouvi-lo do escritório no andar de cima, seu suave barítono cantando junto dos clássicos de coral. Ele não é mais uma sombra de si mesmo — é como se antes houvesse tirado uma licença temporária da própria vida e agora estivesse de volta. Talvez seja um daqueles homens que simplesmente ficam melhores com uma mulher por perto. Talvez, nessa idade, a maioria dos homens seja assim.

Penelope Stockbridge aparece quase todos os dias, seja para tocar piano ou para jantar com eles. De acordo com Violet, que mantém um registro assíduo, as roupas de Penelope até agora incluíram: um par de sapatos de cetim cor-de-rosa para dança de salão, uma boina de lantejoulas verde-escuras, um suéter de tricô com o desenho de um gato e brincos na forma de elefantinhos de vidro rosa, que foram prometidos para Violet assim que ela finalmente puder furar as orelhas ("finalmente" é dito com uma ênfase especial). Uma versão anterior de Lila talvez se ressentisse de chegar em casa e encontrar mais uma pessoa excêntrica na terceira idade, mas ela não se incomoda. Penelope não desdenha de nada, está sempre disposta a ajudar, e é hipersensível à possibilidade de estar abusando da hospitalidade de alguém.

Às vezes, traz flores do jardim para Lila, entregando-as com uma casualidade exagerada.

— Ah, não foi nada. Só pensei que poderiam alegrar seu dia. Flores de verdade são sempre um tônico para a alma, não são?

Ela deu duas aulas de piano gratuitas para Violet, mantendo a postura séria e grave, mas se desfazendo em elogios efusivos quando a menina acertava alguma coisa.

— Ah, acho que você tem um talento natural, Violet. Me avise se quiser mais aulas, tudo bem? Acho que você seria uma pianista maravilhosa.

Lila se pergunta se essa é a forma de Penelope tentar criar mais um motivo para visitar, mas, para ser sincera, Bill com certeza é motivo suficiente. Os dois caminham juntos no parque com frequência (sem Truant, cuja energia é caótica demais para eles), vão a cafeterias, conversam sobre as notícias, admiram o trabalho de Jensen no jardim. Em questão de semanas, Penelope virou parte da família estendida e pouco convencional de Lila. Ela tenta não sentir falta do macarrão de forno.

Dois dias atrás, enquanto observava Jensen plantar uns arbustos no jardim, Bill se virou para Lila e perguntou:

— Tem certeza de que sua mãe não se incomodaria? De eu passar tanto tempo com a Penelope, quero dizer.

Lila entrelaçou o braço no dele e disse que não, claro que não. Que a mãe dela, mais do que qualquer um, entendia a importância de viver bem e feliz, no máximo de sua capacidade.

— E você, querida? Por você, tudo bem? Digo, deve ser um pouco estranho. Mas, sabe, eu quero deixar claro que nunca nem teria olhado para outra mulher se ela não... Francesca era tudo, tudo para mim...

A voz de Bill foi sumindo. Ela conseguiu tranquilizá-lo dizendo que, sim, sabia disso. E, não, Lila não se incomodava. Porque uma estranha harmonia havia se instalado naquela casa bagunçada e disfuncional, e, depois dos últimos anos, ela, mais do que ninguém, sabe que é melhor aceitar e aproveitar esses momentos quando eles surgem.

Lila evita a escola o máximo que pode durante esse período. Gabriel está envolvido em um projeto importante, trabalhando até altas horas no escritório, e entre a remota possibilidade de encontrá-lo e seu leve terror de Philippa Graham, ela passou de bom grado a tarefa para Gene. Ele parece gostar de ter um compromisso diário, e Violet adora ter um avô famoso, agora que a história de quem ele é se espalhou dos pais para os filhos. Além disso, Lila desconfia que eles façam desvios envolvendo doces no caminho de casa. Isso lhe permite ter mais tempo para sentar no escritório e escrever sem que ninguém a interrompa.

* * *

— Eu roubei sua chave.

Jensen aparece na porta do escritório, batendo duas vezes para anunciar sua chegada. Lila, que estava refletindo profundamente sobre depilação ser ou não um ato político quando você só se depila antes de viajar de férias, se vira na cadeira, tomando um susto.

— Oi?

— Roubei a chave do seu carro. Você estava certa sobre mim desde o começo — diz ele, sorrindo, e mostra a chave na palma da mão. — Carreguei a bateria, puxando da minha picape. Agora você precisa dar uma volta.

— Ah! Hã, eu estou no meio de...

— Bill disse que você passou a tarde inteira escrevendo. Precisa de um descanso. Vamos lá, vinte minutinhos.

De repente, Lila toma consciência do caos em seu escritório: as caixas de papelão ainda fechadas e empilhadas contra a parede, a roupa de cama amarrotada de Gene, a impressora que serve de apoio para duas xícaras vazias, e o fato de que provavelmente está vestindo uma blusa do pijama embaixo do moletom. Pela primeira vez, Jensen não está usando roupas de jardinagem, e sim um suéter azul-escuro por cima de uma camisa azul mais clara, o que significa que ele deve ter vindo só para ajudá-la.

— Que... gentileza a sua.

— Eu sou muito gentil.

Ele lhe entrega a chave quando chegam à garagem. Lila destranca o Mercedes e nota que Jensen está entrando no lado do carona.

— Só para garantir que deu tudo certo — diz ele, ao perceber seu olhar.

Ela se acomoda no banco do motorista, confere o espelho e liga o motor, que, obediente, funciona logo de cara. No entanto, a voz de Jensen a interrompe:

— O que foi *isso*?

— Como assim, o que foi isso? Eu liguei o carro.

— Não, não, não!

— Eu sei ligar meu carro, Jensen — retruca Lila, ríspida. — Você não vai me ensinar a dirigir, né?

— Não, o que foi isso da capota?

Lila segue o olhar dele para cima.

— Fala sério! Você tem que abaixar a capota! — insiste Jensen. — É praticamente uma lei para quem tem conversível.

O dia está frio, mas seco, e o azul forte do céu anuncia noites geladas. Eles fecham as jaquetas até a gola, e Lila balança a cabeça diante da loucura daquilo enquanto Jensen liga o aquecedor no máximo. Então ela sai para a rua, sentindo o motor ronronar debaixo do capô, tentando não se sentir uma idiota, primeiro por ter sido ríspida com ele, e depois por ser o tipo de tonta exibida que anda de capota aberta no vento frio.

— Nunca vejo você sair com esse carro — comenta Jensen, enquanto seguem em direção à rua principal. Ele passa a mão pelo painel avelã. — É uma pena.

Lila, um pouco cabisbaixa, precisa gritar mais alto do que o motor V8.

— Comprei este carro pra minha mãe. Como uma espécie de tributo, sabe? Era o tipo de coisa que ela faria, comprar um carro completamente nada a ver para o dia a dia — explica, dando a seta para entrar na rua principal. — Além do mais, não sei se sou o tipo de pessoa que combina com um conversível. — Como Jensen não diz nada, ela continua: — Só... não é nada prático, né? É um carro lindo, mas não é muito confiável, e o clima inglês faz com que só dê para usar em alguns meses do ano.

— Mas um carro desses não serve pra isso. Você abaixa a capota, liga o aquecedor no máximo e aproveita cada gotinha de alegria do dia.

— E congela a cabeça enquanto ferve os pés. Tô fora.

— Lila, você está pensando neste carro do jeito errado. Este Mercedes não é só um carro. É uma dose de serotonina. Você precisa entrar, acelerar e curtir. Mesmo que seja apenas uma ou duas vezes por semana. Capota baixa, música alta, e vai parecer que você que tirou férias.

Lila olha de relance para ele.

— Você gosta muito de me dar ordens, né?

— Só quando necessário. — Ele mexe no rádio. — Vamos lá. Vamos ter a experiência completa de melhora de humor.

Ela fica meio constrangida com a música disco dos anos 1980 estourando no rádio enquanto está parada no sinal, porque tem certeza de que as pessoas estão olhando. Mas Jensen não parece se incomodar: balança a cabeça no ritmo, sorri de prazer, batuca com a mão grande na lateral do carro e aumenta ainda mais o volume quando tocam as suas canções favoritas. Depois de alguns quilômetros, quando fica nítido que ele não vai parar, Lila decide não pensar no possível julgamento alheio e curtir esse bombardeio sensorial que, no final das contas, é bem prazeroso.

— Por que você disse aquilo? — pergunta Jensen.

Ela está desacelerando para dar passagem para outro carro quando ele diminui o volume.

— Disse o quê?

— Que não é o tipo de pessoa que combina com um conversível. O que você quis dizer?

Ela para em uma faixa de pedestres. Um menino lança um olhar demorado e curioso para o capô do Mercedes ao atravessar na frente deles, sendo puxado pela mãe, que fala ao celular.

Lila dá de ombros, de repente sem vontade de encarar o homem ao seu lado.

— Bom, minha vida não é muito de conversível, né? É... sei lá... levar as crianças na escola, adolescente mal-humorada, velhos ranzinzas, banheiros entupidos e acabou o saquinho para catar o cocô do cachorro — comenta ela, tamborilando no volante. — Este carro foi feito para o tipo de pessoa que viaja para Paris por impulso, que usa calça de linho branco e tem uma coleção de bolsas sem farelos no fundo.

Essa constatação repentina a deixa estranhamente melancólica.

— Acho que comprei esse carro para a vida que fantasiei, não para a que eu vivo de verdade.

O silêncio que se segue dura mais do que o normal. Para os padrões de Jensen, pelo menos.

— Você com certeza é uma pessoa de conversível — comenta ele, enfim. — Só está em um momento difícil, então não consegue ver.

Jensen se vira para Lila no exato momento em que ela cria coragem de encará-lo, e sua expressão é quase insuportável de tão gentil.

— Logo, logo sua vida vai ser de conversível, Lila. Você está quase lá.

De forma humilhante, e sem motivo aparente, os olhos dela se enchem de lágrimas. Ela tenta rir para disfarçar.

— Para de ser gentil comigo, pelo amor de Deus — diz, secando os olhos depressa. — Ai. Acho que preferia você me ensinando a dirigir.

— Bom, eu não teria sido gentil se soubesse que tem *farelos* na sua bolsa. Na verdade, eu nem teria aceitado esse passeio. — Jensen olha de soslaio para ela. — Vamos lá, já saímos da zona de trinta quilômetros por hora. Pisa nesse acelerador. Sério, que motorista é essa?

Eles disparam pelas ruas sinuosas ao redor do parque. Lila sente o carro vibrar sob seus pés, a pressão insistente do torque, o volante quente nas mãos, e Jensen aumenta o volume da música, cantando "I'm Every Woman" sem a menor vergonha e completamente desafinado. Lila acaba cantando também, começando a captar uma pontinha do que ele quis dizer. Há alguma coisa no vento batendo em seu rosto, na exposição ao mundo lá fora, na música nos ouvidos, no cabelo esvoaçando, que limpa a cabeça dela, dissipando o ciclo eterno de pensamentos repetitivos. E então ela canta alto, sem se importar com quem vê, ri das letras inventadas por Jensen, da beleza daquele carro ridículo e nada prático.

A sensação de alegria dura pelo menos uma hora depois que eles voltam para casa e colocam o carro na garagem, com as bochechas e as orelhas vermelhas, e por mais um tempo depois de Jensen dizer que o agradecimento dela é desnecessário e seguir para o próximo trabalho. Leva mais uma hora para ela se perguntar se aquela sensação tem alguma coisa a ver com Jensen.

O comercial de Gene vai passar na quinta à noite. Ele finge não dar bola — "É só uma propaganda, não chega a ser Arthur Miller" —, mas Lila desconfia de que todo mundo na vizinhança ficou sabendo que Gene vai aparecer vendendo pasta de dente branqueadora forte e sensível às oito e quinze da noite. Quando ela passou no mercadinho para comprar suco de laranja de manhã, o rapaz turco do caixa, que nunca trocou uma palavra com ela, mesmo que Lila vá lá pelo menos quatro vezes por semana desde que se mudou, devolveu o troco e comentou:

— É hoje o comercial do Gene, né? Minha mãe disse que vai assistir.

Gene convidou todo mundo para comer uma pizza antes da propaganda passar — "Eu pago" —, mas Bill generosamente se ofereceu para cozinhar. Ele está fazendo frango frito americano com bolinho de milho e molho de tomate, em homenagem ao evento. Penelope virá, assim como Eleanor, e Jensen também foi convidado. Há um cronograma todo calculado para a noite, no qual a comida será servida antes da exibição e, segundo Bill, todos já terão terminado de lavar a louça e estarão sentados em frente à televisão "com cookies caseiros de chocolate e pistache" na hora certa, prontos para assistir à aparição de Gene.

Lila escuta sem prestar muita atenção. Gabriel a convidou para jantar na casa dele na noite seguinte, e seu cérebro é um nó quente de nervosismo e expectativa. Porque jantar não é uma bebida casual depois do trabalho. Jantar é coisa séria. É um convite para entrar na casa dele. É uma palavra carregada de possibilidade. Jantar significa que eles estão avançando.

Uma das coisas de que Lila mais gosta em sua nova vida é o cheiro de comida que a recebe quando ela entra em casa. Nos primeiros meses depois de Dan ir embora, ela mal tinha energia para cozinhar: o choque e a dor a esvaziaram tanto que tarefas domésticas comuns, como cozinhar e faxinar, pareciam impossíveis. Ela e as meninas tinham vivido à base de torrada ou delivery, ou, se

Lila se sentisse razoavelmente estável, macarrão com pesto de supermercado, talvez com um punhado de ervilhas congeladas se batesse o medo de as filhas ficarem raquíticas. A chegada de Bill trouxera ordem e comida caseira, mas o cheiro de peixe e salada não era tão *acolhedor*. Desde o envolvimento com Penelope — e talvez até sua trégua com Gene —, a culinária de Bill parece ter relaxado um pouco, tornando-se menos rigidamente saudável e mais reconfortante. Com frequência inclui carboidratos, ou frango crocante, ou até uma camada de queijo, fazendo com que a cozinha de Lila exale aromas deliciosos que provocam fome instantânea. As meninas agora perguntam "O que tem para jantar?" com expectativa genuína, em vez de medo.

Todos estão empolgados para o frango frito.

Além disso, e do futuro encontro com Gabriel, outro motivo para a satisfação de Lila é que o jardim está quase pronto. A área que, por meses, parecia um show de horrores eterno de lama, placas de revestimento e pilhas de vegetação morta transformou-se aos poucos, e então de repente, em algo elegante e belo. Quando eles se mudaram, o jardim dos fundos era uma mistureba de mato e pedaços aparentemente aleatórios de concreto enterrado, com cercas cobertas por trepadeiras escuras e vastas e um galpão que já tinha perdido boa parte do telhado de betume e era colonizado por aranhas de pernas peludas tão enormes que Lila chegou a considerar cobrar aluguel.

Agora, a peça de destaque é o banco de carvalho entalhado por Bill, à sombra de um pequeno salgueiro de um lado e de um bordo japonês do outro, junto a um novo laguinho quadrado. Arbustos de lilás e lavanda pontuam as laterais, atraindo as abelhas, e dois canteiros elevados abrigam uma variedade de ervas, enquanto um caminho sinuoso de arenito de York reaproveitado liga o espaço entre eles. Um muro de tijolos vermelhos, com a superfície gasta por séculos de exposição, foi revelado pelas intermináveis podas de Jensen, e uma fonte fixada na parede verte água em um fluxo contínuo e tilintante. O local ainda nem está pronto e já é absurdamente sereno. É a primeira coisa que chama a atenção quando Lila olha pela janela, e toda vez que faz isso, sente que de algum modo ganhou o tipo de jardim que só outras pessoas têm.

— Plantei cebolas ornamentais roxas gigantes naqueles canteiros — conta Jensen, com as unhas sujas de terra, aparecendo ao lado de Lila enquanto ela olha de volta para a casa. — Vão florescer entre maio e junho e dar um toque meio bagunçado. Para não ficar tudo arrumadinho demais. Achei que combinava com sua mãe... Um pouco de caos e diversão no meio da ordem.

Lila sente um nó inesperado na garganta.

— Que lindo. Ela teria adorado.

— E um montão de bulbos de primavera, cíclames, narcisos, essas coisas. Ela era sempre alegre, né? E no fim do inverno, alegria nunca é demais.

Ele observa o trabalho com uma satisfação discreta, e os dois ficam ali por um momento, assistindo à movimentação do outro lado da porta dupla.

— Você disse que ficaria bonito — comenta Lila, virando-se para ele.

Jensen passa a mão na cabeça.

— É, eu estou sempre certo. Já falei.

— Pronto, agora você estragou tudo.

Jensen ri.

— Vou te contar, estou pronto para aquele frango frito. Estou morrendo de fome.

Eles começam a andar em direção à casa.

— Você está bem? — pergunta Jensen. — Gene me contou que você fechou um contrato para o livro novo.

Lila sorri.

— Pois é. Estou, sim. Ainda não é uma vida de conversível, mas as coisas parecem estar... se ajeitando. E você?

— Bem. Tranquilo, como eu gosto.

— Tranquilo é bom — diz ela, enfática. — Gosto muito de tranquilidade. "Sem alarmes, sem surpresas", que nem aquela música do Radiohead.

— Acho que essa música fala de suicídio. Mas entendi o seu ponto.

Lila para de andar, está prestes a comentar algo, mas muda de ideia.

— Você ia dizer que eu sou bem chato, né? — pergunta Jensen.

— É — responde ela. — Eu ia, sim.

O frango frito está uma delícia. Gene diz isso pelo menos quatro vezes, duas delas enquanto mastiga, mas o sentimento é tão genuíno que Bill nem parece se incomodar com as partículas de comida cuspidas em sua direção. Em vez de servir em pratos individuais, ele encheu uma travessa e pôs no centro da mesa. Todos se esticam para pegar mais um pedaço, o que deixa o clima do jantar mais relaxado do que o habitual. Os bolinhos fritos de milho também são um sucesso, especialmente com Violet, que os pega com as mãos, a boca suja de gordura e molho de tomate. Até a salada verde que Bill serviu de acompanhamento (afinal, velhos hábitos custam a morrer) é rapidamente devorada. Garrafas de cerveja e refrigerante estão espalhadas pela mesa, e um jazz animado toca suavemente ao fundo. Lila observa os convidados em volta da sua mesa da cozinha, antes tão silenciosa: Bill e Penelope sentados lado a lado na cabeceira, conversando com entusiasmo sobre uma música que decidiram tentar tocar; Gene contando a Violet sobre o set de filmagem na mansão, os problemas dos atores, o diretor babaca (quer dizer, desagradável), e a menina às vezes até está escutando; Eleanor e Jensen, que parecem ter se dado bem, papeando sobre um bar bem pé-sujo que os dois frequentaram em Camden Town. Celie, que tem andado mais animada nos últimos dias, dá pedacinhos de frango para Truant escondido por baixo da mesa, às vezes intervindo para contradizer Violet. É uma cena de vida, calor e cor, e Lila se sente estranhamente emocionada, como se só agora se permitisse reconhecer como eles chegaram longe.

— Não é uma família tradicional — disse Eleanor, mais cedo na mesma noite, quando Lila comentou que as coisas estavam muito mais fáceis —, mas nem por isso deixa de ser uma família.

— Quanto tempo você acha que ainda falta pra terminar tudo, Jensen? — pergunta Bill, do outro lado da mesa.

— Estou esperando chegarem as luzes externas, só mais duas, para ficarem ao lado do banco — responde Jensen. — E mais uma ou outra planta. Aí acabou.

— Você fez um trabalho maravilhoso — afirma Bill. — Maravilhoso.

— Está lindíssimo — comenta Penelope, e então, temendo ter se intrometido demais, acrescenta: — Quer dizer, como alguém de fora, me parece lindíssimo.

— Penelope é uma jardineira incrível — diz Bill. — Quanto tiver um tempo, você precisa ver a casa dela, Jensen. Ela leva jeito pra coisa.

Penelope ruboriza, tímida. Está usando um pingente na forma de um minúsculo tubo de pasta de dente, "em homenagem à ocasião". Aparentemente, ela mesma fez o pingente com cerâmica fria e tinta no dia anterior, só por diversão, e prometeu ensinar Violet a fazer. Lila está um pouco preocupada com o formato do pingente que a filha vai escolher criar, mas supõe que Penelope terá que se acostumar com a família como ela é, incluindo bancos de cocô e letras explícitas de rap.

O grupo se acomoda na frente da televisão dez minutos antes da hora prevista para a exibição da propaganda. Um prato de biscoitos quentinhos é passado de mão em mão pelos dois sofás, copos são abastecidos, e um murmúrio alegre de conversa atravessa os comentários da televisão. Violet está sentada no chão, porque não tem espaço para todo mundo, e Truant, infeliz com a quantidade de gente na casa, olha desconfiado de trás da cortina. Lila acabou se sentando no sofá ao lado de Jensen, o que por alguma razão a deixa um pouco constrangida, mas Eleanor, que já tomou várias taças de vinho, dá uma empolgada, exclamando "Que-re-mos o Gene! Que-re-mos o Gene!" vez ou outra, o que chama a atenção de todos, inclusive de Jensen, então Lila se agarra com força à sua tentativa de manter a compostura.

E então, interrompendo um documentário sobre répteis australianos, ele aparece na tela: o pai dela, usando uma camisa branca formal demais para ele, com o cabelo penteado e cortadinho, e olhando, preocupado, para os dentes no espelho.

Nunca é tarde para brilhar, diz a voz feminina da narração, e, na tela, depois de escovar os dentes, Gene sorri de repente, aquele sorrisão enorme e satisfeito, e a sala inteira irrompe em comemorações.

— Viva o Gene!

Eleanor, visivelmente alegre, se estica para bater na mão dele, as meninas pulam, Bill diz "Muito bom, muito bom, Gene", Truant começa a latir e, enquanto todos aplaudem, Lila absorve as palavras de Eleanor, pensando: *Sim, talvez isso seja uma família. Com toda a sua história louca e caótica, os corações partidos, as piadas bobas, os triunfos ridículos e a ausência perceptível de mesinhas Noguchi — talvez essa seja a minha família.*

25

O jantar está marcado para sexta-feira. Toda vez que Lila pensa nisso, sente um arrepio de expectativa e nervosismo. Nos últimos dois dias, foi ao salão para depilar tudo e fazer as unhas. Fez escova no cabelo até as mechas caírem em ondas castanhas e sedosas e se presenteou com uma lingerie nova, depois de decidir que quase tudo na gaveta era velho demais, ou ficava frouxo em lugares desagradáveis (obrigada, dieta do divórcio). Está usando um vestido de seda preto, com decote fechado e uma fenda na saia, que sempre rende elogios e que ela espera que passe uma imagem sofisticada, mas casual, no estilo parisiense. Lê afirmações no Instagram, lembrando a si mesma de que é forte, desejada, uma sobrevivente, que suas experiências a transformaram em alguém irrefreável. Passa apenas quarenta minutos incomodada com a pele do pescoço.

Gabriel marcou um horário bem específico, então Lila se certifica de que estará pronta antes das sete. O endereço dele não fica longe e, se não estiver chovendo na hora, ela vai a pé. Se movimentar ajuda com o nervosismo.

Ela manda mensagem às quinze para as sete.

Já vou sair. Bjs

Ele responde imediatamente:

Tive um imprevisto no trabalho, Lila. Será que você pode chegar um pouco mais tarde? Lá para as 21h? Quero botar Lennie para dormir antes de você chegar.

Lila pensou que Lennie fosse dormir na casa da avó.

Por mim, tudo bem ver Lennie. Já nos conhecemos.

É, mas vai ser empolgação demais para a criança, que depois não vai querer dormir. Melhor já estar na cama. Bjs

A mensagem é escrita no tom indiscutível de um pai que conhece bem a criança que tem em casa. Lila relê o texto duas vezes, então suspira e desce para a cozinha, onde Bill está servindo o jantar. Hoje estão só ele, Gene e as meninas, e o prato do dia é espaguete à bolonhesa, o que deixa Lila meio triste. Ela ama espaguete à bolonhesa, e mal comeu hoje.

— Você está linda, meu bem — diz Gene, sentando-se à mesa. — Vai sair?

— É. Só para tomar alguma coisa.

— Com quem? — pergunta Violet.

Lila está prestes a dizer a verdade, mas algo a faz hesitar.

— Só alguém da escola — responde.

— Noite das meninas, é? — pergunta Gene.

— Achei que você fosse sair com Jensen de novo em algum momento — comenta Bill, com um toque de insinuação.

— Eu e Jensen somos só amigos — responde Lila, firme.

Celie ri com macarrão na boca.

— Que foi? — pergunta Lila.

— Amigos que *dormem* juntos — resmunga ela.

— Você dormiu junto com o Jensen? — diz Violet, de olhos arregalados. — Jensen, o jardineiro?

— Faz um tempão e... sim... dormi.

— Foi uma festa do pijama?

— Tipo isso.

Celie ri de novo.

— Bom, se você e sua "amiga" forem ficar fora até muito tarde — comenta Bill, levantando a sobrancelha —, seria bom se você avisasse. Só para não nos preocuparmos. De novo.

— Eu mando uma mensagem — diz Lila.

— Você nunca me deixaria fazer isso — retruca Celie.

— Eu tenho vinte e seis anos a mais do que você. E sou a rainha deste reino.

— Quer comer antes de ir? — pergunta Gene, apontando para a travessa de macarrão. — Bill fez um verdadeiro banquete.

Caramba, que cheiro delicioso.

— Acho que vamos jantar lá. Mas obrigada.

Ela anda até o pub, porque não consegue pensar em outra coisa para fazer durante a hora e meia de espera, e está tensa demais para ficar em casa. Senta-se num canto, numa mesa pequena, e bebe devagar uma Coca Diet enquanto mexe à toa no celular. Seu coração bate num ritmo inquieto. Quando termina a Coca, pede um gim-tônica. Precisa dar uma acalmada nos nervos. *É só um jantar*, fica repetindo para si mesma. *Não precisa entrar em pânico.*

Enquanto bebe o drinque, um homem se aproxima — na casa dos quarenta, de terno escuro bem ajustado. Assim que Lila levanta o rosto, se depara com o olhar levemente intrigado dele. *Por que é impossível uma mulher ficar quieta, existindo sozinha?* Ela acha que é o vestido. Parece que está tentando atrair atenção sexual.

— Estou muito bem sozinha, obrigada — diz, enfim, quando ele para na sua frente, um pouco mais ríspida do que pretendia.

— Na verdade, eu só queria saber se você estava usando essa cadeira.

Lila pede outro gim-tônica para dissipar a leve humilhação do incidente da cadeira e o fato de que o homem de terno e os amigos agora estão reunidos em um grupo grande e barulhento na mesa do lado, fazendo-a parecer solitária e ridícula. Enfim, quando dá dez para as nove, o vozerio no pub aumenta e a banda começa a tocar lá no fundo, elevando o barulho ainda mais, então ela pega a bolsa e, um pouco cambaleante, caminha até a casa de Gabriel.

Ele abre a porta no segundo toque da campainha, meio agitado.

— Me desculpa — diz, levantando um dedo. — Estou no telefone. Dois minutos.

Ele sobe a escada correndo, e Lila fica parada no hall, sem saber onde deve esperar.

Permanece imóvel, ouvindo a porta se fechar lá em cima. *O que minha mãe faria?*, pensa. Depois de um instante, fortalecida pelo relaxamento imaginário de Francesca naquela circunstância, ela tira o casaco e vai até a cozinha.

Definitivamente é a cozinha de um arquiteto, a nível quase cômico: nos fundos da casa há um cubo de vidro, no centro do qual fica uma mesa de mármore oval que ela já viu em várias revistas, embora não consiga lembrar o nome do designer. Lila não vê nada sendo preparado no fogão, mas imagina que tenha algo na geladeira, esperando sua chegada. Ela está com tanta fome que se sente prestes a desmaiar.

Lila observa o cômodo — imaculado, organizado e de bom gosto, as paredes da cor do gesso sem pintura, os armários de um azul-cobalto forte. Um enorme lustre modernista pende do centro do teto, e não há nada nas bancadas de granito claro além de um jarro enorme de cerâmica, nenhum sinal de bagunça ou dos objetos do dia a dia de uma cozinha comum. A lateral do armário mais alto, escondido da vista ao entrar, é a única área em que o minimalismo fica de lado: está cheia de desenhos de Lennie e recados da escola, além de um quadro de cortiça. Lila espia as fotos ali — não são como aquelas bagunçadas e engraçadas que tem em casa, mas, sim, retratos lindos e estilosos de Lennie, além de algumas imagens com grandes grupos de pessoas, nitidamente de férias em algum lugar quente e lindo. Não há fotos da falecida esposa. Um quadro grande e abstrato decora a parede, e as cadeiras são de couro e cromo, vagamente brutalistas, com estilo do Leste Europeu. De repente, ela fica feliz por ter escolhido o vestido de seda preta: a maioria de suas roupas seria caótica demais para aquele ambiente.

Gabriel chega esfregando o rosto, como se estivesse tentando se limpar do telefonema, bem quando ela está pensando em sair para o quintal.

— Me desculpa — diz ele, e dá um beijo na bochecha dela. — Essa semana foi um pesadelo no trabalho. E Len fica triste se eu chego tarde, então eu sabia que ia demorar a dormir. Perdão. Vou pegar uma bebida para você.

Ele abre o armário e revela uma adega, de onde tira uma garrafa de vinho tinto com aparência cara.

— Tinto, pode ser?

— Pode — responde ela, sem pensar.

Até um pouco descabelado ele continua lindo: os olhos de um azul vívido e intenso, a camisa cinza-claro com um logo japonês minúsculo no punho. Ele emana um perfume suave de loção pós-barba, um cheiro caro de anis.

— Senta, por favor. — Ele indica a mesa. — Você está muito bonita. Infelizmente, não tive tempo de cozinhar, então pensei em pedirmos alguma coisa.

Ela faz um cálculo rápido. Nesta hora, numa sexta à noite, não conseguirão nada antes de quinze para as dez, isso se derem sorte. Mas fazer o quê? Ela sorri, na esperança de ele servir um petisco, e Gabriel enche duas taças de vinho antes de abrir um app no celular.

— Pronto! — diz ele, e ela toma um gole demorado de vinho, porque de repente não sabe mais o que dizer.

— Sua cozinha é linda — comenta, quando se recupera.

Ele olha ao redor, como se isso nunca lhe tivesse ocorrido.

— É, não é ruim, né? Foi o único cômodo que reformei antes da mudança. Eu queria algo mais ambicioso. — Ele toma um gole de vinho, fecha os olhos por um momento, saboreando a bebida, e acrescenta: — Mas a maior parte da vida envolve fazer concessões, né? E você, como está? Como anda a escrita?

— Bem — diz ela. — Anda bem, até.

— Sobre o que está escrevendo?

— É... — começa ela, hesitante. — É a sequência de outro livro que escrevi, sobre como reconstruir um casamento desgastado.

— Ah.

Gabriel parece constrangido.

— Pois é.

— Bom, acho muita coragem sua. Não me surpreende em nada, afinal, você é uma mulher destemida. Mas acho que eu não conseguiria escrever sobre coisas tão íntimas.

— Ah, mas você não coloca seu verdadeiro eu ali — diz ela, rápido. — Pelo menos não as partes importantes. O que escrevo é, certamente, uma versão editada da minha vida. A gente precisa, hum, dar uma exagerada, só para satisfazer os editores.

— Imagino. Não é muito a minha praia. Meu pai uma vez publicou um livro. Mas era sobre arquitetura grega antiga. Bem diferente. Chatíssimo, para ser sincero, mas obviamente a família toda teve que comprar.

— Eu mando minhas filhas comprarem o meu com o dinheiro da mesada delas.

Ele ri, e Lila começa a relaxar.

— Você sempre quis escrever livros?

— Na verdade, não, ao contrário de metade da população. Escrevi um texto on-line engraçado sobre meu casamento, na época em que trabalhava com marketing, e uma agente me procurou, sugerindo expandir para um livro. Aí entrou em leilão e acabou vendendo algumas centenas de milhares de exemplares, e passou uns meses na lista de mais vendidos.

Lila tenta falar de forma casual, como se não estivesse tentando impressioná-lo. Como se aquilo fosse equivalente aos prêmios de arquitetura e ao lustre caro dele.

— Isso é incrível — comenta ele, educado.

Ela tenta não se empolgar demais.

— E o resto da sua família, como é? Você tem irmãos?

— Dois irmãos. Somos *muito* competitivos, é horrível. — Gabriel sorri. — Meu irmão mais velho é advogado, e o mais novo, médico. Somos basicamente um clichê de família de classe média.

— E o sonho de toda mãe.

— Ah, eu não diria isso. E você?

— Sou filha única. Uma mãe, dois pais. Acho que adoraria ter irmãos para dividir esse fardo específico.

— Bom, é legal para suas filhas. Ter os avôs por perto.

— Você ainda vê os pais da sua esposa?

Ele fecha a cara.

— É complicado. Eles ficaram do lado da Victoria na separação, e a relação ficou um pouco tensa. Mas Lennie os vê. Costuma passar umas semanas com eles nas férias.

— Sinto muito por você ter que lidar com isso também.

— Muita gentileza sua. Tem sido desgastante mesmo.

Gabriel se levanta e serve mais vinho, como se para mudar de assunto.

Ela gostaria de saber mais sobre o tópico. Queria perguntar como Victoria morreu. Se ele namorou alguém desde então. Gostaria de fazer cerca de oito mil outras perguntas. Porém, Lila se deu conta de que está bem bêbada. Olha para a segunda taça, que, por alguma razão inexplicável, está vazia, e suspeita que Gabriel está bem mais sóbrio do que ela. Precisa se lembrar de parar de falar. Acha que talvez esteja sendo enfática demais quando ele diz algo. E às vezes se pega sorrindo que nem uma boba. Lila tenta relaxar. Está jantando com Gabriel Mallory. Por que não se soltar e curtir um pouco?

Ela não sabe exatamente quando chega a comida. Vê Gabriel pegar os pratos e os talheres, e os dois se ajeitam à mesa de mármore, que é desconfortável e fria contra os braços nus dela. Em certo momento, Gabriel botou para tocar uma música cubana tradicional e diminuiu a iluminação. Eles comem espetinhos de carne com milho grelhado, e Lila está com tanta fome que poderia devorar até as caixas de papelão. Ela o escuta falar, observa como a luz reflete em seu cabelo, a natureza suave, quase hesitante do sorriso dele, e, mesmo depois de ter comido e bebido, não consegue relaxar, porque uma pergunta vibra em sua mente como um tambor abafado. O cérebro de Lila, contudo, meio confuso pelo álcool, continua se desviando para direções inesperadas.

— Tulipa! — exclama ela, abruptamente.

Ele parece se assustar.

— Sua mesa. É uma mesa Tulipa.

— Sim. — Gabriel assente. — Eero Saarinen. Design de 1955.

— Eu sabia!

Ela bate na mesa com excesso de entusiasmo, e ele se apressa para salvar uma das taças.

Finalmente, Gabriel tira a mesa. Ele parece Bill, pensa Lila. Não consegue deixar nada fora do lugar. Talvez ela tenha dito isso em voz alta. Fica sentada com a taça na mão, deixando a música e a atmosfera a envolverem. Nessa linda cozinha, usando seu vestido de seda preto, com aquele homem, ela se sente em uma cena de filme. Sente-se como a melhor versão possível de si mesma...

— Então, vamos sentar na sala? — sugere ele, quando termina de organizar a louça, oferecendo a mão quente e forte, os dedos que se fecham ao redor dos dela como se o lugar deles fosse ali. — É um pouco mais confortável.

A sala de estar é menor do que Lila esperava: contém um sofá grande e curvo de tweed turquesa-escuro e uma televisão enorme. Não há brinquedos, nem bagunça. Apenas um aparador que parece não ter portas, uma cadeira arredondada e uma mesa de centro longa e baixa feita de algum tipo de concreto. Duas luminárias inclinadas iluminam pontos ao redor da sala, e um tapete persa antigo e belíssimo cobre o piso de taco claro estilo espinha de peixe. Uma manta azul-marinho que parece ser de caxemira está dobrada no canto do sofá. De alguma forma, a música cubana também parece tocar neste cômodo. Lila se senta no sofá, e ele se acomoda ao seu lado.

— Nem parece que você tem criança em casa — comenta ela, olhando ao redor.

Faz questão de sorrir com um ar de admiração ao falar isso, para não parecer uma crítica.

— Ah, sim. Esse é meu ponto fraco. Preciso saber que tem um espaço na casa onde eu possa vir à noite e relaxar. Lennie tem um quarto de brinquedos do outro lado do corredor e, se for fazer você se sentir melhor, parece que um furacão passou por lá.

— Talvez eu tenha que dar uma olhadinha depois — responde Lila. — Só para confirmar que você não é perfeito.

— Perfeito — repete ele, levantando a sobrancelha.

Gabriel está virado em sua direção, o joelho dobrado, o braço no encosto do sofá. A mão tocando o ombro dela.

— Bom, pelo menos na esfera doméstica.

— Só uma pessoa aqui pode ser perfeita — diz ele, baixinho —, e a vaga nitidamente já foi ocupada.

Ela pisca devagar.

— Você é maravilhosa, Lila — continua Gabriel. Então pega a mão dela e vira a palma para cima, passando o polegar de um jeito que faz Lila perder o fôlego. — Pensei isso desde o momento em que te vi no parquinho pela primeira vez. Você encara tudo que a vida joga no seu caminho com tanta calma, tanta graça... Você é muito especial.

— Especial?

Ele dá de ombros, como se fosse óbvio.

— Você é gentil, carinhosa. E, claro, muito linda. E está sempre disponível para conversar quando estou mal. Eu não mereço você, de verdade. Tipo, eu sou... sei lá... um caos, na maior parte do tempo. Espero que você não se incomode por eu dizer isso.

— De jeito nenhum. Mas você está exagerando.

Gabriel a contempla, quase sem sorrir. Fixa o olhar no dela, transbordando seriedade.

— Não estou, não. Esses últimos anos foram difíceis, e eu já falei que saber que posso conversar com você, ou encontrar você... bom, aliviou muita coisa para mim. Tenho dificuldade em me abrir com as pessoas. Mas, mesmo que eu não te veja tanto quanto gostaria, sei que você está aqui. Sinto essa conexão entre a gente. Você me faz sentir que consigo passar por essa. Você... você é de outro mundo.

Gabriel tira delicadamente a taça de vinho da mão dela e a coloca na mesa de centro. Ainda está segurando sua mão, que leva até a boca para beijar. Lila sente as reverberações do beijo em cada uma das suas células, como uma chuva de meteoros dentro do corpo. E então ele se curva e, olhando bem fundo nos olhos dela, espera uma mera fração de segundo deliciosa antes de por fim agir, e então a beija.

Depois, ela gostaria de não ter bebido tanto, porque a situação assumiu um ar onírico. Lila estava ciente dos beijos, cada vez mais urgentes, da música distante, do toque da pele nua no sofá de tweed. Lembra-se de Gabriel tirando seu vestido, dizendo que ela era linda, de novo e de novo, conforme expunha cada centímetro de pele, e então se lembra de algo mais urgente e animalesco tomando conta, agarros, beijos profundos e ferozes, o ponto em que a razão desapareceu e o instinto tomou as rédeas. Gabriel precisava dela. Precisava muito estar dentro dela. A força do desejo dele era como ganhar um presente.

Lila não sabe quanto tempo ficam deitados no sofá depois. Está calma, satisfeita, como se uma tempestade tivesse passado e agora pudesse finalmente relaxar. Seu braço está jogado sobre as costas dele, um pouco grudentas de suor, e Gabriel ainda está deitado em cima dela, o tronco encaixado entre as pernas de Lila, o cabelo macio caindo em sua clavícula. Ela sente a pele desse homem na sua, sente o cheiro suave de algo amadeirado e picante no xampu dele, como um perfume Hermès. Gabriel é surpreendentemente esbelto, com músculos bem definidos. Ela não quer se mexer nunca mais. Poderia ficar assim para sempre, com as mãos dele em seu corpo, o peso dele a prendendo ali. Pretende passar a noite inteira enroscada nele, cada centímetro de seu corpo em contato com o de Gabriel. Já está pensando em fazer isso outra vez — não sabe se vai conseguir deixá-lo quieto.

Ele mexe a cabeça, virando-se para olhá-la.

— Tudo bem aí?

Lila sorri, um sorriso lento, tranquilo.

— Mais do que bem.

— Desculpa se foi meio... apressado. Eu me empolguei demais.

— Sério. Foi uma delícia.

— Você é uma delícia.

Os dois ficam mais um momento deitados, então ele começa a se mexer, apoiando o peso no cotovelo esquerdo para não esmagá-la mais. Gabriel parece um pouco atordoado e, sem os óculos, mais vulnerável, com aquele olhar ligeiramente desfocado de quem usa óculos sempre.

— Você está com frio?

— Se você ficar em cima de mim, não. — Lila sorri.

Ele olha para o relógio.

— Nossa, já é uma e quinze.

Lila está prestes a falar que o tempo voa, mas acha que será brega. Então só puxa a manta de lã da ponta do sofá para cobri-los.

— Então — diz ela —, melhor a gente dormir?

A expressão de Gabriel muda um pouco. Ele olha para o outro lado da sala e volta a encará-la, um pouco sem jeito.

— Na verdade, Lila, você se importaria se a gente não dormisse?

— Você quer fazer *de novo*?

— O que eu quis dizer é que acho que não seria bom para Lennie acordar e ver você aqui. A gente não se conhece tão bem ainda, e não quero que Lennie entenda mal a situação. Acho que, nesse momento, seria melhor…

A voz dele desaparece.

— Você... você quer que eu volte para casa?

Ela leva um instante para entender que, sim, é isso que ele está dizendo.

— Se não for um problema. Só por enquanto. Lennie passou por tanta coisa, e não quero confundir sua cabeça nesse momento. É pesado para uma criança, sabe? — afirma ele, e apoia a mão no ombro de Lila. — Perdão por pedir isso.

Ela fica um minuto deitada, então se senta e pega o vestido. Nota que está do avesso e começa a puxar o tecido, tentando virar do lado certo.

— Não, não — diz. — Tudo bem.

— Em qualquer outro momento, tudo que eu gostaria seria passar a noite inteira com você.

— Tudo bem, eu entendo.

Gabriel espera enquanto ela se veste, puxando a calcinha do espaço entre as almofadas do sofá, sentindo-se de repente constrangida enquanto coloca o sutiã. Ela demora um pouco até estar completamente vestida, e queria que ele não estivesse ali parado, só olhando.

Ele a acompanha até a porta. Talvez note a expressão no rosto de Lila, porque para no hall e a abraça.

— Você é incrível — afirma. — Muito incrível. Vamos fazer isso de novo.

Gabriel inclina delicadamente a cabeça dela para cima e a beija, com o olhar sério e suave.

— Ei — diz ele, quando percebe certa relutância em sua resposta. — Ei.

Lila não sabe o que sentir. Não era assim que esperava que a noite terminasse. Então ele a beija com vontade, puxando-a para perto, segurando-a, até que ela amolece e retribui o beijo.

— Tudo bem?

— Tudo bem — responde Lila, abrindo um sorriso relutante.

Ele a ajuda a vestir o casaco e segura os dois lados do colarinho, olhando nos olhos dela.

— Me manda mensagem quando chegar em casa. Quero saber que chegou bem.

Ela já se afastou alguns passos da porta quando Gabriel chama, em um cochicho alto:

— Ei, Lila?

— Oi?

— Melhor não falar disso na escola por enquanto. Você sabe como é aquela gente.

Lila sabe melhor do que ninguém.

— Fica só entre nós — responde ela.

— Fica só entre nós — repete ele, soprando um beijo, e espera na porta enquanto ela avança pela rua.

26
Celie

Gene tem uma reunião com o agente e pega o mesmo ônibus que Celie, então os dois se sentam juntos no segundo andar. Celie vai saltar primeiro e andar até a escola, enquanto Gene continuará no ônibus até chegar ao West End. Ele nitidamente não está acostumado a acordar tão cedo, e não para de bocejar e esfregar os olhos, mas tagarela como sempre, a voz alta se espalhando pelos bancos, a ponto de Celie precisar mandá-lo falar mais baixo. Os britânicos gostam de silêncio no transporte público de manhã, exceto os psicopatas que escutam música sem fone ou ficam conversando no FaceTime.

— E aí, o que você escolheu?

— Animação.

— Boa ideia. Este país tem nove meses por ano frios demais para atletismo.

— Acho que sou a única da turma que se inscreveu.

Gene vive dizendo que ela precisa encontrar algo que goste de fazer.

— A vida vai quebrar sua cara, querida. É uma amante muito cruel. Então você precisa encontrar um lugar dentro da sua cabeça onde possa se perder, mas de um jeito bom. Senão, é só bebida, drogas e mulheres ruins.

Celie tem quase certeza de que não vai acabar se perdendo com mulheres ruins, mas captou a mensagem.

— Sério, se eu tivesse colocado mais amor e dedicação na atuação, poderia ter ganhado um Oscar — continua Gene. — Os estúdios estavam todos fazendo fila na minha porta. Eu deveria ter continuado com as aulas de teatro, me aperfeiçoado, em vez de me distrair. Esse negócio de fama meio que me subiu à cabeça por um tempo. Acho que isso me tirou do prumo. — Ele coça a cabeça. — De várias formas.

— Tipo ter largado a mamãe e a vovó?

Pela primeira vez, Gene baixa a voz em alguns decibéis. Parece um pouco constrangido.

— Acho que sim. Sua mãe não consegue me perdoar.

— Você pediu desculpas?

Ele a olha como se isso fosse um conceito revolucionário.

— Não com essas palavras.

— Mamãe disse que você mandou a Marja pedir desculpas.

— É, mas isso é... é diferente.

— Você disse pra Marja que ela destruiu uma família e que tem que olhar na cara da mamãe todo dia, por isso deveria pedir desculpas. Como é diferente?

Gene tira um cigarro do maço, lembra que não pode fumar no ônibus e guarda de novo. Ele se ajeita.

— É complicado.

— Não é, não. Quem fez merda foi você. Você deveria se desculpar.

— Celie! Não fale palavrão na frente do seu avô!

Faz-se um breve silêncio.

— "Avô", é? — pergunta Celie, questionadora.

— Do seu amigão Gene — se corrige ele, e suspira. — Talvez você esteja certa. Mas é meio difícil abrir essa caixa de Pandora. Sua mãe é meio...

— Assustadora.

— Pois é.

— Mas você deveria tentar. Ela não é tão brava quanto parece — afirma Celie, pensando na mãe. — Acho que ela já meio que espera que você vai embora de novo. Acha que todo mundo vai abandoná-la. — Ela o observa e pergunta: — Você vai embora de novo?

Gene faz que não com a cabeça.

— Eu meio que gosto de ficar com a minha família. E, ei, quem vai resolver seus problemas se seu amigão Gene não estiver por perto? Quem vai te dar tatuagens falsas e melhorar sua postura? Quem vai garantir os donuts da Violet? Quem vai incentivar o Bill a levar a sério aquela moça do piano? — Ele levanta a cabeça e olha ao redor do ônibus. — Quem vai dar assunto para as mulheres do noroeste de Londres?

Algumas mulheres olham para ele, então desviam o olhar. Ele puxa Celie para um abraço e beija o topo da cabeça dela. Gene cheira a pasta de dente e couro velho.

— Você é ridículo — diz a garota, mas não o empurra.

Celie não sente mais dor de estômago antes de ir para a escola. A dor desapareceu quase imediatamente no primeiro dia em que conseguiu passar pelas meninas com o Escudo Invisível do Gene, como ele descreveu. Elas estavam todas reunidas perto do portão, fumando, mesmo que, teoricamente, estivessem do lado errado do portão para isso. Quando Meena olhou para ela, em vez de se encolher, Celie a encarou de volta, empinou o queixo com um sorriso discreto e continuou andando. Ela percebeu o olhar das meninas durante toda a aula de biologia, mas, em vez de se sentir esmagada como antes, a cabeça dando voltas ao pensar em tudo o que elas podiam estar dizendo, protegeu-se com o escudo invisível, murmurou *Ai, que patéticas* e imaginou Gene rolando na grama e gritando: "Morri! Você me matou!" Cada vez que fazia isso ficava um pouco mais fácil, até que agora, três semanas depois, ela mal nota a presença das meninas. Ainda se sente meio sozinha, sim, mas começou a almoçar com as garotas da aula de música, que são meio nerds, mas sempre parecem felizes de vê-la e abrem espaço na mesa lotada para Celie se sentar.

Elas não falam de outras garotas. Nunca. Isso faz Celie perceber que noventa por cento do que Meena e as outras conversavam era sobre quem estava fazendo o quê, quem era burra, quem se vestia mal ou quem tinha feito papel de otária. Era como se as pessoas fossem moedas de troca. Harriet e Soraya falam de música, de filmes a que assistiram, sobre o que querem compor (as duas são musicistas de verdade e Soraya compõe as próprias músicas). Certa vez, enquanto almoçavam na cantina, Soraya mostrou para elas uma que gravou no celular, e Celie pôs os fones de ouvido para escutar junto com Harriet. Mesmo que não fosse genial — a voz de Soraya é meio fina, e a música era sobre gatos —, o que a impressionou foi a confiança plena que o gesto de Soraya demonstrava: de que Celie não riria da cara dela, de que escutaria com cuidado. Soraya partia do princípio de que o que estava fazendo valia a pena e seria recebido com esse mesmo espírito. Se tivesse mostrado para Meena, a garota teria engasgado de tanto gargalhar e espalhado para todo mundo que a música era patética.

Celie percebe que gosta muito de conversar sobre coisas, e não sobre pessoas. Ela tem quase certeza de que, quando sai da mesa, Soraya e Harriet não dizem nada de ruim a seu respeito. Embora ainda olhe para trás umas duas vezes ao deixar a cantina, só para confirmar.

A oficina de animação acontece às quatro da tarde no prédio de artes, que, na verdade, são dois contêineres juntos. Celie faz de tudo para chegar no último minuto possível, porque seria estranho fazer fila sem conhecer ninguém, e, quando entra, escolhe uma mesa no canto, bem no fundo da sala, de onde pode ver todo mundo sem ser vista. Ela analisa a turma, procurando alguém que reconheça — em sua maioria, são meninos dois anos mais velhos, mas não do tipo que fica fazendo bagunça na aula e jogando a mochila dos outros no lixo. São os meninos-sombra, os garotos mais quietos, que ficam sempre às margens. Tem duas outras garotas, uma delas do ano acima, que acena com a cabeça para Celie — o cumprimento mais explícito possível para uma aluna mais velha —, e então, na fileira da frente, ela vê Martin, cujo cabelo ruivo brilha. Ele olha para trás e acena brevemente, daquele jeito típico de quem espera não ser correspondido, mas acha que deve acenar mesmo assim. Celie retribui com um sorriso tímido — seria uma grosseria não sorrir — e tenta não pensar no que significa estar fazendo uma atividade extracurricular com alguém como Martin.

— Vamos começar com storyboards. Não se preocupem se não forem muito habilidosos, nosso foco agora é na construção da história. Depois podemos usar softwares para ajudar a criar as imagens. Só vai depender se querem fazer animação em 2D ou 3D.

O sr. Pugh é o tipo de professor que pede para ser chamado de Kev, usa calça jeans e tênis e se senta na beirada da mesa. Celie suspeita que ele se apresenta dizendo que é "daqueles professores que os alunos consideram amigo". Sempre tem um desses em toda escola.

— Martin. Você fez storyboards ano passado, não foi? Tem algum na sua pasta?

Celie se envergonha por ele. Ser a primeira pessoa chamada para mostrar o trabalho é horrível. Especialmente na frente dos alunos mais velhos. Mas Martin não parece se incomodar. Ele tira uma folha grande de papel A3 da pasta. O sr. Pugh anda até a mesa do garoto e levanta o papel para mostrar para a turma.

Ela leva alguns segundos para processar que é o trabalho de Martin, e que ele mandou muito bem. Tem uns doze quadrados de desenho, alguns com sombras fortes. Celie não consegue ver muito bem dali de trás, mas parece alguém tendo um pesadelo e depois despertando para a luz do dia. Há monstros que se espalham pelo quadro, um rosto angustiado, um urso de pelúcia gigante e, por fim, o rosto preocupado de uma mulher, talvez uma mãe. O sr. Pugh explica como Martin dividiu a história em cenas-chave, e que cada uma tem sua imagem.

— Vamos fazer animações bem simples neste começo, só para vocês pegarem o jeito, mas isso significa que as histórias devem ser bem curtas. *O Pesadelo de Martin*, como vocês veem aqui, é um exemplo perfeito.

Alguém pergunta sobre o software, e a diferença entre 2D e 3D, mas Celie não presta atenção. Está olhando para a pasta de Martin, que parece conter muitos storyboards. Ela vê imagens parcialmente escondidas, algumas coloridas, outras em preto e branco. Ele as organiza, guardando com cuidado, e, ao perceber o olhar de Celie, se vira para ela com um sorriso breve, singelo. Não é o tipo de sorriso de quem está envergonhado, só de quem está de boa com o que faz e não vê necessidade de se justificar.

Criar a história é mais difícil do que parece. Celie não sabe bem que tipo de história quer contar. Sua vida nos últimos anos tem sido meio deprimente. Ela não pode abordar o divórcio dos pais, nem a avó sendo atropelada por um ônibus, ou Marja grávida, nem Meena e as outras dando um gelo nela, ou como foi ficar chapada no parque. Ela pensa em super-heróis e bichos de desenho animado — as coisas de sempre —, mas nada é muito interessante. Todo mundo parece já ter inventado alguma história: ela vê que estão rascunhando os quadrados, xingando baixinho quando erram a ilustração. Celie se debruça no papel, tentando fingir que sabe o que está fazendo, mas começa a se sentir desconfortável e exposta, como se talvez não devesse estar ali.

— Tudo bem?

Martin passou por Celie e parou ao seu lado. Ele vê que não tem nada desenhado.

Ela faz uma careta e tenta fingir tranquilidade.

— Só estou com dificuldade de ter ideias.

Martin olha para os rabiscos que ela fez nas margens.

— Não curto muito super-heróis, e não sei mais o que desenhar — acrescenta Celie.

Martin faz que sim com a cabeça, como se isso fosse totalmente compreensível. Ele tem um ar estranho de autoridade naquele clube — parece até uma pessoa diferente.

— Como... como você tem suas ideias? — pergunta ela.

— Hã... — Martin desvia o olhar, e Celie se pergunta se ele é mais tímido do que parece. — Sinceramente? No primeiro ano, fiz uma animação sobre bullying. Era bem tosca, mas o sr. Pugh disse que a animação estava boa. Aí, ano passado, eu fiz umas coisas mais surreais, tipo sonhos, pesadelos, objetos inanimados ganhando vida, essas paradas. Na maior parte do tempo, nem sei direito o que quero fazer, então tenho uma ideia pequena e tento expandir. Não sei se fez sentido.

Ele cora de leve.

— Mas eu não tenho ideia nenhuma — responde Celie.

Ela não quer fazer uma animação sobre bullying.

— Estou tentando lembrar as sugestões que ele deu ano passado. — Martin olha para os pés por um tempo. — Ah. É. Qual foi a última coisa que fez você rir?

Ela pensa em Gene na televisão com a pasta de dente, no avô imitando os diferentes tipos de sorriso que o diretor o mandava fazer durante as filmagens — *Agora um Sorriso Satisfeito! Sorriso Sexy! Sorriso Inseguro! Sorriso Confiante! Sorriso Fazendo Amor com a Câmera!* Então se lembra dele aprontando na sex shop. Naquela briga ridícula de velhos que Gene e Bill tiveram no hall, com o pano de prato, achando que ela e Violet fossem acreditar que era brincadeira.

— Meus dois avôs — comenta —, que se odeiam. Ou se odiavam.

Martin sorri.

— É. Dois velhos brigando. É engraçado.

A expressão dela murcha.

— Só que eu não sei desenhar velhos.

— Espera aí.

Martin abre caminho entre as mesas e se agacha na frente de uma estante baixa. Ele volta com um livro grande, de capa mole, bem gasto, com o título: *Como desenhar personagens.*

— Copia uns desses aqui — sugere, folheando as páginas. — Mesmo que não seja exatamente o que você quer, já é um ponto de partida. É bem bom, tem guias passo a passo.

Há instruções sobre como desenhar um ovo e transformá-lo num rosto, como desenhar expressões, como envelhecer um personagem. Martin entrega o livro para ela, hesita, então volta para sua mesa.

— Valeu — diz Celie, provavelmente tarde demais.

Não sabe se ele escutou.

— Como foi a aula de animação, querida? — pergunta Gene, quando ela volta para casa.

Ele está na sala, esparramado no sofá, vendo o jornal na televisão e comendo salgadinhos direto do saco, o que significa que Bill saiu. Truant está sentado, olhando fixamente para ele, cada fibra do corpo concentrada na possibilidade de algum farelo cair.

— Boa.

Celie traz uma pasta debaixo do braço, cheia de desenhos de velhos brigando. Um tem dentes brilhantes e peruca; o outro tem uma bengala, terno e gravata. Ela criou uma história em que os dois discutem sobre quem vai subir primeiro no ônibus. Conforme eles brigam, vão derrubando todas as senhorinhas no ponto de ônibus, depois todos os demais passageiros, inclusive mães com carrinho de bebê, e, finalmente, o motorista. No fim, eles pegam os cartões de passagem e reclamam de como estão fracos. Martin caiu na gargalhada quando viu, e ela nem acha que foi por educação.

— E aí, o que você desenhou? — pergunta ele. — Alguma coisa que possa mostrar para seu amigão Gene?

— Ainda não, vô — diz ela, e sorri ao subir a escada.

27
Lila

— Ah! Sra. Kennedy! Preciso falar com você.

A sra. Tugendhat vem atravessando o parquinho. Ela usa uma túnica longa e drapeada, e sua postura imponente dá a impressão de um barco à vela turquesa navegando em um mar calmo, mesmo com o vento bagunçando seu cabelo numa nuvem indomável.

— Oi, sra. Tugendhat — diz Lila, tentando conter uma careta.

Tinha chegado mais cedo na esperança de encontrar Gabriel.

— É o figurino. Esperávamos ter recebido algumas peças, já. O ensaio geral está chegando!

Ela levanta as duas sobrancelhas ao falar, como se compartilhassem uma ótima piada.

Esse maldito figurino. Lila sabe que deveria ter passado uma noite no eBay resolvendo isso, mas, por algum motivo, a ideia desaparece de seu cérebro todo dia.

— Está ficando pronto?

— Está. Está, sim — garante Lila, apaziguadora.

— Eu mandei as medidas por e-mail. A senhora recebeu, né? Nossa, essas crianças estão tão grandes! Quando comecei a dar aulas, eram todas pinguinhos de gente. Pinguinhos! — exclama ela, e abaixa a mão para indicar a altura de uma criança que, no máximo, teria acabado de aprender a andar. — Pode me dar uma ideia de quando devemos receber o figurino?

Às vezes, parece que esse é o refrão constante da vida de Lila: *Quando devemos receber mais capítulos? Quando devemos receber o figurino? Quando essa barulhada no seu jardim deve acabar?*

— Eu dou notícias — responde Lila, já desconfiando de que vai esquecer de novo assim que chegar à porta de casa.

Porque, na última semana, a cabeça de Lila é 98% ocupada por Gabriel. No dia seguinte ao encontro, ele mandou uma enxurrada de mensagens — *Foi uma noite maravilhosa. Não consegui dormir depois. Você é tão linda, Bella* —, mas desde então fez pouquíssimo esforço para encontrá-la, o que tem sido frustrante. Lila tinha praticamente presumido que agora era isto: eles estavam *juntos*. Que tinham estabelecido a base de algo bonito, e que o próximo passo incluiria mais jantares, talvez noites dormindo juntos, ou até mesmo apresentar as famílias.

Dois dias atrás, ela cedeu e mandou mensagem da banheira.

Está tudo bem entre a gente? Você anda quieto. Bjs

A resposta chegou uma hora depois.

Claro, Bella. Desculpa, a semana no trabalho está uma loucura. Bjs

Ela ficou aliviada por um momento, e mais ainda quando Gabriel mandou mensagem na manhã seguinte:

Bom dia, Bellissima. Acordei pensando em você e na nossa noite. Bjs

Desde então, nada.

Lila sabe que deveria só ligar para ele, ou até mandar mensagem, dizendo que está estranhando um pouco essa falta de comunicação. Algo dentro dela, porém, teme parecer meio *emocionada*, como diriam as meninas. Ela não quer parecer carente só porque os dois transaram. Afinal, é uma mulher de quarenta e dois anos. Os pensamentos se embaralham na cabeça, oscilando entre uma ação e outra. Ela não namora há quase vinte anos. Sente-se uma astronauta pousando na Lua, orientando-se em um terreno completamente diferente. Como é que essa história toda funciona hoje em dia? Em outras circunstâncias, conversaria com Eleanor, mas tem a desagradável sensação de que já sabe o que a amiga vai dizer, e que não será positivo. Ela mandaria Lila abrir o jogo, ser direta, dizer o que quer. Ou que Gabriel é um babaca e que Lila deveria pular fora e parar de pensar nele. Só que Eleanor não o entende, não sabe o que ele passou. Ela não estava lá naquela noite deliciosamente íntima, nunca viu o quão carinhoso ele é, não vivenciou o nível da conexão entre os dois. Portanto, Lila começou a evitar as ligações da amiga, a responder as mensagens com Desculpa! As coisas estão uma loucura por aqui! Bjsss, e a ficar desconfortável com isso também.

A mãe de Gabriel acabou de aparecer, vindo apressada pelo parquinho, com a chave do carro na mão. Lila a observa e, por um instante, se pergunta se Gabriel falou sobre o que aconteceu entre os dois. Eles devem ser próximos, né? Será que é para ela que ele pede conselhos? A mulher cruza o olhar com o de Lila rapidamente ao passar, de mãos dadas com Lennie. Lila sorri, e a mulher sorri de volta, mas daquele jeito vago de quando não conhecemos alguém e sentimos a obrigação de retribuir o gesto. Lila suspira, estende a mão para Violet, que empurra a mochila para ela, de mau humor, e então se prepara para mais uma noite longa e inquieta.

Estella Esperanza transou com o médico jovem e gato. No entanto, ela só tem direito a meio episódio de prazer antes de descobrir que o médico foi contratado por Rodrigo para seduzi-la, para que ele possa pedir o divórcio alegando infidelidade e ficar com a maior parte da fortuna (Lila não sabe exatamente como funciona divórcio naquela parte da América Latina, mas parece meio injusto). Dessa vez, Estella não fica devastada pela traição de um homem. Já passou por desventuras demais para isso. Qualquer mulher que sobreviveu ao adultério, a um quase afogamento (ela caiu de uma lancha enquanto perseguia Rodrigo), que correu o risco de perder um dos filhos e que sofreu uma tentativa de assassinato por um homem vestido de centopeia gigante não se abalaria com a descoberta de que um homem que mal tem idade para cultivar uma barbicha estava tramando alguma coisa. Quando ela fica sabendo por uma enfermeira solidária que ele não é médico, apenas fingia ser, Estella o espera no consultório, diz com doçura que está com dor no tornozelo, espera ele se abaixar para examinar e então chuta a cara dele com força, usando um par de saltos Yves Saint Laurent preto e dourado. Enquanto o falso médico geme no chão, com as mãos no rosto, ela desce tranquila da maca, passa por cima do corpo caído com passos delicados e sai elegantemente pela cortina e pelo saguão do hospital, sibilando:

— Da próxima vez, *pendejo*, cuidado com quem tentar enganar.

Lila assiste até os créditos acabarem e, um pouco cansada, apaga a luz e vai dormir.

Na manhã seguinte, Eleanor aparece na porta dela apenas dois minutos depois de Bill ir para a oficina. Lila, que estava subindo para o escritório com uma xícara de chá, leva um susto ao abrir a porta.

— Por que você está me evitando?

Eleanor passa por ela e segue direto para a cozinha, sacudindo a capa de chuva.

— Não estou, não.

— Você faltou a quatro passeios com os cachorros e não atende quando eu ligo. Está, sim.

Lila a segue até a cozinha e liga a chaleira elétrica. Então cobre o rosto com as mãos.

— Ai. É que eu fiz uma besteira e sei que você vai dizer que foi besteira, o que faz eu me sentir ainda mais besta do que quando fiz a besteira.

— Como assim?

— Não vou aguentar uma bronca sua, El.

— Não vim te dar bronca! Precisava falar com você.

— Ah — diz Lila, abaixando as mãos. — Por quê? O que houve?

Ela estava tão envolvida na própria vida que nem lhe ocorreu que a amiga pudesse estar precisando de ajuda. Por um acordo tácito, a conversa é interrompida até a segunda xícara de chá estar pronta, a porta fechada, e as duas sentadas à mesa da cozinha com uma lata de biscoitos.

— Não sei o que estou fazendo da minha vida.

Lila espera. Afinal, essa frase poderia abarcar uma variedade de assuntos.

Eleanor faz uma careta.

— O lance das surubas. Fui a um evento e não senti a excitação de sempre. Eram quase onze da noite, eu estava em uma sala lotada vendo duas pessoas transando, e alguma coisa no clima me deixou muito deprimida.

— E?

— E eu só queria estar em casa, tomando um chá e conversando com alguém sobre o que estava passando na televisão.

— Sério?

— Não me arrependo. Nos primeiros meses, foi uma aventura, como se eu estivesse compensando o tempo perdido. Mas era uma festa de BDSM no oeste de Londres, com paredes forradas de vinil, e a música era um horror, e de repente a curtição toda evaporou, e eu... brochei. Olhei em volta, vi aqueles olhos vidrados e bundas peludas e só consegui pensar... eca. Foi como se acendessem as luzes no fim da festa e todas aquelas pessoas maneiras e doidas com quem dancei a noite toda fossem só idiotas suados com a cara borrada de rímel.

Lila resiste à vontade de dizer que toda festa que Eleanor descrevia a fez imaginar exatamente esse clima.

— O que você fez?

— Saí à francesa e pedi um Uber. Jamie e Nicoletta me ligaram algumas vezes desde então, mas eu só... não estou mais a fim. É como se alguém tivesse desligado um interruptor. Não faz essa cara, Lila. Você acha que preciso de reposição hormonal?

— Não. Acho que precisa de um chá e de um homem legal para ver televisão com você.

Eleanor suspira.

— Ai, graças a Deus. Fiquei com medo de que, agora que está vivendo suas aventuras sexuais, você fosse me dizer que eu tinha perdido o rumo e só precisava de mais uns hormônios, sei lá.

— Duas. Foram duas aventuras. E nem sei se fui feita pra aventuras sexuais também.

Elas suspiram e bebem um gole de chá.

— Eu transei com o arquiteto gostoso — conta Lila.

— Que ótimo!

— E acho que ele perdeu o interesse.

— Como assim?

Lila relata a falta de mensagens, as promessas vagas que não se concretizam. Ela conta seu segredo mais profundo: que tem medo de ter esquecido como se transa direito, ou de não ter se atualizado das posições mais novas, ou de ter feito algo chato ou repulsivo para Gabriel perder o interesse. Ela passou quase meia hora examinando o próprio queixo em um espelho de aumento, procurando pelos rebeldes.

— Deixa de bobeira. Você não fez nada. Ele só é desses. Está fazendo *breadcrumbing*.

— Como é que é?

— Eu li sobre isso na internet. Acontece. Os homens dão migalhas de afeto para manter você interessada, mas nada além, para não sugerir um relacionamento sério.

Lila balança a cabeça.

— Não é isso. Ele não é desses.

Eleanor pega o celular e digita alguma coisa. Então começa a ler:

— "Dá sinais contraditórios."

— Tá. Pode ser.

— "Usa um apelido genérico."

— Hum. Ele me chama de Bella. Não é tão genérico.

Eleanor faz uma careta.

— "Dá a entender que quer um relacionamento sério e diz coisas como 'você faz totalmente meu tipo' ou 'você é boa demais para mim', mas não dá seguimento."

Lila tem um pressentimento ruim.

— "Evita muitos encontros. Tem sempre algum problema."

Lila está ficando enjoada.

— Ele é meio difícil de encontrar. Você acha que é isso mesmo?

— "Conta uma história trágica para você se envolver emocionalmente."

Lila abaixa a xícara.

— Mas a esposa dele morreu mesmo. Será que vale?

Elas concordam que nesse caso é ambíguo.

— "Pede fotos."

— Fotos sexuais? Não. Isso ele não faz.

Por um momento, ela sente uma onda de alívio.

— Diz aqui que eles podem nem se dar conta do que estão fazendo. E ele pode ser sincero. Mas, se alguns dos itens se aplicam, provavelmente vale a pena pensar a respeito do assunto.

Lila reflete sobre as muitas conversas que teve com Gabriel. Os papos demorados quase todas as noites. Sobre o fato de que ela é a única mãe na escola que levou Lennie para casa. A forma como ele a olha. Como entende o que ela sente.

— Não sei. Talvez Gabriel seja meio assim, mas com certeza é mais do que isso. Quer dizer, não quero descartá-lo só porque ele teve uma semana difícil no trabalho.

— Então não descarta. Mas não pira com isso também. Sério, Lila. Tenha uma conversa direta com ele. Você tem quarenta e dois anos.

— Eu sabia que você ia dizer isso.

— Por isso que você me ama.

As duas ficam um momento ali sentadas, revezando-se para pegar biscoitos.

— Caramba, El. Lembra de quando a gente tinha dezesseis anos e pensava que nessa fase da vida já teria tudo resolvido? Eu achava que, com trinta anos, saberia de tudo — diz Lila, mordendo um biscoito de chocolate meio murcho.

— Tenho o péssimo pressentimento de que vamos ter variações dessa conversa aos oitenta e cinco anos.

— *Ele deixou a dentadura na minha mesa de cabeceira. É sinal de que gosta de mim?*

— *Ele não para de sorrir para outra mulher no asilo.*

— *Tenho certeza de que vi a cadeira motorizada dele estacionada na porta da boate de strip.*

— *Ele só fica de pau duro com quatorze comprimidos de Viagra e um guindaste. Será que eu não sou bonita o suficiente?*

Elas começam a gargalhar e, sem conseguirem se conter, têm uma crise de riso. É o melhor momento da semana de Lila.

* * *

Jensen chega na hora do almoço, justo quando Lila está fazendo uma pausa da edição dos três primeiros capítulos. Ela costuma fazer isso durante o processo de escrita: reler, revisar, lapidar, substituir palavras se encontrar melhores. É a parte que mais curte. Ele aparece na porta do quintal, acenando, bem na hora em que Lila está na cozinha preparando chá, e seria esquisito não oferecer uma xícara. Os dois se sentam lá fora, no jardim, para beber. Ele não está de roupas de jardineiro, mas surpreendentemente elegante, com um suéter de caxemira cinza-claro e calça jeans escura, a caminho de um possível serviço nos arredores de Londres.

— Vai ser muito trabalho. Provavelmente vou ter que contratar um assistente para concluir tudo. Mas é uma casa antiga linda, e eles querem que o jardim volte a ter o estilo de suas origens georgianas, então tem sido legal pesquisar e tentar decidir o que sugerir.

Ele trouxe uma pasta de esboços e mostra alguns para ela: diagramas lindos e precisos de sebes e trilhas geométricas.

O jardim de Lila finalmente está pronto, as últimas plantas posicionadas e regadas. Durante a última semana, ela tem se sentado ali todas as noites, com Truant aos pés, apenas apreciando o espaço e a paz. É como se tivesse ganhado um cômodo novo na casa — um lugar onde pode se sentir diferente, livre das complicações do resto da vida. Estranhamente, Jensen e Bill estavam certos: sempre que se senta no banco que Bill fez, Lila pensa na mãe. No entanto, é uma sensação boa, uma recordação carinhosa, em vez de um buraco de ausência. A mãe dela teria adorado o espaço. Usaria palavras como *divino* e *paradisíaco* para descrevê-lo e murmuraria: "Olha só como a luz atravessa essas plantas, Lila! Não dá vontade de se entregar ao canto dos pássaros?"

— Você fez um excelente trabalho aqui — comenta ela, interrompendo o silêncio.

Jensen está com aquela expressão de quem não sabe aceitar elogios.

— Que bom que você gostou — diz ele, e esfrega a ponta do sapato no chão. — Esse projeto foi bem pessoal.

Jensen abre um sorriso torto e rápido, meio sem jeito, mas seu olhar é gentil.

Lila sente uma pontadinha de fraqueza na sua presença. Aquele rosto largo e aberto, que não parece esconder nada.

— Bom, você não precisa sumir só porque terminou o trabalho aqui.

— Ah, é? O que eu faço, então? Bato na sua janela em horários aleatórios pedindo chá?

— Com certeza. Talvez com uma dança improvisada especial ao redor do laguinho, se quiser biscoitos também.

— Vou começar a coreografar.

Lila se lembra de como foi fácil conversar com ele na noite que passaram juntos. Como tudo foi engraçado, simples — pelo menos do lado dele —, sem que Jensen a houvesse deixado ansiosa ou insegura. Essa constatação — com seus paralelos — a deixa um pouco desconfortável, e quando Truant de repente dispara pelo gramado em direção à cozinha e começa a uivar para a porta, ela quase agradece a interrupção.

— Melhor ver por que ele está latindo — diz Lila, e se levanta.

— Claro. Ah! Na verdade, passei aqui porque queria saber se posso pegar uma cópia daquela nota que te entreguei há algumas semanas. Meu programa de contabilidade deu pau, e preciso conferir aquela para calcular o que ainda falta fechar.

Truant já está dentro de casa agora, aparentemente se atirando contra a porta da frente.

— Claro — responde Lila, distraída. — Acho que está lá em cima, na minha mesa, perto da impressora. Um momentinho.

Ela tem que gritar para que Jensen a ouça, entrando em casa depressa.

— Relaxa — comenta ele, vindo atrás dela. — Sei onde fica a impressora. Vou lá buscar.

É uma entrega. Para o vizinho. Lila resiste à vontade de apontar, calada, para o número ao lado da porta, nitidamente diferente do endereço no pacote, e tem que aguentar um breve discurso do homem de colete sobre como a transportadora o sobrecarrega, como ele e os colegas não têm tempo entre as entregas, e por isso as encomendas vão para os endereços errados — tudo isso enquanto Truant rosna e se debate aos pés dela, tentando passar pela fresta da porta. Então, o entregador decide que talvez tenha, sim, algo para ela, e atravessa a rua até a van num ritmo deliberadamente lento, retornando com um pacote para Bill. Lila desconfia que seja mais partitura: Bill tem encomendado partituras aos montes para ter o que ensaiar com Penelope.

Quando finalmente fecha a porta, enxota o cachorro e deixa a encomenda na mesa, está zonza. Talvez seja por isso que demora alguns minutos para registrar o silêncio. Ela vai até a cozinha e olha para fora, mas Jensen não está em lugar nenhum. Lila supõe que ele saiu pelos fundos enquanto ela lidava com o entregador, e vai recolher as xícaras vazias. Jensen esqueceu a pasta de esboços no banco. Ela os pega e leva para dentro de casa, decidindo que é melhor ligar para avisar. Seria ruim se ele aparecesse no outro serviço sem o material.

Está prestes a telefonar quando escuta passos na escada. Quando olha na direção do barulho, vê Jensen chegando no hall. Ele está pálido, com algumas folhas de papel na mão. Olha fixamente para ela.

— "Minhas aventuras sexuais com J; ou como, depois de vinte anos, eu voltei à ativa." Que... que porcaria é essa?

Com uma onda de náusea, Lila percebe o que ele está segurando.

Após um breve silêncio, ela fala:

— Jensen, eu posso explicar. Não é realmente sobre...

— "Ele fez piada sobre o corpo de 'paizão'. Ele realmente não era nenhum deus grego, mas havia um conforto comum em seu corpo." "Conforto comum", é? Que legal.

— Não é você — gagueja ela.

— "Ele me contou que ficou noivo depois de a namorada escrever 'Ou vai ou racha' no para-brisa do carro." — Ele a encara. — Não? Então quem é? "Rolamos pelo chão da oficina até acabarmos cobertos de serragem..."

Ela sente o corpo todo congelado.

— Você só estava me usando pra... ter material?

Lila faz que não com a cabeça, sem palavras.

— Mas isso *faz parte* do seu livro, né? — insiste Jensen. — Aquele sobre reconstruir a vida? É um capítulo do seu livro.

Ela não diz nada. Na verdade, não consegue nem sequer se mexer. É como se todos os músculos tivessem derretido. Ele bate com o dedo nas páginas impressas.

— Eu contei tudo pra você. Tudo que eu vivi. E você pegou a noite que passamos juntos e só... só vomitou em algo pra vender?

— Eu... eu posso mudar os detalhes. Eu...

— Cacete, Lila, *quem é você*?

Jensen a encara com uma expressão que Lila nunca viu antes. Ela percebe que é algo próximo à repulsa.

— Você me disse que não queria um relacionamento porque estava lidando com muitas coisas. Achei que você só precisasse de tempo. Eu entendi. Pensei em ficar de boa, esperar a situação melhorar e ver no que dava. Eu realmente achei que você era uma pessoa legal. Só uma pessoa gentil, honesta, passando por um momento difícil.

Ele larga as folhas na mesa e balança a cabeça, chocado.

— Parece que eu ainda sou péssimo em julgar caráter.

Jensen vai até a porta e para antes de sair. Então se vira e respira fundo, como se estivesse se esforçando para manter o controle.

— Quer saber? — diz. — Irina foi uma namorada horrível, horrível mesmo. Mas, pelo menos, ela nunca fingiu ser alguém que não era.

Ele dirige um último olhar devastador para Lila e vai embora.

28

Lila não estava preparada para o quanto ficaria abalada com a reação de Jensen e com essa nova versão dele que a acha repugnante, alguém que ele já não reconhece. Não se dera conta de como gostava da presença bondosa dele até não tê-la mais. Agora, acha impossível trabalhar no livro. A coisa afetou até o jardim, que, com seu verde imaculado, parece uma crítica silenciosa. Toda vez que se senta para escrever, escuta a voz dele: *Lila, quem é você?*

Ficou tudo dolorosamente claro para ela. Como foi que achou que poderia escrever sobre a própria vida daquele jeito sem considerar o impacto nas pessoas ao seu redor?

Lila se lembra das perguntas incisivas de Celie na pizzaria, da inquietação que sentiu ao imaginar como as meninas reagiriam às suas histórias. Ela nem sequer considerou os sentimentos de Jensen.

Durante o passeio com os cachorros, Eleanor faz uma expressão que sugere que a reação dele não é nenhuma surpresa, o que não ajuda em nada.

— Você vai ter que conversar com a editora — diz, quando Lila conta do dia horrível.

— Sem a parte sexual, vão cancelar o contrato. E aí vou ficar na pindaíba.

— Mas você vai ter que tirar esse capítulo, de qualquer jeito. Não tem como seguir com o texto. Não depois disso.

Lila apoia a cabeça nas mãos.

— Caramba, El. Você acha que eu sou uma pessoa escrota?

— Não. Você só estava em uma época confusa e talvez tenha perdido um pouco a noção — afirma Eleanor, que para e toca no braço da amiga. — Mas, Lils... eu já vinha me perguntando como você se sentiria quando o livro fosse publicado. É muito íntimo escrever sobre sua vida sexual. E não sei se você está no momento certo, nem se é a pessoa certa, para lidar com isso. E você quer ser essa pessoa? Vender sua intimidade por dinheiro? Uma coisa era escrever sobre resgatar um casamento, nisso eu vejo valor. Mas escrever sobre sua vida sexual não é só encorajar uma espécie de voyeurismo? Se expor a todo tipo de julgamento?

— Diz a mulher que passou o último ano e meio...

— Eu sei. Eu sei. Mas ir àquelas festas não afetava ninguém além de mim. E ninguém sabia quem eu era. Isso não vai me atormentar pelo resto da vida.

Lila não consegue mais falar. Então Eleanor começa a tagarelar, daquele jeito que apenas amigas antigas sabem fazer quando entendem o tamanho da cova que você cavou. Eleanor começou a fazer aulas de salsa em um lugar em Waterloo cheio de homens idosos com roupas exóticas que só querem saber de rodopiar com ela pela pista. Também começou a fazer massagem toda semana, para, em suas palavras, manter a conexão com o corpo.

— São só massagistas mulheres de meia-idade. Bem fortonas, que não têm medo de pesar a mão. Honestamente, saio me sentindo ótima e custa muito menos do que as surubas, considerando o preço das fantasias e do talco. Você deveria experimentar.

— Não tenho dinheiro para isso — diz Lila.

Uma das regras cardinais de Francesca era que, se estivesse na pior, deveria mexer o corpo. *Faça alguma coisa, meu bem.* Sair para caminhar, fazer uma limpa no armário, plantar algo no jardim. O que ajudar a desviar a atenção da cabeça para o corpo. Lila está olhando para a tela do computador há uma hora e quarenta, e tudo que conseguiu foi se afundar mais e mais na melancolia. Quando não está melancólica, está irrequieta, com a mente acelerada demais para conseguir focar no trabalho. Toda vez que ela lê o que escreveu, é inundada pela vergonha, como se ouvisse as vozes furiosas de futuros leitores.

Lila, quem é você?

Esfriou, como se o inverno tivesse chegado de um dia para o outro, e o jardim parece gelado e inóspito mesmo sem considerar a queda na temperatura, então ela decide arrumar a casa. Gene trouxe três caixas de papelão grandes da casa de Jane e, é claro, simplesmente as largou no hall, "porque não tem espaço no meu quarto". O fato de não ter espaço no hall também é ignorado. Assim como o fato de ele ter passado a chamar o escritório de "meu quarto". Entre as tralhas de Gene e o êxodo constante de coisas da casa de Bill, Lila sente que sua casa virou um daqueles antiquários excêntricos com cabeças de alce empalhadas em cima de penicos e estantes cheias de livro que ninguém nunca vai ler.

Ela decide esvaziar um pouco o sótão. As caixas de Gene ficarão lá. Pelo menos assim vai abrir espaço no hall e sentir que fez alguma coisa. A caminho do cômodo, ela vê Bill subindo as escadas. Ele cortou o cabelo e parece estranhamente vulnerável, quase tosado. Traz um jornal debaixo do braço e uma bandeja com duas xícaras de chá. Penelope vem logo atrás. Por um momento, Lila se pergunta se eles vão tomar chá na cama.

— Ah, Lila, encontrei o Jensen ontem.

Lila sente um nó no estômago ao ouvir o nome dele.

— Ele estava muito esquisito. Foi bem seco, para ser sincero.

— Ele só devia estar num dia ruim — opina Penelope. — Ele costuma ser um rapaz tão simpático.

— Pois é. Talvez seja isso — diz Bill, refletindo. — Ah, e ele pediu para eu lembrar você daquela árvore lá na frente.

Lila fica enjoada só de pensar em Jensen sendo ríspido. É como se a natureza estivesse errada, como cachoeiras correndo para cima, gatos latindo para cachorros. Foi ela quem fez isso com ele.

— Vou dar um jeito no sótão — comenta, tentando mudar de assunto.

— Ah, boa ideia. Eu subo para ajudar depois que tomarmos nosso chá — responde Bill, e se vira para Penelope. — Você vai ter que ir logo, não é, meu bem?

Meu bem. Algo em Lila se contrai ao ouvir o termo casual, e ela não sabe se é luto pela mãe ou apenas a evidência de um amor que parece lhe escapar.

— Sim. Cameron Williams tem uma prova de música amanhã, e precisamos treinar a leitura. Mas posso ajudar um pouco, se vocês acharem que eu seria útil.

— É muita gentileza da sua parte. Mas, não, acho que Cameron precisa mais da sua ajuda no momento.

Eles continuam murmurando sobre escalas menores e *arpeggios* quando Lila puxa a escada para o sótão.

Ela se senta no chão empoeirado e olha ao redor em meio ao ar parado. Observando as partículas de poeira dançarem na luz fraca, se pergunta se essa ideia não foi, na verdade, bem estúpida. Há algo num sótão que sempre evoca certa melancolia. Talvez seja ver aqueles itens há muito abandonados, acumulando pó, escondidos e desprezados. Talvez seja a evidência de uma vida familiar que já não existe mais. Lila olha para as diversas caixas: a velha coleção de CDs que Dan não levou, a mesinha que ele trouxe da casa dos pais quando os dois foram morar juntos, os sacos com roupas velhas das meninas que a fazem se lembrar de quando elas eram pequenas, carentes e amorosas. Há outras caixas também: três identificadas como "Francesca", que Bill trouxe depois da morte da mãe de Lila, com objetos que ele não suportava ter em casa, mas que nenhum dos dois teve coragem de jogar fora.

Então ela se lembra das caixas de Gene no hall e da necessidade de fazer algo para sentir que tem controle sobre a própria vida. O mais fácil vai ser lidar com as coisas de Dan. Ela puxa as caixas de CDs, começa a mexer, mas, sufocada pela música que eles ouviam no começo do namoro, decide levá-las para o andar de baixo sem nem olhar. Quando terminar, mandará uma mensagem para perguntar se ele ainda quer os CDs, e, se não quiser, vai levar tudo para o bazar. E, assim, duas caixas irão embora. Que Marja aproveite os Maiores Sucessos do U2 e o álbum dos Smiths de que Lila sempre teve que fingir que gostava.

Ela já está lá em cima há quase uma hora quando Bill aparece. A cabeça grisalha surge pelo alçapão, e ele oferece uma xícara de chá que Lila aceita de muito bom grado.

— Nossa — diz ele, olhando ao redor. — Quanta coisa.

Como se você não tivesse entupido a minha casa com as próprias coisas, pensa Lila, mas agradece o chá e continua separando os enfeites de Natal. Dentro da caixa, há bolas compradas por Francesca e enfeites de argila mal pintados que Celie e Violet fizeram na escola e ela nunca teve coragem de jogar fora. Lila precisa se esforçar para não pensar tanto no tipo de Natal que nunca mais terá. Ela faz a triagem, tira tudo que está quebrado e joga para o andar de baixo um saco de lixo contendo as guirlandas puídas e as bolas de vidro quebradas, sentindo uma vaga satisfação por abrir mais um pouco de espaço.

Bill trabalha ao seu lado quase em silêncio, organizando uma caixa de fotos antigas. Ele a chama de vez em quando, mostrando alguma foto de quando Lila era pequena ou de uma viagem à Escócia em família, com Francesca sempre sorrindo — aquele sorriso radiante —, à medida que o cabelo passava do loiro para o grisalho. Às vezes, Bill ri baixinho ao apontar alguns penteados desafiadores da adolescência de Lila e suspira ao ver uma foto da lua de mel com Francesca na Itália.

— Acho que vou emoldurar essa aqui — diz, vez ou outra.

Eles param para almoçar, e Bill a ajuda a levar algumas caixas para o carro. Só cabem duas caixas e três sacos de lixo na mala, mas Lila decide continuar a arrumação. Não consegue sequer contemplar a ideia de se sentar diante do notebook, com suas decisões implícitas impossíveis. As meninas vão passar a noite na casa de Dan, o que teoricamente lhe dá liberdade de fazer o que bem entender, mas parte de Lila queria que as filhas estivessem ali, com suas conversas e necessidades variadas, o que seria uma distração para o que se passa na cabeça dela.

Eles esvaziam quase um lado todo do sótão: se livram de cadeiras de palha antigas que ela aceita que nunca vai restaurar, tapetes manchados que achou que poderiam ter utilidade um dia, equipamentos eletrônicos quebrados, compras impulsivas (em geral de Dan) e caixas de brinquedos de plástico que ela nem lembrava mais que existiam. Ela olha para os brinquedos, se perguntando se deveria jogá-los no lixo para impedir que Dan fique com eles, mas parece uma decisão complicada demais para tomar agora, só mais uma confusão na qual ela se meteu, então os empurra para o canto, sem querer lidar com isso. É ao mover essas caixas que revela a casa de boneca. Ela e Bill soltam um *aaah* baixo ao vê-la, se entreolhando em um breve momento de nostalgia.

— Tinha esquecido que estava aqui em cima — comenta Lila, baixinho, puxando a casa para ver melhor.

Bill se senta em um banquinho de plástico.

— Eu gostei de fazer essa casinha — diz, esticando-se para passar a mão no telhado empoeirado. — Você ficou tão feliz quando ganhou.

— Fiquei mesmo.

Lila abre a frente da casa, revelando os cinco cômodos. Há escadinhas, nas quais Bill colou um carpete vermelho-escuro, e um banheiro, com sua banheira de pés curvados. Os móveis e a decoração estão guardados em potes de plástico, que eles abrem, exclamando diante da perfeição de tudo, dos detalhes minuciosos, da delicadeza dos itens.

— Sua mãe encomendou um monte dessas coisas na Alemanha — afirma Bill, examinando um jogo de pratos. — Fazia questão de comprar tudo do bom e do melhor. Ela se divertiu muito montando essa casinha para você.

— Acho que foi o melhor presente que eu já ganhei.

Eles trocam um abraço breve e meio desajeitado, e Lila apoia a cabeça no ombro de Bill, grata por haver pelo menos um homem em sua vida que ainda a considera uma pessoa decente.

Lila acaba de puxar o interruptor de luz, exclamando alegremente ao ver que ainda funciona, quando a cabeça de Gene aparece pelo alçapão.

— Oi, oi! Estão dando uma festa aqui em cima?

Ele está sorridente. Foi fazer um teste hoje, e Lila supõe que tenha ido bem. Quando vai mal, Gene normalmente passa horas trancado no quarto vendo vídeos antigos do próprio trabalho para se recuperar do ego ferido.

— Estamos só arrumando umas coisas — diz Lila. — E encontramos minha casa de boneca.

— Nossa, que beleza! — exclama Gene.

— Foi o Bill quem fez — conta Lila. — Para o meu aniversário de oito anos.

Ela leva um momento para notar a mudança de clima.

Ainda está testando os interruptores, vendo quais luzes funcionam, quando percebe que Gene está olhando para a casinha com algo que não é exatamente admiração.

— Bom trabalho — diz ele, sério.

O cômodo fica em um silêncio.

— Violet não quis ficar com ela? — pergunta Bill, que parece não reparar no olhar de Gene.

Lila faz uma careta.

— Ela nunca foi muito fã de bonecas.

As bonecas que Violet herdou de Celie geralmente acabavam com cortes de cabelo punk e membros amputados. Quando a filha mais nova se mostrou indiferente à ideia de ficar com a casa de bonecas, Lila não insistiu. Não queria que a casinha virasse o antro da Barbie viciada.

— Bem, é só uma casa de boneca, né? Nem todo mundo gosta disso — murmura Gene, olhando uma de suas caixas. — Nem todo mundo quer brincar de casinha.

— Muitas crianças adoram brincar de casinha — comenta Bill, ajeitando uma pilha de álbuns de fotos. — Lila amava quando era pequena.

— Claro. Mas ela também gostava de outras coisas. É bom que as crianças façam coisas mais ousadas, mais aventureiras.

— Mas nem todo mundo quer ser aventureiro assim. Lila dava muito valor para sua casinha quando era pequena.

— Que tal a gente deixar isso aqui e cuidar de outras caixas? — sugere Lila, depressa.

Ela se levanta, um pouco curvada para não bater nas vigas do teto, e segue cuidadosamente até as caixas perto da caixa d'água. Puxa uma delas e abre a tampa. No mesmo instante, algo cede dentro de Lila. É uma das caixas de Francesca. Ela observa a caligrafia familiar nos envelopes, a caixinha de joias da mãe, e solta um leve suspiro.

— São as coisas da mamãe — diz, para ninguém em especial.

Bill se empertiga atrás dela.

— Queremos fazer isso agora? — pergunta Lila, se virando para ele.

Bill coloca a mão suavemente no braço dela.

— Acho que está na hora. Já se passou muito tempo.

— Vou só dar uma olhada nas caixas que a Jane trouxe — diz Gene, da outra ponta do sótão. — Tem um monte de lembrança minha, e meu agente disse que tem uma convenção de fãs vindo aí e que estão pensando em incluir *Esquadrão Estelar Zero*.

Lila não sabe se ele falou isso por diplomacia ou se realmente só se interessa pelas coisas de *Esquadrão Estelar Zero*, mas, de todo modo, fica agradecida.

Ela e Bill passam vinte minutos em silêncio, arrumando a primeira caixa. Há diplomas e boletins que Francesca guardou, da própria infância e da de Lila. Passaportes velhos e talões de cheque vencidos, bijuterias e lenços cafonas. Lila tenta ser implacável, dizendo a si mesma que deve guardar apenas os objetos que gostaria de deixar à vista. Tenta pensar no que Francesca faria. *Lila, querida, são só coisas. Guarde algumas lembranças bonitas e tente se concentrar no futuro.*

Eles param quando chegam nas cartas. Tem uma de Lila, em uma viagem com a escola, dizendo para a mãe, em caligrafia infantil e redonda, que está com saudade, e ela fica com os olhos cheios d'água. Há um maço de cartas de amor de Bill, amarrado com uma fita de veludo escura, que ele segura contra o peito por um instante antes de colocá-lo cuidadosamente de lado. Então chegam ao fundo da caixa: cartas que Francesca recebeu dos próprios pais, ou de amigos antigos, e até de um ou outro namorado de adolescência declarando amor à distância.

Lila encontra uma carta da amiga mais antiga de Francesca, Dorothy, e começa a ler sobre a viagem que a mãe fez a Dublin.

— As pessoas não escrevem mais cartas, mas deveriam. São tão bonitas. É como ouvir a voz da mamãe — diz ela, lendo por alto. — Ah, que fofa, Dorothy fala sobre o vestido que a mamãe comprou para Celie enquanto estava lá. Acho que ainda tenho esse vestido em algum lugar. Era branco com listras azuis. Violet nunca quis usar.

Bill se aproxima para ver o que ela está lendo. Ele franze a testa.

— Tem certeza de que ela falou de Dublin? Sua mãe me disse que só tinha ido à Irlanda uma vez, quando era criança. Não pode ter ido de novo. — Ele pega a carta da mão de Lila para examinar. — Qual é a data?

Lila vê a data antes dele. E pisca, confusa.

— Por que Dorothy escreveria sobre Francesca em Dublin? Nunca fomos pra lá.

— É de 2006?

"Tenho certeza de que a viagem a Dublin foi uma delícia. É claro que Gene encontrou você no Temple Bar... claro. Imagino a atmosfera acalorada quando ele animou todo mundo..."

Lila tenta pegar a carta da mão de Bill, mas ele já tinha lido o trecho. O padrasto olha a letra de Dorothy, então se vira para Gene.

— Francesca estava em Dublin... com você?

— Hum... ela... ela... Olha, posso ficar com isso?

Gene se aproxima e estende a mão.

A atmosfera no sótão é tensa. Parece que um aspirador monstruoso entrou e puxou todo o ar. Gene olha de Bill para Lila.

— Eu estava filmando lá. Ela só... foi passar uns dias.

Ninguém diz nada, e Gene coça a cabeça.

— Foi uma viagem curta. Escuta, cara... a gente tinha muita história.

Bill encara Gene, absorvendo o que está implícito nessas poucas palavras, na sua falta de jeito atípica. Gene olha para Bill, e então para Lila.

— Não significou nada — declara.

— Pra você! Não significou nada pra você! Mas é tudo pra mim!

— Foi só aquela vez...

— Ah. Bom, então tudo bem, né?

— Foi... — diz Gene, e pigarreia. — Nós dois estávamos meio desanimados. Eu estava com a Jane na época, e a situação estava um pouco complicada. Essa coisa toda de menopausa. Ela andava muito emocionada com tudo. E a Francesca, ela... Bom, ela...

— Ela o quê?

— Ah, não precisa dos detalhes.

Bill está completamente imóvel.

— Eu preciso dos detalhes, sim — responde.

Gene faz uma careta e suspira.

— Acho que ela disse que estava... só um pouco... entediada.

— *Entediada?*

— Ei, desculpa. Foi só aquela velha... conexão, sabe? Não conseguimos evitar. A gente tinha muita história, como eu disse. É difícil resistir a essas coisas.

Bill está ofegante. Ele fica paralisado, olhando para o chão. Parece que levou um soco forte na boca do estômago e está tentando descobrir qual órgão interno parou de funcionar. Então engole em seco e, abruptamente, começa a ir em direção à entrada do sótão. Enquanto Gene e Lila protestam, ele desce a escada de metal.

— Bill! — Lila tenta segui-lo, mas ele levanta a mão. — Bill, aonde você vai?

— Só preciso de um tempo — diz Bill, com a voz baixa e embargada. Agora que chegou ao andar de baixo, Lila só consegue ver o topo da cabeça dele. — Vou pra casa.

Lila observa enquanto Bill desce as escadas devagar, segurando o corrimão. Instantes depois, escuta a porta bater.

A casa fica silenciosa. Lila está zonza. Ela olha para Gene, que levanta as mãos.

— Bom, eu não sabia que alguém ia escrever uma maldita carta sobre isso.

— De todas as pessoas no mundo com quem você poderia transar, tinha que ser com a mamãe? Você tinha que estragar a única coisa que o Bill ainda tinha dela?

A voz de Lila está instável. De repente, ela explode. É como se trinta e cinco anos de dor, frustração e ausência viessem à tona de uma vez. Ela quer jogar a caixa de cartas na cara dele. Quer empurrá-lo escada abaixo.

— Você destrói tudo! Meu Deus! Vai atropelando a vida dos outros sem se importar com as consequências!

— Querida, eu…

— Você podia ter deixado ela em paz! Já não tinha causado estrago suficiente? Ela amava o Bill! E você não aguentou, né? Na primeira oportunidade que teve, destruiu isso. Você é um monstro!

— Lila, meu bem…

— Vai embora! — grita ela. — Eu deveria saber que você destruiria isso também. É o que você faz, né? Chega de supetão, seduz, fica de saco cheio e acaba com a felicidade de todo mundo. Você é tipo... tipo uma doença horrível. Vai. Vai! Não quero te ver nunca mais!

Lila desce a escada às pressas e corre, soluçando, para o banheiro.

29

Nos dias seguintes, Lila não consegue tirar da cabeça o rosto pálido de Bill, a forma como ele pareceu subitamente vazio, como se a base que o sustentava tivesse desmoronado, levando tudo junto. Lila sente a dor e o choque dele como se fossem seus. E, de certo modo, são, porque ela não para de pensar em sua mãe, viajando em segredo na maior paz para transar com o homem que jurou que nunca mais veria nem pintado de ouro. Francesca, que parecia conter a sabedoria do mundo em sua cabeça alegre cheia de cachos grisalhos, tomou a pior decisão que Lila poderia imaginar, e ela sente que sua própria bússola moral desapareceu junto com a de Bill.

Gene foi embora. Ela escutou movimento na casa, passos pesados na escada, um murmúrio para o cachorro, mas estava chorando tanto que não prestou atenção. Depois de uma hora, finalmente saiu do banheiro e encontrou o escritório arrumado, o sofá-cama fechado, a pilha de lençóis bem dobrados. Ela olhou para o espaço que o pai ocupara e não sentiu absolutamente nada, exceto, talvez, uma pontada de arrependimento por ter feito a burrice de deixá-lo se aproximar mais uma vez. Quando viu o Post-it com um *Desculpa* escrito, ela o amassou e jogou na lixeira na mesma hora.

Bill não atendeu às suas ligações. Após a quarta tentativa, ele mandou apenas uma mensagem curta:

> Minha querida, sei que sua intenção é boa, mas preciso muito ficar sozinho agora.

No dia seguinte, porém — depois de uma noite de sono intermitente e irrequieto —, Lila foi até a casa dele. As cortinas estavam fechadas, e Bill levou dez minutos para atender à porta. Quando abriu, ela ficou chocada com sua aparência: ele parecia pior do que quando Francesca morrera, mais abatido e frágil. A atmosfera da casa era fria e vazia, como se a presença dele não fosse suficiente para dar vida ao lugar.

— Por favor, volta pra casa — disse ela, pegando a mão de Bill enquanto tomavam chá. — Ele foi embora.

— Não posso, querida. Preciso de um tempo sozinho para digerir isso. Quando estiver pronto, passo para buscar minhas coisas.

Em vez disso, Penelope apareceu no dia seguinte para buscar os remédios dele. Estava com os olhos marejados, como se fosse ela quem tivesse perdido memórias preciosas.

— Ele está tão triste — disse simplesmente, pegando a bolsinha de remédios do armário do banheiro. — Eu me sinto... impotente.

Ela apertou o pulso de Lila com sua mão fina, lhe lançando um olhar em silêncio antes de ir embora.

Dois dias depois, Bill apareceu com uma mala vazia e levou algumas roupas e objetos pessoais. Tocou a campainha, como se fosse visita, e foi de uma polidez cautelosa. Lila teve a impressão de que Bill a culpava também, mesmo quando ela lhe garantiu que Gene tinha ido embora, que aquele era o lugar de Bill, que todos precisavam dele.

— A mamãe te amava muito, você sabe disso — disse Lila, sentada na cama enquanto ele arrumava a mala com todo o cuidado, dobrando cada camisa com precisão militar. — Por mais estúpida que tenha sido a decisão dela, você precisa saber disso.

Bill soltou um suspiro pesado e sentou-se ao lado dela.

— É isso que torna tudo tão incompreensível. Ela sabia que o Gene era ridículo. Sabia que ele tinha sido infiel diversas vezes quando estavam juntos. Falamos tanto sobre isso, sobre como ele era imprevisível, como a deixava furiosa... Não faz sentido que Francesca tenha caído no papo dele outra vez.

Bill ficou em silêncio por um momento.

— Eu senti que tinha alguma coisa errada. Quando conferi as datas, acabei me lembrando. Houve um período em que ela estava um pouco distante. Eu não sabia o porquê. Achei que, se a deixasse quieta, isso... passaria. Francesca disse que ia ficar uns dias na casa da Dorothy, em Nottingham. Nem por um momento me passou pela cabeça que fosse...

Ele largou a frase no ar.

— Então você simplesmente a deixou em paz.

— Eu... Eu não lido muito bem com situações emocionais. Achei que ela só precisasse de um tempo para pensar. Não percebi que era... *ele*.

Sua voz falhou ao se referir a Gene. Ele não suportava nem dizer o nome do sujeito.

— Sinto muito, Bill. Mas nós ainda amamos você. Adoraríamos que voltasse para casa.

— Acho que minha casa agora é lá — disse ele, em voz baixa.

As palavras a atravessaram como uma faca.

Mais ou menos uma hora depois que Bill foi embora, Lila reparou que ele havia deixado para trás o retrato de Francesca.

Na sexta-feira, ela decide voltar à casa de Bill. Passa no supermercado da esquina para comprar flores, uma espécie de pedido de desculpas, mesmo que não tivesse feito nada para causar dor a ele. Anda pelos corredores do mercado e escolhe o buquê mais bonito que consegue encontrar sem lírios — desde a morte da mãe, Lila começou a associá-los a flores de velório. Escolhe matíolas de um tom escuro de vermelho-framboesa. Analisa os baldes, tentando selecionar o melhor arranjo possível, e então, por impulso, pega logo dois, como se, por puro volume horticultor, pudesse demonstrar a importância que Bill tem para ela. Quando Lila levanta os olhos, uma mulher está ao seu lado, olhando o recipiente com flores, talvez numa tentativa de decidir qual levar. Justo quando Lila repara nisso, ela vê Jensen ao lado da mulher, vestido com seu uniforme de trabalho. Lila se empertiga e cora, se sentindo pega no flagra.

— Oi — diz ela, com a boca seca, áspera.

— Olá, Lila — responde ele, sem sorrir.

— Ah, *você* é a Lila.

Ela vê a mulher reavaliá-la, como se por outro prisma. A mulher tem cabelo ruivo-claro em um corte chanel elegante e usa calça jeans branca e blusa polo preta. Tem o ar de alguém que sabe exatamente quem é e que não tem medo do que os outros pensariam disso.

Lila olha para Jensen, que carrega uma cestinha de compras: ela nota uma garrafa de vinho tinto, salada e um frango — o tipo de coisa que se compraria para preparar um jantar caprichado para dois.

— Como você está? — pergunta Lila, hesitante, tentando ignorar o olhar da mulher.

— Bem — responde ele, sem expressão.

Ela não consegue se conter.

— Me desculpa, Jensen — solta.

— É — diz a mulher, calma, antes que Jensen possa responder. — É bom se desculpar mesmo. Vamos lá. Melhor a gente ir para o caixa.

A mulher segura o braço de Jensen, e os dois se viram para ir embora pelo corredor.

* * *

As meninas estão especialmente agitadas no jantar, brigando por um urso de pelúcia que, até Lila trazer do sótão, nenhuma das duas sequer lembrava que existia. Detestaram o jantar que a mãe improvisou (um frango assado que ela tirou do forno vinte minutos depois do tempo ideal) e ficaram furiosas quando Lila contou que Dan quer trocar a noite dele desta semana para quinta-feira (ele tem um evento de trabalho e, pelo visto, Marja não dá conta de três crianças sozinha). Lila disse que Bill está passando uns dias na casa dele e que Gene viajou a trabalho. Explicar a verdade é complicado demais.

Quando Celie sobe para o quarto — batendo a porta, como é obrigatório para uma adolescente — e Violet se acomoda na frente do iPad, Lila não tem energia de persuadi-las a fazer qualquer outra coisa. Ela limpa a cozinha, tentando prestar atenção em um programa de rádio sem graça, e depois leva Truant para uma volta no quarteirão. Finalmente, quando Violet vai dormir, ela enche a banheira e entra na água, agradecida. E quando não consegue mais suportar o silêncio, liga para Gabriel.

— Oi, Bella — diz ele, atendendo no mesmo instante, e soa animado, como se estivesse feliz por ter notícias dela. — Como vão as coisas?

Lila que retribuir o ânimo, mas, no momento, não dá conta.

— Eu... estou meio mal, na verdade. Só queria ouvir uma voz amiga.

— O que houve?

Ela conta do sótão e da descoberta da carta. Gabriel escuta atentamente, então solta um suspiro demorado.

— Nossa, que barra-pesada.

— Não sei o que fazer.

— Acho que não tem muito o que fazer. Talvez você só tenha que deixar seu padrasto digerir isso sozinho por um tempo. Tenho certeza de que ele vai voltar quando estiver melhor.

— Será?

Ela não tem tanta certeza. Bill nem passou por ali desde que foi buscar as malas.

— É orgulho. O ego dele está abalado. Independentemente da idade, isso sempre dói, ainda mais quando o golpe vem do seu pai biológico.

Lila não se convence. A dor de Bill parece muito mais profunda do que isso. Não é só ego: ela viu a estrutura da vida dele desmoronar na sua frente. Mas é tão bom falar com Gabriel que ela prefere não contrariá-lo.

— E você, como anda?

Ele conta que está muito ocupado — dois projetos enormes entraram de uma vez: um centro de acolhimento e uma casa para um milionário indeciso que muda de ideia todos os dias. Está trabalhando de casa esta noite, no escritório no fundo do jardim. Sua voz soa alegre, mas um pouco distante. É o tipo de conversa que ele poderia estar tendo com uma colega qualquer, pensa Lila com certo desconforto.

— E Lennie, como está? — pergunta ela.

— Bem. Na maior euforia com *Peter Pan*, ainda que os ensaios sejam exaustivos.

Eles conversam um pouco sobre a escola, sobre peças que fizeram na época de estudantes (ele foi uma árvore em *Robin Hood*, ela foi um bule numa coletânea de historinhas tradicionais) e sobre o que têm visto na televisão. A água começa a esfriar, então Lila se estica e abre a torneira quente.

— O que você está fazendo? — pergunta ele.

— Ah, só abrindo a torneira. O banho esfriou. Estou na banheira.

— Você está na banheira.

Há algo de contemplativo na voz de Gabriel, como se ele estivesse processando essa informação. Lila ri.

— É meu lugar seguro.

— Não sei se eu diria que é seguro. Não seria, se eu estivesse aí.

Uma centelha atravessa o corpo dela.

— Ah, você é perigoso no banheiro, é? — pergunta Lila, brincando.

— Sou perigoso em qualquer lugar em que você esteja nua.

— Isso é verdade.

De repente, Lila se lembra dos dois na sala da casa dele, corpos entrelaçados, a urgência daquele momento.

— Você disse que íamos repetir a dose — comenta ela, mantendo o tom leve, de flerte.

A voz dele a deixou um pouco ousada.

— E vamos. Mas, enquanto isso, por que você não me conta mais sobre o que está fazendo aí na banheira?

Ela está prestes a fazer piada, mas algo na voz de Gabriel a detém.

— Hum... falando com você, óbvio. E... — Ela engole em seco. — Pensando em você.

— E o que você faz quando pensa em mim?

A voz de Gabriel soa mais grave. Isso a deixa tonta.

— Você quer mesmo saber?

— Quero.

— Quer ter *essa* conversa?

— Com certeza quero ter essa conversa.

Lila nunca teve *essa* conversa. Na única vez que tentou com Dan, primeiro ele ficou meio desconcertado, dizendo que não parecia ela, e depois, quando ela tentou outra vez, brincou que Lila parecia a roteirista de um pornô barato. Ela ficou tão chateada que nunca tentou de novo.

— Isso é novo pra mim — diz ela, cautelosa.

— Eu gosto de novidade.

Então Lila tem a conversa. Em voz baixa, ela diz o que está fazendo. Ou, pelo menos, o que a sua versão imaginária está fazendo, já que, na realidade, ela está sentada numa água morna de banho, torcendo desesperadamente para que nenhuma das filhas esteja do lado de fora da porta. Ela ganha coragem com o som da atenção dele, sua voz baixa, suas respostas cada vez mais curtas, e deixa a imaginação correr solta. Quando Gabriel conta o que está fazendo, Lila se sente levemente embriagada com o poder. Descobre que é mais fácil do que pensava. É só esquecer todo o resto, deixar de lado a timidez, palavra por palavra, fechar os olhos e incorporar essa versão de si mesma — muito mais ousada e desinibida do que ela realmente é. A conversa é rápida, eficiente, e tem um fim audível, satisfatório.

Lila fica parada no banho, completamente imóvel, escutando a respiração dele.

— Tudo bem? — pergunta ela, depois de um minuto.

— Tudo… mais do que bem — responde ele. — Foi... inesperado. Mas incrível. Obrigado.

"Obrigado" é uma resposta estranha, mas Lila decide que educação é sempre bem-vinda. Ainda está em êxtase, sem acreditar que conseguiu provocar aquela reação apenas com palavras ao telefone. Fica chocada com a intimidade daquilo, com a confiança implícita. Uma voz em sua cabeça não para de repetir: *A gente fez isso. A gente fez isso mesmo.*

— Você chegou lá? — pergunta ele.

— Cheguei — mente Lila.

Ele solta um murmúrio baixo, que pode ser de satisfação, ou apenas de consideração.

— E quando a gente vai se ver? — indaga ela.

— Em breve. Deixa só passar essa semana dos infernos, aí a gente marca alguma coisa legal.

— Boa ideia — responde ela. — Eu bem que estava precisando de algo para esperar ansiosamente.

Então Violet abre a porta do banheiro com um ar irritado e vestida com seu pijama.

— Mãe, preciso muito fazer cocô e a Celie está no outro banheiro passando uma máscara facial ridícula e não quer sair.

— Tenho que ir — diz Lila, às pressas, e tenta transformar sua expressão corada e ligeiramente sonhadora em algo que se assemelhe a preocupação materna.

30

O interlúdio telefônico inesperado com Gabriel torna os dias seguintes mais suportáveis. Francamente, é necessário, porque a ausência de Bill em casa é como uma ferida aberta. E as meninas estão começando a fazer perguntas difíceis sobre o desaparecimento de Gene. Lila atravessa cada dia como pode, encontrando desculpas para não se sentar no escritório e escrever: arruma a casa, acompanha Eleanor nas caminhadas com os cachorros, vai a aulas de funcional.

Eleanor anda alegre, os últimos meses ao que parece apagados de sua memória. Ela baixou um aplicativo de relacionamento para subcelebridades — pelo visto, seu trabalho como maquiadora se mostrou suficiente para passar pelo processo de seleção —, e sempre que encontra Lila está cheia de histórias divertidas sobre ex-atores de novela que mandaram mensagem, ou estrelas do pop dos anos 1990, já esquecidas, que ela nem reconheceu.

— Quer dizer, metade deles agora são influencers ou DJs em Ibiza de que nunca ouvi falar, mas é bom ter atenção.

Lila conta sobre o episódio na banheira, e Eleanor se empolga.

— Que ótimo! Desde que você não planeje escrever sobre isso.

— Não vou escrever sobre isso de jeito nenhum — garante Lila.

Ela não sabe o que dizer para Anoushka. A qualquer momento o contrato chegará, e ela terá que contar que não pode escrever o livro que planejaram. Já pensou em centenas de alternativas para sugerir à editora, mas nem ela mesma se anima com nenhuma.

Superando o divórcio: Uma jornada emocional.

Como encontrar a felicidade ao organizar o armário.

O que eu converso de manhã com meu cachorro quando minhas filhas saem de casa sem me dar bom-dia.

Ela liga para Bill todos os dias, mas ele não quer mais falar de nada relacionado a Francesca, e Lila sente que os dois ficam meio sem assunto depois de conversarem sobre o que as meninas têm feito e o que Bill preparou para o jantar. À noite, ela tem brigas imaginárias com a mãe: *Como você ousou magoar o Bill? Como ousou escolher o Gene?* A mãe de suas lembranças parece ter evaporado — foi substituída por alguém que Lila não conhece, e o luto volta com força total.

Lila vai buscar as meninas na escola de fones no ouvido. Parece precisar de um fluxo constante de palavras abafando os próprios pensamentos, como na época em que Dan foi embora. Não importa o que está escutando, desde que abafe as vozes que competem por atenção em sua cabeça.

O parquinho está estranhamente vazio quando ela chega. Lila demora alguns minutos para perceber. Uma mãe que ela reconhece de leve está saindo da secretaria. Quando passa por Lila, sorri.

— Você também, né?

Lila franze a testa e tira os fones de ouvido.

— Perdão?

— Você também se esqueceu do ensaio hoje, que nem eu?

O ensaio. Com toda a confusão em casa, Lila não abriu um único e-mail da escola esta semana, mas tem uma vaga lembrança de que um ensaio estava previsto.

— É hoje?

— Só acaba daqui a uma hora.

— Ah, pelo amor de Deus.

Lila olha para o relógio. Levaria vinte minutos para ir até em casa e mais vinte para voltar. Este é o buraco negro temporal da maternidade: inúmeras horas perdidas esperando alguma coisa, momentos vagos que nunca são tempo suficiente para fazer nada de útil. Ela suspira.

— Pois é. Estou na mesma. A dor das mães que trabalham. Nunca dou conta dos e-mails.

A mulher é loira, tem o cabelo cortado em camadas curtas e usa o tipo de roupa que indica uma vida profissional, mesmo que de meio período.

— Vou tomar um café aqui perto. Não adianta voltar para casa — diz ela. — Se quiser me acompanhar, fique à vontade.

É um convite tímido, mas parece sincero. Lila sempre desconfiou das outras mães, mas tem quase certeza de que essa não faz parte da panelinha. Já a viu sozinha por aí, ligeiramente afastada, como a própria Lila. A mulher tem um rosto simpático, gentil.

— Claro. — Lila de repente se sente agradecida por não ficar a sós com os próprios pensamentos. — Seria ótimo.

O café está quase vazio àquela hora. Fecha às cinco, e tem só uma ou outra pessoa com um notebook no canto, fingindo não notar os funcionários ocupados varrendo ao redor das mesas. A mulher se chama Jessie, e o filho dela está no quinto ano; ela administra uma loja de artigos de arte a poucos quilômetros dali. É mãe solo e comprou o próprio apartamento há dois anos. Quando se sentam com as xícaras e uma fatia de bolo de limão para compensar a frustração da espera, ela olha para Lila e diz:

— É melhor a gente falar logo do elefante branco na sala. Não converso com o pessoal do parquinho, mas soube o que aconteceu com você, e só queria dizer que... sinto muito. Deve ser bem difícil lidar com essa situação todo dia.

Não há um pingo de malícia em suas palavras. Nenhuma intromissão sutil, nenhum julgamento ardiloso. Seu olhar é honesto, direto, cheio de empatia.

Lila tenta retribuir com a mesma sinceridade.

— É, não tem sido muito divertido.

— Meu ex sumiu quando Hal ainda era bebê. Ao que parece, ele não nasceu para ser pai. — Ela revira os olhos. — Pelo menos ajuda financeiramente, o que já é alguma coisa.

As duas conversam sobre a exaustão de cuidar de todas as coisas sozinhas, o medo de fazer tudo errado, de que seus filhos cresçam traumatizados pela ausência do pai em casa, e, ao mesmo tempo, o alívio de não ter que consultar ninguém para tomar decisões e de não haver cuecas jogadas pelo chão do banheiro. Lila vê tão poucas mulheres além de Eleanor que havia se esquecido da alegria casual dessas conversas: a troca de fracassos e frustrações cômicos, a compreensão amigável.

Debruçada na mesa, como se quisesse se proteger do restante do salão, Jessie conta a Lila que às vezes inventa reuniões em lugares distantes para convencer os pais a cuidarem do filho dela, só para ter uma noite de folga.

— Jura? E o que você faz nessas noites? — pergunta Lila, encantada pela admissão sincera, pelo sorriso tímido de Jessie.

— Na maioria das vezes, eu só fico largada. Começo cheia de boas intenções: vou sair para a farra, ou passar a noite me mimando. Mas, honestamente, quase sempre me jogo no sofá e pego no sono às nove.

— Nada de... amigos coloridos? Nossa, que expressão esquisita.

Jessie ri.

— Bom, tem alguém. Mas é complicado. Ou complicado pra mim. Nunca sei ao certo. E você?

— Tem alguém, mas está bem no começo. Estamos indo devagar.

Ao dizer isso, quase acredita que foi ela quem escolheu seguir esse ritmo lento e irregular, como se ela o tivesse orquestrado. De repente, Lila chega à conclusão de que talvez goste de Jessie, sente alívio ao vislumbrar que as próximas idas ao parquinho podem incluir um rosto amigável. Está aproveitando este desvio inesperado da vida normal, apenas uma conversa leve sobre a fragilidade humana com uma pessoa que a entende.

— Caramba, mas eu fico tão exausta com esse negócio de ir devagar. Você, não? Será que ainda existem homens que simplesmente dizem "Ei, eu gosto de você. Vamos tentar"? Quando eu era mais nova, realmente achava que era assim: você gostava de alguém, a pessoa gostava de você, e puf, começavam a namorar e pronto. É como se esse tipo de homem tivesse desaparecido da face da Terra.

— Meu ex era assim — comenta Lila, mexendo o chá. — Até ele fugir com outra mulher, óbvio.

Ela se recusa a pensar em Jensen.

— Os homens são tão difíceis, né? Quer dizer, esse cara com quem estou saindo... — Jessie olha para cima, de repente tímida. — Desculpa, estou falando demais?

— Que nada — responde Lila.

Ouvir sobre a vida amorosa complicada de outra pessoa faz com que ela se sinta um pouco melhor, até.

— Faz um tempo que estamos saindo, mas estou começando a achar que ele tem fobia de compromisso.

— Por quê?

— Não sei se ele é o que os jovens dizem hoje em dia, sabe... um "ficante premium". Quer dizer, a gente sai de vez em quando, ele é um querido, o sexo é ótimo. Mas a relação parece que não vai pra frente. Ele não é muito confiável, é evasivo quando falo de apresentar nossos filhos, ou talvez de sairmos com mais regularidade.

Lila sente uma pontada desagradável de identificação.

— Com que frequência vocês se veem?

— A gente conversa bastante. Mas, pra sair mesmo, tipo encontro, é só uma vez por semana.

— Chamam isso de *breadcrumbing* — afirma Lila.

Ela sente uma estranha satisfação em ter um nome para o hábito.

Jessie franze a testa.

— Minha amiga que me explicou — continua. — Tem um tipo de homem que fica jogando migalhas de relacionamento, mensagens, ligações, um encontro ou outro, mas nunca dá prioridade pra você. É assim?

— *Breadcrumbing* — repete Jessie, com uma careta. — Sei lá. Ele é mais legal do que isso.

— Minha amiga Eleanor leu toda uma lista para mim. É um negócio que acontece mesmo. — Lila se sente inundada por uma onda de sororidade.

— Sinceramente, esses conceitos de relacionamento nem existiam quando a gente era mais nova. Preciso de um manual só para saber com o que me preocupar.

Jessie come um pedaço de bolo. Ela tem o tipo de beleza que não exige maquiagem — pele lisa, sardas, cílios compridos castanho-claros. Lila desconfia de que tenha, no máximo, uns trinta e poucos anos.

— Ai. Não quero sentir que ele está seguindo um manual. Eu gosto muito dele. Isso que é irritante. — Ela empurra o resto do bolo. — Desculpa. Eu não deveria incomodar você com isso.

— Não — responde Lila, de repente toda zelosa. — É muito importante a gente conversar sobre essas coisas. As mulheres precisam se apoiar, né? E você parece muito legal. E é linda, obviamente. Aposto que tem muitos caras mais diretos por aí. Não perca tempo com esse homem.

Jessie balança a cabeça.

— Não. Ele é legal. Acho que não está... fazendo isso aí de propósito. Ele só... Ele... — diz Jessie, e suspira. — Você talvez o conheça.

— Como assim?

— Ele é pai de uma das crianças da nossa escola.

Algo gelado e pesado inunda o estômago de Lila. É como se seu corpo soubesse o que Jessie dirá antes mesmo de ela abrir a boca.

— Lennie, do quarto ano. É um cara magro, de óculos. É arquiteto. Gabriel.

Lila não sabe exatamente com que cara fica a partir desse momento. Tem uma vaga consciência de estar assentindo, com uma espécie de interesse benigno na voz.

— Gabriel — repete.

As palavras de Jessie saem apressadas, como uma confissão.

— Começamos a conversar ano passado, em uma cafeteria. A esposa dele morreu. Não sei quanta gente sabe disso. E, este ano, ele transferiu Lennie para a nossa escola, para ser um recomeço e tal. Ele é ótimo, sério. Quando estamos juntos, é incrível. Por isso fico tão confusa.

Há um furacão no corpo de Lila. Tudo parece rodopiar num grande vórtice, a voz de Jessie ficando mais alta e mais baixa, como se estivesse apenas parcialmente ali, abafada por um ruído. Ela escuta "O sexo é tão bom, sabe?", e "A gente tem uma conexão maravilhosa", e "Não quero forçar nada, ele passou por tanta coisa", e "Ele não quer que fofoquem sobre a gente". E não é nem o caso de Lila não saber o que dizer, é que sua boca parece ter colado de repente, como se palavras fossem um conceito abstrato que ela não é mais capaz de formular.

— Tudo bem?

Lila se concentra. Jessie a observa com atenção.

— Hã… dor de cabeça. De repente. Acontece de vez em quando.

Ela massageia a testa.

— Você ficou muito pálida. Quer um remédio? Deixa eu pedir uma água.

Jessie remexe na bolsa.

Lila tenta calcular com que rapidez pode ir embora. Cada célula do seu corpo quer se arremessar para fora daquele lugar.

— Preciso de ar fresco. Eu… eu vou voltar para a escola.

— Não vai sozinha. Você precisa de companhia, se está passando mal.

Jessie começa a arrumar as coisas.

— Não. Não. Tudo bem. Termina seu chá. — Lila faz um gesto com a mão. — Você é muito gentil. Eu… É só... Perdão. Foi muito... bom conversar com você.

Antes que Jessie possa se levantar, Lila já pegou a bolsa e está abrindo caminho entre as mesas vazias, saindo para a luz forte da tarde na rua. Ela escuta um "Até amanhã, talvez!" de Jessie logo antes de a porta se fechar.

31
Celie

Tem alguma coisa rolando na casa do pai dela. Marja vive largada no sofá ou se tranca no quarto quando Celie e Violet estão lá. Ela costumava preparar jantares especiais nas noites das meninas: travessas de comida asiática, tigelas enormes de massa e de salada, tudo servido na mesinha da cozinha, seguido de sorvete chique de sobremesa, como se tentasse usar a hora do jantar para fazer todos se sentirem parte da família, mas agora ela só pergunta o que querem pedir no delivery e, pálida e com ar de desculpas, se afasta. Quando Marja está na sala, conversa com o pai de Celie aos cochichos. Por um momento, Celie se perguntou se seria sua culpa: passou o último ano e meio deixando claro para Marja, de um milhão de formas sutis, que pode até ser obrigada a estar ali, mas nem por isso vai considerar que a madrasta e Hugo são *da família*. Marja quer que esqueçam o que ela fez, que roubou o pai das meninas da mãe e que finjam que são uma família de Instagram. Ela usa uma voz falsa para falar com Celie e vive oferecendo amostras de cremes e coisas que comprou e aparentemente não usa. No entanto, Celie faz o possível para dar apenas respostas monossilábicas, e, assim que o pai as libera da mesa, ela vai para o quarto que divide com Violet e fica no celular. É irritante, porque Hugo sempre quer brincar com ela ou com Violet, e o pai delas sempre diz: *Por favor, meninas, só meia horinha de atenção para ele.* Mas quem quer brincar com um menino de seis anos? Se Marja quisesse uma babá, deveria ter contratado alguém.

Ela observou Marja se transformar de uma mulher da yoga, com ombros definidos ridículos e leggings coladas, em uma pessoa enorme, e às vezes se pergunta se o pai se arrepende de ter trocado a mãe delas por Marja, agora que a mulher está tão diferente. Será que isso vai fazer com que ele perca o interesse? Mas o pai ainda parece encantado, sempre ao lado da mulher, conferindo se ela está bem, apertando a mão dela quando acha que Celie não está vendo. É revoltante que eles fiquem de casalzinho na frente dela, como se Celie tivesse apenas que fingir que nada está acontecendo. Agora, porém, Marja vive no quarto, e Celie considera se sua determinação a não dar um grama de afeto para a madrasta finalmente causou impacto. Ela se sente meio esquisita, já que tem um bebê a caminho, e nem sabe se a mãe delas ia querer o pai de volta depois de tudo. Na maior parte do tempo, ela só não quer ter que lidar com mais confusão.

Porque as coisas também estão esquisitas em casa: Bill segue na casa dele, e Gene, viajando a trabalho, então o lugar anda quieto. E a mãe delas está preocupada. Vive tomando banhos demorados ou saindo com Truant, de fones de ouvido. Fica com aquela carranca que nem percebe que deixa seus lábios mais finos, e é preciso repetir as coisas duas vezes, porque ela não está escutando direito. Celie uma vez fuçou o celular dela — a mãe é péssima com senhas: é sempre Celie1, ou Violet1, ou algo do tipo —, mas não encontrou nada de mais nas mensagens, apenas um monte de pedidos para Bill voltar. A princípio, Celie achou que eles tivessem brigado, mas Lila vive dizendo que ama ele, e ele responde que precisa de um tempo. Celie perguntou a Violet se a irmã fez algo para irritá-lo — ela se lembrou da vez que Violet usou os cartões personalizados dele para desenhar alienígenas —, mas a menina jura que não. Então, basicamente, as duas estão se revezando de um climão para outro.

Ela conversou sobre isso com Martin a caminho do ponto de ônibus depois da aula de animação, na semana passada. Ele fez todo um storyboard sobre ter um irmãozinho novo, que ele imaginava que viraria um monstro gigante que comeria seus pais, mas aí, no último quadro, aparecia apenas um bebezinho minúsculo todo enrugado. Martin contou para o grupo que foi baseado no que sentiu quando a mãe engravidou do padrasto.

— Você gosta do seu irmão? — perguntou ela. — Do seu irmão postiço, no caso.

— Meio-irmão — corrigiu Martin. — Gosto. Ele é de boa. Só um menininho.

Ele olhou de relance para Celie e continuou:

— No começo, pensei que não ia gostar dele, porque achava meu padrasto meio idiota. Mas é esquisito. Tipo, quando fui fazer a visita na maternidade, ele era só… sei lá. Só um bebezinho. E eu não tinha irmão, então acho que foi… legal? Ele às vezes é irritante, e entra no meu quarto quando não deve. Mas, sim. Gosto de ter ele por perto.

— Acho que vou odiar o filho do meu pai — diz Celie, quando os dois se sentam no banco do ponto de ônibus, que é inclinado, sempre dando a sensação de que vão escorregar. — Parece que é tudo culpa dele.

— Como assim?

— Bom, se não fosse o bebê, talvez meu pai voltasse pra minha mãe um dia. Mas agora... já era.

Martin pensa no assunto.

— Não sei, não. Minha tia voltou com o marido mesmo depois de ter um filho com outro cara. Às vezes, se as pessoas se amam muito, dão um jeito.

Celie se pergunta se os pais se amam tanto assim. Ela não se lembra deles se abraçando nos últimos anos em que ainda eram uma família, nem mesmo sorrindo um para o outro. A mãe vivia trabalhando e o pai, na rua, e eles eram meio impacientes, exceto quando estavam de férias.

— Acho que ainda estou com raiva do meu pai e da Marja. Então acho que vou ficar com raiva do bebê também.

— Você deveria conversar com o seu pai.

Só que Celie não tem o tipo de pai com quem dá para conversar. Na vez que ela disse que odiava ir para a casa dele, o pai só respondeu que ela não se sentiria assim para sempre. Quando ela insistiu que se sentiria, sim, ele se frustrou e falou que ela estava sendo "difícil de propósito", e que, quando ela fosse mais velha, aprenderia que a vida era complicada, que nem tudo acontecia como a gente queria, e que era preciso se adaptar. Celie não ousou dizer mais nada depois disso. Marja tentou conversar com ela uma vez, antes de engravidar. Sentou-se com Celie enquanto a garota tomava café e falou que entendia que ela provavelmente tinha sentimentos ambíguos quanto à nova situação e que não ia tentar roubar o lugar de Lila. Celie quase riu. *Você nunca conseguiria ocupar o lugar da minha mãe*, quis dizer, mas, em vez disso, só desceu em silêncio da banqueta alta e subiu para o quarto com a tigela de cereal.

Ela também não fala dos pais com as garotas do colégio. Os pais de Soraya e de Harriet ainda são casados, e Celie sente que as novas amigas não entenderiam. Ela conversaria com Gene, mas ele nem manda mais mensagem agora que viajou a trabalho. Celie não sabe nem em que país ele está. Bill manda mensagens educadas de vez em quando, dizendo que espera que ela esteja bem, que esteja fazendo as lições de casa, e que vai vê-la em breve, mas é como receber uma mensagem de um professor, formal demais. Ela nunca sabe como responder, então só manda uns beijinhos. Ele nem entende emojis.

Celie anda até a casa do pai, arrastando os pés e mexendo no celular. A mãe já deve ter deixado Violet lá, direto da escola — ela costuma parar o carro na rua e esperar até Violet entrar. Por ser mais velha, Celie tem a chave da casa, mas, mesmo assim, sempre toca a campanha, só para deixar claro que ela não considera aquele lugar um "lar". Ela para na entrada, pensando se a mãe lembrou de arrumar a mala dela e deixar com Violet. No fim de semana anterior, ela esqueceu, e o pai teve que dirigir até a casa delas para que Celie pudesse pegar a mala. Dan ficou super mal-humorado com isso, mesmo sem nem precisar sair do carro. Pelo visto, não gosta de deixar Marja sozinha, mesmo que o bebê ainda esteja a meses de nascer. Ninguém abre a porta. Celie toca de novo, apertando a campainha por cinco segundos, mesmo sabendo que vai irritar o pai. Nada. Finalmente, ela revira a mochila em busca da chave que ele deu e entra sozinha.

A casa de Marja está sempre impecável, mas hoje Celie encontra um monte de brinquedos de Hugo na sala, um prato com farelos, um livro aberto, uma almofada no chão. Ela para na porta e olha em volta. Vai até a cozinha. O rádio ainda está ligado, e há um bilhete rabiscado em cima da mesa:

Tive que levar a Marja para o hospital. Peça pra sua mãe vir buscar você.
Bjs, papai

Nem um pedido de desculpas. Só "Peça pra sua mãe vir buscar você". Celie olha para o bilhete, sentindo ao mesmo tempo uma onda de irritação pelo descuido do pai e o alívio de poder voltar para casa. Ela deixa o bilhete na mesa e se senta por um momento ali na cozinha. Então, se levanta, abre o armário de petiscos e come uma barra de chocolate amargo com nozes, dessas caras. Ela larga o papel da embalagem e sobe as escadas. Na casa de Marja, é obrigatório tirar os sapatos na porta — o piso é de madeira clara, com carpete creme —, mas Celie fica com os seus, arrastando os pés de propósito em cada degrau, só para o caso de ainda restar sujeira.

O quarto de Marja não tem nenhum sinal de bagunça: as roupas estão todas perfeitamente dobradas ou penduradas dentro dos armários planejados, que nem puxadores têm. Para abrir, é preciso apertar no lugar certo. A cama está feita, com duas almofadas combinando em cima de cada travesseiro e uma daquelas colchas que não é uma colcha na ponta da cama. Celie abre o armário e olha para as roupas de Marja, quase todas em tons de creme, preto ou branco. É basicamente o guarda-roupa mais sem sal que já viu. Ela abre as gavetas, pronta para sentir nojo de alguma lingerie sexy, mas as calcinhas de Marja são todas simples, cinzas ou pretas, e tem só um conjunto de calcinha e sutiã de seda com uns detalhes de renda. Marja não tem muita tralha, ao contrário da mãe de Celie, mas tem produtos de beleza e perfumes caríssimos.

Sobre a penteadeira em frente à janela, há uma bandeja inteira de maquiagem, toda organizadinha e com um espelho de aumento. Celie se senta e pega os vários tubos e pincéis, abrindo-os para experimentar diferentes cores. Ela traça os olhos com o delineador da Chantecaille de Marja, depois usa a paleta de sombras da Chanel. A pele de Marja é mais escura que a dela, então a base não fica legal, mas ela passa um pouco de blush e iluminador e examina o rosto atentamente no espelho, em busca de espinhas e poros abertos.

Quando termina de se maquiar, Celie cheira os perfumes. São oito frascos diferentes, e ela experimenta cada um no pulso até os cheiros se misturarem e não dar mais para distinguir. Experimenta o hidratante no dorso da mão, espalhando com o dedo indicador até a pele absorver o produto. Então pega o creme de rosto caríssimo e o cheira. Tem um perfume elegante, floral. Celie olha para o tubo por um tempo, depois se levanta e vai até o banheiro da suíte. Aperta o tubo até uma minhoca branca de creme cair no ralo e repete o processo mais duas vezes, até a embalagem estar praticamente vazia. Ela tampa e volta aos perfumes, tira a tampa de cada um deles e derrama a maior parte do precioso e dourado conteúdo na pia. Preenche os frascos com água. Faz o mesmo com o sabonete líquido luxuoso e com o sérum. Em seguida, enxágua os resíduos e guarda tudo com cuidado na penteadeira.

Ela olha de novo ao redor do cômodo, depois desce e liga para a mãe.

— Não entendo por que seu pai não pode marcar as consultas da Marja pra quando vocês estão comigo — diz a mãe dela, balançando a cabeça enquanto leva Celie para casa. — Ele só me mandou mensagem pedindo para buscar a Violet dez minutos antes do horário de saída.

— Eu não me importo — responde Celie.

Lila olha para a filha. Seu rosto se suaviza.

— Desculpa. Eu não deveria reclamar do seu pai na sua frente. E também não me importo — comenta ela, esticando a mão. — Afinal, ganhei mais uma noite com vocês. Ei, que tal a gente pedir comida hoje? Uma pizza enorme, nada saudável, cheia de queijo e com tudo que vocês quiserem?

A comida da mãe dela anda tão horrível desde que Bill foi embora que o *Vamos* de Celie provavelmente sai mais animado do que ela pretendia. Mas Lila parece não notar. Ela não usa maquiagem há mais de uma semana. Está de cabelo preso em um rabo de cavalo, tem olheiras profundas e usa o mesmo suéter que vestiu três dias esta semana. Por um tempo, a mãe de Celie tinha voltado a parecer quem era, mas agora está mais é com cara de alguém que saiu da cama doente só para atender à porta.

— Quando o Gene volta? — pergunta Celie.

A mãe mantém os olhos na rua.

— Não sei — diz. — Ele... ele... Acho que esse trabalho vai demorar um tempo.

Celie encara os próprios joelhos. Dá para sentir o cheiro do perfume nas mãos, e isso está começando a deixá-la enjoada. Ela acha que conseguiria contar para Gene o que fez. Não tem mais ninguém com quem poderia falar sem causar um surto.

— Ele vai voltar mesmo?

A mãe de Celie faz aquela expressão de quando sabe de uma coisa e não quer dizer.

— Eu... eu não sei, amor. Vou falar com ele em algum momento e a gente vê isso.

No dia seguinte, a mãe de Celie pede para ela buscar Violet na escola. Aparentemente, ela tem uma reunião importante, e, mesmo que Celie reclame que a escola de Violet é na contramão e que vai demorar séculos por causa daquele ensaio ridículo da peça, a mãe insiste que não tem como ir. A mãe dela está bem esquisita. Só comeu uma fatia de pizza no jantar, e deu para ver que passou a noite no telefone com Eleanor, porque Celie a ouviu murmurar "Eu sei, eu sei, só não sei o que dizer para ele" quando passou em frente à porta fechada do quarto.

— Celie, eu quase nunca te peço nada, mas preciso que busque sua irmã na escola hoje. Bill vai buscar a Violet amanhã, mas hoje não pode, e suas aulas terminam a tempo.

Pais são tão egoístas.

Celie chega ao parquinho quinze para as cinco, quinze minutos antes do horário, e come um saco de batatinhas de sal e vinagre que comprou no caminho. Deveria ter trazido salgadinhos para Violet também, mas não trouxe, então precisa comer rápido e jogar a embalagem fora, para a irmã não descobrir e passar a noite reclamando que ela é má.

Celie ainda se sente esquisita por causa do que fez com os perfumes. Não sabe o que deu nela no dia anterior, e em parte espera que o pai telefone e pergunte o que ela achou que estava fazendo, que diga que ela é uma pessoa muito, muito horrível. Mas ele não disse nada. Ela vem carregando a culpa o dia inteiro, como uma pressão crescente apertando sua cabeça, algo que não pode ser contido. Enquanto espera, manda mensagem para Martin, os dedos ficando vermelhos de frio.

Fiz um negócio esquisito na casa do meu pai.

Ela conta dos perfumes e dos cremes. Há uma pausa curta, os pontinhos de digitação piscando, e Celie acha que ele está prestes a dizer que ela é doida, ou que não quer mais falar com ela. Talvez Martin passe a ignorá-la, como Meena e as outras garotas. Os pontinhos piscam por tanto tempo que ela se arrepende de ter contado tudo para ele. Até que chega a resposta:

> Quando minha mãe casou com meu padrasto, eu fucei a gaveta dela e joguei todas as pílulas anticoncepcionais pela janela, no jardim do vizinho. Acho que pensei que assim eles não iriam fazer mais nada. A única coisa que eu consegui foi um irmãozinho, hahaha.
> PS: Mas não vi filhotes de raposa esse ano, então sei lá o que rolou.

Ela ri e se sente um pouco menos estranha, mas, momentos depois, a ansiedade volta, um nó apertado na garganta, como se estivesse esperando que algo terrível acontecesse de novo.

Já são quase cinco quando os portões da escola se abrem, e as crianças começam a sair, arrastando mochilas ou segurando folhas amassadas do roteiro da peça. Já tem um monte de pais no parquinho, e ela fica de cabeça baixa, capuz levantado, concentrada no celular, para não ter que falar com ninguém sobre como lembram dela ainda ali na escolinha, como ela cresceu, todas essas besteiras que adultos dizem. Demora um instante para notar que, quando Violet chega, não está sozinha. Ao seu lado, segurando sua mão e com um sorrisão no rosto, está Gene, conversando depressa com a sra. Tugendhat. A professora está com a mão no peito, como se literalmente estivesse tentando conter o próprio coração. Eles trocam algumas palavras, e Gene faz que sim, animado, e pousa a mão no braço da professora. Quando a sra. Tugendhat finalmente vai embora, ela toca o lugar em que a mão de Gene estava, como se nem percebesse o que está fazendo.

— Oi, garota — diz ele, puxando Celie para um abraço.

Ele sempre faz isso, como se nem ligasse se ela quer ou não ser abraçada.

— Pensei que você estivesse viajando a trabalho.

Ele faz uma careta. Então volta a sorrir.

— Tô, sim! Mas terminei mais cedo hoje e senti saudade, então pensei em passar aqui e levar vocês para casa. Não posso demorar, tenho que voltar para o trabalho, mas queria ver a carinha fofa de vocês.

Embora Gene seja muito irritante e esteja usando aquela camiseta ridícula do Grateful Dead que o faz parecer um velho hippie, Celie sente algo dentro dela desabar de alívio.

32
Lila

— E aí, o que você vai dizer pra ele?

Eleanor e Lila estão no lançamento de uma nova marca de maquiagem. Eleanor ganha maquiagem em quantidade suficiente para abrir uma pequena franquia de farmácia, e Lila sempre fica feliz com coisas grátis, em especial porque não faz mais ideia do que deve usar. As duas estão em um salão georgiano com janelas do chão ao teto, onde jovens, claramente modelos, servem champanhe e canapés de sabores irreconhecíveis. Na frente dos espelhos iluminados na parede, as pessoas experimentam os produtos ao som da música ambiente. Eleanor mistura três tons diferentes de base na bochecha de Lila, parando e franzindo a testa, enquanto a amiga come com os olhos umas porçõezinhas minúsculas de peixe com batata frita que passam um pouco mais além.

Ela passou a semana tentando decidir o que dirá quando encontrar Gabriel Mallory. Ignorou as mensagens dele, inclusive as duas últimas que sugeriram um jantar — em uma, ele a chama de *dolcezza* —, e inventou um compromisso de trabalho para não aparecer na escola. Passou dois dias se sentindo devastada, até que acordou sóbria, tomada por uma raiva queimando a fogo baixo: raiva dele, pela falsidade, e dela própria, por não perceber.

— Não sei. Andei pensando um pouco nisso — na verdade, esse assunto a consumiu durante todos os minutos em que esteve acordada — e só quero perguntar o que ele achou que estava fazendo. Quer dizer, como é que ele achou que eu e Jessie nunca nos conheceríamos?

— E ela é só a que você descobriu.

Esse fato não passou despercebido por Lila. Ela não para de pensar em como Gabriel descreveu que a falecida esposa "via coisas que não existiam", nos pais de Victoria, que não falam mais com ele. Lila espera enquanto Eleanor pega um cotonete e passa com cuidado embaixo do seu olho.

— Pensei em escrever uma carta. Dizer como ele fez com que eu me sentisse péssima, e que eu achei que já fôssemos velhos demais para esse tipo de sacanagem.

— Isso é porque você nunca usou aplicativo de relacionamento.

— É assim? — Lila pisca, horrorizada.

— É praticamente uma selva. Se a selva estivesse cheia de safados falsos, metidos e tóxicos. Melhor a selva de verdade mesmo. Ah, não, essa cor, não. Você está parecendo uma participante do *Love Island*.

— Você acha que escrever uma carta é uma má ideia?

Eleanor pega um batom, abre a tampa e testa na mão.

— O problema é que você está tratando o Gabriel como alguém que (a) vai se dar ao trabalho de ler e (b) vai refletir a respeito da própria responsabilidade nessa história. E tudo que você me contou sugere que ele não vai fazer nenhuma das duas coisas. Fecha a boca.

Lila espera Eleanor passar o batom.

— Então ele simplesmente sai ileso dessa?

— Não. Até porque você vai contar pra Jessie. Ah, agora sim, bem melhor.

Ela se afasta um pouco e mexe a cabeça em sinal de aprovação.

Essa é a parte estranha: Lila quer contar para Jessie. Gostou da mulher logo de cara. Claramente não é culpa de Jessie. Lila sente uma espécie de responsabilidade solidária com essa outra mãe, outra otária. No entanto, quando pensa em começar a conversa, sente o corpo inteiro ficar suado de ansiedade. E se Jessie duvidar? E se culpar Lila? Ela estava saindo com Gabriel antes de Lila. E se isso gerar mais drama na saída da escola? A possibilidade de todo mundo ficar sabendo dessa última humilhação é insuportável — Lila treme só de pensar nas Philippas e Marjas da vida vendo que ela foi traída por outro homem.

Eleanor gira a cadeira de Lila para que ela se veja no espelho. *Até que fiquei bem bonita*, pensa Lila, distante.

— Eu só… não sei se tenho coragem.

— De usar essa cor? Ficou bem sutil em você.

— Não. De contar pra Jessie.

Eleanor revira os olhos.

— E é assim que o patriarcado persevera.

— Então agora eu sou responsável pela opressão de todas as mulheres?

— Se você não contar, será responsável pela opressão de duas.

— Ai. Por que nós temos que lidar com as consequências de homens que se comportam como uns babacas?

Eleanor não diz nada.

— Que foi?

— Não sei se você está com *tanta* moral.

— Eu pedi desculpas pro Jensen.

Eleanor dá de ombros.

— Me pareceu um pedido de desculpas bem mequetrefe.

— Você acha que eu deveria ter dito mais coisa?

— Hã... acho?

Lila pensa nisso enquanto as duas caminham de volta para a estação de metrô. Essa tem sido a pior parte, e talvez o motivo de ela não se sentir tão destruída quanto esperava com o fim da relação com Gabriel. Tinha ficado tão obcecada pelo objeto brilhante que era Gabriel Mallory que acabou ignorando o homem muito melhor cujos sentimentos ela tinha atropelado. Toda vez que pensa em Jensen pegando aquele capítulo impresso, no choque no rosto dele, sente uma vergonha que desce até os pés, uma sensação horrível, gelada, como aquele frio úmido que dá para sentir nos ossos nos piores dias de inverno.

— Acho que ele não vai querer falar comigo.

— Aí você manda uma mensagem longa explicando que foi uma grande idiota, assume total responsabilidade e diz que espera que um dia ele consiga te perdoar, especialmente agora que o livro foi cancelado.

Ela se vira para Lila, desconfiada.

— Você cancelou, né? — pergunta.

Lila faz uma careta.

— Ah, Lila. Pelo amor de Deus.

A questão é que Lila não consegue pensar em uma solução. Sabe que precisa cancelar o livro. O contrato tinha chegado na sua caixa de entrada, seguido, alguns dias depois, por um lembrete digital animado pedindo assinatura. Ela abriu o arquivo, olhou para o valor, cheio de lindos zeros, e teve vontade de chorar. Não tem outro jeito de ganhar dinheiro, não a quantidade necessária para sustentar todo mundo. Considerou milhares de alternativas, mas todas parecem fracas, até mesmo para ela. Dan cortou a pensão, suas economias mal dariam para encher o tanque do carro, e ela não tem ideia de como ela e as filhas vão viver quando esse dinheiro acabar. Semana passada, ela mandou para Jensen o último pagamento pelo jardim. Ele não respondeu, o que não foi lá nenhuma surpresa, mas aquele foi o último montante considerável vindo de seus royalties, e ela não se sentia à vontade para pedir nada a Bill, considerando que ele nem quer mais morar com elas.

Não tem jeito. Lila vai ter que vender a casa. De algum modo, esse fato se mistura à fúria fria e rígida dos últimos meses, e finalmente a impele a agir.

— Oi! Estava preocupada com você. Como você está?

Lila pegou o número de Jessie no grupo do WhatsApp da escola e mandou mensagem fingindo interesse em ir à loja dela para comprar materiais de arte.

Uma mentira, mas soava melhor do que "Quero ir aí arrancar seu coração com minhas próprias mãos". Ela chegou quarenta minutos antes do horário de buscar Violet na escola, e agora está na lojinha repleta de tubos de tinta, papel-cartão A3 e materiais de artesanato, respirando o leve cheiro de terebintina.

— Muito melhor, obrigada — responde, tentando ignorar o suor nas mãos.

— Você ficou tão pálida na cafeteria! Isso acontece com frequência?

Jessie está usando um avental retrô de vendedora, azul-escuro. Seu cabelo está preso, e ela parece jovem, bonita e à vontade. Lila a observa discretamente enquanto ela atende uma senhora idosa que conta o dinheiro para pagar por dois novelos de lã com dedos artríticos e retorcidos. É fácil imaginar por que Gabriel se sentiu atraído por Jessie. O mistério era por que ele queria outra pessoa ao mesmo tempo.

— Quer um chá? Posso dar um pulo nos fundos e ferver água, enquanto a loja está tranquila.

Lila recusa.

— Na verdade — diz —, preciso conversar com você.

Jessie parece perceber a mudança de tom. Ela olha para Lila por um momento, desconfiada, e sai de trás do caixa.

— O que foi? — pergunta, direta.

— É muito constrangedor.

— Pode falar.

O sorriso de Jessie sumiu.

— A dor de cabeça que eu tive quando... quando a gente se conheceu. Não foi uma dor de cabeça. Eu só... — Lila engole em seco. — Eu só fiquei em choque quando você falou do Gabriel Mallory. Porque...

A expressão de Jessie é horrível. É como se ela já soubesse e todo seu rosto estivesse implorando para Lila não continuar.

— Eu... eu estava saindo com ele — conclui Lila. — Pensei que fosse a única.

Por um momento, a loja toda fica em silêncio.

— Gabriel... Gabriel estava saindo com *você*?

Toda a cor se esvaiu do rosto de Jessie. Por um momento louco, Lila se pergunta se foi assim que ela ficou quando recebeu a mesma informação, mas desconfia que não ficou assim tão fotogênica.

— Saindo, *saindo*? — insiste Jessie.

— Nós transamos. E conversávamos quase toda noite.

Jessie fica de queixo caído.

— Desde quando?

— Bom, faz uns dois, três meses, e o sexo foi… há menos de um mês.

As duas tomam um susto com o barulho do sino na porta. Um homem de camisa xadrez e calça salmão entra na loja, com uma lista na mão. Ele força a vista para o papel e olha para elas.

— Preciso de gauche. É assim que se fala?

Faz-se um breve silêncio.

— É *guache* — corrige Jessie, atordoada. — Está aqui.

Ela acompanha o homem até o canto da loja, onde as tintas são expostas em tubinhos brancos.

— Só até aqui — explica. — Depois, são aquarelas.

Ela se vira para Lila, o rosto ainda rígido de choque, e continua:

— Mas o que ele…

— Qual é a diferença? — A voz do homem retumba pela loja. Ele está olhando para as tintas.

— Perdão?

— Entre guache e aquarela. Dá para misturar? É pra minha esposa. Não sou muito de pintar. Pensando bem, ela também não. Está tentando encontrar alguma atividade para melhorar a saúde mental. Eu falei que diazepam era mais barato, mas parece que o médico discorda. Haha!

Ele adora a própria piada.

Jessie balança levemente a cabeça.

— Guache é parecida com aquarela, só que mais opaca. Tem uma porcentagem maior de gesso — diz, como se recitasse as palavras.

— É mais barata?

— Oi?

— Qual é mais barata?

— Depende. — Jessie se vira bruscamente para Lila, com a expressão incrédula. — Tem *certeza*?

— Que eu transei com ele? Hum, tenho?

— Qual? — insiste o homem.

Jessie volta a atenção para ele, impaciente.

— Depende da marca. Os preços estão na prateleira.

Ela fica ali parada, com as mãos pendendo ao lado do corpo, aparentemente ainda tentando digerir a notícia de Lila.

— Eu sinto muito — diz Lila. — É óbvio que, se soubesse que ele estava envolvido com outra pessoa, não teria chegado nem perto.

— Ele não falou nada sobre mim?

— Nem uma palavra.

É isso que parece magoar Jessie mais do que qualquer coisa. Lila não consegue se conter. Ela hesita, e continua:

— Tenho que perguntar uma coisa. Ele chamava você por algum apelido? Digo, diferente do seu nome?

O homem voltou para perto delas.

— Pode me indicar onde encontro a Umbra Queimada?

Jessie fecha os olhos com força.

— É laranja-escuro — diz, apontando para a prateleira. — As tintas estão etiquetadas. Ele me chamava de "Carina". Quer dizer "fofa". Era nosso apelido.

— Ele me chamava de "Bella". Era o nosso.

— Bella — repete Jessie.

— E laranja-cádmio?

— *Na prateleira* — insiste Jessie, mais alto. E então, para Lila: — Mas eu não entendo. Estou saindo com ele faz quase um ano!

— Eu juro que ele não disse nada. Eu achava... que ele ainda estava se recuperando da morte da esposa.

— Eu também!

— Odeio interromper a conversinha de vocês, mas preciso achar essas cores.

— Ele estava transando com nós duas ao mesmo tempo?

— Parece que sim.

— ARGH!

O rosto de Jessie se contorce de angústia.

— Eu só... precisava te contar. Quer dizer, óbvio que não vou sair com ele de novo, então a decisão é sua, mas eu não podia deixar você continuar sem saber com quem está lidando.

— Meu Deus do céu. Ele deu em cima de *duas mães no mesmo parquinho*?

O tom de Jessie vai subindo conforme ela absorve o horror daquilo.

— Azul-cerúleo? — O homem aparece ao lado delas.

Jessie se vira, como se o visse pela primeira vez. Olha bem para o rosto largo e vermelho do homem, então pega a lista da mão dele. Vai até a prateleira e, quase sem olhar, pega doze cores diferentes, e o sujeito murmura um *Minha nossa*. Ela volta ao caixa, passa o pedido, e estende a mão.

— Cinquenta e nove e quarenta e cinco.

— Cinquenta e nove libras? É um valor bem alto pra um monte de tinta.

Ele puxa a carteira, relutante.

— Pense nisso como um investimento na saúde mental da sua esposa. E, acredite em mim, se for tão fácil assim fazer essa mulher feliz, você é um homem de sorte — afirma Jessie.

Ela não está sorrindo.

O sujeito parece um pouco preocupado. Passa o cartão de crédito, pega a sacola e vai embora. As duas ficam paradas em silêncio na loja, observando-o descer a rua a passos rápidos, olhando de relance para trás no caminho.

— Puta que pariu — diz Jessie, murchando.

Ela parece prestes a chorar.

— Pois é.

— Ele sabe que você sabe?

— Ainda não. Mas vai saber.

— Cacete. Eu não posso sair da loja.

Jessie cobre o rosto com as mãos. Seus ombros tremem uma vez, e o movimento parece reverberar pelo corpo inteiro. Lila sente uma pontada de compaixão. Então Jessie abaixa as mãos e seca os olhos rápido.

— Argh. Argh.

Ela ergue o olhar, o rosto murchando de decepção.

— Sabe o que é pior? Eu estava bem antes de conhecê-lo. Estava só cuidando da minha vida, acordava feliz na maioria dos dias, só eu, meu filho, minha loja... Estava dando tudo certo. Aí ele me derrubou. Me deixava em êxtase por cinco minutos, e aí fazia eu me questionar o tempo todo, me dava um vazio quando não estávamos juntos. Foi como viver numa montanha-russa... feliz, triste, ansiosa, excitada. Agora... agora eu só me sinto uma otária... E pra quê?

Ela vai escrever uma carta, pensa Lila. Não, duas cartas. Vai buscar Violet, voltar para casa e escrever uma carta para Jensen, com um pedido de desculpas muito mais sincero e humilhante. Depois, escreverá para Gabriel, dizendo o que sabe e expondo a mágoa que causou em duas mulheres decentes que gostavam de verdade dele e não mereciam passar por nada disso. Ela prefere escrever a carta para não precisar ter essa conversa em público, bem na frente de Philippa Graham, de Marja e do resto da patotinha de mães, e então nunca mais terá que olhar na cara dele. Mas Gabriel saberá o que fez, porque Lila não poupará detalhes: a própria mágoa, a mágoa de Jessie, o jeito cruel e horrível com que ele fez duas mulheres se sentirem piores consigo mesmas.

Ela caminha os vinte minutos até a escola, perdida nos próprios pensamentos sobre o que vai dizer, buscando a frase exata que o forçará a refletir sobre o próprio comportamento, que o obrigará a se questionar, como ela e Jessie tiveram que fazer. Lila canalizará o poder de Estella Esperanza: discreta, concentrada, fatal. Agirá sem que ninguém ao redor sequer perceba o que aconteceu. Ainda está pensando em como expressar sua decepção quando leva um susto ao passar pelo Crown & Duck, o pub gourmet ao lado da farmácia, que tem mesinhas na calçada. O dia está nublado, e nesta época do ano apenas algumas mesas estão ocupadas. A mesa da ponta, porém, chama sua atenção. Porque ali, sentado com uma mulher, a mão apoiada casualmente na mesa, está Gabriel Mallory.

Algo nela se solidifica e a paralisa por um momento. Os dois estão rindo de alguma coisa. A mulher está na faixa dos trinta, tem cabelo escuro e cacheado e usa uma blusa polo preta. Ela o fita com olhos grandes, carinhosos e apaixonados e estica a mão para tocar seu braço de leve, como se não suportasse a proximidade sem contato físico. Ele olha para o relógio e diz algo, apontando na direção da escola. É a expressão da mulher que faz Lila se encolher: o sorriso submisso, a leve tristeza pela separação iminente. Lila atravessa a rua e vai até a mesa deles.

— Oi, Gabriel — diz, animada.

O rosto dele mal treme. Gabriel parece feliz em vê-la, daquele jeito distante e simpático com que se cumprimenta uma vizinha. Ele se levanta um pouco da cadeira, toca o braço dela. Está usando o suéter de caxemira azul que ela amava especialmente.

— Lila! Que bom ver você.

— Está indo pra escola?

— Sim. Só tomando uma bebida antes. Consegui escapar mais cedo do trabalho, então pensei em fazer uma surpresa para Lennie.

A mulher olha para Lila, com aquele tipo de sorriso vago de quando não se sabe qual é sua relação com a pessoa por quem se está obcecada.

— Lennie e a filha da Lila estudam na mesma escola — explica Gabriel, virando-se para a mulher.

Lila reflete por um instante sobre a forma como ele a descreveu.

— É, eu sou a Lila, prazer. — Ela estende a mão, que a mulher aperta. — E você deve ser... Divina?

O sorriso da mulher vacila.

— Perdão?

— Hum. Vou adivinhar. Perfecta? Essa palavra existe? Talvez seja uma versão em outro idioma. Gostosa? Sexy?

A mulher olha para Gabriel e de volta para Lila. O sorriso de Gabriel sumiu.

— Ah, desculpa. — Lila balança a cabeça, como se tivesse feito uma besteira. — É que, pro Gabriel, eu sou Bella. Significa linda. E recentemente conheci por acaso a outra amiga especial dele, que ele chama de Carina, que significa fofa, e nós duas batemos um papo e ficamos curiosas para saber quem mais participa desse nosso clubinho exclusivo. Talvez um *pouco* menos exclusivo do que imaginávamos. Mas fazer o quê! Aproveitem a bebida.

Ela acena toda animada e começa a se afastar. Então para, se vira e levanta o dedo. E aí abaixa a voz em um sussurro exagerado.

— Ah. E, se vocês já passaram da fase das mensagens intermitentes, é bom fazer alguns exames. Ele é *péssimo* com camisinha. Tchau!

No fim, Lila não tem saco de escrever duas cartas. Há um limite para o esforço emocional que se pode esperar de uma mulher.

33

Jensen,

Comecei esta carta oito vezes, e ainda não sei se vou conseguir acertar. Então, acho melhor ir direto ao ponto: me desculpa. Cometi um erro imenso e perdi a noção de quem eu era, e, embora não tenha tido a intenção, acabei magoando você, e tenho que viver com esse fato. Entendo que você tenha tocado sua vida — e espero, sinceramente, que esteja feliz —, mas queria que soubesse que não vou publicar nada a seu respeito. Nada. Na verdade, vou cancelar a publicação do livro. E sinto muito se a forma leviana como descrevi uma noite que, na verdade, foi muito bonita, te causou dor. Você foi muito gentil comigo e com a minha família, e eu retribuí da pior maneira possível.

Vou pedir apenas uma coisa: por mais que você pense mal de mim, por favor, não corte laços com Bill. Ele não teve nada a ver com essa história e está passando por um momento difícil. Ele realmente precisa de um amigo. Especialmente da sua amizade.

Sinto muito. Mesmo.

Beijos,

Lila

Lila levou o dia inteiro para escrever essa carta. Passou horas encarando a caneta, pensando e revisando as palavras, e, ainda assim, cada uma delas pareceu inadequada. Parece que o mundo está cheio de pessoas que traem umas às outras, ou que se tratam mal, e, quando finalmente coloca seus sentimentos no papel, quer se certificar que não é uma dessas pessoas. Que pelo menos é capaz de admitir suas falhas, suas atitudes desprezíveis, e se desculpar. Lila tenta não pensar no outro motivo: que o olhar de Jensen ainda a assombra, que sente a ausência dele o tempo todo. O gesto territorial de sua nova namorada ao pegá-lo pelo braço e puxá-lo para longe dela. Lila sente que é a maior otária do mundo, não por ter sido enrolada por Gabriel, mas porque foi burra a ponto de não ver o que estava bem na sua cara: um homem honesto, engraçado, gentil, que a olhava como se ela fosse incrível, que a tocava como se fosse sagrada. Não para de lembrar o quanto era fácil ser ela mesma ao lado dele. Como Jensen a fazia rir. A certeza profunda de que tudo ia ficar bem, simplesmente porque ele estava por perto. O que tinha dado na cabeça dela?

O vento piorou ao longo do dia, e o cabelo de Lila chicoteia no rosto à medida que ela caminha até a caixa de correio. A chuva bate num ângulo quase horizontal, cruel, e ela abaixa a cabeça, sentindo que o clima combina com seu humor. Agora, sem a distração de sua paixonite boba e equivocada, não lhe resta nada além da consciência do que fez com um homem bom, e do que desperdiçou.

Ela leu a carta para Eleanor antes de enviar, e a amiga murmurou "Bom, bom", como uma professora aprovaria um trabalho satisfatório. Contudo, um pensamento continua dominando sua mente: por que Jensen confiaria em suas palavras, se ela já as usou para magoá-lo? Gabriel também soube usar as palavras que Lila queria ouvir para feri-la — palavras insignificantes, no melhor dos casos, e, no pior, manipuladoras. E esse é o verdadeiro motivo para ela demorar tanto para escrever uma simples carta: Lila não sabe mais se confia nas palavras. Elas se tornaram coisas frágeis, voláteis, perigosas. Tudo que realmente importa é como alguém faz você se sentir, e Lila fez Jensen se sentir péssimo.

Dan mandou uma mensagem na noite anterior dizendo que Marja tinha sido internada e que ele não poderia ficar com as meninas "por tempo indeterminado". Foi uma mensagem seca, sem detalhes, e Lila suspirou por dentro, percebendo que essa era só mais uma prova de que a primeira família dele viria sempre em segundo lugar agora. Ela dirá para as meninas que o pai está muito ocupado no trabalho. Não vale a pena revelar o quanto ele já não as prioriza mais. Ela vai protegê-las disso o tanto que conseguir.

Lila coloca a carta na caixa de correio e se vira para voltar para casa, com Truant encolhido aos seus pés. Ele não gosta de tempo chuvoso, e lança olhares rancorosos na ponta da coleira.

— Eu sei, querido — murmura ela, levantando o colarinho do casaco. — Concordo.

Gabriel, Dan, Gene. Tanto esforço envolvido para consertar os danos causados pelos egos frágeis daqueles homens.

Ao caminhar, ela percebe que há algo de revigorante no vento: um presságio de mudança, uma energia. Lila levanta o rosto, sentindo a pele pinicar. Vê as folhas rodopiarem, os guarda-chuvas dos pedestres virando do avesso. De repente, no entanto, se lembra do encontro com Gabriel no pub, da cara da mulher quando a chamou de "perfecta". Ela solta uma risadinha involuntária. Eleanor gargalhou dessa história.

Uma lixeira de plástico passa voando pela calçada à sua frente, e ela e Truant param para deixar o objeto passar. Ela vai atravessar essa tempestade. Já passou por coisa pior. Vai convencer Bill a voltar para casa. Encontrará outro jeito de ganhar dinheiro, arranjará um lugar mais barato para morar. Ela sobreviverá, como sempre sobreviveu. Se esses últimos meses serviram para reforçar alguma coisa, foi a certeza de que a única pessoa em quem você pode realmente confiar é em si mesma. Lila se empertiga, respira fundo e, com determinação renovada, volta para casa.

As meninas estão estranhamente tranquilas esta noite. Talvez a tempestade furiosa lá fora torne a casinha delas mais aconchegante, ou talvez só tenham tido um dia razoável o bastante para não trazerem as queixas habituais e os gritos de "injustiça" para casa. Celie, que parece aliviada por não ter que ir para a casa de Dan tão cedo, está desenhando alguma coisa. Ela esconde com o braço quando Lila leva uma xícara de chocolate quente para o quarto, depois tira o braço da frente, quase relutante, e diz que é para a aula de animação. Lila olha para os esboços elaborados e quer saltitar de felicidade, mas apenas assente e diz, com um grau de admiração cuidadosamente calibrado, que estão ótimos, tentando não exagerar no entusiasmo a ponto de a filha mudar de ideia na hora.

Violet está no térreo vendo episódios antigos de *Esquadrão Estelar Zero* no YouTube. Já devorou três temporadas inteiras, e Lila a observa de rabo de olho enquanto cozinha, torcendo para que a filha esteja assistindo porque gosta do programa, e não apenas por saudade do avô. Lila não entrou em contato com Gene desde que ele foi embora. De que adianta? Ela conhece o joguinho dele — o homem vai pedir desculpas, encantar as meninas com seu charme, se meter na casa enquanto for conveniente, depois dar no pé outra vez. Todos estão melhor sem ele. O cardápio do jantar é frango assado com purê de batata, a combinação preferida das meninas, talvez para reforçar a ideia de que não precisam de mais ninguém para viver bem. Elas comem tranquilamente à mesa, escutando a chuva bater nas janelas, e Celie consegue aguentar pelo menos meia hora antes de levantar e voltar para o quarto.

Lila está acabando de lavar a louça quando o telefone toca. É um número desconhecido e, de início, ela olha para a tela do celular, indecisa se atende ou não.

— Alô? — diz, tirando as luvas de borracha.

A voz de Penelope soa ofegante.

— Ah, Lila. Graças a Deus. Você precisa vir para o hospital o mais rápido que puder. É o Bill.

Lila tropeça pela casa, tentando recolher a bolsa, as chaves, o casaco, com Truant na sua cola, já pressentindo a mudança no clima e claramente convencido de que o apocalipse está chegando. Ela dá um jeito de juntar tudo, bate na porta de Celie e entra. A filha ainda está absorta no desenho e levanta o rosto como se arrancada de um transe.

— Eu... eu tenho que sair um pouquinho. Você pode cuidar da Violet?

— Por quê? Aonde você vai?

Ela não quer contar para a filha. Não quer transmitir nada do que ouviu na voz de Penelope, aquele fundo de medo e pânico. "Acham que foi um infarto", disse Penelope, soluçando. Ela foi à casa dele porque Bill passou a tarde sem atender ao telefone, e o encontrou lá. A ambulância demorou para chegar. Demorou demais.

— Eu só...

— Mãe. — Celie a encara.

— É o Bill. Ele está mal. Penelope o levou ao hospital. Não queria deixar você preocupada. — Lila vê o medo no rosto da filha e acrescenta: — Penelope está com ele. Mas eu preciso ir também.

— Ok — diz Celie. — Vai lá. Me liga quando chegar.

Algo na coragem de Celie, na determinação imediata em sua expressão, mesmo com os olhos arregalados de nervosismo, conforta o coração de Lila. Ela chega mais perto e dá um abraço rápido e apertado na filha, inspirando o perfume do cabelo, sentindo os braços de Celie se fecharem por um instante ao redor de sua cintura.

— E diz que eu amo ele.

— Pode deixar. Claro. Assim que eu tiver qualquer notícia, eu ligo. Você vai ficar bem sozinha?

Celie se afasta.

— Mãe, eu já tenho dezesseis anos.

— Eu sei. Só não abra a porta. Pra ninguém. Se tiver um apagão, o disjuntor fica embaixo da escada. Qualquer coisa é só me ligar que eu explico. Ou, se for na rua toda, você vai precisar confirmar na internet. Ah, e tem velas na caixa embaixo da pia. E não ligue o fogão, nem nada de gás...

— Mãe. Vai lá.

Lila vai. Vai dirigir até o hospital. Será impossível arranjar um táxi nesse tempo. Ela reza para que o velho Mercedes funcione. Fecha a porta de casa, sentindo o vento levantar seu cabelo, escutando-o assobiar em seus ouvidos. Então, assim que se vira, ela para de súbito. A grande árvore que ficava na frente do terreno, cujos galhos emolduravam a casa com tamanha elegância, a mesma que Jensen avisou que estava caindo, está agora no chão, deitada na horizontal, bloqueando completamente a saída da garagem. É uma cena tão absurda que, de início, Lila não consegue assimilar o que está vendo. Os galhos mais compridos estão cobrindo o Mercedes, escondendo as janelas. Até para chegar à calçada ela precisará passar por cima do tronco.

Seu cérebro é um borrão. *Pense*, diz a si mesma. *Pense*. Dan está no hospital com Marja. Ele não vai poder ajudar. Eleanor não tem carro. Lila tenta pedir um Uber. O app diz que não tem ninguém disponível na área, mas, felizmente, ainda estão procurando. Ela sente o pânico crescer no peito, solta um palavrão. *Caralho!* Lila fecha os olhos e conta até cinco.

Então, ela liga.

— Muito obrigada por vir. Mil desculpas. Eu só... não tinha pra quem ligar.

— Tudo bem.

Pela cara de Jensen, não está tudo bem. Ele não olha para Lila enquanto fala, apenas mantém os olhos fixos na rua, enquanto os limpadores de para-brisa se movem num ritmo constante, para a frente e para trás. O homem chegou sete minutos depois de Lila ligar, desceu da picape, olhou para a árvore caída com pesar e abriu a porta para ela entrar.

— Eu devia ter chamado alguém para resolver a questão da árvore. É só que, com tudo o que estava rolando, acabei esquecendo.

Jensen não diz nada. Ela nunca viu alguém tão concentrado em dirigir.

De acordo com o celular, eles levarão dezessete minutos para chegar ao hospital. O corpo todo de Lila vibra de ansiedade. Ela não para de escutar a voz de Penelope, imagina mil cenas por trás das palavras "Eu o encontrei".

Por favor, Bill, esteja bem, implora ela, em silêncio. *Por favor, só esteja bem. Se você estiver bem, damos um jeito em tudo.*

— Onde estão as meninas? — pergunta ele, quando estão chegando ao hospital.

— Em casa.

— Tem alguém com elas?

— Não. Mas elas vão ficar bem. Estão com o cachorro. E Celie recebeu instruções diretas de não abrir a porta para ninguém.

Ele assente, dando a volta com a caminhonete até a entrada principal. O hospital brilha à frente, como um portal para um mundo de dor. Jensen desacelera e para o veículo. Ainda olha decidido para a frente, como se não suportasse nem encará-la. Algo dentro de Lila se contrai.

— Obrigada. Muito obrigada. E me desculpa de novo por ter te pedido isso, ainda mais depois de tudo.

— Só me dê notícias dele — pede Jensen. — E me liga se precisar de carona para voltar.

— Não quero incomodar você de novo. Já perturbei sua...

— Me liga — replica ele, seco.

Jensen espera, em silêncio, enquanto Lila abre a porta e desce do carro. Ela entra correndo pela porta automática e olha para trás por um momento, vendo os faróis desaparecerem no escuro.

Bill está em um quarto privado, no terceiro andar. Lila demora um pouco para se localizar, atravessando a passos rápidos os corredores iluminados por LED, desviando dos médicos que andam em grupos ou passam abraçados a prontuários. Finalmente o encontra na Unidade de Cuidados Coronários, e primeiro o vê pela janelinha da porta, deitado, imóvel, com uma máscara e coberto de cabos. Penelope está curvada ao lado dele, sua silhueta esguia parecendo um ponto de interrogação. Ela se vira quando Lila entra, e Lila a vê segurando a mão de Bill com as duas mãos. O silêncio no quarto é quase total, quebrado apenas pelo bipe intermitente dos monitores.

— Como ele está?

— Estável. Fizeram um cate... cateterismo cardíaco? E vão fazer uns ECGs ou EKGs, ou sei lá. Ah, não lembro. E muitos remédios.

A voz dela soa baixa, trêmula.

O peito exposto de Bill parece velho e acinzentado, cheio de esparadrapos dos quais saem fios emaranhados como um espaguete. Um lençol leve o cobre da cintura para baixo. Seu rosto está quase todo escondido pela máscara, e ele parece sedado. Os dedos se contraem de vez em quando entre os de Penelope, e ela responde a cada movimento com um aperto gentil.

— Ai, Lila. Eu achei que tinha perdido ele. — Penelope começa a chorar, lágrimas silenciosas pingando nas mangas de sua blusa. — Não querem nem me dizer se vai ficar tudo bem, porque eu não sou... não sou da família.

— Tudo bem — diz Lila, tentando manter a voz calma enquanto absorve a realidade horrível da situação. — Tudo bem.

Penelope se endireita, esforçando-se para se recompor, e olha para Bill.

— Eu sei... eu sei que todo mundo ama ele. Mas parece tão cruel encontrar minha pessoa depois de tanto tempo sozinha, a pessoa que eu amo, um homem tão *maravilhoso*, e ele ser arrancado de mim assim. Eu não consigo... Não... — Ela para e volta a se aprumar. — Perdão. É muito egoísmo da minha parte. Acabei de chegar na vida dele, enquanto vocês o conhecem e o amam...

Lila toca o ombro de Penelope com delicadeza.

— Penelope, está tudo bem. Você tem todo o direito de sentir o que está sentindo. A gente sabe que você também ama ele.

Lila se abaixa e beija a testa de Bill. Ele parece tão distante, tão afastado, esse homem que ela conhece quase desde sempre. É como se tudo que o torna Bill, sua postura ereta, seu ar de determinação, a segurança que sempre transmitiu, tivesse evaporado, deixando para trás essa casca de homem velho e frágil.

— Vou procurar um médico. Vou... vou achar alguém. Já volto.

Lila sai do quarto, fechando a porta devagar. Fica parada ali por um momento, atordoada, e então vai até o balcão da enfermagem. Há três mulheres lá, uma digitando algo num computador, enquanto as outras duas conversam em voz baixa.

— Boa noite. Será que alguém poderia me dar informações sobre Bill McKenzie? Infarto, no quarto C3. Ele foi internado esta noite. — Ela hesita, então acrescenta, firme: — Sou filha dele.

Lila passa várias horas no hospital, tempo suficiente para se assegurar de que Bill está estável, para descobrir que ele sofreu um infarto do miocárdio, que o tempo que ele esperou para ser socorrido provavelmente foi compensado pelo fato de Bill ter tido a boa ideia de tomar uma aspirina assim que começou a sentir dor no peito, que estão esperando os resultados de uma bateria de exames, inclusive um para verificar hemorragia cerebral, e que avisarão Lila caso algo mude. Só é permitido que uma pessoa permaneça no quarto durante a noite, e parece errado expulsar Penelope dali, ainda mais porque Lila tem que voltar para as meninas, então ela finalmente vai embora, e Penelope promete dar notícias.

Lila chega em casa pouco antes de uma da manhã, atordoada e entorpecida. Não conseguiu pensar em nada além de cada etapa da viagem: a recepção do hospital tinha contato direto com um ponto de táxi, e ela agradeceu educadamente quando pediram um carro para ela. Quando o taxista chegou, Lila se sentou em silêncio no banco de trás e ficou olhando para o nada pela janela. A tempestade já tinha passado, restavam apenas algumas lufadas de vento balançando suavemente os arbustos e espalhando folhas caídas em sopros ágeis pela calçada. Só ao chegar em sua rua que ela se lembra da árvore, mas agora isso parece uma piada cósmica ridícula comparado a tudo o que ocorreu. Decide que, como tantas outras coisas, pode esperar até amanhã. Porque Bill, o homem que foi um pai para ela por quase toda a sua vida; Bill, o homem mais bondoso e consistente de todos, o melhor homem que existe, está deitado no hospital sem nenhuma garantia de recuperação, e ela não sabe o que dizer às filhas, e só isso importa.

— Pode parar aqui, por favor — diz ela, quando chegam perto de casa, e revira a bolsa em busca de dinheiro para acertar a corrida.

Quando Lila entrega o dinheiro e fala para o motorista ficar com o troco, ele se vira para ela, oferecendo um sorriso compreensivo.

— Estimo as melhoras. Para quem quer que seja a pessoa.

Lila o encara, surpresa.

— Ninguém pede um táxi quinze para uma no hospital se não for por causa de uma má notícia — explica o taxista. — Boa sorte, moça.

Um nó se forma em sua garganta em resposta àquele gesto de humanidade inesperado. Lila consegue apenas murmurar "obrigada" e desce do táxi. E é nesse momento que ela para, confusa. A árvore sumiu. Dá para ver a porta de casa, assim como o carro. A árvore caída e imensa desapareceu completamente, de forma que, por um momento, ela se pergunta se teria imaginado aquela situação. Mas não: à direita da casa, obstruindo a porta da garagem, uma pilha enorme de madeira revela a ação de uma motosserra. À esquerda, há um emaranhado gigante de galhos. Quando olha para o Mercedes, ela nota a capota amassada, visível à luz do poste. Lila olha para essas três coisas, sem conseguir processá-las direito, e entra em casa.

Truant é o primeiro a recebê-la. Desce as escadas correndo, com a língua para fora, pulando de alegria ao ver que, contrariando todas as expectativas, ela voltou. Lila segura o focinho macio dele por um instante, para que ele fique quieto, mas agradece por sua presença na casa silenciosa demais. O cachorro a segue até a cozinha, saltitando de felicidade, onde ela vai preparar uma xícara de chá. *É a resposta automática para qualquer coisa*, pensa Lila, distante. Água quente e folhas velhas. Estranho, na verdade. No entanto, é tudo que ela quer agora. Com uma colher generosa de açúcar.

Lila se assusta quando Jensen se levanta da cadeira da cozinha.

— Desculpa — diz ele, coçando o rosto. — Não queria te assustar. Acho que acabei pegando no sono.

Lila fica tão chocada de vê-lo ali que não consegue falar. A expressão dele se suaviza por um breve momento.

— Eu... eu achei que era melhor as meninas não ficarem sozinhas. Então fui pra casa, peguei a motosserra e falei para Celie que ia ficar lá fora cuidando da árvore. Só para ela saber que tinha um adulto por perto, entende? Aí, quando acabei, ela me pediu para esperar. Acho que estava meio ansiosa, sabe, com... tudo.

— Foi você que fez isso. Que cortou a árvore.

Ele dá de ombros.

— Bom. Não parecia ser um bom momento para você não poder ir e vir de casa. Como ele está?

É nesse momento que as lágrimas vêm. Lila engole em seco, tentando se conter.

— Hã. Difícil saber. Mas estão fazendo tudo que podem. — Ela olha para o teto, se esforçando para ser forte. — Foi um infarto, parece. Bem sério. Penelope ainda está lá com ele.

Lila não consegue olhar para Jensen. Continua encarando o teto, piscando, tentando segurar as lágrimas.

— Caramba. Sinto muito.

Ela balança a cabeça, quieta, os lábios apertados.

Um breve silêncio se instala.

— Eu... eu vou nessa, então — diz ele, pegando a jaqueta. — Só... não sabia se você ia demorar e não queria...

Ela ouve a voz de Jensen e fecha os olhos, subitamente dominada pela decência desse homem. É demais, a gota d'água. Lila cobre o rosto com as mãos e cai no choro, derramando as lágrimas que de alguma forma haviam ficado represadas por toda aquela maldita noite, talvez por todo aquele maldito mês. Ela pressiona os olhos com os nós dos dedos e solta um gemido longo e abafado. Não consegue se conter, não consegue suportar, porque é demais, sempre demais, o tempo inteiro.

Alguns segundos depois, Lila sente os braços de Jensen a envolverem, primeiro de forma hesitante, e então com firmeza, puxando-a para perto. Ela se permite desabar contra sua solidez, deixando-o sustentá-la enquanto ela chora, por Bill, pelas filhas, por si, por tudo. Lila chora sem parar, os soluços soando roucos aos próprios ouvidos, lágrimas correndo sem controle pelo rosto, sem nem conseguir se preocupar com o que Jensen está pensando, porque tudo já está perdido mesmo, já era. E Jensen a abraça até os soluços virarem tremores, e depois espasmos esporádicos. E então, um século mais tarde, quando Lila já se sentou na cadeira e secou inutilmente o rosto com um punhado de lenços, Jensen serve uma xícara de chá para ela, responde aos pedidos de desculpas embolados com um aceno, diz que entrará em contato para falar sobre a remoção dos galhos e, em silêncio, para não acordar as meninas, vai embora.

34

Nos dias seguintes, a vida de Lila entra em outra dimensão. Ela passa todas as horas que consegue no hospital e, quando está em casa, concentra-se apenas nas filhas. É necessário: as meninas ficaram abaladas pela notícia do estado de saúde de Bill. Celie se recolhe no quarto, passa horas desenhando, o rosto sério quando desce para comer. Mas é Violet quem mais se afeta, com medo de perder o homem que considera seu avô da mesma forma abrupta e violenta como perdeu a avó. Ela tem pesadelos, atravessa o corredor de madrugada e deita na cama de Lila, ficou grudenta e estoura por qualquer coisa. É como se a força que sempre demonstrou tivesse desaparecido junto com sua paz de espírito. Lila faz o possível para tranquilizá-las — Bill está acordado, o prognóstico é positivo —, mas não pode oferecer a certeza que elas buscam. Afinal, Bill está velho, seu coração está fraco, e ninguém sabe o quanto — nem por quanto tempo — ele se recuperará.

Ela ligou para Dan e avisou o que estava acontecendo, dando a notícia sem emoção, esperando que ele oferecesse apoio, talvez até que passasse mais tempo com as filhas, agora que precisavam de estabilidade. Porém, Marja ainda está no hospital. Aparentemente, há um problema com a placenta, e ele diz, exausto, que está com dificuldade de cuidar de Hugo e conciliar com o trabalho. Lila espera que fique tudo bem com o bebê de Marja, não por sentir qualquer consideração por ela, mas porque precisa que Dan tenha alguma energia emocional para as filhas. Precisa que algo seja normal, confiável.

Provando que é a melhor amiga de todas, Eleanor segura o tranco. Ela já reorganizou o trabalho duas vezes para buscar Violet na escola, passeia com Truant todo dia de manhã e vai visitá-las à noite, para levar um jantar ou apenas oferecer sua presença alegre, quebrando o silêncio estranho da casa. Jensen voltou em um dos dias em que Lila estava no hospital e retirou os galhos cortados, deixando apenas uma pilha de lenha organizada. É como se a árvore nunca tivesse existido. Lila manda uma mensagem efusiva para ele, reforçando em detalhes que se sente realmente muito grata por tamanha generosidade. Jensen responde: Tranquilo. Nem menciona a carta. Ela se sentiria mal por isso se tivesse energia para se sentir pior do que já está.

Certa tarde, quando está se sentindo bastante desanimada, ela pega a chave e vai dar uma volta de Mercedes. Abaixa a capota, aumenta o volume e espera alguma mudança alquímica em seu estado emocional, mas, em vez disso, acaba se sentindo exposta e boba e mal chega à avenida principal antes de fechar a capota e voltar para casa.

Colocam um stent em Bill. Ele vai passar mais uma semana internado e, quando voltar para casa, terá que tomar uma variedade de remédios — aspirina, antiplaquetários, betabloqueadores, e outro para baixar o colesterol. Parece absurdamente injusto que um homem que passou a vida toda cuidando da alimentação sofra assim, mas os especialistas dizem que o motivo talvez seja genético e que corpos são imprevisíveis e misteriosos. O médico que explica isso sorri com simpatia, como se descrevesse algo mágico. A princípio, Bill ficará na casa de Lila quando tiver alta, tanto por causa dos riscos físicos, quanto por causa de seu estado emocional: aparentemente, é comum que pessoas que sofrem um infarto passem por um período de ansiedade e depressão. Ela aceita um monte de panfletos com recomendações de grupos de apoio que ele pode procurar, embora desconfie que isso seja tão provável quanto ele entrar numa banda de heavy metal.

A vida de Lila agora se resume a duas coisas: manter o astral das filhas lá em cima e ajudar a manter Bill vivo. É quase um alívio abrir mão de todo o resto assim. Ela passa pelos compromissos do dia com um semblante de calma, levando refeições saudáveis e caseiras para Bill e Penelope (ele está horrorizado com o que servem no hospital), trazendo para casa notícias animadoras para as filhas.

Bill reclama que todo mundo na Unidade de Cuidados Coronários passa o dia vendo besteira na televisão. Acha que o cérebro deles vai apodrecer antes do coração pifar. Há períodos da vida em que é necessário apenas dar um passo após o outro. Lila acorda às seis e meia todos os dias e faz exatamente isso por dezesseis horas antes de se deitar às dez e meia e dormir um sono profundo e exausto.

— Querida! Que deleite ouvir sua voz! Fiquei preocupada quando você falou que teve uma emergência familiar. Está tudo bem? — A voz de Anoushka ecoa no viva-voz do telefone.

Lila está tentando limpar a cozinha antes de sair.

— Ah. Melhorando. Bill, meu padrasto, infartou. Foi um susto daqueles, mas ele está se recuperando.

Ela já consegue dizer essas palavras com uma facilidade ensaiada, como se a história tivesse acontecido com outra pessoa.

— Ah, que horror. Podemos mandar flores? *Gracie, podemos arranjar umas flores para Lila? Cravos, não. Lembre o que combinamos.*

— Não precisa. De verdade.

Lila esfrega uma mancha especialmente teimosa de tomate seco no fogão.

— Então você precisa de mais prazo? Podemos cuidar disso. Nem precisamos dar o motivo exato, "emergência familiar" já basta.

— Na verdade, é sobre isso que eu preciso falar com você.

Anoushka faz um raro silêncio enquanto Lila respira fundo e explica que precisa desistir do contrato. Lila afirma que não pode escrever o livro planejado por causa do possível impacto na vida das filhas, porque sua vida não chegou ao ponto necessário para escrever sobre as aventuras sexuais de uma mulher, e ela sente que fazer isso afetaria demais as pessoas que ela ama.

— Peço mil desculpas — diz Lila. — Eu não queria mesmo decepcionar ninguém. Não deveria ter aceitado essa proposta, para começo de conversa.

Foi justamente para esse momento que ela mais se preparou. Lila enganou Anoushka, enganou os editores. Prometeu algo que não pode entregar, e desistir será tão ruim para Anoushka quanto para ela: pode prejudicar a reputação da agente, comprometer contratos futuros com a mesma editora.

— Peço desculpas especialmente para você. Eu... eu entendo totalmente se não quiser mais me representar. Nunca deveria ter colocado você nessa posição.

Ela fecha os olhos ao dizer isso. Espera a explosão. No entanto, sente também uma pontinha de alívio: há algo de libertador em simplesmente contar a verdade, em reconhecer com clareza o que pode ou não fazer.

— Ah, querida — diz Anoushka, depois de um instante. — Bom, vida que segue. Vou falar com eles. Mas não se preocupe, por favor. Você já está lidando com muita coisa ao mesmo tempo. Não teve nenhuma transação financeira ainda, então não teremos nenhum grande prejuízo. Vamos dizer apenas que sua situação familiar mudou e que ficou inviável escrever o livro.

— Jura?

— E depois pensamos em outra coisa para você fazer. É claro que não vou te tirar da minha carteira de agenciados. Somos amigas, não só colegas de trabalho. Se concentre na sua família, por enquanto. É isso que importa, afinal.

— Ai, meu Deus, Anoushka, obrigada. Obrigada. Você não tem ideia do medo que eu estava de fazer essa ligação.

— Lila, meu bem, você foi uma guerreira por ter feito toda a divulgação de *A reforma,* apesar de tudo que o desalmado do Dan fez na época. Você só deu um passo maior que a perna. Acontece. Não se preocupe com isso agora, conversamos melhor quando você estiver pronta. Vamos dar um jeito.

O Mercedes vale sete mil libras a menos do que Lila pagou. Em parte, por causa da capota amassada pela árvore, mas, aparentemente, o vendedor que garantiu que o carro só valorizaria com o tempo não levou em conta os revezes habituais da economia, e, no momento, ninguém está comprando conversíveis vintage. O novo vendedor explica isso com a compaixão vazia e superficial de um homem que sabe que ela vai aceitar o que ele oferecer. Lila tenta negociar um pouco, consegue subir o preço em oitocentas libras e decide não questionar se seu gênero influenciou no valor que lhe ofereceram. Mesmo com o prejuízo, sai da concessionária aliviada. Vai entrar dinheiro na conta. Muita gente na cidade sobrevive sem carro. No fim, é apenas um luxo. E agora há algo no Mercedes que a deixa triste. Ela vai embora sem olhar para trás.

Na véspera da volta de Bill para casa, Lila vai fazer uma massagem. Eleanor reservou uma sessão de presente para ela na clínica que frequenta duas vezes por semana, um lugar no centro que Lila antes imaginava ser um prostíbulo, mas que na verdade está cheio de mulheres de meia-idade do Leste Europeu que não se abalam com corpos diferentes, pelos inadequados, nem têm interesse em conversar. Ao meio-dia, com a estranha sensação de subversão que vem de tirar uma folga em um dia útil, ela se deita de bruços na maca aquecida e forrada com uma toalha e se entrega pela primeira vez em muito tempo. É embalada pelos apertões e óleos quentes, a música baixa interrompida apenas pela respiração às vezes audível de Agnes, a massagista, ao soltar alguma parte especialmente travada de Lila.

A princípio, os pensamentos de Lila disparam: a timidez com o corpo, a ansiedade com a volta de Bill, o que vai cozinhar, como cuidará dele, se as meninas estão bem sem ela. E então, aos poucos, sua cabeça desacelera, e ela deixa acontecer, mergulha no contato humano que há tanto tempo lhe falta. Por um momento, é maravilhoso sentir a força de mãos capazes, sentir o corpo relaxar depois de meses e meses de tensão, sentir músculos retesados começarem a se soltar. Mas, no meio desse estado de relaxamento, algo cresce dentro de Lila, uma emoção revelada pela realidade de outro ser humano a tocando, escutando seu corpo, sentindo sua dor, suas tensões, e curando-a com cuidado. De repente, ela se sente inundada por uma onda de sentimentos. Luto? Gratidão? Ela não sabe. Lila se dá conta de que está chorando, as lágrimas escorrendo livremente pelo buraco onde seu rosto está encaixado, pingando no chão, os ombros tremendo com uma emoção que ela não consegue mais conter. Agnes diminui o ritmo das mãos ao perceber o que está acontecendo. Lila implora, em silêncio, para a massagista não dizer nada, porque ela mesma não consegue nomear o que está sentindo. Não conseguiria se desculpar. Não conseguiria dizer nada. E talvez Agnes, tão conectada com o corpo humano, entenda. Porque ela simplesmente espalma a mão na área que une o pescoço ao ombro de Lila e a mantém ali, um toque leve o suficiente para ser gentil, firme o suficiente para transmitir sua intenção, talvez apenas uma mensagem silenciosa de outra mulher: eu vejo você, eu entendo. A mão permanece ali por um tempo indeterminado enquanto Lila chora, uma conexão humana em um mundo de dor e complicações. Vinte minutos depois, quando finalmente se veste e sai para o vento do dia, novamente embrulhada no casaco e no cachecol, Lila desconfia de que nunca esquecerá a experiência.

A alta de Bill envolve uma quantidade desconcertante de protocolos e burocracias. Consultores devem ser consultados, formulários devem ser assinados, medicamentos devem ser retirados (o que aparentemente exige uma espera interminável até que a farmacêutica responsável volte do intervalo). Lila cumpre esses passos de olho no relógio: Celie tem aula de animação hoje e não poderá buscar Violet, e Violet sai da escola às três e meia. Ela tinha presumido que poderia buscar Bill na hora do almoço e ir direto para casa, mas até agora o processo já levou quase duas horas.

Não é a primeira vez que Lila agradece a Deus por Penelope, que tem carro e que esperou no quarto com Bill enquanto todo esse procedimento foi cumprido. Penelope simplesmente assumiu o papel de cuidadora como se tivesse esperado a vida inteira por isso. Ela tem uma paciência, um entusiasmo e uma generosidade infinitos. Quando Bill se irrita, ou se preocupa com a roupa, lá está ela, oferecendo camisas passadas, as meias certas, o paletó; quando ele tem medo de errar o horário e a dose dos novos remédios, ela já anotou tudo em um caderninho vermelho com estampa de panda, garantindo que Bill não se preocupe com isso. Ela é exatamente do que a família deles precisa no momento, e Lila sente uma gratidão eterna.

Está voltando para o quarto com um saco de papel branco cheio de caixas e frascos de remédios quando repara numa silhueta familiar na sua frente, mais alta do que todo o resto, usando uma calça jeans que parece não ser trocada há dias e uma jaqueta de couro, o cabelo agora de uma cor artificial, castanho-chocolate. Ele para e olha para as placas, procurando os números, e aperta o interfone para ser liberado para o quarto C3. Lila para atrás dele assim que a porta se destrava.

— Gene?

Ele se vira e a vê, e demora um instante a mais do que deveria para sorrir.

— Ah, oi, meu bem.

Ela fecha a porta na frente dele.

— O que você está fazendo aqui?

— Eu, hã, vim ver como o Bill está. Eu soube do que aconteceu. Queria só conferir…

— Que ele estava vivo? Que você não o matou?

— Co...

— Por que você acha que o Bill teve um ataque cardíaco, Gene? Será que pode estar relacionado à descoberta de que o amor da vida dele foi seduzido pelo ex-marido? Que você tornou quinze anos do casamento deles uma mentira?

— Ah, Lila, sinceramente…

— Não, sinceramente *você*. Um teste rápido: quem você acha que é a última pessoa que meu pai deveria ver agora?

Isso o atinge. Gene se espanta com o uso da palavra "pai", e pisca, quase incrédulo, como se não esperasse que ela fosse capaz de tamanha crueldade. Lila, porém, é tomada por uma fúria ofuscante ao vê-lo ali, pela audácia imprudente de achar que poderia simplesmente aparecer no hospital, sem nem pensar nos possíveis danos que causaria.

— Eu só… só queria saber se ele estava bem. Nós... nós fomos amigos, pelo menos por um tempo, sabe?

— Não. Não sei, não. O que eu sei é que vocês conseguiram se dar bem por uns meses, até todo mundo descobrir que você era um ser humano ainda pior do que a gente imaginava. E olha que essa expectativa já estava lá embaixo. Eu te falei para deixar minha família em paz, Gene. Então vou falar de novo, porque você nitidamente é incapaz de considerar a opinião alheia, ou a necessidade alheia. Bill precisa de calma e tranquilidade, foi o que os médicos disseram. Ele precisa ficar quieto. A última coisa de que precisa é que você apareça justamente agora que ele enfim está voltando para casa. Então, por favor, vá embora.

Como ele não se mexe, ela acrescenta:

— Agora.

Gene balança a cabeça.

— Querida, não é…

Lila o interrompe.

— Eu me recuso a continuar esta conversa. Literalmente não tenho energia para isso. Você já fez o suficiente. Vá embora.

Por fim, ele parece ouvi-la. Gene a encara por um momento e então tensiona a boca, como se estivesse se controlando para não dizer mais nada. Em seguida, ele acena com a cabeça, dá meia-volta e segue pelo corredor do hospital. Lila o acompanha com o olhar, só para ter certeza de que ele não vai tentar nada. Quando ele dobra o corredor, ela aperta o interfone e, depois de respirar fundo, entra no quarto.

35
Francesca

Francesca McKenzie passou a vida inteira confiando no próprio corpo para tomar decisões por ela. Costumava dizer que sentia tudo bem lá no fundo. Tantas pessoas viviam desconectadas das várias formas sábias com que o corpo podia se comunicar com a mente. Desde cedo, todos eram incentivados a ignorar: *Não, você não pode estar com fome. Dê um abraço no seu tio Don. Vá, você não está com medo, é só pular na água*. Toda a ansiedade e a resistência que as pessoas aprendiam a reprimir... Ela escutava o próprio corpo como quem monitorava uma bússola muitíssimo calibrada, atenta aos menores movimentos, confiando que ele lhe daria uma visão precisa de onde ela estava. No entanto, quando acordou naquele quartinho apertado de hotel em Dublin e olhou para o homem dormindo ao seu lado, Francesca McKenzie foi obrigada a admitir que, nessa ocasião, seu corpo tinha errado — e muito.

Ela vinha se sentindo estranha havia meses: acordava com uma sensação de aperto no peito e nervosismo, tinha dificuldade de dormir, sentia uma espécie de desalento existencial inundá-la, tão diferente de seu comportamento habitual. *Não estou me sentindo eu mesma*, dissera ao seu médico, e ele parecera quase impaciente com ela, dizendo que não havia sintomas clínicos, que provavelmente era algo hormonal, dada a idade de Francesca, e que ela deveria manter uma boa rotina de exercícios, alimentação saudável, quem sabe começar um novo hobby. Ele chegou até a pronunciar a temida frase: "É só fazer uma boa caminhada." A mensagem implícita por trás de tudo que ele dizia era: *Você é uma mulher de meia-idade, provavelmente na menopausa. É claro que não está se sentindo como antes*. Francesca tentou ser grata pela vida que tinha, começou a fazer aulas de natação (ela achava um terror sentir frio), convenceu-se de que era apenas um período de desajuste e tentou seguir em frente. Caprichou nas caminhadas, nos suplementos, nos banhos quentes, nas músicas prediletas. Leu livros de psicologia, replantou o jardim, na esperança de que ver coisas crescendo lhe trouxesse algum conforto com a passagem do tempo. Mas a sensação de desconexão e de infelicidade não pareciam melhorar.

Bill, coitado, não era de muita ajuda. Ele parecia perfeitamente satisfeito com a vida que tinha e confuso com o fato de que aquilo que a fizera feliz por tanto tempo agora parecia não bastar.

— Que tal tirarmos férias? — sugeriu ele, depois de Francesca tentar articular o que sentia mais uma vez. — Ouvi falar que Madeira é uma beleza nessa época.

Só que Bill era parte do problema: ela não queria visitar jardins botânicos ou fazer trilhas na colina. Bill era muitas coisas, mas não tinha mais aqueles momentos de surpresa, de alegria espontânea da juventude, e Francesca sentia muita falta disso. De repente, ele parecia bem mais velho do que ela. *É só isso?*, ela não parava de se perguntar. E então: *Por que eu simplesmente não consigo me sentir satisfeita?*

Francesca não queria incomodar a filha: era evidente que Lila estava passando por problemas com Dan, e vivia sobrecarregada no trabalho, estressada por tentar equilibrar a vida profissional e os cuidados com a pequena Celie. As amigas de Francesca andavam ocupadas com a própria vida, e ela sempre fora aquela a quem todos recorriam, então lhe parecia inconcebível pedir conselho para os outros. Contudo, a tristeza cresceu, assim como seu esforço para disfarçá-la, até ela chegar ao ponto em que era difícil encarar o dia, forçar os sorrisos necessários, sentir o que deveria estar sentindo.

A semana sem dormir foi a gota d'água. Francesca, que sempre adormecera com facilidade, percebeu que há meses bastava encostar a cabeça no travesseiro para que sua mente disparasse feito um carro desgovernado, os pensamentos se atropelando, rodando em círculos. Ela passava horas em claro, cada vez mais furiosa com o sono sereno de Bill ao seu lado, desesperada ao compreender que o amanhã seria outro dia assombrado pela exaustão e pela impaciência. Parecia um ciclo vicioso: quanto menos dormia, mais ansiosa ficava na hora de dormir. O auge foi uma semana em que ela praticamente não pregou o olho.

Na semana em questão, ela mal conseguia falar, sentia-se doente, alucinando, sem energia para nada que poderia ajudá-la a melhorar. Estava com raiva de Bill e com raiva de si mesma por estar com raiva de Bill. Ele parecia impotente diante dessa nova Francesca, pisando em ovos e oferecendo consolos genéricos e desajeitados que só a deixavam mais frustrada. Francesca não tinha a quem recorrer, nem sabia como mudar o que sentia em relação a tudo. Até que Gene mandou uma mensagem de parabéns pelo aniversário dela. Gene, que mal se lembrava do aniversário da filha, mandou uma mensagem de texto inusitada.

> Oi, querida! Acabei de lembrar que hoje é seu dia especial! Estou filmando em Dublin. Nossa, o pessoal daqui é maluco! Enfim, é um projeto de baixo orçamento, mas é *great craic*, como dizem por essas bandas. Muitas felicidades, tomara que você esteja ótima. Você merece. Beijos do seu amigão, Gene.

"Seu amigão". O homem que partiu o coração dela e destruiu sua família. O homem que, por muito tempo, ela achou que nunca esqueceria. A princípio, a total falta de noção e reflexão dele quase a fez rir. Além disso, o aniversário de Francesca tinha sido na semana anterior. Mas a mensagem ficou em sua cabeça, com aquela sugestão de diversão e energia, outro lugar para estar, talvez até outro jeito de ser. Ela sentia o chamado para mudar de ares como uma corda amarrada à sua cintura, urgente e inevitável, puxando-a dia após dia.

Ela disse para Bill que iria visitar Dorothy, uma amiga de escola, em Nottingham, e o marido quase pareceu aliviado, como se isso pudesse mudar a dinâmica entre eles e, mais importante, absolvê-lo da responsabilidade de ter que dar um jeito na coisa toda. Ele foi muito fofo com a "folguinha" dela: preparou lanches para a viagem de trem, insistiu em levá-la à estação. Francesca ainda disse que talvez não telefonasse — o sinal na casa de Dorothy era péssimo e, além disso, ela queria passar uns dias tranquila —, e Bill aceitou sem problemas.

— É só me avisar quando quiser que eu venha buscar você — disse ele. — Mande mensagem, que eu venho.

Foi nesse momento que ela quase mudou de ideia, mas já estava determinada, como se uma força magnética a puxasse para essa nova direção. A mudança de rumo parecia inevitável: ela simplesmente não podia continuar onde estava, nem por mais um segundo.

No minuto em que Bill saiu do estacionamento da estação ferroviária, ela comprou a passagem para Heathrow.

Francesca encontrou Gene no Temple Bar, perto do hotel. Ele ficou eufórico quando ela mandou uma mensagem dizendo que, coincidentemente, estaria em Dublin visitando uma amiga, então por que não se encontrarem? Ele sugeriu o bar, que havia se tornado o favorito da equipe nas três semanas desde o início das filmagens. Todos ainda estavam com ele quando Francesca chegou, e ela teve uma vaga lembrança de como aquilo a irritava quando os dois estavam juntos, aquela necessidade que Gene tinha de ser o centro das atenções em qualquer ocasião. A sensação, porém, desapareceu tão rápido quanto surgiu: diante dele ali, em carne e osso, sua ideia louca agora tão concreta, ela ficou aliviada por ter outras pessoas por perto para dissipar a estranheza de revê-lo.

Ele a notou quase de imediato em meio à multidão no pub, abriu os braços, forçou passagem e a apertou em um abraço de urso. Sempre fora um homem muito de toque. Agora, Francesca sentia que ele era ao mesmo tempo estranho e totalmente familiar.

— Vejam só! — repetia ele, fazendo-a corar. — Essa é minha ex-esposa! Francie! Vejam que linda que ela é! Que sorte a minha, hein, pessoal, de ter sido casado com essa moça?

Francesca não lembrava a última vez que a haviam chamado de moça, mas era essa a beleza de encontrar alguém que conhecemos na juventude. Haveria sempre parte dos dois que só enxerga o outro daquela forma.

— Teve sorte, mas não foi esperto o bastante pra continuar casado comigo — respondeu ela, sagaz.

Gene levou as mãos ao peito.

— Ai! Assim ela me mata!

Ele disse isso com carinho e imediatamente comprou uma bebida para ela. Os olhares mais curiosos dos colegas se dissiparam quando eles perceberam que não havia drama ali, eram apenas velhos amigos curtindo o momento.

Francesca passou duas horas com o grupo. Eram, em sua maioria, membros da equipe técnica: técnicos de som e luz, assistentes. Eram essas as pessoas com quem Gene se sentia mais à vontade, diferentemente dos outros atores (concorrência), diretores e produtores (ele sempre tivera dificuldade com autoridades). Ela começou a relaxar, aconchegada no banco ao lado dele, ouvindo a conversa animada ao redor enquanto as bebidas chegavam sem parar, o papo fluía, e trocavam histórias sobre outras produções e atores malcomportados. Fofocas de bastidores sempre eram as melhores, e Francesca ficou feliz por não ser o centro das atenções, por estar apenas encaixada em outro mundo, curtindo essas férias da própria vida, sem as expectativas ou o julgamento de ninguém.

Às nove, uma banda começou a tocar, e eles acabaram dançando ao som do violino irlandês, Gene fazendo-a rodopiar e rodopiar até ficar tonta, rindo, as mãos grandes dele tão familiares em sua cintura, o sorriso incessante, o entusiasmo alegre. Francesca voltou a se sentir jovem, leve, trocando piadas com ele sobre a vida que tiveram juntos, transformando o que um dia fora dor em algo quase teatral. Aquelas pessoas gostavam dela, dava para ver, inclinando-se sobre a mesa cheia de copos, rindo das histórias que Francesca contava sobre Gene, suas vaidades, sua instabilidade, seu caos. Ele ria mais alto que todos — e sem mágoas —, não importava o que ela dissesse. Uma das coisas de que Francesca sempre gostara nele era sua incapacidade de esconder o que sentia e de guardar rancor. O passado era o passado, e o que importava era que estavam ali no presente, duas pessoas que um dia tinham se desejado, aproveitando o momento.

A equipe começou a se despedir às onze, quando ela não estava bêbada, mas definitivamente alegrinha, e ele a acompanhou em um passeio por Dublin, mostrando-lhe a cidade, parando embaixo dos postes para falar com as pessoas que o reconheciam, contar uma piada, posar para uma foto. Era como se atuar estivesse no sangue dele. Gene sempre renovava a energia por meio das pessoas que o cercavam, e Dublin combinava com ele, porque as pessoas tinham o mesmo entusiasmo dele, as mesmas piadas, o mesmo afeto espontâneo. Ele lhe entregou um envelope com dinheiro, pagamento do filme, que disse que devia a ela. Francesca não queria aceitar, mas ele insistiu.

— Eu estou bem de dinheiro. Bote numa poupança para ela, se for o caso.

Ele queria conversar sobre Lila, sobre a bebê, mas ela não queria se lembrar daquela parte da vida que compartilhavam, então mudou de assunto. Felizmente, levou poucos minutos para outro grupo de pessoas o reconhecer na saída de um pub, parar para bater papo, e ele se distrair. Talvez aquele fosse o momento em que ela deveria ter tirado o braço dele de sua cintura, mas era tão agradável simplesmente se apoiar nele, lembrar-se do fantasma de sua juventude. Francesca se sentia contente, aventureira. Foi um pulo sugerir que voltassem ao hotel para uma bebida, com as risadas da noite ainda ecoando nos ouvidos. Um salto ainda menor para que o convite se estendesse a outra bebida. E, então, levá-lo para a cama nem lhe pareceu uma decisão de verdade — afinal, era o que o corpo dela queria.

Deitada na cama do hotel à luz cinzenta da manhã, Francesca olha para as costas largas de Gene e nota a pele ligeiramente flácida, as raízes grisalhas no cabelo tingido, ouve seu ronco intermitente e percebe, com um enjoo, que cometeu um erro colossal. Ela se lembra de seu raciocínio: *Se eu fosse viver uma aventura, quem seria a melhor pessoa possível para me acompanhar?* Gene parecia a escolha óbvia: quem mais ela conhecia que lhe ofereceria uma ou duas noites de romance e diversão e depois iria embora sem nem olhar para trás? Gene parecia a opção mais segura, o garotão de sua juventude, o cara que a faria se sentir jovem e gloriosa outra vez e seguiria saltitando alegremente de uma situação para outra pelo resto da vida. E foi exatamente isso que aconteceu. O sexo foi maravilhoso — ele sempre foi uma pessoa alegre e fácil com quem transar —, e Francesca se lembrava do momento em que sentiu que havia ocupado cada centímetro de si mesma novamente, como se tivesse restaurado a pessoa que era antes. *Estou aqui*, queria gritar, surpresa. *Ainda estou aqui*.

Até que Gene estragou tudo.

Ela tinha saído da cama, sonolenta, e ido até o banheiro arrastando os pés, na intenção de escovar os dentes e planejar a fuga. Tomaria um banho, torcendo para que o barulho não o acordasse, deixaria um bilhete e sairia para tomar café, confiando que Gene iria embora antes de ela voltar. Mas, ao sair do banheiro, em vez de encontrá-lo dormindo profundamente como esperava (ele sempre dormia feito pedra depois do sexo e só acordava no meio da manhã), Francesca abriu a porta e o encontrou sentado, olhando para ela.

— Eu sempre me perguntei — disse ele —, e agora eu sei.

Gene estava com um sorrisão bobo, a expressão carinhosa.

— Se perguntou o quê?

Francesca sentiu uma ligeira tensão. Parte dela já queria mandá-lo embora, mas seria uma grosseria, depois do acontecido.

— Se daríamos um jeito de voltar um dia — respondeu ele, e afastou a coberta, esperando que ela se deitasse ao seu lado. — Nunca ousei ter esperanças, depois do que eu fiz. Mas, quando você me mandou mensagem, uma luzinha se acendeu, como um farol no meio do oceano, e eu senti: "Ah. Agora, sim. Vai ficar tudo bem."

Francesca se sentou na cama, um pouco sem jeito. Ao se apoiar na cabeceira, fez questão de não encostar nele.

— Não sei se estou entendendo o que você quer dizer.

— Nós. A dupla dinâmica. Juntos outra vez. — O olhar de Gene estava suave. Ele pegou a mão dela em suas patonas imensas, para beijá-la. — Eu fui um idiota, Francie. Eu era jovem, impulsivo, e acho que nunca consegui sossegar o facho com ninguém porque sempre fui apaixonado por você. Passei anos pensando em como tinha jogado fora a melhor coisa que me aconteceu.

— Deixe de ser ridículo — replicou ela, rindo e se soltando de suas mãos. — Você é uma alma livre. Sempre disse isso.

— Não. Não. Sei que você acha que sou um idiota que não leva nada a sério, mas nunca deixei de amar você. Quando você ficou com... com aquele sujeito, me matou. Eu cheguei a pirar por um tempo, sério. Eu sabia que nós tínhamos sido feitos um para o outro. Nunca liguei pra você porque estava tentando respeitar sua decisão. Eu sabia que tinha te magoado muito e que você não merecia passar por isso outra vez. Mas quando você disse que vinha para cá, foi como se algo morto em mim ganhasse vida de repente. Eu... estou tão feliz por você ter dado outra chance para mim... para a gente.

Francesca começou a sentir uma onda de pânico.

— Gene, não é isso.

— Como assim, meu bem?

— Eu… eu ainda estou com o Bill.

Ele parou e assimilou a informação.

— Você ainda está com o Bill?

— Eu vim pra cá porque… não sei. Estava empacada. Eu só... eu queria sentir algo novo. E foi ótimo. Mas... é só isso. Parou por aqui.

Gene parecia tão chocado e magoado que algo nela desmoronou.

— Você… você… Isso não significou nada?

Francesca balançou a cabeça.

— Eu nunca imaginei, nem por um minuto, que você ainda tinha sentimentos reais por mim.

Houve um longo silêncio, os olhos dele fixos no rosto dela, como se procurasse alguma evidência de que o que ela havia acabado de dizer não era verdade, que ela estava de brincadeira.

— Mas… mas o que aconteceu aqui. Funcionamos bem juntos, Francie. Chegou nossa hora.

— Não, não chegou.

Francesca viu a compreensão se formar lentamente no rosto dele e quis morrer.

— Perdão — disse ela. — Eu… eu cometi um erro, não pensei.

Gene pareceu muito confuso.

— Eu sou… um *erro*?

Pouco depois, ele foi embora. O pior foi o cavalheirismo dele. Gene não deu um piti, não gritou com ela, não a acusou de enganá-lo. Pareceu tão diminuído, como se Francesca tivesse sugado toda a sua energia. Ela o viu tropeçar pelo quarto do hotel, recolher as coisas e se vestir. Parte dela queria abraçá-lo e pedir desculpas, mas a outra só queria que ele fosse logo, o mais rápido possível, para que pudesse começar o terrível processo de fingir que aquilo nunca tinha acontecido. Achou que Gene tentaria abraçá-la antes de sair, mas, em vez disso, ele apenas parou na porta, sem jeito, e esticou a mão, tocando-a de leve no braço.

— Foi um prazer ver você, Francie — disse, tentando sorrir. — Seja feliz.

Então, enquanto Francesca o via sair pelo corredor, Gene se virou, e ela achou que nunca o vira tão vulnerável, tão aberto.

— Sabe — acrescentou —, se algum dia você mudar de ideia...

Ela poderia ter dado uma colher de chá para ele. Poderia ter dito "Eu sei". Afinal, não significava nada. Entretanto, moveu a cabeça lentamente de um lado para outro e respondeu, com firmeza e suavidade:

— Não vou mudar.

Os dois nunca mais se falaram. Ela deletou o número dele do celular e passou o dia seguinte fazendo compras quase de forma compulsiva, numa tentativa de convencer a si mesma de que ainda era a pessoa que havia sido dois dias antes. Gastou o dinheiro de Gene: dois suéteres para Bill, de caxemira, com gola redonda, pelos quais mal podia pagar, e um vestido para a filha de Lila. Tirou da sacola e cortou as etiquetas, para que ninguém desconfiasse que tinham vindo da Irlanda, e o esforço envolvido nessa farsa a fez se sentir ainda pior. Francesca comeu sozinha no restaurante do hotel e passou o resto da noite vendo televisão. Quando embarcou no voo de volta para casa, estava quase convencida de que tinha passado aquele tempo todo sozinha, que apenas mudara o destino planejado. E quem poderia culpá-la por isso?

Francesca McKenzie era, acima de tudo, uma pessoa otimista. Nas últimas horas em Dublin, disse a si mesma que, às vezes, era necessário cometer um erro para se persuadir do que era certo e importante. Disse a si mesma que todo o ocorrido apenas reforçara seu amor por Bill. Sabia que nunca mais cometeria um equívoco como aquele. Ela seria a melhor esposa de todas para ele. Passaria o resto da vida com aquele homem doce, gentil e confiável.

Quando voltou para casa, dormiu por oito horas seguidas.

36
Lila

Se morar com Bill como adulto plenamente funcional às vezes era desafiador, morar com Bill após o infarto é se dúvidas mais difícil do que Lila imaginava. Ele fica ansioso com tudo: com o que come, o estado da casa, os remédios e se está tomando-os na ordem correta (está: Lila comprou na farmácia do bairro um monte daqueles organizadores de comprimidos com os dias da semana, e Penelope os confere todos os dias). Ele dá pouco trabalho, no sentido de que não pede nada, e faz o possível para ajudar com a casa, mas Lila sente a nuvem de ansiedade pairar sobre seu lar, como uma névoa permanente. Se ela se oferece para fazer algo para ele, o homem resiste com firmeza, insistindo que é perfeitamente capaz, muito obrigado. Porém, se Lila limpa a cozinha, Bill não consegue deixar de limpar outra vez. E se Lila fala para ele descansar, ele se senta, todo desconfortável, e fica emanando insatisfação, ou não consegue se conter e começa a dar instruções, dizendo que ela esqueceu de limpar um canto específico ou que Truant está comendo algo impróprio do chão. Ela fez o possível para avisar às meninas que Bill precisa de paz e sossego, mas não há muito que se possa fazer para controlar uma criança de oito anos com gosto por vídeos no YouTube e rap barulhento, ou uma adolescente que acredita que todas as portas devem ser fechadas com ênfase. Bill suporta essas perturbações do que claramente acredita que deveria ser um silêncio absoluto com uma expressão de sofrimento, ou sugere a Penelope que eles subam para o quarto, "para que eu possa ouvir meus próprios pensamentos".

Penelope também se mostra ansiosa, rondando-o sem parar, tentando antecipar suas necessidades, enquanto pede desculpas constantes para Lila por atrapalhar. As meninas, que haviam recebido Bill com abraços e beijos emocionados e sinceros, logo se esqueceram de tudo e aceitaram a presença dele ali com o mesmo desinteresse tranquilo de sempre.

Lila desconfia cada vez mais que as filhas sentem saudade de Gene. As duas não falam do avô, mas o homem parecia aceitar o caos delas, as emoções repentinas, e absorver tudo. Lila odeia admitir, mas também havia uma alegria no ar da casa que agora está ausente, ainda pior desde a internação de Bill. Eleanor está ocupada com o trabalho outra vez, e, sem ela, Jensen e

Gene, a casa está muitíssimo carente da energia animada que os três costumavam trazer.

Dan ainda passa a maior parte do tempo no hospital. Pelo visto, Marja ficará internada até o parto. Nos curtos telefonemas, ele soa mais estressado do que Lila. Ela sente que está além de suas forças expressar compaixão pela situação em que o ex se encontra. Apenas pede para as meninas descerem e falarem com o pai e tenta não notar que as conversas duram poucos minutos.

Ela não pode culpar Bill por nada — ele quase morreu —, mas dar conta das necessidades de três gerações muito diferentes é exaustivo e, depois de alguns dias, Lila está começando a acusar o golpe.

Jensen não respondeu à carta. Ela não tinha muita esperança de que ele fosse responder mesmo. Enviou outra mensagem agradecendo a gentileza dele e a ajuda com a árvore, mas não ousou dizer mais nada por conta de sua nova namorada. Ela decide deixar para lá. Deixá-lo no passado, como deixou Gabriel Mallory. Lila descobriu que entender que algo foi culpa sua não necessariamente ajuda a superar o problema.

Lila prometeu a Violet que a buscaria na escola de tarde. A situação em casa estava tão instável que parecia necessário impor certa ordem, certa tentativa de rotina. Ela confirma que Penelope pode fazer companhia a Bill enquanto vai a pé à escola, tentando se lembrar do que prometeu comprar na volta: removedor de calcário (Bill acha que o banheiro se deteriorou em sua ausência), cavalinha para a saúde cardíaca (as meninas vão adorar) e um exemplar do *Radio Times*, agora que Bill pelo visto se adaptou aos programas de televisão que passavam no hospital (ele gosta dos programas de antiguidade e dos jogos de conhecimento geral, desdenha dos participantes e critica a gramática de todos). No caminho, Lila pensa em Jessie. Não tem notícias dela desde aquele dia na loja, e espera que esteja tudo bem. Teve vontade de mandar mensagem, mas acredita que o contato seria esquisito, dadas as circunstâncias em que se conheceram. É bem provável que Jessie prefira esquecer Lila. Ela suspira de leve ao pensar em mais uma situação constrangedora no parquinho e sente outra onda de irritação pela capacidade de Gabriel Mallory de criar problemas para os outros.

Tem fila no mercado, e Lila se atrasa um pouco, então o parquinho já está cheio de pais e filhos quando ela chega. Fica na ponta do pé, tentando encontrar Violet na multidão de casacos acolchoados coloridos e lancheiras. Lila identifica alguns dos colegas dela, antes de finalmente ver a filha no fundo do parquinho, brincando no trepa-trepa, o casaco preto e turquesa se destacando na estrutura de metal. Começa a abrir caminho entre as pessoas, acenando e chamando o nome da filha no meio da confusão.

— Não creio que *você* teve a cara de pau de aparecer por aqui.

Lila leva um segundo para perceber que aquele comentário indignado foi dirigido a ela. Lila se vira, e lá está Philippa Graham, com a boca apertada em uma linha fina, o queixo erguido, julgando-a.

— Como é que é?

— Todo mundo na escola faz sua parte. Menos você. Ah, não. Você só desfila por aí como se fosse superior, e que se danem os outros.

Lila pisca, espantada.

— Do que você está falando?

— Do figurino? A única coisa que pediram pra você fazer? Para a peça das crianças? Se não ia dar conta, podia pelo menos ter avisado. Aí uma de nós poderia ter resolvido, mesmo que, francamente, a maioria já esteja cobrindo várias responsabilidades, além do programa de leitura do primeiro ano.

Ah, meu Deus. A porcaria do figurino.

— Agora a peça vai ser uma piada. Tudo porque você não deu a mínima.

Lila abre a boca para falar, mesmo sem ter nada de útil a dizer, mas uma voz masculina a interrompe.

— Dá um tempo, Philippa.

Ela se vira. Seu ex-marido está atrás dela. Ao seu lado está Hugo, o casaco abotoado até o queixo, segurando firme a mão de Dan.

— Você não tem ideia do que a Lila tem enfrentado. O pai dela sofreu um infarto grave. Lila estava no hospital com ele, enquanto tenta cuidar das nossas filhas. Arranjar figurino para uma peça do primário seria a última das prioridades dela, imagino.

Philippa parece constrangida. Ela olha de Dan para Lila.

— Bom, eu não sabia.

— Exatamente. Você sabe muito pouco da vida das outras pessoas além do que elas escolhem te contar. Então, em vez de atacar a Lila, talvez pudesse ter começado a conversa perguntando se poderia ajudar. Enfim. Pelo que eu soube, já resolveram a questão das fantasias.

— É, fiquei sabendo disso também.

Philippa é o tipo de mulher que odeia a ideia de haver qualquer aspecto da vida escolar que ela não saiba.

— Então não precisa atacar minha ex-mulher, não é?

Dan está abatido, com olheiras profundas. Parece exausto.

Philippa fica sem reação. Olha ao redor, procurando apoio de outras mães, mas todas já se afastaram discretamente. Então suaviza o tom:

— Só acho que teria sido útil se soubéssemos que Lila não conseguiria cuidar do figurino. Não acredito que a alternativa proposta…

— É uma produção de *Peter Pan* do primário, pelo amor de Deus, não é *Tio Vanya* no Old Vic. Sendo bem sincero, acredito que todos os pais da plateia vão estar pouco se fodendo para o que as crianças estão vestindo.

Exasperado, Dan dá as costas à expressão chocada de Philippa e toca o braço de Lila. Eles se afastam alguns passos, sentindo o olhar fulminante da mulher.

— Como Bill está? — pergunta Dan.

Lila ainda está pasma com a intervenção dele e leva um momento para se recompor.

— Hã… bem. Quer dizer, não está bem. Mas melhor, por enquanto.

— Desculpa por não ter conseguido ajudar com as meninas. Está sendo… — diz ele, e balança a cabeça, soltando um suspiro demorado antes de voltar a falar. — O problema da placenta. Estão literalmente tentando manter o bebê na barriga dela, todo dia, só pra... pra dar a ele uma chance.

Lila o encara, percebe a tensão no queixo dele ao falar, os olhos arregalados de Hugo voltados para os dois.

— Sinto muito — comenta ela. — Não sabia que era grave assim.

— Pois é. Não achei que você precisasse da informação.

Eles ficam parados, em silêncio — esse homem que ela um dia amou e o filho de sua amante. Lila sente uma emoção estranha, desconhecida, quase esquecida. Surpresa, acha que talvez seja compaixão. Então, Hugo puxa a mão de Dan.

— Podemos ir pra casa?

Dan olha para Lila, talvez preparado para a reação dela à pergunta, e, quando não vê nada, assente, comprimindo a boca.

— Claro.

Ela força um sorriso que não chega a ser um sorriso e começa a se afastar.

— Manda um abraço pro Bill, tá? — diz ele, olhando para trás.

Lila assente.

— Obrigada — responde, de repente. — Por me defender.

Ele dá de ombros, um gesto breve que poderia significar qualquer coisa.

— Eu espero... espero que ela fique bem. E o bebê também.

Dan assente, sem dizer nada, e então ele e Hugo seguem devagar rumo ao portão da escola.

37

Bill aguentou doze dias antes de se mudar de volta para a própria casa. Anunciou o plano delicadamente numa manhã de domingo, enquanto Violet estava sentada no sofá, de pijama, jogando um videogame que emitia bipes e explosões a cada cinco segundos. Ele explicou que, por mais que amasse ficar ali com Lila e as meninas, no momento, ter um espaço mais tranquilo era prioridade.

— Penelope vai passar um tempo comigo — acrescentou, quando Lila abriu a boca para protestar.

Ela sentiu um misto de emoções: dor, por não poder dar a ele o que era necessário, mas também alívio, porque ela não podia mesmo dar a ele o que era necessário, a não ser que trancasse as filhas no galpão.

— Penelope vai ficar de olho em mim. E já está na hora de eu decidir o que fazer com a casa. Não dá para deixá-la vazia para sempre.

Bill tinha planejado tudo. Os amigos poloneses de Jensen levariam suas coisas, então ele só precisaria supervisionar o processo. Penelope já tinha feito uma faxina geral na casa e preparado o espaço. Ele garantiu que ainda as visitaria. Talvez até fizesse um jantar para elas de vez em quando. Ia ficar tudo bem.

No entanto, Lila não sentia que estava tudo bem. Sentia como se estivesse sendo abandonada mais uma vez.

— Me desculpa — disse ela, de mãos dadas com o padrasto. — Eu sinto muito por ter acabado assim.

Talvez estivesse apertando a mão de Bill um pouco forte demais, mas não conseguia evitar.

— Não foi culpa sua, querida — garantiu ele, cobrindo a mão de Lila, antes de se empertigar. — Enfim, estou voltando ao normal. Tenho feito meus exercícios. Os médicos estão muito satisfeitos com o progresso. E, claro, Penelope é uma bênção. Como eu falei, ela vai ficar de olho em mim.

Agora é segunda de manhã, e Lila observa os três poloneses corpulentos enfrentarem o piano outra vez, apoiado em carrinhos. (Penelope levou Bill à cozinha para esse momento, na intuição — correta — de que ver seu amado instrumento balançando em rodinhas precárias não faria bem para a pressão dele.) O guarda-roupa já tinha sido levado escada abaixo, além de caixas cheias de roupas e livros, tudo colocado para dentro da van branca surrada. Só agora, ao ver os pertences de Bill deixando sua casa, Lila percebe o quanto havia se acumulado ali.

Ela o acompanha até o carro de Penelope após a plataforma elevatória da van subir pela última vez, rangendo, e, depois de mais uma rodada de chá. Os carregadores poloneses estão prontos para ir embora.

— Vou lá visitar você mais tarde — diz Lila para Bill, ao abraçá-lo. — Me avise se precisar de qualquer coisa. Qualquer coisa mesmo.

— Estou bem, querida — garante ele, com um sorriso tranquilizador.

— Está tudo sob controle — afirma Penelope, alegre.

Esse foi seu mantra constante nas últimas semanas, independentemente do que estivesse acontecendo ao redor. *Está tudo sob controle!*, exclamava ela, respirando fundo, ou com um sorriso ligeiramente maníaco. *Está tudo sob controle!*

— Você ainda vai à peça da escola de Violet sexta que vem, né?

Violet levou seis ingressos para casa. Pelo visto, pais divorciados tinham condições especiais, e avôs hospitalizados, privilégios ainda maiores, segundo a sra. Tugendhat. Lila espera que isso indique que foi perdoada pela confusão do figurino.

— Não perderia por nada — diz ele, com a expressão relaxada de alguém que não precisará mais usar fones de ouvido para abafar o som de *America's Next Top Model* ou das músicas do Public Enemy, além dos latidos frenéticos de um cachorro neurótico. — Ah, querida, o banco do jardim não coube na van, então alguém vai voltar para pegar depois. Tudo bem?

Lila observa Penelope sair com seu Ford Fiesta vermelho pela rua tranquila, dando seta e dirigindo a uma velocidade constante de 20 km/h até o cruzamento com a rua principal, mesmo que o limite seja de 40 km/h e não haja nenhum outro carro à vista. *Bill estará seguro com ela*, pensa Lila, e isso já é alguma coisa.

É só ao entrar em casa que a realidade a atinge. No corredor, onde ficava o piano, resta apenas uma mancha empoeirada no tapete. As estantes estão vazias, e a poltrona reclinada que ele trouxera deixou um espaço no meio da sala. Truant anda devagar pela casa, farejando, desconfiado, a área no chão de onde os objetos desapareceram. Na cozinha, faltam livros de receita na bancada, além de alguns utensílios de Bill, o rádio, a fruteira de cerâmica azul que ele tentava manter cheia para ver se encorajava as meninas a comerem melhor. Ela preenche os espaços com uma pilha de papéis e algumas garrafas de detergente, só para deixar menos vazio.

Nada, porém, disfarçará o vazio no quarto de Bill. Resta agora apenas uma cama. Todos os detalhes da vida dele se foram — o tapete, as pantufas, a colcha, o porta-toalhas de madeira, as pilhas de livros de referência, a chaleira dos anos 1970 e as revistas velhas —, assim como o resto dos móveis. Lila para na porta e cruza os braços com força, olhando para as muitas camadas de ausência no quarto. Assim é a vida nessa idade, ela reflete, um milhão de despedidas, e nunca se sabe qual é a última. Só se absorve os choques, confiando sempre que será possível seguir em frente.

A única coisa que Bill deixou para trás é o retrato da mãe dela, apoiado na lareira que nunca foi acesa. Lila vira o quadro, olha para o rosto de Francesca na moldura ornamentada e tenta não pensar no buraco que se formou dentro dela onde antes morava a memória da mãe. Ela faz a pergunta que já fez mil vezes desde a descoberta da carta: *Por que você se deixou seduzir por ele, mãe? Você nem se importou com tudo que isso destruiria?* Lila olha para o sorriso de Francesca, a expressão serena que nunca lhe dará resposta alguma. E então vira o quadro para o outro lado, fecha a porta do quarto e desce.

Celie vai buscar Violet na escola, e Lila tem que preparar o jantar.

Jensen aparece quando ela está limpando a cozinha. O jantar foi silencioso: as meninas foram afetadas pela mudança de clima que acompanha a constatação de que agora são apenas as três ali, de novo. Elas pararam de perguntar por Gene já faz um tempo. Lila se questiona se as filhas compreenderam, como ela, que Gene é alguém que provavelmente só aparecerá em visões fugazes, um avô tão inconstante quanto Bill tem sido confiável. Elas beliscaram o espaguete, e, para ser sincera, Lila também estava com pouco apetite, então as liberou assim que pediram. Violet se retirou para a sala com Truant, e Celie sumiu escada acima.

Lila tinha acabado de colocar os pratos na lava-louças quando ouviu a batida na porta. O rosto de Jensen aparece na porta dupla, as orelhas ruborizadas pelo frio.

— Vim buscar o banco do Bill.

Ela fecha a lava-louças com o coração a mil e abre a porta. Ele fica parado na entrada, trazendo consigo uma lufada poderosa de ar frio.

— Ah. Claro. Eu... eu não sabia que você viria.

Lila está desconcertada pela aparição repentina de Jensen na cozinha, ciente de que está sem maquiagem e de que vestiu uma calça jeans manchada de lama.

— Ainda estão arrumando as coisas por lá. Então, para facilitar as coisas, eu me ofereci para buscar com a picape.

Lila tira as luvas de borracha e tenta não olhar para ele.

— Eu ajudo — responde ela.

O banco, no fim, pesa bem menos do que ela supunha. Os dois levam apenas alguns minutos para colocá-lo na caçamba da picape. Jensen fecha a porta do carro, e o som é horrível e definitivo. De braços cruzados, Lila o observa amarrar o banco no lugar. Eles passam um momento parados na rua, sem se olhar. Esta pode ser a última vez que Lila o verá, pensa ela, agora que Bill foi embora. E algo em seu interior não suporta a ideia de que nunca será capaz de se explicar direito.

— Você aceitaria um chá? — solta ela. — Eu... eu ia ferver água agora.

Jensen olha para a esquerda, as mãos enfiadas nos bolsos. Então, relaxa um pouco os ombros.

— Aceito, sim — responde. — Por que não?

Os dois entram pelos fundos, e Lila é confrontada, pela primeira vez, com o jardim memorial sem o banco. De certa forma, parece que não foi só o banco que desapareceu. Agora parece um canto vazio, um espaço abandonado, que já não é mais o ponto central de nada.

— Acho que vou precisar arranjar outro banco — comenta ela, com a voz um pouco trêmula.

— É — responde Jensen, parando para analisar o espaço. — Definitivamente faz falta.

Lila prepara o chá em silêncio, e eles se sentam à mesa da cozinha. Ela se posiciona de costas para o jardim, de repente sem vontade de olhar para lá, como se a ausência do banco simbolizasse algo muito maior. Jensen não tira a jaqueta, ao que parece pronto para ir embora a qualquer momento. Talvez ele só tenha aceitado o chá por educação. Agora, ela se sente tímida na presença dele. Tenta pensar em como puxar assunto, mas se dá conta de que já antecipa todas as respostas, o que detém as palavras que se formam em sua boca.

Ele pergunta por Bill, o que alivia a tensão. Lila conta o que aconteceu, fala de Penelope, das meninas, de seus sentimentos confusos em relação à mudança dele. Jensen diz que vai dar uma passada na casa de Bill todo dia. Que já fazia isso com frequência mesmo antes do infarto, então Bill não achará estranho, e ela agradece o cuidado.

— E o Gene, cadê?

— Foi embora.

Lila explica rapidamente a história da carta no sótão. Ela quer falar mais, dizer que se sente como se tivesse perdido a mãe junto com o pai, contar da raiva que sente dos dois, mas soa bobo e infantil, e ela, de todas as pessoas, provavelmente perdeu qualquer direito de falar dos próprios sentimentos com Jensen.

Os dois terminam de beber o chá. Ficam sentados em silêncio, observando Truant andar de um lado para outro. O cachorro também não gosta de mudança.

— Recebi sua carta — diz Jensen.

Lila espera um instante antes de responder:

— Cancelei tudo. Tudo. Não vou mais escrever o livro.

Jensen olha para a xícara vazia.

— Foi uma ideia idiota — continua ela. — Eu queria te dizer isso, e também me desculpar pessoalmente. Pensei tanto nessa história. Ia te ligar... mas depois daquele dia em que conheci sua namorada...

Ele levanta o rosto abruptamente.

— Quer dizer, ela estava certa, óbvio — prossegue Lila. — Não estou tentando me defender. Mas ficou óbvio o que ela achava... o que vocês devem ter conversado... Sei lá. Eu não queria fazer nem dizer nada que pudesse te causar mais...

As palavras ficam entaladas na garganta dela.

— Que namorada?

Lila pisca.

— A do supermercado? — retruca. Como ele ainda parece confuso, ela acrescenta: — A ruiva?

Jensen faz uma careta.

— É minha irmã.

Lila o encara, em silêncio.

— Minha irmã — segue Jensen —, Nathalie. Eu já falei dela. Ela... Eu fiquei meio abalado com o que aconteceu. E ela, bom, veio passar uns dias comigo. Só para ter certeza de que eu estava bem. Acho que minha família se preocupa depois de... sabe...

Lila quer se desculpar de novo, reconhecer a responsabilidade pela dor de Jensen, mas só consegue pensar: *Não é a namorada dele.*

— Ah — diz. E então: — Ah.

Quando levanta o rosto, Jensen está olhando para ela.

— Você pensou que eu estava namorando.

— Bom, não achei que você fosse ficar muito tempo solteiro — comenta ela, com um sorriso. — Você obviamente é um partidão.

— Um partidão.

Ele levanta as sobrancelhas. Há um esboço repentino de sorriso em seu rosto, a coisa mais linda que Lila vê em semanas, e então ela começa a falar, as palavras jorrando.

— Jensen, eu peço tantas, tantas desculpas. Eu só... Eu estraguei tudo. Estava tão ferrada por causa do Dan, da Marja, de um milhão de outras coisas, em pânico por causa de dinheiro, e eu... eu simplesmente não pensei direito. Sei que fui horrível, horrível, só pensar em fazer isso. Eu... eu não sou essa pessoa. Agora consigo enxergar meus erros com total clareza. Odeio que você ache que eu sou assim, e só posso dizer que estou fazendo o possível para mostrar que não sou. Por um momento, óbvio, eu fui esse ser humano péssimo, mas não sou assim. Não de verdade. Talvez eu nem saiba quem sou de verdade. Mas estou tentando garantir que seja alguém melhor.

Ela gagueja, e então fica quieta.

— Nossa, isso fez algum sentido? — pergunta Lila.

— Estou liberado para te analisar?

— Não.

— Tá. Então fez total sentido.

Lila olha para ele.

— Você me perdoa? Um pouquinho que seja?

— Eu perdoo quase tudo — diz ele, esfregando a mão em uma marca na mesa. — Talvez não a referência ao meu corpo "comum".

— Foi você que falou que tinha corpo de paizão.

— É, mas o corpo de paizão tem uma coisa meio sexy envolvida. O corpo comum... — Ele faz uma careta. — Não é sexy.

— Nada disso. Você está errado.

— Eu estou errado.

— As... hã... evidências daquela noite indicariam que não é o caso. E, de todo modo, eu falei que estava disfarçando a verdade. Se fosse escrever honestamente sobre você, com certeza eu diria que passei a noite com um sósia do David Gandy.

Jensen inclina a cabeça.

— Se saiu bem dessa.

— Enfim. Pessoalmente, gosto de corpo de paizão. É... muito mais gostoso do que um tanquinho.

— Tá, agora você exagerou.

— É sério. Não consigo pensar em nada pior do que um homem desfilando por aí com o tanquinho de fora. Eu me sentiria ridícula.

— Não sei por quê. Seu corpo é lindo.

Os dois coram.

Lila olha para as mãos dele no silêncio que se segue, tentando não pensar em como aquelas mãos a tocaram, na habilidade delas, na força reconfortante. Jensen parece prestes a falar, mas muda de ideia. O silêncio volta a preencher o lugar.

— Bom, obrigada por me deixar pedir desculpas pessoalmente — declara ela, enfim. Lila não tem por que não ser honesta. O que tem a perder, afinal?

— Eu... eu só sinto saudade de você — diz. — Muita. — Como ele não responde, ela acrescenta: — Não estou tentando botar pressão nem nada. Mas só precisava que você soubesse disso, para o caso de nunca mais nos vermos.

— Que dramática.

— Sei lá, vai que você resolveu se mudar para a América do Sul?

— Para superar a dor de cotovelo?

— Tá. Agora ficou chato.

Jensen sorri, fita a xícara. Então olha para ela.

— Quer sair sexta-feira?

Lila leva um instante para ter certeza de que entendeu bem.

— Quero — responde. E aí, com um sorrisão, repete: — Quero. — Então, seu sorriso murcha. — Ah, não — se corrige. — Não posso. É a peça da Violet. Pode ser sábado?

— Tenho que voltar para Winchester. Ainda tenho mais uns dez dias de trabalho por lá.

— Quinta?

— Fiquei de visitar meus pais.

Ela não pode deixá-lo ir embora. Não pode. Então pensa nas possibilidades.

— Bem... será que... você gostaria de ver uma produção particularmente caótica de *Peter Pan* na escola? E talvez a gente possa comer alguma coisa depois? Bill pode ficar de olho, se você tiver medo de eu sair te agarrando.

— Dá para ele ficar sentado entre nós dois o tempo inteiro?

— Ele e a Penelope. Uma barreira humana completa para impedir toques desnecessários.

— Então acho uma ideia mágica — diz ele.

Jensen não a beija ao ir embora, mesmo que cada pedacinho dela deseje isso. Lila entende que, com tudo que aconteceu entre eles, só resta avançar a passos muito cautelosos. Ele toca na sua mão, porém, num gesto fugaz, e diz que ficou feliz de terem conversado.

Ela fica parada na porta, abraçando o próprio corpo para se proteger do frio e tentando conter um sorriso, enquanto ele volta à picape. Jensen acena do banco do motorista, e ela acena de volta. Lila espera ele ligar o carro. Enfim, abruptamente, ele desce da caminhonete e volta, meio andando, meio correndo, para envolvê-la em um abraço apertado. E então, diz ao pé do ouvido de Lila, baixinho, pouco mais que um murmúrio:

— Eu também senti uma saudade do caramba.

38

Eleanor está fazendo a mala do jeito ágil e hipereficiente de sempre: roupas enroladas em protetores plásticos da lavanderia, ainda no cabide, para serem tiradas e penduradas aonde quer que ela vá, dois pares de sapatos sem salto na bolsa de calçados, um pequeno nécessaire com produtos de higiene pessoal, tudo encaixado na mala de mão com a precisão de um quebra-cabeça japonês, além de duas malas de rodinha enormes cheias de maquiagem. Lila levaria quatro horas para arrumar o que a amiga arruma em vinte minutos. Alegre, Eleanor sempre diz que foram anos de treino para desenvolver essa habilidade. Ela vai para Paris no dia seguinte, às quatro e meia da manhã, para uma gravação de seis semanas, e está enérgica, focada e um tantinho distante, como sempre fica quando está prestes a viajar a trabalho.

— Bom, eu acho ótimo — diz ela, embrulhando sete calcinhas e dois sutiãs com papel de seda.

— Acha? Por que papel de seda?

— É lingerie cara. Não quero que encoste em mais nada. Pega a pasta de dente para mim no banheiro?

Lila vai buscar e entrega a pasta a ela. É da marca de que Gene fez propaganda. Ela acha isso um pouco irritante, como se Gene tivesse se metido na vida de Eleanor também.

— Eu disse ao Jensen que estava com saudades. E pedi mil desculpas.

Eleanor faz uma careta.

— Acho que já é um bom começo. Mas você vai ter que fazer mais do que isso. É hora de ter relacionamentos adultos, com comunicação clara. — Ela fecha a mala com um grunhido e se empertiga. — Sério. Jensen é um homem bom, direto. Seja boa e direta também.

— Será que eu conto pra ele o que aconteceu com o Gabriel? Talvez eu devesse contar.

Eleanor franze a testa e arrasta a mala em direção à porta. Ela para e reflete por um minuto.

— Não sei. Se você comete *um* baita erro de julgamento provavelmente dá para classificar como azar. *Dois* fica parecendo… descuido.

— Em outras palavras, eu sou a idiota.

— Pode ser. Acho que você vai ter que julgar isso sozinha. Mas, olha, é uma ótima notícia! O único homem decente de Londres está de volta!

— E você vai pra Paris!

— Pra me entupir de queijo e receber cantadas impróprias da equipe francesa!

— Que sonho, El — diz Lila, abraçando a amiga com força. — Nem ouse dar uma de *Comer, rezar, amar* e ficar por lá. Você sabe que eu tomo péssimas decisões sem você.

Ela está brincando, mas há um toque de medo. Lila não tem certeza se saberia quem é sem a amiga por perto. Lila é constantemente confrontada pela revelação de que essas amizades ficam mais importantes conforme ela fica mais velha.

— Você vai ter que crescer um dia, sabia?

— Eu cresço quando você crescer.

— Dizendo assim…

Ao voltar do apartamento de Eleanor, Lila encontra Jane na porta de casa, o cabelo grisalho e comprido esvoaçando ao redor do rosto, soprado pelo vento. Ela recebe Lila com um sorriso angelical. Diz que veio buscar as coisas de Gene.

— Ele está ficando com você? — pergunta Lila, ao abrir a porta e enxotar Truant.

— Está, sim. Mas Elijah, meu parceiro, está meio cansado da energia dele, e eu já falei que Gene vai precisar arranjar outra solução.

— Então você veio pedir para ele voltar para cá.

— Não, Lila, não. Só vim buscar duas caixas dele. Gene falou que estão separadas. Você poderia me levar até o sótão?

Daria para engarrafar e vender a serenidade de Jane. Lila não consegue imaginar nenhum acontecimento mundial que provoque na mulher mais do que uma inclinação de cabeça e um sorriso suave. Ela é massagista holística, um tipo de atividade que aparentemente considera as preocupações emocionais e espirituais do cliente, e sempre afirmou tomar cuidado para se manter contida, não absorver a energia alheia.

— Seria muita sobrecarga — diz, no tom calmo de alguém que nunca chega perto de se sobrecarregar.

Lila puxa a escada do sótão e sobe na frente, olhando para o fundo do espaço. Apenas duas caixas marcadas com GENE ficaram ali; ele deve ter levado as outras embora. Ela as arrasta até o alçapão e passa para Jane.

— Acho que é isso — comenta, descendo a escada.

Lila ajuda Jane a levar as caixas até a mala do carro. São mais volumosas do que pesadas. Agora, não resta nenhum vestígio dos pais de Lila em casa. É quase como se eles nunca tivessem estado ali. Ela resiste à vontade de perguntar por Gene, de saber o que ele anda fazendo, mas, mesmo que não faça qualquer pergunta, Jane comenta que Gene foi convidado para participar de uma Comic Con. Ela pronuncia as palavras cuidadosamente, enunciando cada sílaba, como se fosse algo estranho e exótico. Há um interesse nostálgico no Capitão Troy Strang e no elenco de *Esquadrão Estelar Zero* — um serviço de streaming anunciou que passará a exibir as temporadas de um a três —, e ele irá à convenção de fãs em algumas semanas para encontrar espectadores e dar autógrafos. Ao que parece, as filas dão a volta no quarteirão. Lila se pergunta se isso é verdade ou se é só mais um exagero de Gene. Então se pergunta se essa Comic Con sequer existe.

— Obrigada, Lila. Mando um beijo seu para ele? Sei que ele adoraria te ver.

Lila fecha a mala do carro.

— Não. Mas obrigada.

Jane se endireita e a encara. É uma experiência um pouco incômoda, como se alguém enxergasse dentro dela. Jane sorri.

— Não seja tão dura com ele. Seu pai ama você. E amava muito a sua mãe.

— Ele tinha um jeito engraçado de demostrar.

— Lila, todos nós gostamos de acreditar que sabemos tudo sobre nossos pais, mas não sabemos. Seu pai aprendeu muitas lições tarde demais. Certamente tarde demais para ele e para mim, mas guardo um grande carinho por ele. Gene é uma boa pessoa.

Lila contém a vontade de revirar os olhos.

— Pode ser. Mas ele não merece ficar aqui, Jane. Não com a gente.

Jane fica parada por um momento, talvez considerando as palavras de Lila.

— Uma das coisas com que sempre me deparo na minha prática é a noção de perdão. Você quer repetir os erros dos seus pais? Guardar ressentimento pelo resto da vida? Ou quer se livrar desse peso?

— Jane, com todo o respeito...

— Ah, não use essa expressão. "Com todo o respeito" é o que as pessoas dizem quando estão irritadas e na defensiva.

— Bom, talvez falar do meu pai me deixe irritada e na defensiva. Você não o conhece como eu.

— Minha querida, eu morei com ele por quinze anos, contando idas e vindas. Provavelmente é mais tempo do que você passou com seu pai. E vou dizer uma coisa: você não sabe o que aconteceu entre ele e sua mãe. Infidelidade casual, eu poderia perdoar. O grau de amor que ele sentia por ela, não.

Enquanto Lila se esforça para entender o que Jane disse, a mulher acrescenta:

— Sua mãe não era uma florzinha frágil, nem se curvava de bom grado para fazer o que não quisesse. Ela era uma mulher forte, que tinha autonomia. Ela tomava as próprias decisões.

Jane levanta um dedo comprido, forte, e continua:

— E, antes que você rebata o que acabei de falar, isso também não faz dela uma pessoa horrível. A vida é comprida e complicada, Lila, e todo mundo erra. O importante é o que fazemos além dos erros. Mas colocar sua mãe e seu pai como vilões da história é um equívoco e, no fim, quem sofre é você.

— Então você simplesmente o perdoou. Por transar com a minha mãe.

— Claro. Escolhi não me envolver mais romanticamente com ele, mas sempre vou sentir carinho pelo Gene e ficar feliz pela presença dele na minha vida. Você nunca errou?

Lila pensa em Jensen, no terrível capítulo descartado. Jane parece notar seu momento de incerteza.

— Bom, eu espero que, se tiver errado, tenha sido perdoada. Espero que a pessoa tenha entendido que você é humana. Você pode passar a vida presa à raiva e à amargura. Mas isso só prolonga sua dor. Pense nisso. Solte esse fardo. Por você e pelas suas filhas.

Lila aceita o beijo de Jane na bochecha. Ela cheira a lavanda e patchuli.

— Foi um prazer ver você, Lila. Mande um beijo para as meninas.

Ela espera Jane ligar o carro.

— Ele ainda não pode voltar pra cá! — exclama, quando Jane dá a partida. — De jeito nenhum.

Jane sorri, levantando a mão em um aceno alegre, de modo que Lila não tem certeza se ela a escutou. O aceno provavelmente teria sido igual de qualquer jeito.

Lila está arrastando os móveis quando Anoushka liga. Decidira que era preciso recomeçar, que talvez mudar a posição do sofá e das poltronas disfarçasse o que estava faltando e os cômodos parecessem intencionalmente minimalistas ou, pelo menos, que isso facilitasse o trabalho do corretor quando a casa for colocada à venda. Ela foi bufando e levando os móveis de um canto a outro da sala, desenterrou um vaso e um jarro velhos de uma das caixas na garagem que nunca arrumou e colocou de ornamento na bancada da cozinha para esconder a ausência das coisas de Bill. Mudou tapetes, pendurou quadros. Continua dizendo para si mesma que uma casa é apenas tijolo e argamassa. Criará um novo lar independentemente de onde estejam. Elas ficarão bem sozinhas.

Lila está tão ocupada empurrando o móvel da televisão para a outra parede que quase perde a ligação. Atende sem fôlego, um pouco suada.

— Meu bem, você tem um minutinho?

— Anoushka! Claro!

Lila olha para o espelho na parede e vê que está com uma mancha preta no rosto, que ela esfrega.

— Tive uma ideia. Acabei de sair de uma reunião com uma cliente nova, uma atriz muito bem-sucedida. Ela quer escrever um livro de memórias. Atualmente, existe muito interesse dos leitores por memórias, especialmente as bem picantes. Acho que vai ser uma maravilha.

Anoushka deixa a frase no ar.

— Achei que já tinha explicado meus motivos para não escrever um livro de memórias — diz Lila.

— Não estou falando das suas memórias, querida. Pensei em você ser a *ghost* dela.

— O quê?

— *Ghost-writer*. Ela não sabe escrever uma frase. Ela conta as histórias e você transforma em um livro maravilhoso. Sabemos que você escreve bem e é um espetáculo em relatar anedotas. E acho que seria divertidíssimo, ela é uma fofoqueira inveterada.

Lila não diz nada, então Anoushka acrescenta:

— O pagamento não é fantástico, não chega perto do adiantamento do outro projeto. E não teria royalties. Mas podemos usar o sucesso de *A reforma* para pedir créditos. Algumas pessoas gostam disso, sabe, especialmente se o escritor tem algum prestígio. Acho que podemos negociar uma quantia bem decente.

— Eu escreveria o livro de memórias de outra pessoa?

— Exatamente! Isso te manteria na ativa até você saber o que quer fazer, e seriam uns meses de trabalho. E, se der certo, você vai ser cotada para mais projetos. É uma boa fonte de renda, e sua vida pessoal não precisa ter envolvimento algum. Posso propor seu nome?

— Ela é gente boa?

— Querida, ela não precisa ser gente boa. Ela é uma figura. O material é ótimo.

Esse é o jeito de Anoushka dizer que ela é um pesadelo.

— Quem é?

Anoushka sussurra o nome de uma atriz de novela famosa, cujas batalhas com álcool e relacionamentos tempestuosos foram bem documentadas pelos tabloides. As aventuras sexuais são inacreditáveis, diz Anoushka, com um tom de voz que pode transmitir choque ou admiração, não fica claro.

Ela murmura algo sobre príncipes sauditas, sobre um ator de alto nível, e quem sabe até mesmo o termo "porquinho-da-índia".

— Hum… talvez — diz Lila, hesitante, decidindo não pedir mais detalhes. — Acho que pode propor meu nome, sim. Vou pensar no assunto.

— Ma-ra-vi-lha! Vou falar com a agente dela.

Lila pensa no projeto de *ghostwriting* pelo resto do dia, enquanto arruma a casa. Ela pesquisa algumas entrevistas com a atriz. A mensagem nas entrelinhas de tudo é: *Desastre ambulante*. Ela conta para as meninas quando elas voltam da escola, e as filhas expressam um leve interesse, distraídas pelos vários eletrônicos. É sempre assim quando se trata dos projetos de escrita de Lila. Mas quando ela pergunta, durante o jantar, o que elas acham da possibilidade de se mudarem, a resposta é imediata e dramática.

— Por quê? Eu não quero me mudar. — Violet arregala os olhos e larga o iPad na mesa.

— Eu só achei que... bom, agora que Bill voltou para a casa dele, e Gene… Gene vai trabalhar em outro lugar, talvez a gente pudesse comprar uma casa menor. Seria mais econômica. Mais fácil de cuidar. Vocês sabem que tudo vive pifando aqui.

— Mas para onde a gente iria?

— Continuaríamos aqui no bairro, só que em uma casa menor. Talvez com três quartos, em vez de cinco. Talvez uma casa mais moderna.

As meninas se entreolham rapidamente, e Lila não sabe o que se passa entre elas.

— Seria uma boa mudança, talvez? — insiste Lila, sorrindo.

— Eu gosto da nossa casa — diz Violet.

— Eu não quero me mudar — afirma Celie, fechando a cara. — Essa é a nossa casa.

— Eu não quero mais mudança — reclama Violet. — Tudo mudou demais.

Sua voz vacila, e ela parece tão à beira das lágrimas que Lila volta atrás, diz que era só uma ideia, abraça as filhas e insiste que está tudo bem, tudo certo, elas vão ficar ali, nada vai mudar.

Quando Anoushka telefona no dia seguinte para dizer que a atriz está em êxtase, que *A reforma* é um de seus livros prediletos e que adoraria encontrar Lila para uma reunião na semana seguinte, Lila responde, com o máximo de entusiasmo que consegue, que também está em êxtase.

No momento, a estabilidade das meninas é a prioridade. A atriz não precisa ser gente boa. E ela espera ter entendido errado a história do porquinho-da-índia.

39
Celie

A mãe de Celie passou quase uma hora se arrumando no banheiro. Ela fez ondas no cabelo com babyliss, como quando era entrevistada na época do lançamento do livro. Vestiu o terno de veludo rosa-escuro, que só usa em ocasiões especiais (principalmente porque o pelo de Truant gruda no tecido). Nem parece que ela está indo para uma peça de criança, mas, quando menciona como quem não quer nada que Jensen também vai, Celie logo encaixa as peças. Assim que ele chega, de calça jeans elegante e camisa azul-escura, a mãe dela fica sorrindo toda tímida, animada até demais, mas finge para Celie que não tem nada acontecendo. É como se ela achasse que Celie não enxerga. Mas Jensen é legal. Não parece o tipo de cara com quem a mãe de Martin saía antes do namorado atual, que deixava claro que não gostava dos filhos dela e que sempre monopolizava o controle remoto para Martin não ter como ver seus programas preferidos.

Minha mãe não para de soltar uma risadinha falsa quando o Jensen faz piada. Que mico.

A resposta de Martin é imediata.

Minha mãe fazia uma voz toda metida. Eu chamava ela de Vossa Majestade na frente dele, só pra irritar.

Eles vão na picape de Jensen. Tem três lugares na frente, o que até que é bem maneiro, mas Celie não vai deixar que eles saibam que ela gostou disso. Segundo a mãe dela, Bill e Penelope os encontrarão lá. Quando chegam à escola, Penelope está ajudando Bill a sair do carro, como se ele não conseguisse andar sozinho, sei lá. Ele está de terno de tweed, com colete e tudo, e Penelope está usando um xale de seda chinesa, com uma presilha cintilante enorme no cabelo. É meio impressionante que gente velha assim ainda se esforce.

O pai delas mandou mensagem para avisar que vai à peça, mas que vai se sentar com a mãe de Marja, porque Marja ainda está internada e Hugo está "meio abalado". Ele ainda não falou nada sobre os perfumes. Celie acha que o pai está preocupado com o novo filho, e parte dela quer agradecer ao bebê, porque em segredo fica feliz por desviar a atenção do que ela fez. Celie só espera que os pais não comecem a discutir, como fizeram na apresentação de Natal.

Celie pensou que fossem chegar adiantados, mas a escola já está lotada. Ela avista alguns de seus antigos professores e se esconde para não ter que falar com eles. As pessoas estão se servindo de taças de vinho de uma mesa comprida no fundo antes de se sentar, os pais estão com cara de que preferiam estar no trabalho, e as mães tentam controlar os filhos pequenos. Tem copos de papel com suco e biscoitos de chocolate para as crianças. Celie pega dois biscoitos de uma vez e guarda no bolso, para o caso de ficar com fome durante a apresentação. Está meio irritada com a mãe por insistir que ela viesse a essa peça ridícula. Tem que terminar os esboços de personagem para a aula de animação, e isso vai levar horas, e ela ainda não sabe desenhar mãos que não tenham dedos de salsicha. Ela vê o pai no lado direito da plateia. Quando ele se levanta e acena, Celie vai até lá cumprimentá-lo, torcendo para a mãe não notar, porque ela, Jensen, Bill e Penelope estão procurando lugar. Celie sabe que a mãe diria que tudo bem ela se sentar com o pai, mas provavelmente se sentiria esquisita, e então tentaria disfarçar fingindo estar *muito* alegre, como se estivesse tudo perfeito, o que é pior ainda. Às vezes, Celie fica exausta com todos os sentimentos envolvidos na família o tempo todo.

É estranho ter passado tanto tempo sem ver o pai, como se ele não fosse mais da família. Ele parece mais velho do que da última vez que se encontraram, e definitivamente está precisando cortar o cabelo. A mãe de Marja — que é muito glamurosa para uma velha, com cabelo loiro e volumoso igual ao da filha — se levanta para um abraço, e Celie aceita, embora se sinta meio desconfortável. Não é como se fosse a avó dela, nem nada. Porém, pensando bem, Bill também não é. Talvez, daqui em diante, a família de Celie seja esse amontoado infinito de pessoas meio aparentadas.

O pai parece grato por ela ter aceitado o abraço. Não larga o ombro dela e não para de dizer como é bom vê-la, e de pedir desculpas por andar ausente. Celie não quer responder que anda muito feliz sem ele.

Aí ele pergunta qual é o papel de Violet, e Celie diz que não faz ideia. Ele conta que Hugo tem um papel importante, e que está muito nervoso, com medo de errar as falas, como se Celie devesse dar a mínima para isso, e ela tenta demonstrar interesse, porque o pai sempre quer que as filhas tratem Hugo como irmão. E a verdade é que tudo o que ela quer é ir se sentar logo, porque está com medo de a mãe não guardar um lugar e ela ter que ficar perto de gente que não conhece. Então, diz que tem que ir ao banheiro, dá a volta por trás do salão e entra de novo pelo lado oposto, para não magoar o pai.

A sra. Tugendhat, que está exatamente igual a quando Celie mudou de escola, cinco anos antes, aproxima-se e diz para Celie que não acredita como ela cresceu (por que os velhos sempre dizem isso?), então chama a mãe dela e diz que o avô das meninas é incrível, que ele tem sido incrível. Tudo será incrível. Lila olha para Bill, parecendo meio confusa. Celie observa a cena, tentando decifrar o que vai acontecer, mas alguém chega e cochicha alguma coisa para a sra. Tugendhat, que pede desculpa e corre para as coxias.

A mãe guardou um lugar para Celie, bem do lado dela, com Jensen à esquerda, e Bill e Penelope ao lado dele. Eles estão quatro fileiras atrás do pai de Celie e da mãe de Marja, e a garota fica ansiosa, porque a mãe definitivamente vai vê-los ali, mas pelo menos Marja não veio. Penelope não para de se preocupar com Bill, perguntando se ele está com frio, se a água está boa. Dá para notar que ele fica meio irritado, mas ainda assim faz carinho na mão de Penelope, diz que ela é muito gentil e que não precisa se preocupar. Então Penelope começa a apontar para crianças que foram suas alunas de piano, corada, como se estivesse se gabando.

Ela manda mensagem para Martin:

Se meus pais brigarem aqui de novo, eu me mato.

Ele responde:

Bom, pelo menos assim você escapa de ver uma peça infantil.

As cadeiras de madeira são exatamente as mesmas de quando Celie estudava ali. Ao se sentar, ela tem um lampejo de lembrança: a sensação de tédio e segurança constante no fundamental, antes de dar tudo errado, antes de as amizades dela evaporarem e dos pais se separarem.

E então acontece. Ela ouve a mãe dizer:

— Aaah, não.

Por um momento, Celie acha que tem a ver com o pai e a mãe de Marja, e fica enjoada, mas quando levanta o rosto e segue o olhar da mãe, vê Gene na lateral do salão, de jaqueta de couro e uma camiseta bem podre, estampada com um homem fumando um baseado. Ele se aproxima. A mãe dela olha para Jensen e diz alguma coisa antes de se levantar, o que é difícil, porque quase todo mundo já se sentou. Celie não contou à mãe sobre Gene, e sente o nó de ansiedade se apertar dentro dela.

— Vai embora. Eu pedi pra você deixar a gente em paz. Não vou correr o risco de algo acontecer com o Bill. Por que você não entende isso de vez?

Celie está a quatro cadeiras do corredor e consegue ouvir tudo que a mãe diz. Ela desconfia que os outros pais também estejam escutando, porque todo mundo baixou a voz, e as pessoas definitivamente estão assistindo à cena. Ela olha para a esquerda. Jensen está observando Lila, e Bill está com o olhar fixo à frente, mas com uma tensão no rosto que indica que também sabe que Gene está por perto.

— Eu só quero falar com ele — diz Gene, com a voz alta demais, como sempre.

— De jeito nenhum.

Celie manda mensagem para Martin:

Meu Deus. Meu outro avô apareceu e ele e minha mãe estão brigando. Agora eu preferia morrer mesmo.

Martin leva um minuto para responder, e diz apenas:

Puta merda.

— Querida — insiste Gene. — Bill precisa saber a verdade.

— Ele não precisa saber nada. Você não vai falar com ele.

Todos estão olhando agora, virando a cabeça, um murmúrio baixo se espalhando pela plateia. Celie afunda na cadeira. Por que a família dela é literalmente a única no mundo que apronta esse tipo de coisa? Por que ela não pode ter uma família normal, em que as pessoas aparecem nos eventos e se dão bem?

— Lila. Meu bem. Me deixe falar com ele.

— Gene, eu juro que se você não sair agora mesmo da escola da minha filha, vou chamar a polícia e mandar botarem você pra fora.

— Dois minutos. Só peço isso.

A mãe de Celie está vermelha de raiva. Ela sibila para ele:

— Vai embora, Gene. Vou me sentar com o Bill, e você tem que ir para casa.

Ao ouvir a palavra "polícia", Jensen se levantou e passou por Celie na direção de Gene, o que significa que as quatro pessoas no caminho precisaram se levantar outra vez. Ah, ótimo. Agora tem mais gente envolvida. Alguém na fileira de trás pergunta, com uma voz fina, o que está acontecendo. Celie cogita se esconder no banheiro. A mãe volta e se senta ao lado dela, esticando-se para pedir desculpas para Bill.

— Ele vai embora, pode deixar. Desculpa.

Bill não diz nada.

Jensen está na frente de Gene, basicamente impedindo-o de ver os outros. Gene apoia a mão no braço do homem.

— Jensen, me dá essa força. Eu quero resolver essa situação.

Celie observa os dois conversando aos cochichos. Jensen está curvado, mexendo a cabeça. Gene não parece que vai embora tão cedo. *Por favor, vai embora*, pensa Celie, sentindo os olhares de toda a escola na família dela. Até as pessoas da frente estão se virando na cadeira para acompanhar a cena.

Jensen vai até Lila, fazendo as quatro pessoas no caminho se levantarem e se sentarem outra vez. Estão começando a parecer meio irritadas. A mãe de Celie está toda tensa e furiosa.

— Ele vai embora?

— Ele quer falar uma coisa com o Bill. Disse que pode falar por mim — diz Jensen, baixinho.

— Como é que é?

— Você não quer que o Bill converse com ele. Mas eu posso... transmitir o recado pelo telefone? Acho que pode ajudar.

Lila olha para Jensen, incrédula.

— Ah, meu Deus do céu. Como assim?

— Só… só escute o Gene. E ele promete que vai embora.

A mãe de Celie olha para Bill, e depois para Gene, que espera no corredor, atento. Ela parece não saber o que fazer. Quando olha para Jensen, suaviza um pouco a expressão e baixa a voz.

— Você para se achar que vai piorar? Eu não quero…

Jensen segura a mão dela.

— Vou tomar todo o cuidado com essa tradução, se necessário.

A mãe dela pensa mais um pouco e enfim suspira e se vira para Bill.

— Você topa escutar o que o Gene tem a dizer? Ele garantiu que vai embora depois.

Bill pigarreia, então olha de soslaio e responde:

— Bom, é melhor ele falar logo. Não quero que a apresentação da minha neta seja interrompida.

A orquestra da escola começou a entrar. Tem alunos pequeninos do segundo ano com triângulos e tamborins, e alunos maiores, do quinto ano, com violões e clarinetes, todos conduzidos às cadeiras de plástico vermelhas por uma variedade de professores. Celie acha que a peça vai começar a qualquer momento, e a família dela ainda vai estar ali, causando um climão. Ela afunda ainda mais na cadeira. Jensen mexe a cabeça para Gene, e Celie vê o avô digitar alguma coisa no celular. O celular de Jensen toca com uma melodia disco, o que faz com que vários pais sentados ao redor deles resmunguem e comecem a se remexer em seus assentos. Jensen levanta a mão em sinal de desculpas. Leva o celular ao ouvido e escuta. Então, inclina-se para mais perto de Bill.

— Ele quer dizer que houve um enorme mal-entendido.

— Não estou interessado em nada que esse homem tenha a dizer.

Bill segue olhando para a frente. Penelope aperta a mão dele com força, fazendo carinho em seus dedos com o polegar.

Jensen olha para Bill e então aproxima o celular da orelha novamente.

— Ele disse que não está interessa... Tá... tá. — Ele escuta o que Gene está falando, antes de se reaproximar de Bill. — Ele diz que você ficou com uma ideia errada sobre o tempo que ele e Francesca passaram juntos. Que você acha que eles transaram. Isso não aconteceu. Eles só saíram para se divertir um pouco.

"Transaram"? Que história é essa? Agora estão metendo a vida sexual de velhos na situação? Celie tem vontade de vomitar só de pensar em pessoas tão velhas *considerando* transar. Ela esconde o rosto com as mãos por um momento. Não sabe se tem como esta noite piorar.

Jensen continua falando, alto demais, mesmo que tente diminuir o tom de voz.

— Ele disse que ela só queria uma farra. Se sentir jovem de novo. Ela foi para um bar com Gene e o pessoal do filme, dançou e se divertiu, e no dia seguinte os dois não se viram... ele acha que ela foi fazer compras em Dublin. Ou quem sabe visitar a amiga. Mas foi só isso.

Bill se vira na cadeira.

— Então por que raios ele me disse que transou com ela?

— Ele não disse — responde a mãe de Celie, depois de um momento. — A carta só dizia que os dois se encontraram.

Bill olha para Lila.

— Ele não transou com a Francesca?

Jensen pergunta em voz alta ao telefone:

— Bill perguntou se você definitivamente não transou com a Francesca.

Eles olham para Gene, no fim da fileira de pais. Gene faz que não com a cabeça e faz uma careta. Então fala alguma coisa no celular.

— Ele disse que a Francesca jamais teria olhado para outro homem. Foi tudo um mal-entendido horrível — repassa Jensen.

Bill está chocado. Quase tanto quanto os pais que o cercam, que não conseguem acreditar no que estão escutando.

— Você tem certeza absoluta? — pergunta Bill.

Jensen fala no celular:

— Ele perguntou se você tem certeza.

Jensen faz que sim com a cabeça ao ouvir o que Gene diz. E então cobre o bocal do celular com a mão.

— Ele disse: "Bill, amigão, as drogas podem ter acabado com um bom pedaço do meu cérebro, mas eu definitivamente não me esqueceria disso." Desculpa, Celie.

— De verdade, essa nem é a pior parte da conversa.

Bill pisca, atônito.

— Ele está falando a verdade?

— Você está falando a verdade? — pergunta Jensen, meneia a cabeça de novo e se vira para Bill. — Ele disse que jura. Ele não quer ir embora sem que você saiba a verdade.

Algo estranho aconteceu com Bill. Ele está olhando para as mãos. Balançando a cabeça sozinho. Então olha para Penelope.

— Minha nossa senhora — diz. — Estou me sentindo um bobo.

E eu estou enjoada, pensa Celie.

— Não precisa se sentir assim, Bill — comenta Lila, com a voz estranha, meio atordoada. — Foi um erro compreensível.

— Ela não transou com ele — repete Bill.

Penelope sorri para Bill daquele jeito meloso dela.

— Claro que não, querido. Claro que tinha uma explicação.

A mãe de Celie está olhando para Gene. Bill continua chocado.

— Ai, minha nossa — repete ele. — Minha nossa senhora. Parece que causei um escândalo.

Não, dizem para ele. Não, nada disso. Que nada.

Alguém apaga as luzes. O salão se cala. Jensen continua falando, cochichando alto como se ninguém pudesse ouvi-lo:

— Ele diz que lamenta o mal-entendido e agora percebe que deveria ter contado pra você que Francesca o visitou em Dublin, mas, honestamente, foi uma coisa tão insignificante que ele não deu tanta importância.

A orquestra pegou os instrumentos. Uma professora de música que Celie não reconhece se posiciona na frente dos alunos, de mãos levantadas, como uma maestrina de verdade.

Bill olha para Gene.

— Agradeça a ele por explicar tudo. Foi... muito decente da parte do Gene.

As pessoas ao redor começaram a chiar, mandando fazerem silêncio, dizendo para calarem a boca logo, pelo amor de Deus. Celie quer morrer por uns oitocentos motivos. Jensen se ajeita ao lado da mãe dela e se estica para poder continuar falando com Bill.

— Ele disse que é muito decente da sua parte... e que, sempre que você quiser curtir, ele está topando.

— Deus do céu — responde Bill, e revira os olhos. — Ele não cansa.

Então a música começa. Celie olha para o lado, mas Gene desapareceu nas sombras. E, quando se vira para a mãe, vê, com certa surpresa, que ela parece prestes a chorar.

40
Lila

Lila não consegue se concentrar nos primeiros minutos da apresentação. Está com dificuldade de processar o que aconteceu, como Gene mentiu para Bill. Não para de pensar no que Jane disse: *Infidelidade casual, eu poderia perdoar. O grau de amor que ele sentia por ela, não. Deve ter algum motivo velado para o Gene ter feito o que fez*, pensa ela. Gene sempre tem seus motivos.

Jensen, talvez percebendo que ela está com a cabeça em outro lugar, chega mais perto.

— Você está bem? — murmura.

— Foi muito esquisito — cochicha ela de volta. — Porque eu tenho certeza de que ele transou com a minha mãe.

Jensen olha para ela.

— Mas por que ele mentiria?

— Não faço a menor ideia.

Até que alguém resmunga "Dá pra parar?" em uma voz exasperada atrás deles, e Jensen se endireita na cadeira. Violet subiu ao palco. Violet, usando um vestido prateado frouxo, imbuída da confiança absurda com que parece ter nascido, entra sem hesitar na luz do holofote e começa a narrar o texto de um enorme pergaminho. Os Darling estão no quarto, seus pais prestes a sair naquela noite.

Lila suspira, tenta afastar os últimos minutos da cabeça e se acomoda na cadeira dura de madeira, como se acomodou em dezenas de apresentações escolares desse tipo, preparada para a estranha mistura de tédio e emoção, a vontade dos pais de que o momento dure cinco minutos e uma vida inteira, tudo ao mesmo tempo. Enquanto Violet descreve a cena, o olhar de Lila percorre o resto da plateia. Duas fileiras à frente, à esquerda, está Philippa Graham, ao lado de um homem careca de terno, que claramente acabou de chegar do trabalho. Ele escondeu uma segunda taça de vinho tinto embaixo da cadeira. Ela avista Gabriel Mallory mais à frente, ao lado da mãe. Ele passa a mão pelo cabelo volumoso, mexe no celular depressa e, então, talvez ciente de que está sendo observado, olha para trás. Lila desvia o rosto de propósito. Por mais estranho que pareça, ela já não sente praticamente nada por ele, exceto uma leve irritação por ser obrigada a vê-lo na saída da escola nos próximos anos, como uma refeição ruim e indigesta. Uma lembrança de sua vaidade e burrice, talvez.

— Ele disse que eu tenho que crescer, e eu não quero crescer, mãe! — exclama Wendy, no palco, coçando a perna, distraída.

— Ninguém quer crescer, Wendy — diz a sra. Darling, com a voz exagerada de uma governanta de filme de época.

Há um murmúrio baixo de risadas na plateia.

Então, momentos depois, por uma fresta no cenário pintado, entra Peter Pan. No entanto, Peter não está de túnica e calça verdes. Ele está usando... uma farda bordô com dragonas prateadas e o que parece um anel de Saturno bordado no peito esquerdo. Um murmúrio de surpresa se espalha pela plateia. O uniforme é estranhamente familiar. Lila olha com atenção e enfim percebe: é um figurino de *Esquadrão Estelar Zero*. O mesmo que o pai dela usava na série de televisão. Alguns minutos depois, aparecem os Meninos Perdidos, também fardados de *Esquadrão Estelar Zero*.

Quando o Capitão Gancho surge, ele é um alienígena, usando uma máscara de escamas com uma tromba verde semelhante à de um elefante. Lila reconhece na hora: ela morria de medo desse alienígena na infância. Foi nessa época que Francesca insistiu para que ela parasse de assistir ao programa do pai, culpando-o pelos pesadelos que duraram até Lila chegar perto dos dez anos. Ela finalmente se dá conta: todos os atores da peça estão usando figurinos de *Esquadrão Estelar Zero*. O roteiro foi ligeiramente alterado — o Capitão Gancho é um vilão interplanetário, e o crocodilo, um lagarto espacial. O navio pirata é uma nave pirata, e a Terra do Nunca agora é um planeta, que usa de pano de fundo uma daquelas imagens retrô da superfície lunar, com crateras e uma bandeira.

A plateia ri dos Meninos Perdidos, em seus uniformes enormes (se olhassem com atenção, veriam os alfinetes e pontos de linha grosseiros segurando as roupas), lutando contra piratas espaciais. Sininho é uma astronauta voadora, com uma peruca prateada em um penteado alto, parecido com o do par romântico recorrente de Troy Strang, Vuleva.

Hugo faz o papel de Michael, o mais novo dos irmãos Darling. O coração de Lila sempre dá um pulo instintivo quando ela vê o menino, como se ele simbolizasse tudo que ela perdeu. Ele não tem falas — ou, se tem, esqueceu. Parece que o papel dele é ser conduzido delicadamente de um lado para outro do palco, enquanto as crianças declamam falas a seu redor, ou recebem dicas da sra. Tugendhat das coxias. De vez em quando, alguém cochicha no ouvido dele, mas o garotinho parece completamente paralisado.

A peça avança, passando pela Terra do Nunca, a morte de Gancho causada pelo lagarto espacial (que provoca risadas agradáveis da plateia), além de uma dança meio caótica com os personagens que antes seriam indígenas dos Estados Unidos, mas agora são tripulantes de outra nave espacial (a farda deles é de lurex dourado, com uma boca de sino que com toda a certeza é dos anos 1970). Tem músicas tiradas do filme, "A voar" e "Junto ao nosso chefe", o acompanhamento musical comicamente desconjuntado e nem sempre afinado, os pequenos músicos se ajeitando na cadeira e de vez em quando parando para acenar discretamente para os pais. Ao lado dela, Jensen não para de rir, caindo na gargalhada, pelo visto se divertindo com o caos no palco. Ele se dispôs tão rápido a participar desse evento, feliz de se encaixar no mundo dela, em vez de esperar que Lila orbitasse ao seu redor. Ela se pega lançando olhares furtivos para ele, chocada por já tê-lo achado menos atraente do que Gabriel Mallory. Lila mal aguenta ficar sentada ao lado de Jensen sem tocá-lo e, enquanto assistem à peça, estica a mão no escuro e pega a dele. Jensen fecha os dedos ao redor dos dela sem nem pensar, depois olha rápido para Lila, sorrindo, como se o gesto tivesse pegado os dois de surpresa.

Ao seu redor, Lila escuta os murmúrios de orgulho dos pais, as exclamações emocionadas dos avós quando os netos aparecem na hora certa, as menções baixas de nomes e os celulares discretamente levantados para fotos, e sente algo em si amolecer, uma tensão antiga começar a evaporar, substituída por um sentimento de admiração, pela impermanência das coisas e como isso pode ser motivo, ao mesmo tempo, de êxtase e devastação. Lila observa Violet reaparecer várias vezes das coxias para explicar o que vai acontecer, ou preencher alguma lacuna narrativa, com a voz cristalina e firme, e se pergunta que tipo de mulher a filha se tornará. Será que manterá essa confiança? Ou a vida vai arrancar isso dela à força, enfiá-la em um papel que ela nunca pediu, como acontece com tantas de nós? *Continue assim, querida*, pensa ela, em silêncio. *Continue assim, com as piadas de peido, os raps inapropriados e tudo o mais.*

Na última cena, Wendy, de camisola, conta as aventuras para a mãe.

— Olha, mãe, como ele pilota bem a nave! Está partindo para outra galáxia!

Pela primeira vez, parece que "Michael" precisa falar. Ele se vira e olha para a plateia. A menina no papel de Wendy se vira para Hugo.

— Conta pra mamãe... Não vivemos uma aventura maravilhosa, Michael?

A mãe espera, atenta, enquanto o pai aguarda ao lado, ajeitando o bigode falso de tempos em tempos, que continua escorregando para o lado esquerdo.

Nada acontece.

Wendy finalmente dá um cutucão vigoroso em Hugo. Talvez seja a referência à mãe que o tenha abalado. Talvez sejam os holofotes, ou finalmente precisar falar na frente de cento e cinquenta pais atentos. Hugo olha para a plateia, e seu rostinho começa a murchar. Lila vê, à luz forte do palco, uma lágrima escorrer pelo seu rosto.

Há certo silêncio no auditório que ocorre quando fica óbvio que uma criança está aterrorizada no palco, e ninguém sabe o que fazer. O menino fica parado sob a luz, incapaz de se mexer. Ele soluça, visivelmente, engolindo em seco. *Ai, não*, pensa Lila. *Tadinho*. Então, de repente, Celie se levanta.

— Vai, Hugo! — grita para ele. — Você consegue!

Celie começa a aplaudir, corando bastante de ansiedade. Hugo ergue o olhar e a vê.

— Vai, Hugo! — insiste ela.

Lila consegue ver Dan na penumbra, abrindo caminho sem jeito pelas fileiras de cadeiras, os outros pais se levantando, virando-se de lado, para deixá-lo passar. Ele se agacha na lateral do palco, tentando dizer algo inaudível para o filho de Marja. O auditório inteiro está olhando para esse menininho, para quem esta noite, talvez as últimas semanas, foi pesada demais.

— Isso aí, Hugo! — grita Celie.

Ela olha para a mãe, nervosa, nitidamente temendo que isso seja visto como sinal de deslealdade. Algo muda dentro de Lila.

Ela acaba em pé ao lado da filha.

— Isso aí, Hugo! — exclama Lila, e começa a aplaudir. — Vai lá! Você consegue!

E, de repente, vários outros pais começam a gritar e aplaudir, dizendo o nome dele. Algumas crianças avançam no palco, encorajando-o, murmurando, uma onda de apoio se espalhando pelo elenco. Wendy se aproxima e cochicha no ouvido de Hugo. Ele faz que sim com a cabeça e se vira de volta para a plateia.

Há um silêncio. Parece que todos no auditório estão prendendo a respiração ao mesmo tempo. Lila arregala os olhos e, por um momento, parece que vai chorar outra vez. Enfim, Hugo engole em seco, e sua voz aguda de criança corta o vazio, vacilando um pouco:

— Eu... eu sabia que o Peter Pan nos salvaria.

De repente, Lila aplaude, e Celie grita, socando o ar. Jensen também se levanta e comemora. A plateia inteira aplaude e ovaciona o garoto, as últimas falas engolidas pela reação. Lila sente os dedos de Jensen apertarem os seus, e algo em seu peito explode, lágrimas transbordando em seus olhos. Com a outra mão, ela segura a de Celie, e, quando encontra o olhar da filha, Lila acena com a cabeça. *Mandou bem*, diz em silêncio, e, dessa vez, Celie sorri de volta e aceita o elogio.

Lila está prestes a sair para tomar um ar fresco quando a sra. Tugendhat a detém, com o rosto corado e a mão no peito.

— Ah, Lila, que noite. Que trabalho incrível seu pai fez. Você sabe que as crianças adoraram trabalhar com ele.

Dessa vez, Lila não precisa perguntar a quem a professora se refere. De repente, sente-se exausta pelos acontecimentos da noite.

— Eu... Foi uma apresentação maravilhosa, sra. Tugendhat. Parabéns. Sinto muito por não ter ajudado mais.

A sra. Tugendhat nitidamente está tonta de alívio por ter dado tudo certo.

— Há males que vêm para o bem, querida. Seu pai é um professor nato. As crianças ficaram tão entusiasmadas em seguir o roteiro dele... Elas amaram o figurino, mesmo que algumas peças estivessem cheias de traças! Acho que nunca fizemos uma peça tão boa.

Lila quase reluta em fazer a pergunta seguinte.

— Há... há quanto tempo ele está ajudando?

— Deve fazer umas quatro, cinco semanas? Foi muita gentileza sua sugerir, Lila. Ele trazer o figurino foi uma bênção. Mas, honestamente, foram a atuação e o entusiasmo que deram vida a tudo. Não é todo dia que uma estrela de Hollywood de verdade vem participar da nossa peça! E com adereços genuínos de Hollywood! Meus ex-colegas da St. Mary estão morrendo de inveja, juro!

A professora olha por cima da cabeça dos pais, em direção ao fundo do palco.

— Agora tenho que ir atrás do sr. Darling — acrescenta. — Ao que parece, houve um pequeno acidente. Acho que foi excesso de empolgação. Ou de suco de maçã. Licença.

Bill está cansado depois do drama da apresentação, e talvez ainda esteja digerindo o que ouviu antes da peça, então, depois de ele e Penelope chegarem cuidadosamente ao fim da fileira, ele segura os braços de Lila e diz que a noite foi ótima, mas que estão indo para casa.

— Por favor, diga para a Violet que estou tremendamente orgulhoso dela. Nossa menina foi impecável. Impecável!

Lila o abraça, sentindo o cheiro familiar de tweed e sabonete.

— Pode deixar, Bill. Ela vai ficar muito feliz por você ter vindo.

Ao redor deles, as pessoas se dirigem até o fundo do auditório, pegando as últimas taças de vinho enquanto os filhos trocam de roupa nos bastidores, compartilhando histórias engraçadas sobre a peça. Lila fica agradecida por estar com a família. Pela primeira vez, não se sente a desajustada que não se encaixa, e fica protegida de gente como Philippa Graham e Gabriel Mallory. Ela vê Dan, ao lado da mãe de Marja, e ele cruza o olhar com o dela e acena, talvez em agradecimento, talvez apenas em cumprimento, ela não tem certeza. De repente, Lila se dá conta de que o ex-marido parece alguém que ela já não conhece mais. Lila vê quando Dan registra a presença de Jensen ao seu lado, um leve vislumbre de algo passando pelo rosto do pai de suas filhas, e percebe que talvez, a partir de agora, ela não seja a única que terá que se adaptar.

Jensen se ofereceu para acompanhar Bill e Penelope até o carro, só para garantir que eles chegarão bem, e Lila diz que vai buscar Violet nos bastidores. Mas não é só Violet que ela está procurando.

Como sempre, dá para ouvi-lo antes de vê-lo. Está ali nos bastidores, carregando o cenário com os alunos mais velhos do sexto e do sétimo ano. Ele parabeniza as crianças que passam por ali, endireitando-se esporadicamente para cumprimentá-las.

— Hamoud! Meu rei! Que violão você tocou lá, hein!

Ele se abaixa para dar um tapinha nas costas de uma pequena alienígena que passa arrastando os pés, a fantasia grande demais, deixando rastros de purpurina no caminho.

— Nancy! Você foi uma alienígena maneiríssima! Aposto que seus pais nem sabiam que era você aí dentro!

Lila para e o observa, esse homem que aparentemente pode ser para outras crianças o que nunca foi para a própria filha. Ela precisa se afastar quando dois garotos enormes e um inspetor passam carregando a nave pirata, bufando de leve com o esforço. Quando vão embora, Lila vê que Gene está olhando para ela, com a expressão um pouco cautelosa, como se não soubesse o que está prestes a acontecer. Ele força um sorriso.

— Oi, querida. Se estiver procurando a Violet, ela está trocando de roupa.

Lila dá alguns passos em direção a ele.

— Você mentiu para o Bill — declara.

— Não menti, não.

— Eu sei que mentiu. Você não é um ator tão bom assim.

Os dois se encaram, como lutadores prestes a se enfrentar.

Enfim, Lila diz:

— Foi... um belo gesto.

Gene coça a cabeça, sem jeito. Então relaxa um pouco.

— Hã... — Ele dá de ombros. — Bom, ela só queria saber do Bill, mesmo. Me pareceu a decisão correta.

— Há quanto tempo você tem encontrado as meninas? Imagino que tenha vindo aqui várias vezes.

Ele faz uma careta.

— Todo dia. Não pegue no pé delas. A culpa é minha. Eu só... Eu sabia que você estava sobrecarregada. Não queria que elas achassem que eu tinha dado o fora. Mas eu deveria ter falado com você. Desculpa.

— Não precisa se desculpar.

Lila o encara, absorvendo sua expressão de arrependimento, a camiseta, que diz *Foi mal, eu tava doidão*, e o fato óbvio de que ele não sabe o que fazer com o corpo.

— Caramba, pai. — Ela joga as mãos para o alto. — Por que você não me deixa te odiar como uma pessoa normal?

O rosto dele se contrai um pouco.

— Ah, Lila, meu amor, não me odeie. Assim você me mata.

Gene dá um passo à frente, e ela sente seus braços fortes a envolverem, a firmeza de seu abraço. De repente, é como se Lila tivesse quatro anos, antes de saber que ele ia embora, antes de sentir que nada mais seria digno de confiança. Ela abraça o pai, ignorando as pessoas que carregam coisas ao redor, os gritinhos empolgados das crianças saindo dos camarins, o pedido urgente da sra. Tugendhat por papel-toalha vindo de algum lugar. Lila se permite se apoiar nele, retribuindo o aperto do pai, espantada com o fato de que, finalmente, trinta e cinco anos depois, ela pode ter sido capaz de contar mais com Gene do que esperava. Então, se desvencilha e seca o rosto, tentando se recompor.

— E aí. Que história é essa de Comic Con?

O rosto de Gene se ilumina.

— Ah, é. Vai me render uma grana, e tomara que dê uma levantada no meu perfil. A primeira é em Seattle, daqui a algumas semanas.

— Seattle? Nos Estados Unidos? Você vai voltar para os Estados Unidos?

Os dois se entreolham, sem jeito. E pronto, acabou. Lila sente o gelo familiar envolvê-la, a casca se formando outra vez.

— Bom, vou. Quer dizer, é uma boa quantia.

— Claro.

Gene olha para a filha.

— Ah... não! É só por uma semana. Eu... eu vou precisar de um lugar para ficar quando voltar.

Lila não diz nada, então ele continua:

— Quer dizer, eu gostaria de continuar vendo todo mundo... minha família... Eu... Seria uma porcaria ter conhecido melhor todo mundo e aí sumir outra vez.

Lila se certifica de ter escutado direito.

— Você vai voltar?

— Ah, claro. Essas convenções só acontecem algumas poucas vezes por ano. Vou ter que encontrar um trabalho no resto do tempo. De preferência, bem aqui.

Violet aparece entre eles, radiante, usando roupas normais. Ela arranjou um saco de salgadinhos e está se empanturrando de batatinhas sabor queijo com cebola.

— Parabéns, menina! — exclama Gene, sua voz de repente retumbante outra vez, cheia de confiança. — Você arrasou na narração! Se continuar assim, vamos ter que providenciar um agente para você!

Ainda mastigando, Violet aceita o elogio como se fosse mais do que merecido e pega a mão de Gene com um ar natural de posse. Ela repara que Lila está ali, e então se vira para o avô. Espera até engolir e pergunta:

— Você vai voltar com a gente?

Gene olha para Lila. Ela vê a expressão hesitante do pai, pensa no alívio de Bill, vê os dedos de Violet na mão do avô, toda a confusão familiar.

— Vai — responde ela. — Gene vai voltar com a gente.

Violet abraça o avô.

— Eba! A gente pode ver aquele episódio de *Esquadrão Estelar Zero* em que você e a Vuleva encontram as alienígenas gatas! Eu achei no YouTube.

O olhar de Gene se volta para Lila.

— Ah, esse não, meu bem. Eu também vi esse e... não foi exatamente um episódio de *Esquadrão Estelar Zero*.

E aí ele logo muda de assunto e começa a varrer a purpurina.

Já são quase oito e meia da noite quando eles saem para o saguão, onde um monte de pais ainda está por ali, bebendo o que sobrou do vinho enquanto aguarda a chegada de crianças perdidas e exaustas. O ar é tomado de felicitações, exclamações, mães tentando achar casacos e bolsas, um ou outro pai olhando o relógio e murmurando que é hora de ir. Ela avista Celie se despedindo de Dan, que carrega Hugo — esgotado — no colo, e então levanta a cabeça, tentando localizar Jensen.

— Acho que ele ainda deve estar no auditório — diz para Gene e Violet, mas os dois estão conversando com um ar animado sobre o sr. Darling ter feito xixi nas calças, e ela não sabe se a escutam.

Ela está prestes a voltar para o auditório quando escuta uma confusão repentina, uma espécie de *opa!* coletivo. Algo a faz se virar.

Lila abre caminho pela multidão, e lá está Gabriel Mallory, curvado, no meio de um pequeno semicírculo de gente. Está secando vinho tinto do rosto, com Jessie parada a alguns metros dele, usando um vestido jeans e botas laranja de salto quadrado.

— Você — declara ela, em meio ao silêncio chocado das pessoas ao redor — é um arrombado.

Ela se vira para a mãe de Gabriel, que a encara, horrorizada.

— Sinceramente — acrescenta —, odeio culpar outras mulheres pelo comportamento terrível dos homens, mas a senhora precisa *muito* ter uma conversa séria com o seu filho.

Jessie apoia a taça vazia na mesa e abre caminho pela multidão, ignorando o olhar pasmo dos outros pais. Só quando chega ao cabideiro é que nota a presença de Lila, que está boquiaberta. Ela se sobressalta, como se fosse uma ótima surpresa encontrá-la ali.

— Estava torcendo para ver você. Quer sair para beber alguma coisa um dia desses?

Lila fecha a boca.

— Quero. Quero, sim — responde, assentindo. — Com certeza.

Jessie abre um sorriso e pega o casaco no cabideiro.

— Legal. Eu te ligo.

Então ela vai embora para os bastidores.

41

É muito estranho: Lila não consegue parar de sorrir. É como se uma curiosa sensação de alegria tivesse contagiado sua pequena família — eles voltaram juntos na picape de Jensen, Violet e Celie esmagadas entre ela e ele nos três bancos da frente, e Gene na caçamba, espremido pelo que quer que esteja debaixo da lona, fazendo careta para as garotas no vidro enquanto todos rezavam para não passarem por uma blitz. As meninas cantam "A voar" em um daqueles raros momentos de harmonia espontânea. Isso emociona Lila, e ela canta junto, mesmo sabendo só metade da letra e parecendo uma boba, trocando olhares silenciosos e entretidos com Jensen.

Quando eles chegam, Gene sai para buscar as coisas na casa de Jane, provavelmente para se instalar antes de Lila mudar de ideia. Celie vai junto com o avô, e ela os observa sair pela porta, conversando tranquilamente sobre animação, enquanto Violet se larga no sofá com um sanduíche que a mãe preparou. A bateria da filha mais nova se esgotou, e ela fica olhando para a televisão, vidrada, enquanto Truant espera atentamente por farelos.

Lila diz para Violet que ela é incrível, que Bill achou a atuação da garota impecável, que todo mundo está morrendo de orgulho, e a filha faz que sim com a cabeça, sem dar muita atenção. Violet vai precisar de meia hora para relaxar antes de se arrumar para dormir, e Lila finalmente a deixa quieta e vai até a cozinha. Quando olha para fora, Jensen está carregando alguma coisa pesada, vindo do portão dos fundos. Ela sai pela porta dupla e, quando ele levanta a lona, Lila vê que é um banco de dois lugares, de carvalho, ao estilo Lutyens, meio opaco pela idade e um pouco surrado. Ele o posiciona com cuidado onde antes ficava o banco de Bill, ajustando-o até centralizá-lo com perfeição no piso de arenito.

— Trouxe um presente — anuncia Jensen, recuando para que ela possa ver em detalhes.

Lila olha para ele, para o banco, para o jardim que recuperou o foco. Ela vai até lá, passa a mão na madeira, sente a superfície lixada sob os dedos.

— Uns clientes iam jogar fora. Vão trocar por um mais moderno. Achei que fosse ficar bom aqui. Pelo menos até você achar outra coisa. Sei que está meio velho.

Lila leva um minuto para encontrar as palavras.

— Eu amei — diz. — Não gosto de coisas que parecem novas. É perfeito.

Ela se senta no banco no ar frio da noite, e Jensen se senta a seu lado. Devia ser isso que estava na caçamba. Lila não para de passar os dedos na madeira nodosa, na idade palpável na superfície. Balança a cabeça, incrédula.

— Você está sempre pensando no que eu preciso — comenta.

— Eu sei. Tenho que parar com isso.

— Por favor, não pare.

Os dois ficam um tempo ali no banco, e aos poucos Lila mergulha em uma sensação rara: paz. Há meses, talvez anos, ela está o tempo todo preparada para o impacto, encolhida, cobrindo a cabeça com as mãos, à espera da próxima tragédia. Os altos têm sido irregulares, inconsistentes, com tendência a cair em baixos abruptamente. Agora, pela primeira vez desde que consegue se lembrar, ela se sente... equilibrada. Como se a calma estivesse se infiltrando em seus ossos. Lila se recosta e olha para o jardim, para a cozinha iluminada do outro lado do gramado, depois solta um longo suspiro.

— Sabe, hoje aconteceu uma coisa muito esquisita. Eu olhei para o Dan na peça e senti que não o conhecia. Olhei para ele com o filho da Marja, e para o cabelo dele, as roupas, o jeito de falar, olhei para aquele homem e não acreditei que passamos tanto tempo casados. Ele simplesmente parecia... um estranho pra mim. Pensei em todos os anos que estivemos juntos e me dei conta de que, para ser bem sincera, por muito tempo não foi bom.

Ela olha de soslaio para Jensen, com um sorriso triste.

— Vivíamos discutindo, sempre meio irritados um com o outro, mas ocupados demais com o trabalho, ou com as meninas, para dar atenção a isso. Porque sempre nos dizem que a gente deve só superar essas coisas, né? E o amor e a conexão têm que seguir ali na base de tudo, que nem, sei lá, grama embaixo da pedra, meio acabada, mas pronta para crescer de novo quando tirarem a pedra dali. E então ele foi embora, e eu fiquei tão magoada, tão furiosa, que nem parei para pensar se aquela havia sido a melhor decisão. Fiquei tão indignada por ele ter abandonado a gente, transformado a gente em vítima. Por ter acabado com a nossa família.

Lila balança a cabeça.

— Aí, hoje, olhei para ele e pensei que talvez *nós dois* tenhamos acabado com a nossa família. Porque fazia tempo que tínhamos parado de nos esforçar. Ou paramos de ter curiosidade um pelo outro. Paramos de nos tratar com carinho. Ou talvez nunca tenhamos sido um casal tão bom, para começo de conversa. Acho que... olhei para ele hoje e me senti livre. Senti que podia deixar o Dan ir, porque, no final das contas, ele provavelmente não era a pessoa certa para mim. E isso é tão... estranho.

— De um jeito bom?

Lila reflete.

— Talvez. Ainda não digeri bem — responde ela, e se espreguiça. — Sabe, a cada dia eu percebo que não sei de nada. Tenho quase quarenta e três anos e não sei nada.

— Essa é a parte divertida — diz Jensen. — Descobrir.

— Hum — murmura Lila, e volta a olhar de soslaio para ele. — Estou com medo da minha família ser barra-pesada demais para você. Quer dizer, nós somos bem... intensos.

— Eu gosto da sua família. Fica tudo na cara. Minha família parece de comercial de margarina por fora, mas, por dentro, é um mar revolto de ressentimentos e inseguranças.

— Sério?

— Aham. Eu prefiro a loucura visível de fora.

— Bom, isso tem aqui, com certeza.

Então, era hora. Tinha chegado o momento de colocar em prática a decisão que ela havia tomado alguns dias atrás, depois de conversar com Eleanor. Era hora de falar o que ela precisava botar para fora. Lila engole em seco.

— Preciso contar outra coisa. Depois da nossa... da nossa noite, eu cometi um erro enorme. Pois é, outro. Conheci um cara e pensei que tínhamos alguma coisa. Mas...

Jensen a interrompe.

— Lila. Eu não preciso saber de tudo. Nós dois já vivemos o suficiente para saber que essas coisas acontecem.

— Mas você precisa saber em que tipo de confusão está se metendo.

Ele faz uma careta.

— É. Acho que eu já tenho uma boa ideia.

— E ainda está interessado?

— Parece que sim.

— Vixe. Sua terapeuta claramente tem muito trabalho pela frente.

— É o que ela me diz.

Então Jensen se vira para ela, o rosto sério.

— Só quero saber uma coisa...

Lila o interrompe. Com o coração a mil, ela segura a mão dele e se aproxima.

— Jensen, eu quero muito, muito fazer isso. Tenho tanta sorte por ter outra chance com você. Não paro de pensar em tudo que podemos fazer juntos, e fico animada, porque... sinceramente? Eu sempre me senti sozinha. Acho que me senti assim a vida toda. E sei que posso ficar sozinha, sou bem boa nisso, até, mas eu... eu quero fazer tudo com você. Você faz com que eu me sinta melhor em praticamente todos os aspectos. Você faz com que eu sinta que sou um ser humano razoável. Acho que... talvez você seja o melhor homem que já conheci. Então, se você topar, eu topo. Eu topo, com toda a certeza.

Ela o encara, esperando, atenta. Ele abre a boca, fecha outra vez.

— Exagerei?

Jensen pisca.

— Não. Foi, hã, lindo. Eu só ia perguntar quando a gente ia jantar. Porque estou morrendo de fome.

Lila continua olhando para ele.

— Deus do céu. Você vai ser chato à beça, né?

— Vou. Vou, sim.

Então ele cai na gargalhada e enfim a beija, puxando-a para perto, abafando o riso com os beijos até, a contragosto, Lila rir também.

Posfácio

Como era de esperar, Gene faz muito sucesso na convenção em Seattle. No primeiro dia, ele teve o prazer de descobrir que ia se apresentar junto com Vuleva, que pelo visto ainda é uma "gatona daquelas". Ela se divorciou do jogador do Chicago Bulls, mora em um rancho em Calabasas com um bando de animais resgatados de três patas e não quer um relacionamento sério, embora, aparentemente, ainda tenha interesse em aproveitar um pouquinho da magia do Gene. Violet diz para Lila que o vovô não explica direito o que é essa tal de "magia do Gene". Lila diz para a filha que é melhor não pensar muito nisso.

Gene passa três dias participando de painéis, posando para fotos e dando autógrafos para os fãs, e se diverte horrores com o antigo elenco (exceto o diretor, que, claro, é um babaca). Volta para casa atordoado por conta do fuso horário, com uma gripe feia e trinta e quatro mil dólares na conta, metade dos quais transfere para Lila na mesma hora.

— É para você, querida. Você sabe que, na minha mão, esse dinheiro vai desaparecer.

Ele já se ofereceu para ajudar na próxima peça da escola. Vai ser uma adaptação de *Sonho de uma noite de verão*, e Gene e a sra. Tugendhat vêm tendo discussões acaloradas sobre o quanto ele pode reescrever o roteiro para incluir referências a alucinógenos.

Seu novo agente, um californiano de vinte e oito anos extremamente ambicioso chamado Glenn, o escalou para três convenções de fãs, mas Gene e todos os seus pertences estão instalados no que antes era o quarto de Bill. Lila aproveita os períodos em que ele está de volta, com sua energia incontida, suas piadas ruins e sua adoração arrebatadora pela companhia delas, e aproveita igualmente os períodos em que ele está fora e ficam só ela e as meninas.

Lila nem se incomoda mais em buscar Violet na escola. Gabriel manda a mãe quase todos os dias, e Jessie aparece com muito mais frequência. É sempre bom ter com quem conversar no parquinho.

Bill vai se mudar para a casa de três quartos de Penelope, a seis portas da de Lila. Ele sabe que as coisas andaram bem rápido, mas diz que, nessa altura da vida, qual o sentido de ficar enrolando? Ele manda os poloneses levarem o piano de volta para a casa de Lila, já que Penelope tem um Yamaha muito superior (além de um piano de cauda compacto na sala de jantar). Lila acompanha a entrega do instrumento nos carrinhos de rodinhas capengas e chega à conclusão de que os poloneses devem estar de saco cheio de transportar o velho Steinway de um lado para o outro e provavelmente recusarão o serviço se for preciso levá-lo outra vez.

Penelope está vibrando de felicidade. Ofereceu-se para dar aulas de piano de graça para Violet e, sempre que Lila passa pelo corredor, irrompe em exclamações afobadas com informações sobre a mudança. Bill está fazendo portas novas para os armários! É tão lindo, exatamente o que ela queria! Bill é um cozinheiro de mão cheia, sabe? Ela engordou três quilos, no mínimo. Bill encontrou um afinador de piano impressionante, e Penelope acha que o Yamaha nunca soou tão bem. Lila escuta, sorri e deixa a felicidade de Penelope transbordar. Há algo bonito em alguém ser tão inesperadamente, tão descaradamente feliz depois dos sessenta. Dá uma esperança para todos.

Talvez auxiliados pela alegria romântica de Bill, ele e Gene parecem ter estabelecido uma nova relação diplomática, que se manifesta principalmente na forma de comentários implicantes de Gene sobre a dieta saudável de Bill ("Devia ter caprichado nos donuts, colega! Falei que aquelas lentilhas todas não faziam bem!") e de suspiros bem-humorados de Bill, que de vez em quando retruca:

— Se você se cuidasse mais, Gene, talvez atraísse uma moça linda, que nem aconteceu comigo.

O comentário sempre deixa Penelope um pouco alvoroçada.

Às quartas, Bill cozinha para todos. É um evento caótico, mas alegre, uma das poucas noites em que é possível contar com a volta de Gene do pub na hora certa e em que Celie sai do quarto. Ultimamente, ela parece estar desenhando em vez de se escondendo no celular, então Lila tenta relevar. Eles já fizeram quatro desses jantares, e todo mundo parece se comportar, mesmo que Bill sempre faça um ou outro comentário velado sobre a limpeza das panelas (é importante esfregar a parte externa da panela com o mesmo vigor com que se limpa a parte interna) e Gene coloque ketchup em tudo que Bill prepara (possivelmente só para provocar, Lila duvida que alguém goste de ketchup no arroz doce), além de exagerar um pouco no flerte com Penelope.

Lila senta à cabeceira e absorve tudo, comendo o que foi preparado para ela e vendo os fios invisíveis reconectarem os diferentes lados de sua família, a princípio frágeis, mas que foram ganhando força rapidamente, como uma imensa teia de seda. Às vezes, ela pensa na mãe e se pergunta o que Francesca acharia de tudo aquilo. Lila tem certeza de que seria algo como: "Não é a maior diversão, Lils? Não somos ridiculamente modernos?"

Lila encontrou Nella, a atriz para quem será *ghost*, duas vezes. Nas duas ocasiões, os encontros, que de início seriam de duas horas, estenderam-se pelo dia inteiro, em parte porque a atriz fala tanto e conta histórias com reviravoltas tão caóticas que Lila tem dificuldade de manter o fio da meada e precisa insistir para desenrolar as histórias por completo, mas também porque, para sua enorme surpresa, Lila gosta dela. Nella é glamurosa, indecente e engraçada, costuma cair na gargalhada à toa, é implacável com os inimigos e gosta de anunciar: *Que se fodam, querida. Que eles todos se fodam.* Certamente esse livro vai precisar passar por muitas etapas de edição. Lila, porém, está habituada a lidar com atores e se sente estranhamente energizada sempre que a encontra. Algo na robusta mentalidade de sobrevivência de Nella a revigora. Até o momento, a mulher tentou presenteá-la com um casaco de pele, uma garrafa de tequila e uma pulseira de brilhantes de um sheikh saudita que acabou descobrindo ser falsificada.

— Falsificada, querida, acredita? E olha que eu mandei todo um álbum de fotos minhas nua, a pedido dele. Na terceira vez que saí com o sujeito, roubei um dos relógios Rolex. Ah, ele nem deve ter notado, tinha uns trinta na coleção. Esse não era falsificado, garanto. Vendi no leilão e usei o dinheiro para impermeabilizar meu telhado.

Lila diz para Anoushka que o livro vai ser ótimo e que ela está disponível para qualquer outro trabalho de *ghost-writer* que surgir. Não houve nenhuma menção a porquinhos-da-índia. Por enquanto.

Jensen vai para Winchester e passa dez dias lá. Ele liga para Lila duas vezes por dia, todos os dias. Depois, Lila conclui que provavelmente essa separação forçada — em um momento em que ela quase com certeza entraria em pânico por estar se comprometendo demais com uma relação — fez muito bem para ambos. De algum modo, ela compartilhara muita coisa com alguém que ainda estava conhecendo. Jensen conta como foi seu dia, fala de que plantas colocou onde, das máquinas que deram problema e das decisões erráticas dos proprietários (o pessoal de Winchester é legal, mas meio indeciso), e Lila escuta atentamente, fazendo questão de se concentrar no telefonema, sem se distrair com mais nada. Às vezes, para isso, precisa se trancar no banheiro e mandar mensagens sorrateiras para Violet, do tipo:

Me dá dez minutinhos.

Sei que já passou de dez. Vinte, tá?

Leva o Truant para o jardim. Se sair sólido, pega com papel-toalha e joga no vaso. Se for mole, eu resolvo quando descer.

Pode, sim. Estou no telefone.

Quando Jensen finalmente voltou, ela deixou Gene encarregado da casa e foi passar a noite no apartamento dele — ele é fofo com a família dela, mas há um limite para o caos que um homem pode aguentar. Lila colocou perfume e o vestido novo de botões que comprou com o dinheiro que Gene lhe dera. O apartamento de Jensen era bonito: um pouco rústico, com cômodos arejados e um sofá baixo, grande. Nenhum dos móveis era creme. Jensen fez o jantar — nada chique, só frango com cogumelos e arroz —, e ambos admitiram estar estranhamente nervosos, como se a tensão que crescera durante a ausência dele ameaçasse desabar em cima dos dois, feito um balão a ponto de estourar.

Lila foi se sentindo cada vez mais tímida enquanto comiam, a conversa vacilando conforme ela se preocupava se aquilo poderia não corresponder ao que havia criado em sua mente, se estava prestes a cometer mais um erro terrível. Queria transar com ele de novo, e morria de medo do que isso poderia significar. Aí, como quem não queria nada, ela comentou que havia lido uma reportagem que dizia que sessenta por cento dos segundos casamentos fracassavam, e que isso era ainda mais provável se um dos lados tivesse filhos.

— Não tinha estatística para quem também tem dois pais excêntricos — acrescentou, brincando. Então continuou, apressada: — Não estou dizendo que a gente vai se casar. — E aí complementou, para o caso de ter soado cruel: — Quer dizer, não estou dizendo que, se quisesse casar, você não seria o tipo de pessoa com quem eu me casaria.

Jensen olhou para Lila atentamente, abaixou os talheres e declarou:

— Ok. Estou vendo que vou precisar me encarregar disso.

Ele saiu da sala, diminuiu um pouco a luz e voltou alguns minutos depois, só de samba-canção. Quando Lila olhou para ele, chocada, Jensen disse:

— Ficou tudo muito pesado e sério. Vamos tratar essa primeira vez como um teste divertido. Podemos tirar a pressão do caminho e curtir a próxima vez.

Ele levantou os braços e sorriu para ela. Talvez tenha dito "ta-da!". Lila não lembra. Ficou momentaneamente hipnotizada. Jensen estava muito mais gostoso do que da última vez que ela o vira sem roupa. Não tinha mais nada de comum naquele corpo.

Lila colocou o prato vazio na mesinha. Quando conseguiu falar, respondeu:

— Estou impressionada por você achar que vai ter uma próxima vez.

Ele olhou fixamente para ela. Ainda sorrindo.

— Ah — retrucou. — Vai ter uma próxima vez, sim.

E teve mesmo. Mas o teste, ela lhe disse depois, enquanto estavam deitados na cama rindo de sua bravura e compartilhando uma tigela do pudim de manga que haviam esquecido de comer no jantar, tinha sido um excelente começo.

Estella Esperanza finalmente mata o marido no episódio trinta e sete. Ela atira nele em um parque de diversões, o som abafado pelos gritos dos passageiros da roda-gigante e pelo estampido constante da barraca de tiros. Ele se vira, vê quem aponta a arma e cai de joelhos, apertando o peito ensanguentado. Nesse momento, Estella parece mudar de ideia e chora lágrimas amargas sobre o corpo enquanto o marido morre de forma teatral. Quando ele enfim parte dessa para melhor, ela anuncia que tudo que fez foi um equívoco, que foi tudo por amor, que o desejo de vingança a cegou e que sua vida não tem mais sentido.

Lila franze a testa para a tela por um tempo e decide não continuar assistindo. É um programa besta. Talvez seja melhor ir ler um livro.

O retrato de Francesca retornou à parede da sala. Lila pendurou o quadro acima da televisão quando Gene voltou (ele preferia decorar o quarto com cartazes emoldurados de si próprio em papéis diferentes: *Cachorro Falante III*, *Professor do Terror* e *Na Terra dos Vaqueiros Espaciais*). Lila sente, no fundo da alma, que é hora de restaurar a presença da mãe na casa, lembrar que Francesca foi, acima de tudo, a mulher mais carinhosa, dedicada e entusiasmada de todas. Ela volta a conversar mentalmente com Francesca, pedir seus conselhos e a refletir sobre como a mãe teria reagido a determinadas situações. Lila escolheu não pensar demais nos erros que Francesca pode ter cometido — quem é ela para julgar, afinal? — e se concentrar apenas na sorte que todos tiveram por terem sido agraciados com a presença daquela mulher vibrante e amorosa em suas vidas por tanto tempo.

Leva três dias até Lila reparar que uma das meninas — provavelmente Celie — pintou com cuidado uma calcinha azul-escura por cima do que Violet ainda chama de "pepeca da vovó".

* * *

— Prontas?

Lila preparou a bolsa de praia e pendura as alças de couro no ombro. Ela se enrola em um cachecol — está frio e ventando — e espera Violet procurar o casaco, reclamando, amargurada, de ter sido arrancada do videogame no momento em que, aparentemente, está prestes a chegar na "fase do chefão". Gene saiu com Truant. Ele forçou o cachorro a amá-lo, é claro, e gosta da companhia do animal quando sai de casa. Às vezes, Truant volta com um fedor suspeito de carpete do pub, mas parece feliz, então Lila escolhe aproveitar o fato de ele não passar mais a maior parte da vida sendo neurótico em casa. Agora ela gasta bem menos dinheiro comprando vinho para os vizinhos.

Celie cortou o cabelo curto e pintou de rosa-choque. A princípio, Lila ficou um pouco chocada, mas é bom ver o rosto da filha sem que esteja escondido o tempo todo por uma cortina de cabelo escuro, e ela secretamente admira a autonomia determinada do novo look. Então apenas comentou que estava ótimo e, por dentro, agradeceu a Deus por Celie não estudar em uma escola onde impliquem com esse tipo de coisa.

Celie arranjou um amigo quieto e ruivo chamado Martin, que aparece vez ou outra com uma pasta imensa de desenhos. Eles se sentam no quarto para repassar os desenhos, ou fazem cenas de animação no computador da sala. Quando Lila perguntou casualmente a Celie se tinha alguma coisa rolando entre os dois, a filha olhou para ela como se a mãe fosse um dinossauro e disse:

— Nossa, mãe, meninos e meninas podem ser amigos, sabia?

Lila desconfia que Martin não veja as coisas da mesma forma, mas esse é um problema dos dois.

— *Anda*, Violet.

Celie está na porta, impaciente para ir embora, provavelmente para poder voltar logo.

— Larga do meu pé — choraminga Violet. — Você é muito chata.

O bebê de Dan nasceu faz duas semanas, um menino chamado Marius. Nasceu prematuro, abaixo do peso e com icterícia, e ficou os primeiros dez dias de vida na incubadora, enquanto Marja e Dan passavam horas sentados ao lado da caixa transparente, num modo hipervigilante. A criança por fim teve alta ontem e está com a saúde recuperada — exatamente dez dias antes do Natal. A voz de Dan, no telefone, transbordava alívio:

— Ele está bem. Encheu umas fraldas nojentas, não deixou a gente pregar o olho, mas está ótimo.

Jessie viu Marja no supermercado quatro dias atrás e disse que ela estava completamente acabada, uma versão exagerada de como todas as mães de recém-nascidos ficam, porém ainda mais exausta e ansiosa e com o cabelo mais oleoso.

— Nossa, eu não aguentaria passar por isso de novo, e você?

— Não — respondeu Lila. — Provavelmente não.

Lila e as meninas saem de casa e andam pela rua. Elas abotoam o casaco no trajeto, levantando o colarinho. Lila sabe bem como são esses primeiros dias, então consegue prever a linha do tempo. Na cesta, além do body caro da butique francesa chique em Hampstead, está levando uma caixa de biscoitos afrescalhados, um bolo de fruta e uma caixa de chocolate. Novas mães raramente ganham mimos. Elas vão entregar os presentes, tomar uma xícara de chá e admirar o bebê, depois lavar a própria louça (novos pais já têm trabalho suficiente) e ir embora. Pode ser meio esquisito — talvez ela sinta uma pontada de dor ou emoção —, mas é importante fazer isso, é importante que as meninas vejam os pais lidando bem com essa situação. Porque agora todos fazem parte dessa família meio diferente, com seus desgastes e suas partes reformadas ou em construção. E continuarão sendo, por décadas.

— Pronta, mãe?

Celie olha para ela com uma leve expressão de dúvida, e Lila nota, surpresa, que os olhos da filha agora estão na altura dos seus.

— Com certeza, meu amor.

Inesperadamente, Celie dá o braço para a mãe. Lila respira fundo, ajeita a bolsa no ombro e, com Violet saltitando à frente, elas seguem juntas até a casa de Dan.

Agradecimentos

Este provavelmente foi o livro para o qual fiz menos pesquisa, mas isso não significa que não haja um monte de pessoas a quem preciso agradecer. Até esta, a mais solitária das profissões, exige uma equipe em cada canto.

Obrigada, como sempre, à minha agente, Sheila Crowley, e à minha editora, Louise Moore, pela fé inabalável e pelo apoio eterno. Obrigada às muitas pessoas talentosas da Penguin Michael Joseph que ajudam a transformar um rascunho em algo digno da estante dos leitores, em especial: Maxine Hitchcock, Hazel Orme, Clare Parker, Ellie Hughes e Maddy Woodfield.

Obrigada à minha editora nos Estados Unidos, Pam Dorman, da Pamela Dorman Books, e a Brian Tart e Marie Michels, da Penguin Random House. Obrigada também a Katharina Dornhofer, dr. Marcus Gartner, Anne-Claire Kuhne e Nicola Bartels, da Rowohlt, na Alemanha. Agradeço muito à colaboração contínua de vocês, assim como a de todos os meus editores mundo afora.

Sinto uma enorme gratidão por todos da Curtis Brown, especialmente Katie McGowan, Tanja Goossens e Aoife MacIntyre, do departamento de direitos internacionais, e Nick Marston, Katie Battcock e Nick Fenwick, do departamento de cinema e TV. Obrigada também ao meu lendário representante em Los Angeles, sr. Bob Bookman.

Mais para cá, obrigada à minha rede de apoio de escritores — verdadeiramente uma das profissões mais generosas que existe. Obrigada a Kate Weinberg, Maddy Wickham, Jenny Colgan, Lisa Jewell, Jodi Picoult e Lucy Ward. Obrigada à mais jovial das minhas velhas amigas, Cathy Runciman, pelos conselhos infinitos, normalmente enquanto uma ou outra tenta achar um cachorro em Hampstead Heath. Agradeço também a Thea Sharrock, Caitlin Moran e John Niven por me ajudarem com a pesquisa psicológica (pelo menos, é assim que chamamos), e a Sarah Phelps e Sarah Harvey pela ajuda e pelas aventuras no mundo da TV e do cinema.

Obrigada a todos que oferecem a ajuda prática que me permite fazer o que faço — minha amiga de longa data e assistente Jackie Shapley e Maria D. Otero Menoya. Sou grata a vocês mais do que sou capaz de expressar. Digo o mesmo para Susy Wheeler, Isabelle Russo e Gaby Noble.

Muito amor à minha família, cujos integrantes não têm absolutamente nenhuma semelhança com ninguém neste livro. Para meu pai, Jim Moyes, e meu padrasto, Brian Sanders, além de meus três excelentes filhos — Saskia, Harry e Lu —, que agora me ensinam muito mais do que ensinei a eles. Por último, mas não menos importante, para John, pelo apoio emocional, carregamento de malas, análise de enredo e jantar. Sim, no fim das contas, normalmente o problema é mesmo fome.

Para arrematar, obrigada às três pessoas que generosamente apoiaram duas ONGs em troca de ter seus nomes incluídos neste livro. Obrigada a Jorg Roth e Tricia Philips pela doação à Park Lane Stables em Londres, uma instituição que organiza atividades hípicas para pessoas com deficiência e recentemente foi salva por um financiamento coletivo, e a Davinia Brotherton pelo apoio à The Speakers Trust, uma organização que ajuda jovens a encontrarem sua voz.

E obrigada a todos que leram, pegaram emprestado ou apoiaram meus livros de qualquer forma, ou que falaram comigo nas redes sociais. Vocês não são o único motivo para fazermos o que fazemos, mas ficaríamos com cara de bobos sem vocês.

intrinseca.com.br

@intrinseca

editoraintrinseca

@intrinseca

@editoraintrinseca

intrinsecaeditora

1ª edição	JANEIRO DE 2026
impressão	IMPRENSA DA FÉ
papel de miolo	LUZ CREAM 60 G/M²
papel de capa	CARTÃO SUPREMO ALTA ALVURA 250 G/M²
tipografia	FAIRFIELD LT STD